FARFALLE

Dello stesso autore
nel catalogo Marsilio

Chiedi alla luce
Nero come la notte
Lo stato dell'unione
L'elenco telefonico di Atlantide
Come navi nella notte

Tullio
Avoledo

Non è mai notte quando muori

Marsilio

Ogni riferimento a fatti realmente accaduti o a persone realmente esistite o esistenti è da ritenersi puramente casuale.

Pubblicato in accordo con MalaTesta Lit. Ag. Milano

Prima edizione: settembre 2022
www.marsilioeditori.it

NON È MAI NOTTE QUANDO MUORI

Non è mai notte quando muori,
cerchiato di tenebre che urlano,
sole dalle due punte simili.

RENÉ CHAR, *Il Toro*

È come danzare in mezzo alle tenebre
comporre versi che nessuno legge.

OVIDIO, *Lettere dal Ponto*, IV, 2,33-34

Al mio amico Lorenzo Marchiori
per l'Ard Alshams
e per un sacco
di altre buone ragioni

I

All'inizio la barca è solo un punto più chiaro nel riflesso screziato delle onde.

La guardo avvicinarsi, finché, schermandomi gli occhi con la mano, comincio a distinguere i dettagli: la piccola scialuppa e l'uomo che rema a prua, visto di schiena.

Infilo uno stelo d'erba secca fra le pagine del libro, per tenere il segno.

Mi alzo dalla duna e scendo verso riva.

Un grosso granchio, disturbato dal mio passaggio, scatta via indispettito lasciandosi dietro una traccia che sembra uno spartito musicale.

Lo seguo senza fretta verso la spiaggia.

Da bambino, mamma mi leggeva *Robinson Crusoe* in italiano, per non farmi perdere quella lingua. Lei lo pronunciava «Crusoè». Ricordo la paura che mi mise il capitolo in cui il naufrago scopre le tracce dei cannibali sulla sabbia, i resti mezzo divorati del loro macabro festino sulla sua isola.

Quella notte non chiusi occhio.

Ancora oggi, camminando su questa spiaggia, è come se i miei occhi di bambino cercassero quelle impronte.

L'uomo sulla barchetta rema di buona lena. Sembra allenato a farlo. Nei suoi movimenti non c'è nulla di casuale.

Con due colpi decisi porta la scialuppa a incagliarsi sulla riva e salta giù, senza bagnarsi le scarpe.

«Il dottor Livingstone, suppongo» fa. Quando vede la mia espressione non proprio entusiasta alza le spalle, sorridendo. «Scusi, sa, ma non ho resistito... Il signor Sergio Stokar?»

«Chi me lo chiede?»

«Sono l'avvocato Jeremy J. Allenby.»

«J. starebbe per cosa?»

«Jesus.»

«*Jesus...?*»

«Nome di famiglia. Cioè, oddio, no, non in quel senso. Era il secondo nome di mio nonno.» Non mi tende la mano. «E lei è sicuramente il signor Stokar. Oh, sì, indiscutibilmente. La riconosco dalle foto.»

Il suo inglese è terribilmente *upper class*. Ha un accento oxfordiano che in certi quartieri di Manchester attirerebbe le coltellate come una calamita.

«Su che giornale le ha viste?» gli chiedo, grattandomi il mento ispido.

«*Giornale*? Oh, no. No. Le ho viste sul suo dossier. Solo che, be', ovviamente dal vivo è molto più abbronzato che in foto.»

«Ha un dossier su di me?»

«Non io. No, no, diamine. No. Senta, che ne direbbe se ci spostassimo un po' all'ombra?»

Dal fondo della scialuppa tira su una corda e la lega a un tronco mezzo sepolto nella sabbia. Lo so, in gergo marinaresco non si chiama "corda", e sicuramente quella che chiamo "scialuppa" ha un nome più preciso. Solo che non lo conosco, e non m'interessa saperlo.

Studio l'ometto indaffarato a legare la sua barca al tronco dell'albero morto, uno dei tanti tratti surrealisti di questa spiaggia. Ci vedrei bene uno degli orologi flosci di Dalí, steso su quei rami candeggiati dall'acqua e dal sole. Un miglio più a sud c'è la sinistra carcassa mummificata di un enorme squalo, la mascella aperta per sempre, un bouquet di denti aguzzi.

L'inglese indossa un completo bianco dal taglio d'alta sartoria, e un panama dello stesso colore, ammesso che il bianco sia un colore. L'abito elegante è occupato da un uomo sulla sessantina, alto non più di un metro e settanta, la pelle diafana, snello di una snellezza mantenuta grazie alla palestra. Sotto la tesa del panama spuntano riccioli biondi da cherubino.

«Allora? Che ne dice?»

«Di cosa?» faccio.

«Di metterci all'ombra. Il sole picchia.»

«Va bene. Mi dica, ma per quanto ha remato?»

«Oh, non troppo. Non troppo, no. Comunque ho un discreto allenamento. Oddio, forse farei meglio a dire che *l'avevo*.» Si raddrizza visibilmente, guadagnando cinque centimetri d'altezza. «Per poco non ho fatto parte della squadra olimpica di canottaggio, alle Olimpiadi di Mosca.»

«Quelle senza gli americani.»

«Già. Ho disputato anche la regata annuale contro Cambridge, ai tempi dell'università.»

«E chi ha vinto? Voi o Cambridge?»

«Diciamo che Oxford non ha vinto. È molto lontano, questo posto all'ombra?»

«Quattro passi.»

«Ho indossato questo paio di scarpe nuove che mi fanno vedere le stelle...»

«Sono anche poco adatte al clima locale.»

«Vero? Ma sa come si dice, è una questione di stile. Il mio bisnonno, in India, non smise di prendere il tè delle quattro neanche durante la rivolta dei sepoy.»

«Credevo fosse il tè delle *cinque*.»

«Sì, in effetti; il mio bisnonno era un po' eccentrico.»

«Lo stile è tutto, eh? Si può perdere l'impero, ma non lo stile.»

Ricordo la cerimonia solenne del passaggio di Hong Kong dalla corona britannica alla Cina, vista in televisione. Il modo compiaciuto in cui i funzionari inglesi assistevano alla parata. La stupida fierezza della banda che suonava *Auld Lang Syne*. La perfetta organizzazione dei funerali di un impero.

«È nato in Inghilterra. Queste cose le sa anche lei, signor Stokar. O almeno dovrebbe. Fanno parte dello *spiritus loci*.»

Camminiamo per un po' in silenzio, risalendo il sentiero che dalla spiaggia porta a un grappolo di baracche arroventate dal sole, col tetto di lamiera. Attraversiamo quello che qui, in spregio alla realtà, chiamano villaggio.

L'unico segno di vita è un cane rognoso che si gratta le orecchie sulla porta della locanda, aperta come la soglia buia di una caverna. Mi ricorda l'illustrazione che ho visto su un libro, la tomba di Gesù dopo la resurrezione, solo che invece dell'angelo scintillante nelle sue vesti bianche c'è un cane, che sembra più morto che addormentato. È un animale che ha visto la sua parte di combattimenti, un gladiatore in pensione che annusa l'odore stantio di pesce alla griglia e cenere umida.

«Non c'è molta vita, da queste parti» commenta l'avvocato.

«È l'ora della siesta. Possiamo considerarlo un alibi.»

Mi volto verso la spiaggia. «Ho visto la scialuppa, ma non vedo la sua barca.»

Lui scuote la testa e ridacchia, come se trovasse divertente la mia osservazione. «Devo dirlo a Oleg. Sarà contento.»

«Chi è Oleg?»

«Niente, niente. A tempo debito lo saprà.»

Ci inerpichiamo lungo il sentiero che dal villaggio di cartone e lamiera porta al mio *buen retiro*. Chi l'ha scelto per me doveva conoscermi bene. Oppure è stato solo un caso. Fatto sta che la capanna si trova in una posizione perfetta per i miei gusti: riparata su tre lati dalle dune, sul quarto ha una terrazza di vecchie assi di legno che guarda il mare. Oltre a essere facilmente difendibile, da quella posizione, anche se non troppo elevata, si gode comunque di una vista a centottanta gradi sulla piccola insenatura naturale. A sinistra c'è il villaggio addormentato, una falce di baracche color devastazione, mentre a destra, in basso, si allunga il molo traballante dove una volta alla settimana attracca il battello postale.

Non si avvicina nemmeno lontanamente al concetto di paradiso. Ma per me lo è stato. Soprattutto le tre file di libri rilegati in tela che riempiono gli scaffali che ho realizzato con le mie mani, ricavandoli dal fasciame di un vecchio peschereccio naufragato sugli scogli. Il legno ha un buon odore di salmastro e di alghe, che è passato ai libri.

L'inglese non ha avuto bisogno di chinare il capo per entrare, come invece devo fare io. Si guarda intorno, nella stanza fresca e in penombra, e il suo viso s'illumina quando vede i libri. «Lucrezio. Pindaro. Tucidide. Seneca... Che bella raccolta.»

«Li ha letti?» chiedo, cercando di moderare il tasso di scetticismo nella mia voce.

«Più o meno. E lei?»

«In certi casi li ho anche riletti.»

«In questa edizione? Senza traduzione a fronte? Fantastico. Meglio di un professore.»

«Quando si ha tempo, le lingue non sono un problema.»

Studia la stanza – l'unica della casa – come se volesse imprimersela nella memoria. Il tavolo con una sedia sola, il baule in vimini, il fornelletto e il secchio che mi fanno da cucina. Una sola pentola, appesa a un gancio. Niente piatti. Una gamella d'acciaio smaltato basta e avanza. Anche il letto l'ho costruito io, con le stesse assi di recupero impregnate di salmastro che ho usato per gli scaffali. Sarà per questo che spesso sogno il mare.

«Quanto tempo ha passato, in questo posto?»
«Il suo dossier non lo dice? Comunque, parecchio.»
«È stata dura?»
«Solo quando si sono interrotti i collegamenti con l'esterno. Allora ce la siamo vista brutta. Non tutti sono stati fortunati come me.»

Prendi ad esempio Hermann, l'*Alemàn*, come lo chiamavano qui. Sopravvissuto all'assedio sovietico di Berlino e poi a quello di Diên Biên Phu, era morto a centodue anni – ammesso che gli si potesse credere, sull'età come sulle esperienze belliche – per un virus del cazzo.

Mi ero sempre chiesto se il mio esilio su quest'isola non fosse stato determinato proprio dalla presenza di Hermann. Le persone che controllavano il mio destino dovevano avere un bizzarro senso dell'umorismo, per spedirmi nel posto dove viveva quello che sosteneva di essere l'ultimo superstite della divisione SS Charlemagne, uno degli eroi dell'estrema difesa di Berlino dalle orde bolsceviche.

La prima volta che l'avevo visto, lì per lì avevo pensato a un'apparizione. Stava seduto a gambe incrociate sulla spiaggia, nudo come un verme, e visto da lontano sembrava sospeso nell'aria, per un'illusione creata dal riverbero della luce. Il suo corpo era così abbronzato da sembrare di mogano. Perfettamente immobile nella posizione del loto, gli occhi fissi sulla distanza, dava la sensazione di essere lì da sempre, come la carcassa bianca dello squalo.

Mi ero seduto dietro di lui. Per più di un'ora non aveva mosso un muscolo. Persino i suoi radi capelli candidi, morbidi come piume, sembravano scolpiti, da tanto erano immobili.

Poi si era alzato senza preavviso, con un movimento assurdamente fluido, mentre io, che avevo meno della metà dei suoi anni, avevo dovuto puntellarmi col braccio, per tirarmi in piedi.

Non aveva un filo di grasso. I muscoli guizzavano sotto

la pelle brunita. Aveva raccolto i propri vestiti e li aveva indossati con una precisione e una lentezza che faceva sembrare quella vestizione qualcosa di sacro, una specie di preghiera fatta di gesti.

Non ci eravamo presentati. Lui mi aveva squadrato da capo a piedi, dopodiché aveva annuito.

«Hermann» aveva detto, puntandosi l'indice al petto.

«Sergio.»

Eravamo diventati amici già quel giorno.

I suoi racconti di guerra erano precisi e magici al tempo stesso, evocavano un mondo di eroica brutalità che sembrava uscito dall'Iliade.

Una volta gli avevo chiesto come fosse possibile aver combattuto prima da una parte e poi dall'altra. Sui libri si diceva che i francesi avevano fucilato sul posto tutti i soldati della Charlemagne caduti nelle loro mani.

«Ma io ero tedesco» mi aveva risposto. «Se ero francese sarebbe stato un altro paio di maniche. Ma un tedesco poteva combattere senza problemi dalla loro parte, contro i gialli. La vita fa proprio ridere.»

«La vita fa schifo» avevo ribattuto.

Lui ci aveva pensato su un attimo. Poi aveva sorriso. Un sorriso che trasformava la sua bocca dalle labbra sottili in una specie di cerniera lampo.

«Fa più ridere che schifo» aveva concluso.

I suoi racconti erano il vino dei nostri lunghi incontri serali. Né io né lui bevevamo, anche se a volte evocavamo il gusto di un liquore pregiato, o di una bottiglia polverosa scovata in una cantina della Normandia dopo lo sbarco degli Alleati, o in una fattoria abbandonata sul delta del Mekong.

Le sue parole erano musica. Aveva il dono di una narrazione al tempo stesso piana ed evocativa. I nomi comuni dei suoi camerati sembravano uscire da una *chanson de geste*.

Non amava leggere. La sua cultura classica era pari a zero. Ma apprezzava che io gli raccontassi le imprese di Alessandro, e di Achille.

«Finisce sempre così» aveva commentato dopo che gli avevo letto gli ultimi versi dell'Iliade. «I guerrieri muoiono e vengono sepolti, le città bruciano, e poi i contadini tornano, ricostruiscono, piantano nuovi semi, e sulle nostre tombe crescono l'erba e il grano. Diventiamo fertilizzante. Come la merda.»

«È la morale dei Sette Samurai» avevo commentato.

Lui allora mi aveva chiesto di cosa stessi parlando, e per i successivi incontri le nostre conversazioni si erano concentrate intorno al Giappone feudale e al Bushido, argomenti di cui lui non sapeva nulla e che lo incuriosivano estremamente.

Il tempo che ho passato su quest'isola non lo misuro in giorni, ma con le nostre chiacchierate.

Parlava arabo e cinese. Un residuo di un paio delle guerre coloniali che aveva combattuto nel nome di un paese che non era il suo. Un anno fa cominciò a insegnarmi quelle lingue, a poco a poco, giorno dopo giorno, parola per parola, finché non fummo in grado di condurre una conversazione decente. Non c'era molto da fare sull'isola, e quelle lezioni di lingua erano un'opportunità ghiotta, soprattutto tenendo conto che l'arabo un po' mi era già entrato in testa alle Zattere, e il cinese...

Be', il cinese è la lingua che dovremo usare tutti, in futuro.

Hermann era un insegnante dotato, anche se dai modi spicci.

Ho imparato prima di tutto gli insulti, di quelle due lingue.

L'ho trovato morto un mattino sulla soglia di casa sua, una capanna di legno in fondo alla spiaggia di ponente. Non era passato da me la sera prima, così ero andato a cercarlo. Da giorni non era più lui; si era preso qualcosa, era evidente. Gli occhi rossi, il respiro affannoso. Fu il giorno in cui il battello dei rifornimenti non approdò all'isola, il primo di duecentocinquanta giorni in cui nessuna imbarcazione apparve all'orizzonte, e dovemmo arrangiarci a sopravvivere con quello che ci davano la terra e il mare. Lasciati da soli a combattere contro il male invisibile venuto da un mondo esterno di cui non avevamo più notizie.

Avevo sepolto Hermann in cima a una collina. Non pesava nulla. Nella sua capanna avevo trovato una busta ingiallita con sopra scritto il mio nome. Dentro c'era un anello d'argento, consumato e segnato dal tempo. Avevo avuto anch'io un anello simile, un tempo. Simile ma non uguale. Questo era autentico. Il simbolo della divisione SS Charlemagne, che univa i gigli di Francia all'aquila germanica, mi riportò in mente tante cose, troppe, un flusso di ricordi violenti che inghiottii come un rigurgito acido di vino.

Infilai in tasca il gioiello. Avvolsi il corpo del mio amico in una coperta e me lo caricai sulle spalle. Era così leggero... Mentre scavavo una fossa abbastanza profonda perché i granchi e gli altri animali non potessero arrivare alla sua carne, ripensavo alle nostre conversazioni, e al fatto che senza di me le sue parole sarebbero cadute nel vuoto.

Come se poi facesse qualche differenza.

«*È come danzare in mezzo alle tenebre, comporre versi che nessuno legge...*» mormoro.

«Come dice?»

«Niente. Niente.»

2

«Posso sedermi?»

Gli rispondo con un gesto noncurante, indicandogli l'unica sedia che c'è nella capanna.

Lui si toglie il cappello bianco e se lo posa sulle ginocchia.

Tornare a concentrarmi sull'avvocato inglese, dopo aver ricordato Hermann, è come cadere da diecimila metri senza paracadute nella merdosa realtà.

«Non mi chiede perché sono qui, signor Stokar?»

«Immagino che prima o poi me lo dirà.»

«A dire il vero sono piuttosto deluso, sa?»

«Da cosa?»

«Dal modo in cui mi ha accolto. Dalla sua fiducia. Potrei essere un assassino, e lei...»

Balzo dal letto come una pantera. Prima che possa fare un respiro gli ho già bloccato le mani dietro la schiena e gli punto alla gola un coltello da cucina. I suoi occhi sono dilatati dal terrore. «Gli assassini possono farsi avanti» gli sussurro all'orecchio. Con la punta del coltello gli stuzzico la guancia ben rasata, che odora di colonia e di paura. «Se l'hanno mandata qui per mettermi alla prova, la rispedisco da loro un pezzo alla volta. E le ultime spedizioni non saranno piacevoli, perché non ho un frigo.»

Immagino che vorrebbe scuotere la testa. Non lo fa per paura della lama, ma il suo sguardo è eloquente.

Allontano la punta del coltello dal suo naso e gli lascio libere le braccia.

Raccolgo dal pavimento il suo panama e glielo rimetto in grembo.

Lui continua a fissarmi, imbambolato.

«Ho preferito mostrarglielo che dirglielo» faccio. «Che fosse venuto qui disarmato lo sapevo già dalla spiaggia. Ora mi sento più tranquillo anche sul lato combattimento a mani nude.»

«Io... Io...»

«Ammetto di essere stato un po' rude.»

«Io... credo di aver bisogno del bagno...»

«È fuori. Questo non è il Four Seasons.»

L'inglese si alza, tremando.

«Aspetti» faccio io, allungandogli alcuni fogli di giornale tagliati in tanti quadrati. «Come le ho detto, questo non è un albergo di lusso.»

Ci vuole un po' prima che torni, visibilmente provato dall'esperienza del mio cesso, un recinto di foglie di palma sopra una fossa settica. Ecologico ma poco piacevole, alla vista e soprattutto all'olfatto.

«Ho... ho buttato sopra le mie... Insomma, c'era un secchio di sabbia. L'ho buttata sopra le deiezioni.»

«Ha fatto il boy scout?»

«No. Cioè, sì, ma questa è una cosa che ho imparato nell'esercito.»

«Lei era nell'esercito?»

«Sì. Tradizione di famiglia, sa com'è.»

«E ha combattuto da qualche parte?»

«In realtà no. Ero addetto al comando operativo. Ma ho fatto anch'io qualche campo d'addestramento. È lì che... insomma, è lì che ho imparato a usare una ritirata da campo.»

«Capisco. E ora mi scusi, ma se potessimo venire allo scopo della sua visita, avrei un carnet d'impegni piuttosto pieno.»

L'inglese si guarda intorno con una smorfia, manifestando

scetticismo circa la mia affermazione. Una mosca di dimensioni esagerate gli si posa sulla fronte. Lui la scaccia con un gesto nervoso. «Sono qui per... sì, sono qui per proporle un lavoro.»

«Forse non è ben informato sulla mia attuale condizione.»

«Oh, no. No. In realtà so tutto quello che c'è da sapere. Informazione più che completa.»

«Il famoso dossier.»

«Il famoso dossier» annuisce.

«Allora saprà che non sono libero di lasciare quest'isola. Anzi, non dovrei nemmeno parlare con gli estranei. Dovrei tenere... com'è che si dice? Un basso profilo.»

«Oh, ma mi creda, il problema con me non sussiste. Sono autorizzato a parlarle d'affari.»

«E se una certa persona, immagino lei sappia a chi mi riferisco, non fosse d'accordo?»

«Il mio cliente è perfettamente informato sul *gentleman's agreement* che l'ha portata su quest'isola dimenticata da Dio. Le assicuro che l'offerta che sono venuto a proporle ha già avuto il beneplacito di quella certa persona a cui lei si riferisce.»

«Anche ammesso che sia davvero così, che genere d'affari sarebbe, e perché dovrebbe interessarmi?»

L'avvocato Allenby si toglie dal taschino un fazzoletto immacolato e lo usa come un flabello, per tenere lontana la gigantesca mosca dalla fronte. «Un socio del mio... *cliente*... è rimasto impressionato dalle sue doti investigative e dalla sua, be'... dalla sua *tenacia*. È anche convinto che i suoi metodi, diciamo così, *poco ortodossi* siano perfetti per l'incarico che intende proporle.»

«Non sono più un poliziotto.»

«Al mio cliente non serve un poliziotto.»

«Ah no? E cosa gli serve, allora?»

L'avvocato mi fissa a lungo negli occhi prima di rispondere. «Possiamo dire che gli serve un *guerriero*.»

«Ce n'era uno, qui. Ma è arrivato troppo tardi.»

«Si riferisce a Hermann?»

«Come lo sa?» faccio, colpito.

Lui sorride, compiaciuto come un gatto che ha catturato una lucertola, non per mangiarla ma per puro piacere. «Ma scusi, non le è sembrato strano trovare qui sull'isola un veterano della divisione Charlemagne? Pensava fosse un caso? Non le è venuto in mente che una cosa del genere poteva capitare con una probabilità su un miliardo?»

Di colpo mi dispiace non aver usato il coltello sulla sua gola, poco fa.

Come se mi leggesse quel pensiero negli occhi, l'avvocato sbianca.

«Avete organizzato tutto...» sibilo, con una voce che sa di polvere e ossa.

«No... Io... io non c'entro. E nemmeno il mio datore di lavoro...»

«E allora *chi* c'entra? Chi ha organizzato tutto questo? Chi ha pagato Hermann? Alla sua età, e col suo carattere, come l'avete comprato?»

«Le verrà spiegato tutto a tempo debito. Lei è fortunato, sa? Dopo quello che è successo, con tutto quello che sa, avrebbe potuto finire in una colata di cemento, o dentro un barile d'acido.»

«*Fortunato*? Ho passato più di un anno e mezzo della mia vita in questo buco di culo del mondo, e lei mi chiama *fortunato*? Scopro che quello che pensavo fosse il mio unico amico mi ha preso per il culo e lei mi parla di fortuna?»

«È vivo.»

«Come tutti quelli che possono dire di esserlo. Siamo parecchi. Evidentemente il mio concetto di *fortunato* è diverso dal suo.»

«Le è stato dato modo di imparare. Di perfezionarsi. Di migliorare il suo corpo...»

Di colpo mi tornano in mente gli interminabili esercizi che Hermann mi faceva fare. Le sue lezioni di *savate* e di lotta vietnamita.

«Lei ora è un'arma ancora più affilata e letale di un tempo. È un guerriero perfetto. Un samurai.»

«Semmai un *rōnin*. Un samurai senza padrone.»

«In merito a questo la prego di pazientare ancora un po'. Anche se comunque non parlerei di padrone, ma piuttosto di *committente*.»

«Il mio padrone si chiama Alemanno Ferrari. È lui che dispone della mia vita. Solo lui può liberarmi dal mio esilio.»

Allenby scuote la testa. «Questo non è un problema. Viviamo nell'era del commercio globale. Lo capirà presto. Saprà tutto molto presto. Ha la mia parola.»

«E se io le dicessi di no? Se preferissi restarmene tranquillo qui? In fondo molti colleghi della mia età sono già in pensione.»

«Dice sul serio? Non le credo. Lei non è tipo da pensione. La ricreazione è finita, signor Stokar. È tempo di rimettersi al lavoro.»

Chiudo gli occhi. Scuoto la testa. «Le ho chiesto cosa succede se le dico di no. Così, per pura ipotesi.»

L'avvocato fa una smorfia. «Diciamo... niente di buono. Succede che io la saluto educatamente e me ne vado. Poi un giorno o l'altro... magari anche domani... lei riceve la visita di qualcuno molto meno amichevole di me, venuto a... diciamo così, a disporre altrimenti di lei. La soluzione finale del signor Sergio Stokar.»

«È una minaccia?»

Apre le mani, in un gesto di scusa. «Non sono io che stabilisco le regole. Io sono solo un messaggero. *Ambasciator non porta pena*» conclude, in italiano.

«In pratica mi sta dicendo che non ho scelta.»

«No. Ce l'ha. Solo che una scelta sbagliata comporterebbe conseguenze molto spiacevoli.»

«Quanto tempo ho per pensarci?»

«Niente, temo. Deve dirmelo ora, subito, cos'ha deciso.»

3

Non ho porte da chiudere.
Niente da prendere, da portar via.

Gli abiti che indosso sono quelli che avevo quando sono arrivato qui. Non li ho usati da allora. Mi stanno larghi, tranne che sulle spalle. Gli scarponi cinesi sono assurdi anche solo da guardare, con più di quaranta gradi all'ombra. Mi sono abituato a quest'estate senza fine, indossando un paio di short e nient'altro. Le uniche calzature che ho usato sull'isola sono i sandali di gomma per camminare sugli scogli.

Non ho uno specchio in cui guardarmi quando ho finito di vestirmi, ma l'espressione sul volto dell'avvocato è sufficiente: so che il mio corpo è perfetto, dopo tutti questi mesi di dieta sana, senza toccare un goccio d'alcol e senza droghe di alcun tipo, nemmeno la *ganja*, che da queste parti è praticamente gratis. Ho fatto il bravo. Non perché lo dovessi a qualcuno. Ho deciso così, punto e basta. L'ultima volta che ho visto il mio riflesso in uno specchio quasi non mi riconoscevo. Non tanto per il naso rotto, o per le cicatrici: c'erano già tutte anche prima, fatta eccezione per quelle che mi sono procurato in un paio di incidenti in mare. E nemmeno per la pelle tirata sugli zigomi, o per l'abbronzatura che il sole mi ha tatuato addosso. No. Quello che non ho riconosciuto era lo sguardo che mi fissava dallo specchio. Uno sguardo inespressivo, freddo, più da automa che da essere umano.

C'è un'imperturbabilità buona, simile a quella del Buddha, che trasmette serenità e pace. E poi c'è la mia, quella che ho visto allo specchio e che mi ha fatto distogliere subito lo sguardo.

«Non per farle fretta» sorride Allenby, «ma dovremmo andare.»

Quanto tempo ho passato, in questa stanza? Quante notti, anche non tenendo conto delle tante volte in cui ho preferito dormire sul tetto, immaginando che il cielo stellato fosse *sotto* di me e io stessi a galla su un mare di luce. È la stessa sensazione che ho provato oltrepassando a nuoto i banchi di sabbia che chiudono a sud la baia, trovandomi di colpo sospeso su un abisso di più di mille metri, una scarpata oceanica dal fondo nero come la notte.

Sfioro le copertine dei libri, ordinatamente disposti sugli scaffali. L'unico che su quest'isola avrebbe potuto se non leggerli quanto meno apprezzarli, oltre a me, è ormai morto e sepolto.

Non è un modo di dire, è una certezza.

L'ho sepolto io, Hermann.

Non ho bagagli. Sono arrivato qui con quello che avevo addosso. Non ho soldi, e nemmeno documenti d'identità. Finché la civiltà ha tenuto, ho goduto di un credito sufficiente per i miei bisogni presso la locanda e l'emporio del Siriano, dall'altra parte dell'isola. Non ho mai sondato le potenzialità di quelle aperture di credito, se potessero bastare per procurarmi un aereo da turismo, o un rifornimento di champagne. Mi resterà questa curiosità.

Lascio la porta aperta. Attraverso quel riquadro oscuro ritagliato nella luce abbacinante di mezzogiorno, guardo i libri sugli scaffali. In particolare uno, le *Lettere dal Ponto* di Ovidio. La tentazione di prenderlo su è forte, ma lo lascio dov'è.

Giro sui tacchi e annuisco per dire che sono pronto. L'avvocato mi fa strada scendendo lungo il sentiero di assi che porta alla spiaggia.

«Viaggia leggero» mi fa, senza voltarsi.

«Non ho mai amato i souvenir.»

«Immagino che non proverà troppa nostalgia per questo posto.»

«Non provo mai nostalgia.»

«Non si è portato dietro nemmeno uno di quei libri.»

«Si sbaglia. Me li porto dentro tutti.»

Allenby cammina con cautela, attento a non mettere il piede in fallo sulle assi sconnesse. Tiene lo sguardo dritto davanti a sé. Mi fa venire in mente la storia di Orfeo ed Euridice.

«Perché ride?» sbotta, e stavolta si gira.

«Niente. Mi è tornata in mente una storia mitologica.»

«Buon per lei.»

Camminiamo per un po' in silenzio. Poi mi fermo.

«C'è un posto che vorrei vedere. Prima di andarmene.»

«Ci aspettano.»

«Appunto. Aspetteranno.»

Avevo scelto questa collina in ricordo di tutte le volte in cui ci eravamo fermati quassù, lui per fare i suoi esercizi di Qì Gōng, o le sue lotte, quasi una danza, con un guerriero ombra che solo lui vedeva. A volte vinceva, altre no.

Avevo scelto questo posto perché sapevo che lui l'amava.

«Questo le fa onore» annuisce Allenby, vedendo la tomba su cui non sono piantate croci ma una semplice targa di legno sulla quale ho scritto il nome, HERMANN, e sotto le parole: NOTRE HONNEUR S'APPELLE FIDÉLITÉ.

«Non lo nomini nemmeno, l'onore, in questo posto» gli intimo con l'indice alzato, chinandomi per svellere la targa dalla tomba. Sotto il suo sguardo stupito la spezzo sul mio ginocchio destro e lancio i due pezzi nella boscaglia.

Tiro fuori dalla tasca l'anello d'argento e lo getto nel buco lasciato dalla targa. Poi mi sbottono la patta dei pantaloni e piscio sulla terra mista a sabbia, riempiendo il foro. L'anello affonda e sparisce nella pozza d'orina che via via si fa sempre più larga. La sabbia ingoia il mio piscio e l'anello. Quando ho finito, col tacco premo per bene finché la superficie della tomba non torna perfettamente liscia.

«Non credo di aver capito» sussurra l'inglese.

«Infatti. Non può capire.»

Lancio un'ultima occhiata alla spiaggia, che da qui sembra un paradiso incontaminato: invisibili il villaggio e il pontile, resta soltanto il mare, e il bianco della sabbia che un tempo è stata roccia, montagna, conchiglia, ossa, pietra preziosa.

Mi volto verso Allenby.

«*Ora* possiamo andare.»

4

Seduto a poppa della scialuppa, ammiro la tecnica con cui l'avvocato inglese voga: apparentemente senza fatica, dando dei piccoli colpi misurati che fanno raggiungere alla barca una notevole velocità, su una linea retta così impeccabile che sembra disegnata su una tavola da progettista.

«Stia attento, più avanti» gli dico. «Ci sono scogli a meno di dieci centimetri sotto il pelo dell'acqua.»

«Lo so.»

«Lei sa sempre tutto?»

«Ho studiato le carte. Sa come si dice? *Estote parati.*» Dà un'altra decina di abili colpi di remo prima di aprire di nuovo la bocca. «Sa cosa mi colpisce, di lei? Che un uomo della sua... vogliamo chiamarla col suo nome?...»

«Chiamiamola.»

«... Che un uomo della sua *brutalità* abbia una cultura classica.»

«È stato un caso. Se ha letto il dossier saprà che i miei genitori erano due tossici, piccoli spacciatori di droga italiani che per aver tirato uno scherzetto al loro fornitore hanno dovuto cambiare aria per qualche anno. Be', in effetti per più di qualche anno.»

«È per questo che lei è nato a Manchester.»

«Già. Niente di troppo romantico. Una storia un po' alla Dickens. Comunque la mia *cultura classica*, come la chiama lei, nasce dal fatto che mio padre finì per qualche anno ospite di sua graziosa maestà la regina, come diceva lui per scherzo, così mamma tornò in Italia, dove mi iscrisse al ginnasio. Il liceo classico, insomma. Si partiva in quarta e si finiva in terza... Il sistema scolastico superiore italiano non è complicato come quello britannico, ma il classico ci si avvicina. Ebbi la fortuna di capitare in una buona sezione, con buoni insegnanti. Tranne forse un po' all'inizio, non ebbi troppe difficoltà con il greco e il latino. Ho ereditato da mia madre il dono per le lingue, o almeno così diceva lei. In effetti il suo inglese era notevole, per essere un'autodidatta.»

«Ma una cultura come la sua non può essersi formata solo sui banchi di scuola.»

«Leggere mi è sempre piaciuto.»

«E come concilia la cultura classica con la sua carriera lavorativa... come dire, un po' *antipodale*?...»

«Non si conciliano. È come essere Jekyll e Hyde, ma contemporaneamente. Non è facile. Immagino che dovrei dare la colpa ai filosofi stoici, se non mi sono sparato con la pistola d'ordinanza.»

«Capisco.»

«No. Non credo che lei possa capire.»

Il mare è liscio come l'olio. Di tanto in tanto un pesce salta oltre la superficie, e un gabbiano sorvola l'acqua descrivendo larghi cerchi nell'aria, come un aereo antisommergibile in un vecchio film di guerra.

«Ho dovuto trovarmi un lavoro. Non mi chieda come e non faccia battute, ma mia madre aveva qualche buona conoscenza nella polizia. Feci il concorso e mi arruolai. Poi l'accademia, e gli studi di giurisprudenza. C'era persino un esame di filosofia del diritto, anche se con la filosofia aveva poco a che fare. Sa qual è la cosa migliore e al tempo stesso la peggiore, del mio carattere? La capacità di adattarmi. Ha mai sentito parlare dei giannizzeri? Nell'impero ottomano erano un corpo scelto, i soldati più fedeli e i combattenti più feroci. Sa come li reclutavano? Erano bambini rapiti nei villaggi cristiani durante le guerre o le scorrerie. Veniva fatta loro una specie di lavaggio del cervello che li trasformava nei più fedeli soldati del sultano. Credo che qualcosa del genere sia successo a me.»

«Lei era arrivato all'apice della carriera e della fama, come poliziotto. E poi, per motivi che sappiamo bene ma che non è opportuno riesumare, è stato lasciato in fin di vita in una comunità di clandestini. Ecco, questa è la cosa che riesco a capire meno di tutte: lei è un uomo di destra, un fascista...»

«Non sono mai stato un fascista. Nazista, forse. Fascista, no. I fascisti mi fanno cagare.»

«Come vuole. Comunque è diventato, diciamo così, un pilastro di quella comunità, le Zattere. Il loro sceriffo. È così che la chiamavano, vero?»

Sentir nominare le Zattere è una specie di doccia fredda. Ero riuscito a rimuovere il loro ricordo, e con quello i dubbi e l'ansia per il destino di quel rifugio precario che per tanto tempo è stato la mia casa.

«Non sempre si può scegliere.»

Scrollo le spalle fingendo freddezza, ma dentro di me quel nome, il nome di *quel* posto, ha rievocato di colpo troppe cose. È stato come aprire la scatola di un pupazzo a molla, lo stesso che mi aveva spaventato a morte quando ero piccolo.

Mi guardo ostentatamente intorno.

Da sotto la tesa del cappello gli occhi dell'avvocato mi interrogano. «Che c'è? Cos'ha visto?»

«Niente. Appunto. Stiamo remando verso il nulla, o ci fermiamo appena vediamo le coste africane?»

Ride.

Ride a lungo.

Troppo, per un inglese.

L'eccentricità della sua famiglia non dev'essersi estinta nell'Ottocento.

«Davvero non vede niente?» chiede, fra le risate.

«Cosa dovrei vedere?»

«Oh, be', questo farà *davvero* felice Oleg», e si mette a remare con più foga, continuando a ridere.

Io m'impegno a scrutare le onde, sforzandomi di vedere qualcosa. E quando finalmente ci riesco, rimango di sasso.

All'inizio è solo un'impressione. Un riflesso, una specie di movimento che non è un movimento.

Poi capisco che per vedere devo guardare con la coda dell'occhio, defocalizzare.

Ed è allora che lo vedo.

Lo yacht è enorme e sgraziato, almeno per quanto è possibile intuire. Ha l'eleganza e più o meno l'aspetto di un gigantesco ferro da stiro posato sull'acqua. Se non l'ho visto prima è perché è dipinto a losanghe irregolari di diverse sfumature d'azzurro. Si mimetizza perfettamente sullo sfondo del mare, e solo a poche decine di metri riesco a percepirne l'ingombro, se non ancora la forma, perché le forme geometriche colorate confondono la vista, trasformando il piano in concavo e viceversa, alterando la prospettiva.

«Lo vede, adesso?» ride l'avvocato, quasi cantando le parole. I suoi colpi di remo si fanno più potenti e rapidi, mentre accostiamo alla grande nave.

E mentre la fiancata dello yacht si fa più vicina mi tornano in mente le storie di pirati che mamma mi raccontava quand'ero bambino.

Lo sciabordio dell'acqua sullo scafo e i colpi di remo, regolari come un metronomo, riportano in vita paure infantili. Per un attimo immagino che la tesa del panama si rialzi e che sotto, invece del viso dell'avvocato Allenby, mi appaiano gli occhi di brace del pirata Long John Silver, e la sua voce intoni roca: «Quindici uomini, quindici uomini...»

5

Invece la musica che fa da sottofondo alla mia salita a bordo della Principe Kutuzov è una canzoncina che non ho mai sentito, mentre conosco benissimo la voce. Regina Spektor ha spesso accompagnato i miei amplessi coniugali con risultati notevoli, perché la voce erotica e pura della cantante russa era capace di prevalere anche sugli effetti più rimbambenti dell'alcol e delle droghe.

Che la barca, o nave, o come cazzo volete definirla, si chiami così, lo deduco dal nome scritto a poppa in lettere d'oro, o forse semplicemente dorate. In caratteri cirillici sopra, e in caratteri latini più piccoli nella riga sottostante.

Conoscendo lo stile e il gusto dei *nouveaux riches* russi, non è da escludere che quelle lettere siano davvero d'oro massiccio.

I due marinai che ci aiutano ad attraccare sembrano usciti da una pubblicità di Jean-Paul Gaultier. Magliette a righe, berretto e pantaloni bianchi, fisico atletico. Quello biondo mi tende la mano. Faccio finta di non vederla e salto sulla pedana di poppa dalla scialuppa in movimento: ce la faccio per un soffio.

Il marinaio è rimasto lì con la sua mano tesa. È Allenby ad approfittarne. Quando ormai è salito a bordo, la sua mano indugia più del dovuto in quella del ragazzo; poi, con un sorriso che è lo strascico di quello rivolto al marinaio, mi raggiunge.

«Benvenuto a bordo, signor Stokar. Anche se non spetterebbe a me dirlo.»

«Ah, questa barchetta non è sua?»

«Vuole scherzare? No che non è mia.»

«Come hanno fatto?»

«A permettersela? Che domanda sconveniente.»

«No. Come hanno fatto quel gioco di prestigio.»

«A renderla praticamente invisibile? Diciamo che la mimetizzazione è sia una tecnologia che un'arte. E quando i soldi non sono un problema, sia la tecnologia che l'arte sono a portata di mano. Si dice che un'illusionista inglese, usando la mimetizzazione, fece sparire l'intero porto di Alessandria. Oppure era il Canale di Suez? Va bene, non importa: diciamo che era qualcosa di *molto* grosso. Venga, le faccio strada.»

Il suo concetto di "farmi strada" consiste nell'accompagnarmi per un paio di metri fino alla porta di un ascensore, che si apre scorrendo di lato.

«Venga.»

Una volta entrati, l'avvocato mi chiede di spalancare le braccia e guardare verso l'alto.

Lo assecondo, anche se non capisco il perché di quella richiesta.

Si sente un leggero ronzio.

Mi aspetto che l'ascensore salga, e invece, a sorpresa, scende. Stando alla pulsantiera, di due piani. Ci mette meno di niente.

«Prego» fa Allenby.

Le pareti del corridoio in penombra sono in lacca color porpora. Moderno e al tempo stesso sontuoso. Dentro le teche sapientemente illuminate brillano quelli che sembrano autentici reperti da museo: una statuetta egizia in bronzo verdastro, una splendida testa di dea greca in marmo, una fibbia d'oro con pietre preziose incastonate, un codice miniato. Non ho tempo di vedere cosa contengano le altre teche, sorrette da colonne dorate. Al termine del corridoio c'è una grande porta in ebano che si spalanca silenziosamente al nostro arrivo.

Tre pareti della stanza sono di vetro, e mostrano il fondale marino. Nella luce azzurra che filtra attraverso la superficie nuotano banchi di pesci colorati: giocano a nascondino fra le spugne e i coralli del fondale.

L'unico arredamento della stanza è costituito da una scrivania sgombra di oggetti e da una poltrona dirigenziale, sulla quale siede un uomo vestito di nero da capo a piedi, come un ufficiale imperiale di Star Wars. Ho come la sensazione di averlo già visto. Deve avere un po' meno della mia età, il fisico asciutto. I capelli biondi sono corti, quasi a spazzola.

C'è qualcosa di innaturale, nel modo in cui sta seduto. Troppo dritto, la mano destra che si muove sul piano della scrivania come se non sapesse bene cosa fare.

Allenby si ferma sulla soglia, facendomi segno di andare avanti.

L'uomo dietro la scrivania sorride. «Benvenuto» dice in inglese. Il suo sorriso è artefatto come la postura.

Schiocca le dita.

Un uomo grosso come un gorilla entra nella stanza portando con sé, senza nessuna fatica apparente, una sedia massiccia. La posa davanti alla scrivania, esce e subito dopo torna con una poltrona appena meno imponente di quella su cui troneggia il biondo. A un cenno di quest'ultimo, il gorilla l'appoggia dietro la scrivania e si allontana, con un leggero inchino.

Anche l'avvocato arretra lentamente, per uscire dalla stanza.

Osservo tutta questa manovra, orchestrata con l'evidente scopo d'impressionarmi, senza fare una piega. Trattengo e maschero la curiosità e lo stupore per quell'ambiente che mi ricorda il Capitano Nemo.

Il biondo mi fa segno di accomodarmi sulla sedia.

Io mi prendo tutto il mio tempo per farlo. «Benvenuti sul Nautilus» commento, mettendo su la faccia da schiaffi che da ragazzo mi ha procurato la mia parte di pestaggi.

«Si chiama Principe Kutuzov.»

«Lo so. L'ho visto, il nome. Come mai *principe*? Kutuzov non era un generale?»

«Era anche un principe. Di generali ce ne sono un sacco, in ogni esercito. I principi invece sono molto più rari.»

«Anche di russi straricchi ce n'è un sacco in giro. Lei in che ramo opera? Diamanti? Droga? Figa?»

Lui sorride, ma solo con la bocca. I suoi occhi si fanno freddi come quelli di un pesce nel banco surgelati. «Se lo chiedono in molti. Stanno lavorando da tanto tempo, in diversi posti, per capirlo. Non vedo perché dovrei dirlo proprio a lei.»

«Oleg è attivo in moltissimi campi» fa una voce alle mie spalle. Una voce che conosco. «Non si può pretendere che sappia precisamente da dove arrivi il denaro grazie al quale si può permettere giocattolini costosi come questo.»

Alemanno Ferrari aggira con passo tranquillo la scrivania e si siede sulla poltrona alla destra del russo.

Non mi aspettavo che rivederlo mi avrebbe fatto questa impressione. In realtà non mi era nemmeno passato per la mente che avremmo potuto rivederci, un giorno. E non era certo in cima alla mia lista dei desideri.

«Come stiamo, Sergio?»

Quel plurale, buttato lì così, mi dà istantaneamente sui nervi.

«Io bene. E lei?»

«Non c'è male. Abbiamo passato tempi complicati, ma ne siamo usciti. Non tutti, e non tutti benissimo, ma ne siamo usciti. Ci siamo lasciati il peggio alle spalle. O almeno così dicono.»

«Lo dicono quelli che non ci siamo lasciati alle spalle.»

Mi studia come se dovesse comprarmi. O vendermi.

«La trovo bene» conclude, alla fine del suo esame. «Considerate le circostanze.»

«Anch'io. Da come si presenta, sembra che sia riuscito a starsene fuori di galera.»

«E lei sembra aver tratto beneficio dalla sua vacanza ai tropici. Ha una gran bella abbronzatura.»

«Non la chiamerei una vacanza.»

«Abbiamo perso tutti la nostra libertà di movimento, per via del virus.»

«I nostri limiti alla mobilità non erano esattamente gli stessi.»

Il russo non pronuncia una sillaba. Rimane ad ascoltare il nostro scambio di piacevolezze. Immagino non parli italiano, e la sua espressione è quella di chi guarda due pesci in un acquario aprire la bocca e sputare fuori bollicine d'aria.

«Fatto sta che è vivo» conclude Ferrari. «Date le circostanze, è molto più di quanto poteva aspettarsi.»

«Se lo dice lei.»

Il banchiere incrocia le dita, come se si predisponesse a una preghiera. «Il mondo è cambiato, mentre lei se ne stava sull'isola» sussurra.

«Sì. Qualche notizia è arrivata anche qui.»

«Cominci a pensare all'isola come a un *lì*, non più come un *qui*, Sergio.»

Non rispondo. Aspetto che sia lui a scoprire le sue carte.

«La sua mancanza di curiosità mi stupisce. Non mi chiede come mai sono qui?»

Scuoto la testa. Due volte, lentamente.

Il russo alza una mano dalla scrivania. «Non so cosa vi stiate dicendo, ma mi sembra che stiamo perdendo tempo» fa, in inglese. «E per me, come si dice, il tempo è denaro.»

«Anche per me non è che...» accenna a protestare Ferrari.

Il russo però alza di nuovo la mano, stavolta con più decisione. «Lasciami parlare, Al.»

«*Al...?*» sogghigno.

«E lei non mi interrompa, *mister* Stokar. Per favore.»

Io e Ferrari restiamo zitti, come scolari rimproverati dal maestro.

L'inglese del nostro ospite è meccanico, a volte incerto. E la pronuncia... Be', la pronuncia è quella che ti aspetteresti da un attore che interpreta un russo in un film di serie B.

«Il mio nome è Oleg Suvarin. Sono il duecentoventesimo nella classifica degli uomini più ricchi del pianeta. Non faccia commenti. Non apra nemmeno la bocca. *Lo so* cosa sta pensando. Non lo dica. Duecentoventesimo è bene. È tanto. È *molto tanto*. Questo yacht ne è la prova. La mia compagnia, la Komarov, i miei palazzi, le mie mogli, ne sono la prova.»

Una grande manta attraversa lentamente l'acqua alle sue spalle. Sembra guardarci, per un attimo; poi passa oltre, imperturbata.

Una ruga si forma sulla fronte del russo. La sua voce si abbassa. «Vengo subito al punto. Ho avuto un figlio, dalla mia seconda moglie. Si chiama Viktor. Ha ventiquattro anni. Avrei voluto che facesse l'ingegnere. Mi sarebbe stato utile, per le mie attività. Lui invece ha preferito fare, come si dice, di testa sua. Ha studiato cose riguardanti le scienze umane, non so come si chiamano in inglese... *Sotsiologiya...*»

«Sociologia» suggerisce Ferrari.

«*Sociologia*, sì. Ha studiato nelle migliori scuole e università del Regno Unito, e poi ha voluto viaggiare. Israele, Colombia, Libano. Doveva prendere il PhD a Cambridge. Quest'anno il suo tutor gli fa: "Vai nel Sidiq per fare uno studio sulla condizione degli omosessuali in quel paese."

Lui me lo dice e io gli chiedo: "Viktor, sei pazzo o sei gay?" E lui mi risponde guardandomi dritto negli occhi: "No, papà, nessuna delle due cose." E io sono sicuro che dice la verità, perché Viktor ha sempre avuto successo con le ragazze. Gli sono sempre piaciute un sacco. Vero, Al? Tu ne sai qualcosa. E così gli chiedo: "Viktor, conosci allora qualcuno nel Sidiq, o nell'Ard Alshams, la Terra del Sole, come lo chiamano adesso?" E lui mi risponde di no. Così lo guardo e gli chiedo: "Allora dimmi perché cazzo vuoi andare in quel posto di merda a fare una ricerca di merda sui finocchi."»

Tira fiato. Il viso dalla pelle chiara gli si è fatto paonazzo. Si aggiusta il polsino della camicia, facendo spuntare quello che sembra un Louis Moinet Meteoris.

Anche se il mio sguardo si è posato solo per un attimo su quell'orologio leggendario, il russo ha colto la mia attenzione. Si tira su ancora di più il polsino, perché io possa accertarmi di aver visto giusto.

Esistono solo quattro esemplari al mondo di quell'orologio che ingloba meteoriti e pietre spaziali. Il suo valore raggiunge quasi i quattro milioni di euro.

Mi sono sempre piaciuti un sacco, gli orologi. Quando ancora mi interessavano le cose inutili.

Durante il secondo mese di lockdown ho barattato il mio Omega X-33 con due lattine di fagioli, allo spaccio dell'isola.

«Viktor mi ha risposto che l'ingiustizia va combattuta in ogni forma. Mi ha detto che non conta quale sia il delitto, o dove venga commesso. Quello che conta è che i torti vengano raddrizzati, ha detto. Questo mi ha fatto pensare. Era la prima volta che faceva un discorso del genere. Viktor non è mai stato un idealista. Anche se ha sempre avuto le idee piuttosto chiare. Quando ha compiuto diciott'anni gli ho detto da dove venivano i soldi che ci permettevano il nostro stile di vita. Lui mi ha risposto che lo sapeva già, e che non gli importava. “Tu sei mio padre” mi ha detto. “Ti voglio bene, non ti giudico e non farò mai nulla che vada contro di te, o che possa ferirti. Ma non seguirò la tua strada.”»

Si passa la mano fra i capelli corti, di un biondo quasi albino.

Io faccio istintivamente lo stesso sulla mia zucca rasata.

Maledetti neuroni specchio.

«Cose che a un padre fa male sentire. Ma anche bene. Se io avessi seguito gli insegnamenti e l’esempio di mio padre, sarei morto prima dei cinquant’anni, nel suo merdoso villaggio degli Urali.» Sorride. «Un giorno sono tornato là. Ero già ricco. Ero un... come dite voi... un *oligarca*. Avrei potuto tornare in elicottero. Anzi, con *una dozzina* di elicotteri che suonavano la *Cavalcata delle Valchirie*, come in quel vecchio film. Invece sono tornato in auto, e mi sono fatto lasciare giù, prima del paese. Sono arrivato a piedi. Era ancora più sporco e miserabile di come lo ricordavo. Le strade erano vuote. Le case erano nere di fumo. Nere come le facce dei minatori che rientravano dal turno di notte e che incrociavo per strada. Alzavano gli occhi a guardarmi, ed erano occhi di bestie, occhi di carne ancora viva portata al macello. Sai perché ho chiamato le mie imprese Komarov? Mi chiedi del nome del mio yacht, e non mi chiedi questo?» Mi fissa, con un’espressione poco rassicurante. L’azzurro dei suoi occhi è quello di un cielo che da un momento all’altro potrebbe farsi scuro, di tempesta. «Hai mai sentito parlare di Vladimir Michajlovič Komarov? No, ovvio che no. Era un cosmonauta sovietico. Ed è stato il primo uomo a morire in una missione spaziale. Almeno ufficialmente. Sulla Sojuz 1. È morto il 24 aprile del 1967. Lo stesso giorno in cui sono nato io. Mia madre me lo ripeteva sempre. Forse è per questo che sono arrivato dove sono arrivato, ed è per questo che ho chiamato la mia società col nome di quell’eroe, e magari fra qualche anno i miei razzi faranno concorrenza a quelli di Elon Musk. Mia madre diceva che una scintilla dell'anima di quell'eroe doveva essere entrata in me, perché ero diverso dai miei fratelli, e dagli altri ragazzi del villaggio.»

Un banco di pesciolini argentei sfreccia oltre il vetro blindato della parete alle sue spalle. È un banco così fitto, di pesci così piccoli, che sembra un'unica figura geometrica, una sfera di mercurio che si piega e si dilata e si restringe e muta, disegnando forme sempre diverse. Un giorno ho visto un nugolo enorme di storni fare la stessa cosa nel cielo grigio di Roma, sulla stazione Termini.

«La casa dei miei era occupata da una famiglia di immigrati uzbechi. Avrei potuto tirar fuori dalla tasca un rotolo di dollari e dirgli di andarsene, di levarsi dai coglioni. Avrei potuto bruciare la casa dei miei. Come una pira funeraria. Si dice così, no? Oppure farne un museo. Invece sai che ho fatto? Non ho fatto niente. Sono uscito dal villaggio e sono andato fino al cimitero. Ero già così pieno di vodka che se mi avvicinavi un cerino esplodevo. Ma mica la vodka che si beve là. Il mio fornitore è lo stesso che riforniva gli zar. Con la bottiglia in mano, camminando un po' di qua e un po' di là, come si dice, ho fatto quella merda di strada fangosa che porta alla collina del cimitero, anche se la collina è alta forse tre metri e il cimitero è una raccolta di mucchi di terra. Certe tombe hanno croci di legno piantate sopra, altre sono monumenti a eroi del lavoro che si sono fatti il culo in miniera per trenta o quarant'anni, loro e le loro stupide quote di produzione, e in cambio hanno avuto le loro medaglie di merda, di stagno dorato e smaltato di rosso. Sono arrivato al cimitero, ed erano tutti lì, i miei amici di un tempo, i miei compagni di classe. Mitja, che era il più bravo di tutti, un genio della matematica, e Pjotr, che trasformava le sue scoregge in un lanciafiamme. Nessuno dei miei compagni d'infanzia è arrivato ai cinquant'anni. Kadnikovo è una città di vedove e immigrati.

Vedove e immigrati.» Mi fissa. «So cosa stai pensando, italiano. Pensi che la nuova Russia è così perché così l'ho fatta io. Non è vero. *Io* sono così perché la Russia così mi ha fatto. E lo stesso è accaduto a mio figlio. *Mio figlio*» ripete, lo sguardo perso nel vuoto.

La sua espressione mi fa pena. E al tempo stesso mi dà i brividi. Mi ricorda quella di un quadro che ho visto con Carla, la mia ex moglie, in un museo di Mosca. Lo zar Ivan stringe tra le braccia il corpo del figlio, che ha appena ucciso a bastonate in un impeto d'ira. Lo sguardo perso dello zar, il sangue sulla tempia del corpo che abbraccia con tanta tenerezza.

«La strada per il cimitero io la percorrevo a piedi, ma intorno a me c'erano cinque Cadillac Escalade nere. Era come un funerale. O la parata inaugurale di un presidente americano. Queste cinque auto blindate, e io a piedi. Col valore di una di quelle macchine potevo comprarmi il villaggio dove sono nato.» Scuote la testa. «Ma non potevo richiamare in vita nemmeno uno dei miei amici d'infanzia.»

Il suo sguardo ora è quasi implorante. Uno sguardo che non si permetterebbe mai di fronte a un nemico, a un rivale, o a uno dei suoi sottoposti.

Ma non dice niente. Si limita a guardarmi.

È Alemanno Ferrari a intervenire, nel suo inglese dall'ottimo accento. «Per arrivare al nocciolo della questione: Viktor, il figlio di Oleg, è sparito tre giorni fa, nell'Ard Alshams. Nonostante Oleg si fosse assicurato di fargli avere la miglior protezione possibile. Sparito di punto in bianco, senza lasciare traccia.»

«Capisco.»

«No. Non capisci. Ti assicuro che non capisci. Viktor è l'unico figlio maschio di Oleg. È il suo erede. L'erede del suo impero economico. Sta per sposarsi, e la sua fidanzata è in pena per lui.»

«E allora?»

«E allora suo padre vuole ritrovarlo. Ha bisogno che uno con le palle vada laggiù e glielo riporti.»

«E io che c'entro?»

«Oleg ha una proposta da farti. Ha bisogno d'aiuto. Quando me ne ha parlato, sei stato il primo a venirmi in mente.»

«Non vedo perché.»

«Perché sei un rullo compressore. Perché non ti fermi di fronte a niente.»

«E tu che ne sai?»

«Io che ne so? *Io che ne so?* Cazzo, stavi quasi per farmi fuori. C'è mancato tanto così. Sei stato una spina nel culo delle dimensioni di una portaerei.»

«È successo in un'altra vita» taglio corto, alzando le spalle.

Ferrari sorride. «Mi stai dicendo che non accetti nemmeno di sentire la nostra proposta?»

«Sto solo dicendo che abbiamo un accordo. E che io l'ho rispettato.»

Ferrari mi fissa con uno sguardo che potrebbe perforare la roccia. Non vorrei essere uno dei suoi dipendenti, quando guarda in quel modo.

Ma forse non odia nessuno come odia me.

«Sai che ti dico? Ho cambiato il nostro accordo» sorride. «Come diceva Darth Vader in quel film del cazzo, prega che non lo cambi ancora.»

«Ne parliamo a pranzo» esclama Suvarin, battendosi le mani sulle cosce e alzandosi con uno scatto da ginnasta.

6

Dopo aver visto lo studio sommerso di Oleg Suvarin, mi aspettavo un pranzo in stile Nautilus, con prodotti ricavati dai fondali oceanici. Da uno che chiama la sua barca Principe Kutuzov e le sue imprese Komarov mi aspetto di tutto. Invece ci vengono serviti cibi semplici della cucina russa, che però hanno fatto il giro del mondo per arrivare freschi fin qui: *blini*, *golubtsy* e *pel'meni* occupano i vassoi d'argento a centrotavola.

«Lei non beve?»

«No.»

Il russo sembra deluso, mentre tira indietro la bottiglia senza etichetta da cui voleva versarmi la vodka. Ferrari e Allenby invece accettano sorridendo.

«Di solito non faccio affari con uomini che non bevono» commenta Suvarin, serio.

«Non fa affari con gli arabi, allora.»

«Chi le ha detto che gli arabi non bevono? Gli iraniani, be', quelli sì che sono dei fanatici rompicazzo. Ma gli arabi... *Pfhhh...*» Sbuffa, servendosi una dose di liquore che stenderebbe un cavallo. «Non so cosa vi siete detti nella vostra lingua, lei e Al, ma sono certo che ora sarà disposto a discutere d'affari. Ho visto che guardava il mio orologio.»

Prima che possa aprire la bocca per negare, lui si sfila

dal polso il Louis Moinet e lo posa davanti a me, vicino al piatto.

«È suo. Lo prenda.»

«Non...»

Ferrari, di nascosto, mi fa un impercettibile segno di sì col capo.

«Se non lo accetta mi offendo. È un regalo. Non si rifiuta un regalo.»

«Il fatto è che non potrò mai usarlo. È troppo prezioso per essere portato al polso.»

«Io lo porto. Dov'è il problema? Se non vuole portarlo, lo metta in cassaforte, o in banca. O lo venda. *Eto ne moya problema.*»

Non è un problema suo.

Svuota il bicchiere in un solo sorso, come se volesse rimettersi in pari coi suoi amici d'infanzia finiti a guardare l'erba dalla parte delle radici in quel cimitero sugli Urali.

«Sa cosa dice il Vangelo? "Che giova all'uomo guadagnare il mondo intero, se poi perde la propria anima?" Viktor è la mia anima. Mi riporti la mia anima, e io le darò il mondo intero.»

Poso le dita sull'orologio che costa quanto un grattacielo, e lo spingo lentamente verso il russo. «Non voglio essere pagato con una cosa di questo valore.»

«Mio figlio vale molto di più.»

«Mi accontento che lei rilevi il mio contratto. Il contratto stipulato tra me e Ferrari. E che una volta che le avrò riportato suo figlio, ammesso che io ci riesca, perché l'Ard Alshams non è Disneyland, lei straccerà quel contratto e mi lascerà libero. Io non farò nulla contro Ferrari e lui non farà nulla contro di me. E lei, signor Suvarin, sarà il garante del nostro nuovo accordo.»

Mi guarda incredulo. «*Non vuol essere pagato?*»

«Visto che ha familiarità con i testi sacri, sa come dice la Bibbia? La libertà non ha prezzo. E se la Bibbia non lo dice, dovrebbe dirlo. Comunque si tranquillizzi, non sono un idiota. Dato che non ho fonti di reddito, avrò bisogno di una casa, e dell'equivalente di una piccola pensione. Be', non troppo piccola. Ma le costerà infinitamente meno di quell'orologio, che detto per inciso mi sembra una pacchianata. Non si offenda.»

Suvarin sogghigna. «Quando qualcuno mi offende, di solito non fa in tempo a pentirsene.»

«Colgo un leggero senso di minaccia nelle sue parole.»

«Non è leggero. E non è una minaccia. È la realtà. Mi dica una cifra. Per la sua *pensione*, intendo.»

«Considerando il tasso di ricambio tra voi oligarchi russi, opterei per un pagamento anticipato.»

«Così mi piace. Bene. Spari la cifra.»

«Trecentomila euro.»

«Così poco?»

«E una casa.»

«Una casa. Benissimo. Un attico con vista su Central Park?»

«No. Su un'isola.»

«Non è stufo di isole?»

«In Grecia. Ci sono stato da ragazzo. Magari non c'è nemmeno più.»

È una casa che torna spesso nei miei sogni. Piena d'ombra e di luce, scavata per più di metà nella roccia, con il mosaico di una testa di medusa al centro del pavimento della sua stanza principale.

«Mi dica il posto e gliela trovo, la sua casa. È sicuro della sua scelta? Il mercato immobiliare è piuttosto depresso.»

Indico col pollice l'isola alle mie spalle. «Dopo questa, qualunque isola greca mi sembrerà un paradiso. Quella che ho in mente lo era, e magari lo è ancora. Ha carta e penna? Ma certo che ce le ha...»

Suvarin fa schioccare le dita. Non ha bisogno di chiedere. La sua guardia del corpo dai lineamenti asiatici e con un fisico da lottatore di sumo si stacca dall'ombra e si avvicina porgendomi un bloc-notes Moleskine e una penna dall'aria costosa.

Strappo un foglio, ci scrivo sopra il nome dell'isola e quello della casa. Nel frattempo, il profumo di menta e fiori d'ibisco si fa vivo come se, chiudendo gli occhi, potessi tornare ai giorni in cui sono stato felice, in quella casa.

«Potrebbe essere già stata comprata» faccio, tenendo due dita sul foglio piegato in quattro.

«Non è un problema» sorride il milionario, sfilandomi gentilmente il foglio da sotto l'indice e il medio.

«Chi mi garantisce che sarò al sicuro?» faccio, indicando con un cenno del mento Alemanno Ferrari.

Suvarin infila il foglietto nel taschino della giacca. Scuote la testa. «La mia parola. Non c'è garanzia migliore. Potrei farle una lettera di credito per il paradiso e al suo arrivo lassù verrebbe onorata.»

«È più probabile che dati i miei precedenti io finisca all'inferno.»

Sbuffa, divertito. «Faccio un sacco di affari con l'inferno. Laggiù il mio credito è illimitato.»

«Non conosco l'Ard Alshams. Non ho nessun contatto in quel paese. Non vedo come potrei trovare suo figlio.»

«Avrà accesso a tutte le informazioni e i mezzi che le servono. Jeremy verrà con lei, e avrà il supporto anche di altre persone. Sarete una squadra. Un team, come si dice. Chieda qualunque cosa le serva e l'avrà. Non bado a spese. Mi riporti mio figlio e sarò in debito con lei per sempre.»

«Sarò una specie di *contractor*, insomma.»

«Possiamo anche vederla così. Ma io la considero piuttosto un amico che mi aiuta in un momento di difficoltà.» Prende il mio bicchiere e lo riempie di vodka.

«Non bevo.»

«L'ha già detto. Ma un accordo va suggellato con la vodka. Allora, riassumendo: lei va nel Sidiq, o nell'Ard Alshams, come diavolo si chiama quel posto, trova mio figlio e lo riporta a casa, e io le faccio avere tutto quello che ha chiesto. E magari ci aggiungo un piccolo regalo.» Mi porge il bicchiere.

«Le ho detto che non bevo. E comunque...»

«Dica.»

«Se non dovessi riuscirci. Se dovessi tornare a mani vuote...»

«Contrattualmente la sua sarà un'obbligazione di mezzi, non di risultato. Dico bene, Al? È così che si dice, vero?»

«Assolutamente» annuisce Ferrari. «Stokar, dovrà fare del suo meglio per riportare a casa Viktor vivo. Chiaramente, se le cose dovessero andare... non per il verso giusto...»

«... Lei avrà comunque diritto a un generoso rimborso spese. *Molto* generoso» completa la frase Suvarin. Infila il bicchiere di vodka fra le mie dita. Sembra leggermi dentro il disagio, la *sete*. Poi si toglie di tasca un accendino da pochi centesimi, di plastica. Non il Dunhill d'oro che mi sarei aspettato.

Riempie di vodka il suo bicchiere. Dopodiché avvicina la fiamma dell'accendino alla vodka del mio. La fiamma azzurrina del liquore emana un profumo maligno. Mi fa battere forte il cuore.

I due bicchieri si avvicinano, si toccano. Poi Suvarin beve d'un fiato il suo.

«*Na zdorov'ye! Santé!* Agli accordi stretti!»

«E a quelli rispettati» aggiungo io, posando sul piano del tavolo il bicchiere che mi sta scottando le dita.

«Certo» sussurra il russo, spegnendo la fiammella azzurra con un battito di mani.

7

Il ponte di decollo dello yacht è un'isola di luce nell'oscurità dell'oceano.

I fari puntati sulla pista d'atterraggio rendono invisibili le stelle dei tropici che gremiscono il cielo come gli spettatori a una finale della Coppa del mondo.

Guardo Allenby, che sopra il suo elegante ma ormai stazzonato completo bianco di lino indossa un giubbotto arancione e un casco che lo fanno sembrare un gigantesco insetto. Poi ricordo che anch'io sono bardato così. Ferrari regge fra le dita una coppa di brandy, e fuma un sigaro Avana dall'aroma incredibile. Suvarin invece impugna per il collo la sua bottiglia di vodka senza etichetta. Indossa un cardigan troppo grande e un berretto da baseball con la scritta WEYLAND-YUTANI BIO-WEAPONS DIVISION.

Le luci rosse e blu sopra le nostre teste si trasformano in un elicottero nero le cui pale producono un frastuono assordante. Il velivolo si cala lentamente al centro esatto della piazzola d'atterraggio.

«Mi aspettavo qualcosa di più sensazionale» urlo all'orecchio di Allenby. «Tipo una nave spaziale.»

Trattenendo il panama fra le mani perché non voli via, l'avvocato mi grida a sua volta: «Prima di giudicare, aspetti di vedere gli interni.»

Uno degli ultimi giornali che ho usato per pulirmi il culo nel mio cesso *en plein air* mostrava l'appartamento di Donald e Melania Trump a New York, una profusione d'oro zecchino, marmo e cattivo gusto. Mi aspettavo qualcosa del genere, salendo sull'Agusta AW169. Invece mi accoglie un ambiente raffinato. Le otto poltrone in cuoio e le pareti rivestite di legno scuro non stonerebbero in un club esclusivo di Mayfair.

«Il volo durerà quarantacinque minuti» mi informa il pilota, nella mia lingua.

«È italiano?»

«Sì» fa, con un sorriso amaro che non riesco a interpretare.

«Come vanno le cose, da voi?»

Scuote leggermente la testa. «Si goda il viaggio. Il frigo bar è ben fornito. Passeremo sopra un paio di punti interessanti: le farò sapere quando, così potrà guardare dal finestrino.»

«Non sono un turista. Dove siamo diretti?»

«Pensavo lo sapesse.»

«No.»

«Belize City. Il tempo è perfetto.»

Torna al posto di pilotaggio. Quando chiude la porta dietro di sé, l'illusione di trovarmi in un salotto londinese è praticamente perfetta. Il rumore delle pale rotanti è quasi impercettibile.

«Pensa di tenere su il casco a lungo?»

Allenby fa una faccia stupita. Poi si riconnette alla realtà. «Oh. Sì, giusto. Sì. Lo terrò su ancora per un po'. Sa com'è, per sicurezza...»

Non gli faccio presente che un casco non farebbe molta differenza, se l'elicottero dovesse avere un'avaria. O magari venire abbattuto da uno Stinger. Non ho notizia di molti oligarchi russi che siano morti nel loro letto. Nel letto di una squillo da cinquemila dollari a botta, forse; ma anche in quel caso, prima di parlare di morte per cause naturali aspetterei di vedere i risultati dell'autopsia.

«È molto che lavora per Suvarin?» gli chiedo.

«Due anni. Prima lavoravo nell'ufficio contratti della Barclays. Diciamo che il signor Suvarin mi ha fatto un'offerta che non potevo rifiutare.»

«Capisco. Non fa piacere a nessuno, trovare una testa di cavallo sanguinante fra le lenzuola.»

«Come dice?»

«Niente. Come mai Belize City?»

«Oh, be', perché da lì prenderemo un volo per Atlanta, e da lassù partiremo per la nostra destinazione finale. Più o meno.»

«Un altro jet privato?»

«No. Delta Airlines, entrambe le tratte.»

«Houston, abbiamo un problema...»

«Quale?»

«Non ho un passaporto.»

Allenby fa un gran sorriso. Si infila la mano nella tasca interna della giacca e tira fuori un passaporto sulla cui copertina blu campeggiano un leone e un unicorno rampanti che reggono lo stemma del Regno Unito di Gran Bretagna e del Nord Irlanda.

Me lo passa. Lo apro. La foto mi ritrae come sono adesso.

«Come avete fatto a?...»

«Computer grafica» risponde, serafico.

«E chi sarebbe, questo... John Philby?»

«Ma è *lei*. Per un po', almeno.»

«Philby non era una spia?»

«*Kim* Philby. Sì, be', immagino che si tratti di un tocco di humour da parte del mio datore di lavoro. Il senso dell'umorismo russo talvolta tende al bizzarro.»

«Non è esattamente il nome che avrei scelto per non dare nell'occhio alla dogana.»

«Oh, be', questo non si può dire. Può darsi che in realtà un nome non banale dia un tocco di... come dire, di autenticità al documento.»

«Perché non David Hitler, allora?»

«Immagino perché Hitler non era un cittadino britannico. Aspetti, ora che ci penso forse lo era un suo fratellastro. O cugino, non ricordo bene. Ma forse si era fatto cambiare il nome. Comunque il passaporto è già stato collaudato, anche se ovviamente con un'altra foto. Ha funzionato alla grande.»

«Perlomeno data e luogo di nascita, Manchester, sono quelli giusti.»

«Oh, sì. Certo. C'è meno rischio di impappinarsi.»

«Oh, Manchester, so much to answer for...» canticchio, attirando una sua occhiata curiosa.

Il ronzio del motore si fa più acuto. Il mio sedile comincia a vibrare impercettibilmente.

Attraverso il finestrino vedo Ferrari e Suvarin salutarmi con la mano, come genitori alla partenza del figlio per una gita. Immagino che potrei ricambiare il saluto, ma non lo faccio.

Il ricordo del breve ma sin troppo intenso tête-à-tête in bagno con quel bastardo di Alemanno brucia ancora come una frustata.

Ero uscito dalla sala da pranzo per andare a pisciare.

C'erano guardie a ogni angolo. Discrete ma onnipresenti.

Il bagno, com'era inevitabile, era un tripudio di marmo nero e rubinetterie dorate, con specchi a parete intera che, a forza di riflessi, trasformavano una semplice pisciata in un gioco d'acqua da fontana di Versailles.

Mi ero guardato allo specchio, ammirando il taglio del completo di Caraceni, abbinato a una cravatta regimental di Etro e a un paio di scarpe Oxford di Salvatore Ferragamo morbide come un guanto. Un impermeabile di Hugo Boss era ancora dentro la sua scatola, accanto a quella dei gemelli da polso e a quella che conteneva un bel cronometro Bulova, che accanto a quei capi di sartoria faceva la figura di un parente povero.

La prossima volta che ti offrono un Louis Monet non fare tante storie, sembrava dirmi quell'onesto ma economico orologio.

«Temevo che le taglie potessero essere leggermente sbagliate» aveva commentato Allenby, sulla soglia della mia cabina. Se pensava che ritrovarmi nudo davanti a un uomo mi mettesse in imbarazzo, si sbagliava. Il pudore non è ai primi posti fra le mie virtù.

«Come mai una camera, se dobbiamo partire fra poche ore?» gli avevo chiesto.

«Oh, be', tecnicamente non è una camera, ma una cabina. Ed è una semplice cortesia verso un ospite. Un gentiluomo deve avere un posto in cui potersi cambiare d'abito. Se mi permette un commento, vestito così lei è una farfalla uscita dal bozzolo. Lasci pure tutto per terra.»

«Passa Rambo col lanciafiamme a far pulizia?»

Allenby aveva passato uno sguardo leggermente disgustato sul mucchio di indumenti stracciati ai miei piedi. «Può darsi. Ora la lascio solo. La cena verrà servita tra dieci minuti.»

Stavo ricordando quella scena in camera, o in *cabina*, quando qualcuno ha preso posto davanti all'orinatoio a muro alla mia destra. Riflesso da tre specchi, il volto di Alemanno Ferrari mi si è palesato in tutta la sua insopportabile stronzaggine. Spesso, nella mia prima vita, durante l'irresistibile quanto inspiegabile ascesa attraverso i ranghi della polizia, ho dovuto confrontarmi con stronzi di un livello dall'epico al leggendario. Il padre di Elena però li surclassava tutti: era uno stronzo di livello galattico.

Per un po' abbiamo pisciato in tandem.

«Il mio è più lungo del tuo» aveva commentato lui,

quando il mio sguardo per un attimo era scivolato inavvertitamente verso il basso. Immagino che passare dal lei al tu sia normale, tra compagni di pisciata.

«Sa come si dice, non è solo questione di misure.»

«E chi lo dice, Stokar? Tua moglie?»

Una vampata di rossore mi era salita alle guance, senza che potessi impedirlo.

Quel tradimento mi bruciava ancora. Anche se ero l'ultimo a poter parlare di fedeltà coniugale.

Mi ero trattenuto a forza dall'afferrargli quella bella testa da patrizio romano e sbattergliela contro la parete a specchio. Una parte del mio cervello aveva già cominciato a mandare in onda un trailer della striscia di sangue che il suo naso avrebbe lasciato sul vetro scheggiato, scivolando giù.

Ma non avevo fatto nulla.

Avevo subito il colpo. Pensare che quello stronzo aveva infilato il suo cazzo, lungo o corto che fosse, dentro mia moglie, mi faceva vedere rosso.

«Carla è sempre stata di una classe superiore. Non ho mai capito cosa ci trovasse, in te» commenta il banchiere.

Potrei colpire basso anch'io. Chiedergli se Elena gli ha mai confermato se era più lungo il suo cazzo o il mio. Se non lo faccio è perché la storia dell'incesto potrebbe essere stata solo una crudeltà dell'Albanese. Chiunque guardasse in faccia il banchiere vedrebbe un candidato ideale alla presidenza degli Stati Uniti, un uomo di una bellezza hollywoodiana, imperturbabile. È impossibile immaginarlo nell'atto di fottersi sua figlia, uno che può fottersi una star di Hollywood.

«Vedo che il tuo soggiorno sull'isola ti ha aiutato a imparare un po' di autocontrollo. Era ora. Se quel poveraccio non fosse morto dovrei mandare una gratifica a Hermann. Ha fatto davvero un buon lavoro.»

«Non è autocontrollo. È solo istinto di conservazione.

Non dubiti che sto segnandomi tutto. Non ho intenzione di farle sconti, quando verrà il momento.»

«Ecco, bravo. Segnati tutto. Come fanno i miserabili.»

Mi riabbottono i calzoni. Chi ha confezionato il mio completo sembra sapesse che in questi due anni mi sono disabituato alle cerniere lampo.

«Non puoi darmi del miserabile. Non tu» sibilo.

«Oh, bene. Sei tornato a darmi del tu.»

«Non è una cosa di cui vado fiero.»

«E invece dovresti. Perché stai parlando con uno dei signori del nostro tempo. Non siamo in tanti, sai? Siamo la nuova aristocrazia. E adesso hai l'onore di servirci.»

Si tira su la cerniera mettendoci ostentatamente un sacco di tempo, come se dovesse avvolgere una balena in una carta regalo. «Fosse stato per me ti avrei lasciato marcire sull'isola, se vuoi sapere la verità. È solo che una sera, a cena, quando ancora mi davi la caccia, mi sono lasciato scappare di bocca che per poco non eri riuscito a incastrarmi. Volevo raccontare qualcosa che li facesse ridere. E invece da quel momento Oleg ha continuato a farmi domande su di te... Sembrava divertito dalla tua storia.» Scuote la testa con una smorfia. «E così ecco l'isola, e Hermann, ed ecco che sei di nuovo in libertà.»

«Libero di farmi ammazzare nel Sidiq, noto anche come il buco del culo del mondo.»

«Vedrai comunque un sacco di posti interessanti, prima di morire. Ammesso che tu muoia. Sei un osso duro, tu.» Mi fissa, con un'attenzione nella quale colgo una nota di timore. «Ti do un avvertimento, Stokar. In uno di questi posti... potresti vedere qualcuno che appartiene al tuo passato. Non farti prendere dalla nostalgia. O da altro. Non guardare, Stokar. Tira dritto.»

«Lo farò se mi va. Non sono il tuo servo.»

«Idiota. Siete *tutti* nostri servi. Quante cose devi ancora capire di com'è cambiato il mondo mentre eri via... Sei ancora convinto di essere una spada da samurai, e invece sei un miserabile bullone in un ingranaggio. Benvenuto nel nuovo ordine mondiale.»

Scarta una saponetta Roger & Gallet, strofinandosi a lungo le mani. La carta cade per terra. Non la raccoglie. Poi si volta verso di me e senza preavviso mi tira uno schiaffo a mano aperta.

Il rumore, fra queste pareti, è come uno sparo.

«Ricordati che non sei niente, Stokar. Anzi, sei *meno* di niente. Sei una clausola sgradevole all'interno di un contratto vantaggioso che ho appena concluso con Suvarin. Non mi piacciono i russi, ma con loro ho fatto ottimi affari. E men che meno mi piaci tu, ma anche da te riuscirò a trarre un buon profitto. Adesso va' e datti da fare, ma non scordarti mai qual è il tuo posto nel mondo. Vedi di riportare indietro il giovane Suvarin. Capito? E ricordati: non desiderare la roba d'altri.»

Il secondo schiaffo, appena meno forte del primo, mi arriva sull'altra guancia, senza che ci sia bisogno che gliela porga.

«Ora torna a tavola e comportati come se niente fosse. Tieni» sorride Ferrari, passandomi un asciugamano che ha imbevuto d'acqua fredda. «E fai buon viaggio. Mi sa che hai proprio bisogno di auguri. Salutami il Sidiq. O l'Ard Alshams. A seconda di chi ti incula per primo. *Bye bye*, coglione.»

8

È per questo che non ricambio il saluto dei due che si trovano in piedi sul ponte d'atterraggio del Principe Kutuzov. Senza rimpianto, li guardo rimpicciolire mentre l'elicottero prende quota; il vento fa del suo meglio per scompigliare la chioma perfetta di Alemanno Ferrari, ma senza riuscirci, come non ce la fa a strappar via dalla testa di Suvarin il suo stupido berretto.

L'Agusta AW169 sale a una trentina di metri, le onde prodotte dalle sue pale creano cerchi su cerchi intorno allo yacht, luminoso come un albero di Natale nella notte più nera della fine del mondo. Le poche ore che ho passato su quell'imbarcazione mi hanno riportato alla mente troppe cose. Momenti, parole che avevo scordato. E una sensazione che credevo di aver misericordiosamente dimenticato: il senso di una perdita. Per un attimo, attraversando un corridoio della nave, mi era persino sembrato di sentire il profumo di Elena, come se i miei pensieri o le parole di suo padre l'avessero evocata. E più tardi, disteso insonne nel letto, al buio, come in un sogno mi è sembrato di sentire l'eco lontana della sua voce.

Guardo per l'ultima volta l'allegria chiassosa e insolente di quell'isola di luce in mezzo al nulla, al nero del mare e della notte.

Poi il nostro costoso giocattolo volante per ricchi si allontana dal giocattolo più grande che troneggia sotto di noi, e infine s'inclina e prende velocità, allontanandosi in direzione del continente. A oriente, la sottile lama di luce dell'alba fa la sua timida apparizione.

Avevo passato le ore tra la cena e la partenza disteso, vestito e senza nemmeno togliermi le scarpe, sul letto della mia cabina, a smaltire la rabbia per gli schiaffi e la paura del futuro, che saliva lenta ma inesorabile a mano a mano che mi rendevo conto dell'impresa in cui mi ero fatto imbarcare. Sul comodino avevo un dossier alto quasi un centimetro che mi era stato detto di leggere lì, perché non avrei potuto portarlo via con me in viaggio. Avrei dovuto lasciarlo sulla Principe Kutuzov.

Ciò che ho letto in quelle pagine non mi ha sollevato il morale. Non mi diceva nulla sul posto in cui dovevo andare, o su quello che avrei dovuto affrontare. Raccontava i primi ventitré anni e mezzo di vita di Viktor Suvarin. Una bella storia, almeno all'apparenza: era la storia del figlio unico di un oligarca russo, cresciuto fra i lussi della città e in scuole dai nomi sofisticati. Guardando le foto delle sue fidanzate mi dicevo che decisamente il ragazzo era stato in posti interessanti.

Ma l'impressione globale che ricavavo dalla lettura di quel dossier era una tristezza devastante. Niente madre, partita per una tangente hollywoodiana che la portò a un destino di dorate delusioni e a una prematura morte per un assurdo cocktail di alcolici e droghe sintetiche. Un padre assente, visibile solo come firma in fondo a un'infinità di assegni, pezzi di carta che volano come foglie in autunno, finché il giocattolo non si rompe e Viktor, il giovane Viktor, decide di riprendere il destino nelle sue mani scegliendo la strada da cui ogni cosa arriva, pericoli compresi.

Pericoli compresi.

La sensazione che mi veniva da quella lettura era un

fastidio misto a insoddisfazione. C'era qualcosa che non tornava, nel rapporto sul giovane Suvarin. Qualcosa che stonava con quello che mi aveva detto suo padre.

Jeremy Allenby sorride, interpretando male la mia smorfia di disagio. Immerso nello studio del dossier mi ero quasi dimenticato della sua presenza accanto a me sull'elicottero.

«Si rilassi, Sergio. Andrà tutto bene.»

«Questa l'ho già sentita troppe volte.»

«Oleg ha ingaggiato una squadra di professionisti. Non saremo soli, laggiù.»

«In che senso, *saremo*?»

«Be', ma ha sentito, no? Ovviamente vengo con lei nell'Ard Alshams.»

«Che sollievo.»

«Lo so, non sembro uno che può essere di grande aiuto, in una situazione come questa. Ma non mi sottovaluti. Ho una discreta esperienza nel campo della raccolta d'informazioni. Sia ELINT che HUMINT. È chiaro che laggiù ci sarà utile soprattutto la seconda.»

«E sarebbe?»

«Raccolta di informazioni. ELINT vuol dire che i dati vengono acquisiti con metodi di spionaggio elettronico, e HUMINT attraverso contatti interpersonali.»

«Immagino che avrà anche tutto un armamentario alla James Bond da offrirmi.»

«Colgo una punta di sarcasmo nella sua voce.»

«Colga, colga.»

Allenby fa lo sguardo da cucciolo bastonato. «Se dobbiamo lavorare insieme sarà meglio che cominciamo ad avere un po' più di positività l'uno verso l'altro. Io in lei ho una fiducia cieca, perché ho letto il suo dossier. E se lei mi conoscesse un po' meglio...»

Solleva nuovamente lo sguardo, fissandomi dritto negli

occhi. Mi dico che non devo sottovalutarlo, quest'uomo, perché dietro l'apparenza svagata c'è qualcosa di affilato, come una scheggia di vetro in un biscotto.

«Mi stupisce la sua assenza di curiosità.» Scuote la testa. «Esce da quasi due anni di isolamento e non mi chiede niente di come va il mondo, là fuori.»

«Mi dia un computer, o un cellulare, e mi informo da solo.»

«Purtroppo al momento non è possibile.»

«Può mettere il *parental control*.»

«Divertente.»

«Sul mio dossier immagino sia stato evidenziato il mio senso dell'umorismo. Comunque non mi serve internet per farmi un'idea di come stiano andando le cose. La storia credo si possa riassumere così: il pianeta per poco non è andato a puttane, ma come al solito si è ripreso. Per qualcuno è stata una fregatura, per altri una nuova occasione di far soldi alle spalle dei gonzi e dei poveracci. In poche parole, l'enorme ruota da criceti che è diventato il mondo continua a girare.»

Detto questo, non mi sembra di avere altro da aggiungere.

Accanto al bracciolo della mia poltrona c'è una cuffia Bose dall'aria incredibilmente comoda. Me la infilo. Indosserei anche una corona di spine, se servisse a escludere la voce dell'avvocato, il suo accento da scuole private, le sue cazzate.

Appena infilate le cuffie capisco di aver commesso un errore. Perché la voce di Allenby continua ad arrivarmi, incredibilmente più nitida e forte.

«Ha ragione. Con le cuffie mi sentirà meglio. Allora, fra poco più di mezz'ora raggiungeremo la nostra prima tappa intermedia...»

9

La *prima tappa intermedia* è il Philip S.W. Goldson International Airport di Belize City.

Senza che glielo chieda, Allenby mi spiega che Philip Stanley Wilberforce Goldson era una personalità politica del posto.

«Immagino. Uno dei vostri spocchiosi governatori coloniali.»

«In realtà no. Era piuttosto scuro di pelle, e ha portato il paese all'indipendenza. Almeno credo. La storia del Belize non è mai stata il mio forte. Se vuole, controllo su Google.»

«Non serve.»

Nonostante il pomposo attributo di aeroporto internazionale, vedo una sola pista, sul bordo della quale, oltre all'inevitabile torre di controllo, ci sono edifici bassi e bianchi che sembrano usciti da un film ambientato negli anni Sessanta.

L'Agusta atterra su uno spiazzo piuttosto distante dai due terminal. Una limousine nera dai vetri oscurati si stacca dal bordo dello spiazzo e viene a fermarsi a dieci metri dall'elicottero.

I due piloti non vengono a salutarci.

Allenby si toglie il casco, rimette il panama e mi fa strada fino all'auto. «Venga.»

«Dove andiamo?»

«Non lontano.»

Salgo nell'abitacolo reso glaciale dall'aria condizionata. I pochi passi dall'elicottero all'auto mi hanno fatto sudare come in una sauna. L'aria ha un odore di cherosene e mango.

Le portiere si chiudono.

Tlac, tlac.

La Mercedes si muove con un rumore che ricorda il fruscio delle banconote. La nuca dell'autista, sotto il cappello, è nera come il petrolio.

L'auto percorre a tutta velocità meno di trecento metri e si ferma davanti a uno degli edifici bianchi che ho visto mentre atterravamo.

WELCOME TO BELIZE, recita una scritta sul tetto del terminal, in un arcobaleno di colori che ricordano quelli del Gay Pride.

Guardo incredulo Allenby, che intanto si sgancia la cintura di sicurezza e apre la portiera.

«Venga, su» fa.

Lo seguo.

Una porta a vetri si apre, una mazzetta di banconote colorate passa dalla mano dell'avvocato a quella di un inserviente di colore che si affretta a richiudere a chiave dopo il nostro passaggio. Attraversiamo un corridoio e una seconda porta, aperta dalla magia di altre banconote.

Arriviamo in una sala d'attesa con panchine in legno che sembrano uscite da una carrozza ferroviaria degli anni Trenta, o dal ponte del Titanic.

Annunci in inglese e spagnolo provengono da altoparlanti antiquati.

Anche i passeggeri in transito sono piuttosto strani. Hanno l'aria smarrita, sembrano anime perse nella grande stazione di smistamento dell'aldilà. Ascoltano quegli annunci quasi incomprensibili come se fossero sentenze, anziché nomi di località turistiche tropicali. Le camicie hawaiane e le sgargianti magliette Fred Perry – quest'anno sembrano andare di moda l'arancio e il turchese – contrastano con le tristi mascherine FFP2, anche se qualche spiritoso ci indossa sopra delle bandane con sorrisi da teschio o da squalo.

«Spero che l'aereo su cui dobbiamo imbarcarci sia più moderno dell'aeroporto.»

«Oh, non si faccia ingannare dalle apparenze. Questa è la parte che dev'essere ancora rinnovata. Il Belize è un paese civile e moderno.»

«Come tutti i paesi bene educati dalla corona britannica. Però atterrando, dall'alto, ho visto solo baracche.»

«Non si fermi alla prima impressione.»

«Potrò farmene una seconda?»

«Direi di no, considerato che il nostro volo parte tra venti minuti.»

Allenby si muove verso il *gate* d'imbarco.

«Non dovremmo passare attraverso l'immigrazione? Il controllo dei passaporti?»

«Già fatto.»

«Quando?»

«Non si preoccupi per queste inezie.»

Prende dalla tasca della giacca il mio passaporto con dentro una carta d'imbarco della Delta Airlines e me lo porge. Lo apro, e in una delle pagine centrali trovo il timbro d'uscita dal paese. Raffigura un bianco armato d'ascia e un nero con una specie di mazza da baseball, entrambi in pantaloni bianchi e a torso nudo, ai lati di un albero il cui destino è evidenziato da un altro dei sovrabbondanti simboli del timbro: una sega da boscaiolo.

Su un cartiglio in basso ci sono le tre parole latine SUB UMBRA FLOREO, che parrebbe essere il motto del paese.

«Ti farò ombra, ma mi sa che non durerà a lungo...» commento a bassa voce, guardando l'albero e la sega del timbro.

Porgo il passaporto con la carta d'imbarco alla più carina delle due hostess, una bionda dai lineamenti scandinavi che mi ricambia con un grande sorriso, un controllo dei documenti appena accennato e l'invito a passare oltre.

«Mi aspettavo di viaggiare in prima classe» faccio, muovendomi lungo il corridoio diretto verso il retro del Boeing 737-800. «L'aereo è praticamente vuoto.»

«Viaggiare in prima classe attira l'attenzione» risponde l'avvocato. «Finestrino o corridoio?»

«Il suo biglietto cosa dice?»

L'inglese controlla. «Corridoio.»

«E allora quello è il mio posto e questo è il suo.»

«Che precisino... Sicuro di non essere tedesco?»

«Forse in un'altra vita.»

«Con quel suo nome, poi...»

«Stokar non è un cognome tedesco. È slavo, per quanto ne so. Almeno, così mi hanno detto.»

L'avvocato mi lascia passare e mi siedo al mio posto accanto al finestrino. Nessuno dei due ha bagagli con sé, come se stessimo prendendo un autobus invece di un volo internazionale.

«Da Atlanta poi dove andiamo?»

«Una cosa per volta» risponde lui, allacciandosi la cintura.

«*Una cosa per volta.* Okay. Pensa di tenere su il cappello per tutto il volo?»

«Non mi hanno dato il casco. E comunque sono poco più di tre ore.»

«E una volta lì dove andiamo?»

«Insiste?» fa l'inglese, infilandosi in testa un paio di cuffie wireless e trafficando con i comandi di un antiquato iPod.

Guardo la pista.

E la pista guarda me, come il famoso abisso.

La pista mi chiede se sono *sicuro*, ma proprio *sicuro si-*

curo, che l'ammasso di metallo ed elettronica su cui mi sono imbarcato ce la farà ancora una volta a vincere la forza di gravità lasciandosi indietro questo aeroporto di merda, e questo paese di merda che non ho praticamente conosciuto ma che gratifico del titolo sulla fiducia, vista la quantità di baracche col tetto di lamiera e il fiume color diarrea che appaiono sotto di noi, mentre il Boeing sale sospinto dai suoi motori e ascende a un cielo grigio di fumo e nuvole basse.

Tecnologia americana 1, forza di gravità 0.

Goodbye Belize, benvenuto...

Già.

Benvenuto *cosa*?

10

Da Atlanta, il passeggero inglese John Philby, proveniente dal Belize, non prosegue il suo viaggio.

L'avvocato Allenby ha consegnato al volo il suo passaporto nelle mani di uno steward con la divisa della JAL. Se io fossi un altro, anziché il figlio di puttana malfidente che sono, quel rapido scambio in un corridoio mi sarebbe sfuggito. Allenby e il giapponese si sono appena incrociati, giusto il tempo di un nanosecondo, e l'attimo prima ero John Philby e quello dopo mi sono trovato nella tasca della giacca un altro passaporto, sempre inglese, ma stavolta con il mio cognome quasi giusto: Seymour Stoker.

«Perché Seymour?» sussurro all'avvocato, mentre ci muoviamo sulle scale mobili tra i terminal A e B.

«Per dispetto» risponde lui, fischiettando una canzone. Durante il viaggio gli ho chiesto cosa stesse ascoltando nelle sue cuffiette Apple ultrafighette e col suo iPod *d'antan*, e lui mi ha risposto, con un sorriso beato: «Il New York Gay Men's Chorus. *Love Lives On*.»

«Ah.»

«È un cd del 1991. Quasi tutti quelli che cantano sono morti. Aids, sa?»

«La peste dei finocchi. Certo.»

L'occhiata di disapprovazione che mi aveva lanciato pesava fra gli otto e i dieci chili di puro disprezzo concentrato.

«Dovrebbe ascoltare il brano che sto sentendo adesso. *Wind Beneath My Wings*. Da brividi.»

«Le credo sulla parola.»

«Posso fargliela...»

«No.»

Dire che ci muoviamo sulle scale mobili tra il terminal A e il terminal B potrebbe sembrare una cosa banale. Ma all'Hartsfield-Jackson International Airport di Atlanta l'artista Steven Waldeck ha realizzato sui seimila metri quadrati del soffitto delle scale mobili un'installazione che utilizzando luci e video ricrea l'ambiente naturale della foresta della Georgia.

È un'esperienza assurda, muoversi senza muoversi sul *tapis roulant*, incrociare persone che per il solo fatto di camminare sembrano spostarsi alla velocità dei supereroi in un film della Marvel. I versi striduli degli uccelli e lo stormire sedativo delle foglie contrastano con l'aria stanca e rassegnata degli uomini d'affari che viaggiano in entrambi i sensi di marcia, incatenati senza bisogno di catene alle loro valigette in similpelle, e ai trolley che se potessero scapperebbero dai loro proprietari. Camminano, e alcuni quasi corrono, come se il movimento fosse una giustificazione adeguata per la loro vita. Squali ormai privi d'istinti predatori, che però non rinunciano al rito della caccia. Zombi in completo Armani.

Molti di loro portano in testa enormi cuffie *over-ear* bianche. Altri hanno maschere FFP2 con potenti auricolari integrati. Ognuno è immerso nel suo mondo autoconcluso. Le rare donne che mi passano accanto sono armate di valigetta e tailleur eleganti, e hanno il passo più veloce dei maschi: si muovono senza guardarsi intorno, senza fissare niente e nessuno. Eppure so che mi guardano, mi pesano, mi valutano, in quei pochi secondi durante i quali i nostri percorsi s'incrociano.

Il mondo è un bel po' diverso da come lo ricordavo.

Cani robot della Boston Dynamics marchiati col logo della polizia metropolitana si muovono col loro passo felpato ed elegante tra la gente, ignorati, ma solo apparentemente ignorandola. Pezzi di futuro, dotati di sensori antidroga e antiesplosivi, si muovono fra noi nell'indifferenza generale. Nessuno dei viaggiatori in transito bada a loro, o ai richiami degli uccelli; nessuno alza lo sguardo verso la foresta virtuale sotto la quale avanziamo.

«Esistono ancora, i cd?» chiedo.

Allenby si volta, stupito. «Che domanda è?»

«Lei ha detto "un cd del 1990".»

«1991. E comunque, sì, perché?»

«Credevo che i cd fossero un retaggio del passato, per voi figli di Jobs.»

«Non so cosa intenda con "figli di Jobs", e spero non sia un altro dei suoi insulti maschilisti e omofobi, ma i cd sono indiscutibilmente tutt'altro che un residuo del passato. Stanno conoscendo un revival, come i vecchi vinili.»

«Mi fa piacere sentirlo.»

«Ne aveva molti? Non ne ho visti nella sua... Be', sull'isola...»

«No, certo. Ma in un'altra vita ne ho avuti. Prima dell'isola. Alcuni anche molto rari. Chiunque li possieda, adesso, li tratterà con il dovuto rispetto: sono contento per loro.»

«Può darsi. Che ne dice se mangiamo qualcosa? È quasi mezzogiorno.»

È strano camminare a mani libere per questi corridoi interminabili senza tirarsi dietro un trolley o una borsa. Ed è strano vedere quanta poca gente giri per questo aeroporto, così come le serrande chiuse di molti negozi dell'area *duty free*.

«Giapponese le va?»

«Qui?»

«Sì. *Faute de mieux*. Mi sarebbe piaciuto farle provare

il One Flew South, ma purtroppo è temporaneamente *out of business*. Vittima della pandemia. Quasi tutti i locali sono chiusi. Ma questo non durerà per molto, spero. È, un po' più in piccolo, quello che è successo dopo la Peste Nera: una tragedia per quelli che ci avevano lasciato le penne, pace all'anima loro, ma una manna per i sopravvissuti. Scarsità di manodopera, e quindi aumento degli stipendi, e di conseguenza più tasse, più lavori pubblici, più arte... Ecco, è là. Siamo arrivati.»

Sediamo su due sgabelli dell'Umaizushi Bistro Bar. A parte noi due, il locale è privo di avventori. Un'anziana cameriera di colore ci insegna brevemente come usare il menu elettronico, dopo averlo svogliatamente pulito con una salvietta imbevuta di un detergente chimico profumato al gelsomino. I suoi gesti ricordano quelli di un prete stanco di celebrare la messa.

Sullo schermo *touch* incassato nel tavolino appaiono le pietanze, la loro descrizione e il prezzo. Scelgo tre piatti vegetariani. Allenby ordina tempura di gamberi e spiedini di anguilla.

«Io prendo una Kirin. E lei?»

«Del tè bianco» rispondo.

L'avvocato inglese si guarda intorno. «Un tempo era così affollato, questo posto. Un formicaio colorato, una sinfonia di voci e musica. Fa male al cuore vederlo così vuoto.»

«Quindi la Peste Nera non è sempre la meraviglia che dicono, eh?»

Mi scruta perplesso. «Come dice? Ah, era una battuta...?»

«Voleva esserlo.»

Allenby mi fissa, ma è come se non mi vedesse veramente, come se fossi diventato trasparente. «Ho perso il mio compagno, durante la pandemia.»

«Mi dispiace.»

«Era un libraio. Amava molto il suo lavoro.» Rimane in

silenzio per un po'. «Il cd... Insomma, la musica che ascoltavo sull'aereo... era la musica preferita di Scott.» Si guarda intorno. «Mi manca, il suo senso dell'umorismo. Dio solo sa quanto ne avrei bisogno, ora.» Un sorriso gli increspa le labbra. «A Kipling morì un figlio, durante la Grande guerra. Lui che aveva scritto pomposi poemi patriottici, fu spezzato da quell'esperienza. Scrisse delle poesie di guerra brevi ma intense.» Chiude gli occhi e recita a memoria: «"*My son was killed while laughing at some jest. I would knew / What it was, and it might serve me in a time when jests are few.*"» Scuote la testa. «Non ho mai sopportato Kipling finché Scott non mi ha fatto leggere questi versi, e gli altri della raccolta *Epitaffi di guerra*. John era il figlio più giovane di Kipling. Aveva diciott'anni quando fu ucciso in Belgio. Si dice sia stato per lui che il padre compose quella cosa tremenda che è la poesia *If*. Ha presente, no? "*Se farai questo e quello diventerai un uomo, figlio mio...*"»

«Eccome se me la ricordo. Alla scuola secondaria ci costrinsero a impararla a memoria. "*Se riuscirai a sopportare di sentire le verità che hai detto / Distorte dai furfanti per abbindolare gli sciocchi, / O a guardare le cose per le quali hai dato la vita, distrutte, / E piegarti a ricostruirle con i tuoi logori arnesi...*"»

«"*Sarai un uomo, figlio mio...*"» conclude Allenby, bevendo un lungo sorso di birra e scuotendo la testa con una smorfia.

Alzo la mia tazza di tè e brindo con lui. «Fanculo *If* e Kipling.»

«Fanculo, sì.»

La tazza e il bicchiere non si toccano. Forse gli stipendi cresceranno, l'arte magari rifiorirà, come no, ma certe abitudini di un tempo non torneranno, e ne arriveranno di nuove, forse ancora peggiori.

Il cibo che mi viene servito non è niente di che. Slavato

sia nell'aspetto che nel sapore, non soddisfa le mie aspettative. Dai gloriosi Stati Uniti d'America ti aspetti che i sapori possano deludere, ma almeno dai per scontato che il cibo sia sempre allegramente colorato. Io e Carla li avevamo visitati in lungo e in largo, con una strepitosa roulotte Winnebago d'epoca meravigliosamente restaurata che sembrava un piccolo condominio su ruote.

«Com'è la sua anguilla?» chiedo, indicando il piatto di Allenby con i miei bastoncini.

«Discreta. È diventato vegetariano, sull'isola?»

«Non sull'isola. È successo prima. Alle Zattere.»

«Capisco.»

«Per necessità, all'inizio. La carne veniva servita raramente. Un po' perché in quel posto c'erano un sacco di religioni differenti e tabù alimentari. Ma soprattutto perché la carne costa. Un po' alla volta ho perso il gusto di mangiarla. E poi...»

«E poi?»

«Niente.»

«La sua faccia non dice *niente*. La sua faccia dice *qualcosa*. Anzi, mi sbaglio se dico *qualcuno*?»

Sospiro. «No, non si sbaglia.»

Con la punta di un bastoncino uso il sugo color miele rimasto nel mio piatto per disegnare l'ideogramma cinese 愛.

La parola *ài*, amore, è un ideogramma complesso, mi aveva spiegato Hermann, formato da quattro parti: *zhăo*, "mano", *mì*, che vuol dire "corona" ma anche "abbraccio", *xīn*, "cuore" e "mente", e *yŏu*, "amico". O "amica", nel mio caso.

Uno degli ultimi libri che mi ero fatto mandare prima che i contatti con la terraferma si interrompessero era stato una grammatica cinese, scritta da un missionario scozzese negli anni Venti del secolo scorso. Sulla somma delle parti che compongono l'ideogramma *ài*, quel missionario che ormai è diventato polvere da tempo diceva che il loro significato sarebbe questo: l'amore è un'amicizia che tocca sia il cuore che la mente, e diventa un abbraccio. E il simbolo della corona dà alla parola un significato sacro.

«Sta pensando a una donna, vero?» chiede Allenby, sottovoce.

«Sì. Non ho i suoi gusti, Jeremy. Non si offenda, è solo una constatazione tecnica. Comunque sì. Una donna.»

L'inglese chiude gli occhi. «Mi aiuti a visualizzarla.»

«No.»

A fine pasto, dopo aver pagato il conto, la cameriera ci lascia la ricevuta su un piattino insieme a quattro biscotti della fortuna.

«Pensavo che i *fortune cookies* fossero una cosa da ristorante cinese» faccio.

«Siamo in America, la patria del *melting pot*» alza le spalle Allenby. Con un sorriso scarta la plastica di un biscotto e ne spezza la cialda. Apre il biglietto e legge. «"Un incontro casuale apre porte nuove verso il successo e l'amicizia." Chissà che non si riferisca a noi due, Sergio.»

«Il nostro incontro non ha avuto niente di casuale.»

«Ne apra uno anche lei. Forza. Sono curioso di vedere cosa le viene fuori.»

L'assecondo, sbuffando.

«Allora?»

«"L'uomo o la donna che desideri prova lo stesso per te."»

«Oh, che tocco delizioso di politically correct...»

«Credo sia solo marketing. Per accontentare tutti.»

«Ne apra un altro, Sergio.»

«Tocca a lei.»

L'inglese raccoglie i due pezzi del biscotto che ho spezzato e li inghiotte. Il gesto, per qualche motivo, mi disturba.

Il secondo biscotto quindi lo apro io, battendoci sopra il pugno e riducendolo in briciole. «"Un nuovo viaggio ti riempirà la vita di ricordi inestimabili"» leggo.

«Molto poetico.»

Allenby toglie dall'involucro di plastica l'ultimo biscotto. Lo spezza e tira fuori il biglietto, ma prima di leggere cosa c'è scritto si infila in bocca con una velocità da rettile i due pezzi di cialda. Apre e stira fra i pollici e gli indici il foglietto di carta velina, come se stesse per leggere il vincitore di un Oscar. «Il biglietto dice: "Un sorriso è il tuo passaporto per il cuore degli altri."» Sorride come un bambino. Poi batte i palmi delle mani sul piano del tavolo e si alza, sospirando: «Andiamo.»

Percorre la distanza che separa il nostro tavolo dall'uscita del locale prima di accorgersi che io sono rimasto seduto.

Torna indietro, perplesso. «Il nostro volo parte fra poco, Sergio. Dobbiamo imbarcarci.»

Gli mostro il mio passaporto. «Ho dato un'occhiata alla pagina dei visti. E avrei un paio di domande da farle, prima di salire su un qualsiasi aereo.»

Allenby consulta il suo smartwatch. Poi con un sospiro torna a sedersi di fronte a me. «Mi dica. L'ascolto.»

«Avevo capito che la nostra destinazione sarebbe stata l'Ard Alshams. Da quel tabellone lassù vedo che c'è un volo diretto da qui fra meno di due ore. Perché allora dobbiamo imbarcarci per *Mosca*?»

«È un po' complesso da spiegare così su due piedi. Avremo tempo durante il volo.»

«Mi dia almeno un'idea generale dei motivi di questo gioco dell'oca.»

«*Gioco dell'oca?*»

«Un gioco da tavola italiano. Un *boardgame*.»

«Ah, d'accordo. Ascolti, Sergio, davvero non ho tempo di spiegarle tutto adesso.»

«Per sommi capi, almeno. Prima di alzare il culo da questa sedia voglio sapere perché sul mio passaporto – o meglio, sul passaporto di questo signor *Seymour Stoker* che ha la mia stessa faccia – ci sono un visto d'entrata in Russia e uno per la Repubblica popolare cinese.»

«Spiegarglielo richiederebbe una lezione di geopolitica.»

«Non spiegarmelo, invece, le richiederà di trovarsi un altro *contractor*. Voglio vedere cosa ne penserà Oleg, se adesso mi alzo e me ne vado a spasso per la magica Atlanta anziché fare un cazzo di giro del mondo a vuoto.»

Allenby si morde il labbro. «Non si può entrare nell'Ard Alshams dalla Russia. Le relazioni diplomatiche tra i due paesi sono ai minimi storici. La Cina è un altro paio di maniche. Quelli fanno affari con tutti.»

«Ammetto che negli ultimi tempi la mia conoscenza del mondo non è andata oltre il perimetro di quell'isola. Ma la geografia non l'ho dimenticata. Perché invece di fare questo giro assurdo non abbiamo preso il volo Turkish Airlines scritto su quel tabellone lassù? Parte fra poco, dagli Stati Uniti e non dalla Russia, e non fa nessuno scalo.»

L'avvocato guarda ancora una volta il suo orologio, nervosamente. Poi si schiarisce la gola, prima di rispondere sottovoce: «In Russia dovrà sottoporsi a un briefing. E in Cina a un breve addestramento. Non le sarà sfuggito...»

«Che stando ai visti dovrò passare due giorni in Russia e un altro in Cina? No, non mi è sfuggito.»

«Bene. Credo di averle detto tutto. Ora...»

«Non mi ha detto la cosa più importante.»

Una goccia di sudore scivola lungo la tempia destra di Allenby.

«Non mi ha detto come mai, se Suvarin tiene così tanto a suo figlio, perdiamo tutti quei giorni in due ex paradisi della classe operaia, mentre la logica vorrebbe che ci precipitassimo in Africa alla velocità della luce.»

«Sergio, sia ragionevole, la prego. Abbiamo appena il tempo d'imbarcarci. Le spiegherò tutto una volta sull'aereo.»

Come se si fosse messo d'accordo con la direzione dell'aeroporto, in quel preciso momento gli altoparlanti trasmettono la chiamata dell'imbarco sul volo per Mosca Šeremet'evo con scalo al Jfk di New York.

Mi alzo da tavola, togliendomi delle briciole invisibili dai calzoni. «Okay. Andiamo.»

Prima però ho una cosa da fare.

«Devo andare in bagno.»

«Può farlo sull'aereo.»

«Non riesco a tenerla fino all'imbarco.»

«Va bene. Però si sbrighi» sbuffa Allenby esasperato.

Li trovo subito: sono esattamente uguali a tutti i bagni di tutti gli aeroporti che conosco. Come se li avesse progettati lo stesso architetto e costruiti la stessa impresa: niente foreste proiettate sul soffitto o risate registrate di animali esotici.

Mi guardo intorno con diffidenza. L'ultima volta che ho incontrato qualcuno in bagno sono stato preso a schiaffi. Mi sembra il momento di riequilibrare il karma.

Così, quando l'ometto tarchiato entra subito dopo di me, mi trova appostato dietro la porta. Con la destra gli stringo la gola tra il pollice e l'indice. Con la sinistra gli afferro le palle, sbattendolo contro il muro.

«Perché cazzo mi segui?» gli ringhio all'orecchio, in inglese.

Lui non risponde. Non può farlo. Sul viso ha una smorfia di dolore.

Allento la presa sulle sue palle.

«Non ti sto seguendo» mugola, riprendendo fiato.

«Non dire cazzate. Ti ho visto, a Belize City o come cazzo si chiama. E poi qui. Non dirmi che è una coincidenza. Mentre pranzavo, non mi hai tolto gli occhi di dosso.»

Prima che possa negare o inventarsi qualcosa, stringo la presa sulla sua trachea.

«Smettila! Non ti sto seguendo, idiota. Ti sto *proteggendo*. Te e il tuo amico. Guarda nel mio portafogli, se non mi credi.»

Gli sfilo di tasca il portafogli malconcio e lo sbatto sul ripiano dei lavandini. È gonfio di ricevute e scontrini. Sei carte di credito, una patente di classe C rilasciata dallo stato della Georgia, il tesserino di una società d'investigazioni private e una carta d'identità, sempre della Georgia, intestata a uno che si chiama Roark O'Malley, che dalla foto sul documento sembra il tizio a cui sto strizzando le palle, solo vent'anni più giovane e con trenta chili in meno.

«Niente pistole. Come mai?»

«In un aeroporto? Ma sei scemo?» risponde, con una smorfia.

«Per chi lavori?»

«È scritto su quella tessera che hai buttato nel lavandino.»

«Prega che non la butti nel cesso e tiri l'acqua. Per chi lavora la tua agenzia del cazzo?»

«Gli stessi per i quali lavori tu.»

«E per cosa ti pagano?»

«Per tenervi d'occhio. Per essere sicuri che i cattivi non vi facciano la bua.»

«Lavori da schifo. La sto facendo io a te, la bua.»

«Chi cazzo sei, *tu*, per dirmi che lavoro da schifo?»

«Sono un poliziotto, coglione.»

«Tu?»

«Sì.»

«Con quella faccia?»

«Cos'ha la mia faccia, che non va?»

«Niente» sogghigna. «Se sei davvero un poliziotto, come mai ti sei accorto di me e non dei due italiani che vi stanno appiccicati al culo da quando siete scesi dall'aereo?»

«Quali italiani?»

«Una coppia, per non dare nell'occhio. Un vecchio trucco del mestiere. Lei è bella ma non troppo, una di quelle che guardi ma che non ricordi bene un attimo dopo che hai tolto gli occhi dal culo. Lui invece è del tutto anonimo, uno che si confonde bene con l'ambiente. Vi hanno anche fotografato con i cellulari, con la scusa di farsi dei selfie.»

«Sei sicuro?»

«Il papa è cattolico?»

Mollo la presa. Faccio due passi indietro, per poterlo colpire coi piedi nel caso in cui fosse necessario.

Con una smorfia lui si aggiusta il colletto della camicia, il nodo della cravatta. Una brutta cravatta, con un motivo floreale che poteva andare di moda in questo schifo di posto quando i Bee Gees erano in cima alle classifiche.

«Chi pensi che siano?» gli faccio.

«Gli italiani? Troppo eleganti per essere dei poliziotti.»

«Come sai che sono italiani?»

«Li ho sentiti parlare tra loro.» O' Malley sorride. «Se vuoi sapere chi sono, posso aiutarti.» Con gesti volutamente rallentati, infila una mano nella tasca sformata della giacca e ne tira fuori un portafogli molto più elegante rispetto all'altro, in cuoio marrone. Me lo porge.

«Sei svelto di mano, tu» gli faccio.

«Sai com'è, dipende dal quartiere in cui cresci.»

Scuoto la testa, studiando la carta d'identità e la patente del nostro pedinatore. Ma è un altro, il documento che mi fa trasalire.

Me lo rigiro tra le mani, più perplesso che preoccupato.

«Conosci quella compagnia?» fa O'Malley.

«Sì.»

Quella tessera ha avuto l'effetto di un pugno sferrato al mio plesso solare.

Gli restituisco i portafogli. Il suo e quello che ha rubato.

Facendo una faccia offesa, l'investigatore privato raccoglie le tessere che ho sparso sul lavandino e buttato per terra. «"Non far del bene se ti aspetti gratitudine" diceva mia madre» brontola, e intanto io mi ravvio i capelli guardandomi allo specchio per poi uscire senza salutare.

Allenby è esasperato. «Non tornava più.»

«Era uno stronzo davvero grosso. È stata un'impresa epica. Tipo *Il vecchio e il mare*.»

«Andiamo. Non ha sentito? Il gate d'imbarco sta chiudendo.»

Siamo a metà del corridoio che porta al nostro gate d'imbarco, quando ho una specie di presentimento.

I due pedinatori non si vedono da nessuna parte.

Mi volto e torno indietro.

«Dove sta andando?» fa Allenby, stizzito.

Non gli bado. Cammino veloce, quasi correndo. Anche se so che correre non è mai saggio, sotto le videocamere di sorveglianza di un aeroporto.

Spalanco con il piede la porta dei bagni, ignorando il cartello giallo delle pulizie che blocca l'ingresso.

Dentro non c'è nessuna pulizia in corso.

Anche se qualcuno dovrà farle presto.

Il corpo del *private eye* dal nome irlandese è seduto su uno dei cessi in fondo. Il collo di O'Malley è piegato con un angolo innaturale. Gli occhi azzurri sbarrati sembrano porre un'ultima domanda.

Allenby fa irruzione nei cessi. «È impazzito? Andiamo!»

Mi muovo svelto verso la porta, bloccandogli la visuale per impedirgli di vedere i piedi del morto che sbucano dal cubicolo sul fondo. «Va bene. Andiamo.»

«Perderemo l'aereo. Si può sapere cosa le è preso?» Mi fissa. «Sembra che abbia visto un fantasma. Perché è tornato indietro così di corsa?»

Non gli rispondo. Non ne ho voglia. Lo afferro per il braccio e lo sospingo fuori, per poi trascinarmelo dietro lungo il corridoio, correndo, stavolta sì, per raggiungere il nostro gate in tempo.

II

Di Mosca conservavo un ricordo vago e non troppo piacevole.

C'ero stato con Carla, ma in una fase della nostra vita matrimoniale così piena di alti e bassi – più che altro bassi – che mi richiedeva anestesie massicce e costanti a base di alcol e droghe ricreative. Non essendo né pratico né intelligente procurarsi le seconde in uno stato di polizia, il mio viaggio in Russia si era ridotto a una serie di sbronze continue, inframmezzate da occasionali momenti di sobrietà. Vomitai l'anima nei cessi di un museo di non so che cazzo, e diedi spettacolo nel foyer del Bolshoi e nell'atrio del nostro hotel, un Hilton ospitato in uno di quei grattacieli staliniani che sembrano mostruose cattedrali uscite da un universo parallelo.

Nella mia camera di quell'hotel sovietico inquietante come l'Overlook, una notte, non ricordo più quale, di quel viaggio di merda, mentre Carla era in giro per la città a vedere non so che cosa, scaricai per la noia un film porno, come facevo spesso, a quei tempi.

Era un film italiano. La ragazza era molto bella, con qualcosa di inesperto nelle movenze a volte goffe e nello sguardo stranito, che mi eccitava parecchio. Aveva strani tatuaggi; mezza coscia era disegnata a macchie, come il mantello di un leopardo, e quella mi aveva colpito, e poi c'erano le solite scritte incomprensibili da deficienti in inglese e in caratteri gotici e una serie di simboli cristiani, metal e New Age.

La ragazza era circondata da una dozzina di uomini nudi che, appoggiati alle pareti dipinte con una cruda vernice antimacchia industriale, si massaggiavano il membro per tenerlo in erezione. L'inquadratura bassa tagliava loro la testa. Uno a uno quei maschi senza volto, quei maschi tutto cazzo, si lanciarono sulla ragazza, trattandola come un pezzo di carne insensibile. La penetrarono in gruppo: a due, a tre, una gang-bang violenta e ripetitiva, un'autentica catena di montaggio. Il corpo della ragazza bionda subiva uno dopo l'altro quegli assalti multipli e reiterati, riempiendosi di lividi. Continuava a inghiottire in ogni suo orifizio seme su seme da quei membri che si alternavano, instancabili, insopprimibili. A un certo punto si trovò posseduta da quattro uomini contemporaneamente. La sofferenza era evidente sul suo volto. Un'inquadratura ravvicinata mostrò il gonfiore sotto l'occhio destro, e un ematoma sulla guancia. La ragazza continuava a inghiottire, a sussultare ubbidiente sotto i colpi di quei maschi senza volto, finché sullo schermo non vi fu che pura violenza, continua e brutale, insaziabile, un orrido piano sequenza che rappresentava una danza di morte. La ragazza guardò per un attimo dritta in camera con occhi imploranti.

Spensi il cellulare e, ubriaco sfatto, battei la testa contro il muro dietro il letto fino a svenire.

Quel film mi aveva riportato alla mente una corrida vista a Siviglia. Al contrario di mia moglie non mi erano piaciuti per niente quel mattatoio reso spettacolo, l'eccitazione del pubblico, la gioventù ignara e sacrificale del toro, la giostra di morte dei *banderilleros* irridenti, e poi del torero. Tutto per il piacere effimero degli spettatori. A quei tempi rischiavo spesso di morire, mi capitò almeno due volte, in un'irruzione in un covo milanese della Mara Salvatrucha e durante l'arresto di un boss al Vomero. Così in quella corrida non potevo che provare empatia per il toro, e disprezzo per quelli che applaudendo e gridando lo guardavano morire.

Pochi mesi dopo aver visto quel porno lessi sui giornali che quella ragazza era morta, uccisa e fatta a pezzi dal suo compagno. Leggendo la notizia sul cellulare ricordai tutto, ogni colpo, ogni offesa. Ma ci passai sopra, come chi scopre una macchia sulla camicia e sa che ci sarà da qualche parte una moglie, una tintoria, un qualche miracolo del cazzo che la toglierà di mezzo. Andai persino a guardarmi di nuovo quel video, e gli altri che quella poveretta aveva girato nei suoi pochi anni di vita. Riuscii persino a farmi una sega, guardandoli.

Anni dopo, alle Zattere, durante la mia risalita dal nulla, Tommy, il ragazzo nero che ci faceva da barbiere, quando gli raccontai di quel film porno, e di quella ragazza, e del toro accerchiato, offeso, morente, e del mio dolore impotente, mi sussurrò vicino all'orecchio i versi di un poeta francese.

Il ne fait jamais nuit quand tu meurs,
Cerné de ténèbres qui crient,
Soleil aux deux pointes semblables.

Fauve d'amour, vérité dans l'épée;
Couple qui se poignarde unique parmi tous.

E solo allora, sotto gli occhi di uno sconosciuto venuto da chissà dove, scoppiai a piangere come un bambino.

Perché la vita è un continuo nuotare verso il largo, fino al punto in cui non tocchi e puoi solo sperare che da qualche parte davanti a te ci sia una riva.

Scosto la tendina ingiallita di pizzo.

La mia camera è un cesso, la scenografia di un film di quando c'era ancora la cortina di ferro. Il soffitto è basso, scrostato e inclinato: una mansarda dove potrebbe suicidarsi uno dei personaggi di Dostoevskij. La vista però è di una bellezza assurda. Davanti a me, oltre il viale alberato e la strada semideserta, a quest'ora le mura e le torri del monastero di Novodevičij brillano bianche e dorate nella luce cristallina del pomeriggio autunnale.

«Mi aspettavo di meglio, dalla casa di un oligarca» avevo detto ad Allenby, entrando in questa camera e cogliendone, con un rapido sguardo, lo squallore e l'estrema povertà: un letto singolo con la rete metallica e un vecchio materasso con più dune del Sahara, e poi un comodino dalla vernice scrostata all'interno del quale – tocco di autenticità non richiesto – ci sono un pitale e un portacandela.

«Spero che sia uno scherzo.»

«No» aveva sospirato l'inglese. «Purtroppo questa, come avrà intuito, non è certo l'abitazione del signor Suvarin in città.»

«Meno male. Cominciavo a dubitare della sua solvibilità.»

«No, no. Su quella può stare tranquillo. Questa è una cosiddetta casa sicura del Kgb. Un posto dove tenevano le persone sottoposte alla loro... be', alla loro custodia protettiva.»

«Ne avevo letto solo in certi romanzi di spionaggio.»

«Ecco, esistono davvero. E questa ne è la prova. Fa parte di un lotto di proprietà che il mio principale ha rilevato dopo il crollo dell'Unione Sovietica. Era come le buste in offerta che ci compravano da bambini. Se le ricorda? Dei sacchetti marcati Disney o Playmobil dove non sapevi mai cosa trovavi dentro. Di solito trovavi una sola cosa bella, e il resto era porcheria. È quello che è successo con questa casa.»

«I miei non me ne hanno mai comprato uno. L'unico gioco che ricordo di quando ero un bambino era una scatola di plastilina. Mio padre doveva averla rubata in un grande magazzino.» All'inizio i colori delle diverse barrette di pongo erano belli puliti, ma poi, dopo un po' che ci giocavi, tutto virava a un brutto color grigioverde. Quanto ci avevo giocato, con quella plastilina. Costruivo soldatini, triremi greche, e dinosauri giapponesi che distruggevano grattacieli in miniatura. In realtà giocavo anche con la bambola di una bambina nera, una della famiglia ugandese a geometria variabile che occupava il caseggiato accanto al nostro, al numero 33 di Ruskin Avenue, nel quartiere di Rusholme, un incubo di strade tutte uguali, con file di casette a schiera in mattoni rossi identiche l'una all'altra. Più volte mio padre, rientrando all'alba ubriaco o strafatto, non era stato capace di trovare casa nostra, in quel labirinto di strade male illuminate e indistinguibili. Così dormiva per terra, se era la stagione buona; oppure urlava per strada finché qualcuno non chiamava la polizia, che lo riportava a casa.

L'orologio di una delle chiese dalle cupole dorate batte i suoi rintocchi: una campana fa echeggiare il primo colpo, e subito le altre la imitano. Decine di campane, non solo nel monastero ma in tutta la città, come se Mosca, la capitale, fosse un villaggio di contadini all'epoca di Nicola II.

Le campane, grandi e piccole, danno vita a un carillon di melodie diverse, le cui note si dilatano espandendosi nell'aria tersa.

Continuo a guardare fuori, mentre la mia anima reagisce a quella musica come se fosse fatta di un metallo che vibra in sintonia col bronzo delle campane.

Guardo dalla finestra perché spero di rivederla. Anche se so che dev'essere stata soltanto un'illusione.

Ero arrivato da poche ore, giusto il tempo di abituarmi all'odore di chiuso e fumo stantio del mio alloggio temporaneo e di digerire i due tramezzini al tonno e cipolle, accompagnati da un tè tiepido servito su un vassoio di plastica sbreccato, quando il suono delle campane alle quattro del pomeriggio mi aveva spinto ad aprire la finestra, a scostare la tenda.

L'aria era una mano dalle dita gelide che si allungavano nella stanza.

Un gruppo di donne, che da quella distanza apparivano piccole come gli elementi di un diorama, si affrettavano verso l'entrata della cattedrale di Nostra Signora di Smolensk. Erano in quattro: una giovane e un'anziana, scortate da altre due con una postura e un atteggiamento da guardie del corpo. Erano scese da una Mercedes nera la cui forma elegante ricordava uno squalo. Mentre percorrevano il centinaio di metri che separavano il parcheggio dal portone della cattedrale avevo avuto modo di osservarle.

Non so dire cosa mi avesse portato ad aprire la finestra proprio in quel momento, concentrando la mia attenzione proprio su quel gruppetto, tra le decine di persone che si affrettavano verso la chiesa. Da qualche parte ho letto che possono esistere, nell'universo, legami fra due particelle che superano i limiti dello spazio e del tempo. Almeno così l'ho capita io. Fissavo quelle donne, e di colpo *l'ho vista*.

Era la ragazza più giovane. Dapprima riconobbi il modo in cui camminava, e poi la ciocca di capelli biondi che sbucava da sotto il foulard che le copriva il capo. Era lei. *Era Elena.*

La guardavo, e non riuscivo a staccare gli occhi da lei, da quella visione, o illusione, che me la riportava. Sapevo che era impossibile, ma non riuscivo a smettere di illudermi, non potevo. Quando il gruppo di donne, dopo aver oltrepassato il metal detector e la tenda dei test medici, è riapparso per pochi passi prima di entrare nel complesso della cattedrale, non ero più così certo di quanto avevo visto, ma mi sono lo stesso scaraventato contro la porta dell'appartamento battendo i pugni per farmi aprire.

La porta, però, malgrado sembrasse fatta di un legno

logorato dall'uso, ha resistito con un suono metallico, senza spostarsi di un millimetro.

Una voce maschile sgarbata ha chiesto: «*Chto proiskhodit?*», e poi, in un inglese dall'accento terribile: «Che c'è?»

«Voglio uscire!»

Silenzio.

«Mi hai capito? Fammi uscire!»

Un pesante clangore mi ha fatto girare di colpo.

Una saracinesca metallica è calata sulla finestra, oscurandola del tutto. Una plafoniera a soffitto si è accesa automaticamente.

«Chiama Allenby!» ho gridato, con tutto il fiato che avevo in corpo, a quel guardiano invisibile. «Allenby! L'inglese!»

Ma l'altro non ha risposto.

Nel piccolo soggiorno che assieme a questa camera e a un bagno grande come una scatola da scarpe compone il mio appartamento – o la mia cella, a seconda dei punti di vista, perché da ieri la tapparella metallica non si è mai sollevata –, c'è un televisore a colori risalente agli anni Ottanta o Novanta, con dei tasti frontali unti di grasso. Le immagini sono leggermente sdoppiate. Devi muovere un'antenna simile a quelle delle vecchie radio per migliorare appena appena la ricezione. Su quello schermo da pochi pollici stamattina ho assistito alla replica di una parata per la vittoria contro il nazismo. Doveva essere per forza una replica, perché le immagini erano quelle di un giorno d'estate. Non ho idea di che giorno sia oggi, né di quale mese. Mi sembrava stupido chiederlo, e durante il transito da un aeroporto all'altro non ho avuto modo di sbirciare la data su qualche quotidiano. I miei nervi erano troppo tesi, la mia attenzione concentrata su ogni possibile segnale di pericolo o poliziotto che incrociavamo, con la paura che qualcuno mi fermasse per chiedermi conto di quanto era successo in quel bagno dell'aeroporto di Atlanta. E i tabelloni non hanno data. Solo sigle di compagnie aeree e nomi di città, orari di partenza e di arrivo.

Sicuramente è autunno.

Fine ottobre, o forse già i primi di novembre.

Il colore delle foglie è il calendario della natura.

La storica parata per il Settantacinquesimo anniversario della vittoria sovietica nella Grande guerra patriottica, come i russi chiamano la Seconda guerra mondiale, era stata come sempre grandiosa, anche in tempi di pandemia globale. Carri armati, aerei, elicotteri e lanciatori di missili intercontinentali avevano sfilato solennemente sullo schermo, da un capo all'altro della Piazza Rossa, assieme a vari reparti e mezzi storici.

Non si vedeva nessuna misura di distanziamento, e gli unici a indossare le mascherine erano i vecchi veterani, gli eroi della defunta Unione Sovietica. Sul palco, anche il presidente e gli altri pezzi grossi, tanto i russi quanto gli ospiti internazionali, non portavano nessuna protezione. Era una dimostrazione così spavaldamente orgogliosa che qualunque fosse il tuo credo politico non poteva non farti battere il cuore dall'emozione.

Chiunque fosse il regista di quella manifestazione era un genio.

In una delle file più arretrate del palco, in mezzo a una folla di invitati tirati a lucido, anche nella pessima definizione dello schermo a tubo catodico di fabbricazione sovietica, riconobbi Oleg Suvarin. Non sembrava particolarmente entusiasta, o emozionato. Guardava sfilare gli sferraglianti T-34 reduci dei campi di battaglia e i giganteschi missili balistici Topol-M con un'aria depressa da anticamera del dentista.

Stavo osservando un reparto di fanteria di marina passare cantando davanti alla tribuna d'onore, quando la porta blindata della stanza si è aperta. Ho guardato l'ora sul Bulova. Le dieci in punto.

L'uomo che entra nel minuscolo soggiorno ha un'età imprecisabile. È anziano, direi vicino ai settanta. Capelli grigi quasi rasati, un taglio militare. Non è alto né imponente, ma in qualche modo trasmette l'impressione di possedere entrambe queste caratteristiche.

Allenby l'accompagna con quella che suona come una sincera deferenza. «Sergio, mi permetta di presentarle il professor Dmitrij Alekseyevič Grigorenko, membro dell'Accademia russa delle scienze e già coordinatore generale dei progetti agricoli nel Sidiq, il paese ora noto come Ard Alshams.»

Il russo fa segno di sì due volte con la testa. Non mi dà la mano, e fa invece un cenno verso la finestra chiusa, pronunciando una breve frase sottovoce.

Allenby annuisce, rivolto verso un osservatore invisibile, uno spirito che evidentemente aleggia in un angolo del soffitto.

Finalmente, con un rumore di ingranaggi perfettamente oliati, la pesante saracinesca blindata si solleva lasciando entrare la luce penitenziale del mattino moscovita.

«Lieto di conoscerla, signor Stokar» sorride Grigorenko, facendomi segno di accomodarmi davanti a lui, all'altro capo del minuscolo tavolino. «*Sadites', pozhalujsta*. Si sieda, la prego. Non le porterò via troppo tempo, ma è importante che lei ascolti attentamente ciò che ho da dirle.»

12

L'inglese di Grigorenko è ottimo, con un accento ricercato. «Non la tedierò con una lezione di storia. E non offenderò la sua intelligenza e la sua esperienza delle cose del mondo sostenendo di essere stato, come mi ha presentato il signor Allenby, un semplice coordinatore di programmi agricoli. Dio solo sa...» Si interrompe. «Lei è credente, signor Stokar?»

«No.»

«... Dio solo sa come il nostro impero in via di decomposizione... Dio solo sa come potesse pretendere di insegnare agli altri qualcosa in campo agricolo, con alle spalle una storia infinita di fallimenti, devastazioni ecologiche e carestie, ma tant'è. Nel 1996 il presidente Boris Yeltsin mi convocò al Cremlino. Nel corso degli anni, nell'ambito della mia attività, diciamo così, non ufficiale, avevamo avuto frequenti occasioni di contatto. Mi convocò al Cremlino, dicevo, ma invece di essere accompagnato nel suo studio venni scortato nel Salone di san Giorgio, dove trovai riunite una dozzina di persone, metà delle quali le conoscevo, mentre l'altra metà erano giovani emergenti nel campo dell'intelligence, di cui avevo letto con estremo interesse il curriculum.»

«Come avrà capito, il professor Grigorenko era...» sussurra Allenby, rimasto in piedi di fianco al tavolino come un cameriere.

«Sono certo che il signor Stokar ha capito benissimo» lo interrompe l'altro. «A certi livelli dell'apparato statale lavorare per due uffici diversi era la regola, a quei tempi. E immagino anche ora. Chiamiamolo un doppio lavoro. Diciamo che a quel lungo tavolo c'erano abbastanza competenze da poterci governare una nazione. Ci guardavamo di sottecchi l'un l'altro, ci studiavamo, per capire se qualcuno di noi avesse alba del motivo di quella convocazione. A un certo punto ci siamo tutti alzati in piedi, perché nella sala è entrato il presidente. Erano solo le dieci del mattino, ma Boris era visibilmente già più che alticcio. Ci salutò con grande espansività, alzando le braccia come un pugile che sale sul ring. Poi sedette a capotavola e ci fece un sorriso interminabile. Non era un buon segno. Capitava, a volte, che Yeltsin si dimenticasse quello che doveva dire, o magari si trovasse spiazzato in una riunione di cui aveva dimenticato lo scopo. Ma a quell'ora il suo tasso alcolico era ancora entro limiti accettabili. Recuperò di colpo il filo di quello che stava facendo. Ci ringraziò per aver accettato il suo invito, come se avessimo avuto alternative. Venne servito un rinfresco. Il presidente si riempì più volte il bicchiere dalla bottiglia di presunta acqua minerale che aveva davanti a sé per suo uso esclusivo. Più beveva quell'acqua dai poteri magici e più il suo eloquio peggiorava.»

Grigorenko sorride, ripensando a quell'incontro. Immagino che anche gli intimi della cerchia di Hitler, o di Gilles de Rais, sorridessero rievocando qualche aneddoto del bunker sotto la Cancelleria, o ricordando con affetto un tratto caratteristico del nobile francese passato alla storia come Barbablù.

«Ci disse che doveva parlarci di un paese lontano lontano. Usò proprio queste parole. "Lontano lontano." Un paese dalle tradizioni antichissime, dalla cultura millenaria. Un paese che, sfortunatamente per lui e per il mondo, languiva da secoli nelle tenebre dell'oppressione e dell'ignoranza. Un paese che, nonostante le ricchezze di cui il suo sottosuolo abbondava, viveva in una cupa miseria e nell'oscurantismo delle superstizioni religiose. Un paese che meritava un destino migliore, in attesa di una guida che potesse illuminare il cammino verso un futuro raggiante. Un paese che aveva bisogno di nuovi amici, di stringere alleanze con potenze che avessero a cuore i destini dell'umanità e al tempo stesso la capacità di far evolvere una nazione dal medioevo a un prospero futuro. Di fronte a tirate interminabili come quella che Yeltsin ci stava propinando, di solito mettevo il pilota automatico e pensavo a qualcos'altro, lasciando alla mia testa allenata il compito di annuire di tanto in tanto, e di sorridere quand'era il momento...»

Ma quel giorno, racconta Grigorenko, quel giorno, al termine di un pistolotto di venti minuti infarcito di luoghi comuni e residui ideologici, il presidente si era alzato barcollando, e aveva fatto un gesto verso la porta del salone.

Nella sala era allora entrato un uomo giovane, dai lineamenti mediorientali. Indossava un completo grigio di buon taglio, scarpe tirate a specchio e una cravatta coi colori del Trinity College di Cambridge.

«Malgrado indossasse abiti civili, il portamento era inconfondibilmente quello di un militare. A un cenno del presidente, un cameriere portò una sedia e la mise alla destra di Yeltsin, costringendo gli altri che sedevano su quel lato a spostarsi, stringendosi per fare posto. L'ospite straniero si sedette, del tutto a suo agio, malgrado la giovane età. Si voltò a destra e a sinistra, fece un leggero inchino, rapido e per nulla deferente.»

13

«Il colonnello Tariq al Khalid ha studiato qui a Mosca, all'Università russa dell'amicizia tra i popoli, e poi all'accademia militare Mikhail Frunze. È amico da sempre del nostro popolo e conosce la nostra cultura. L'ho invitato qui oggi perché ci parli del suo paese, e di cosa la Russia potrebbe fare per sollevarlo dalle tenebre e dalla miseria. Prego, colonnello. Parli liberamente. Voi invece sentitevi obbligati ad ascoltarlo con attenzione e rispetto.»

Detto questo, Yeltsin si alzò traballando. Aiutato da un valletto, caracollò fuori dalla sala, verso un altro dei tanti impegni della sua giornata da presidente. O, più probabilmente, verso un letto o un divano.

Il colonnello al Khalid non mostrò alcuna esitazione nell'assumere il controllo della riunione.

«Grazie di essere qui» esordì, in un russo fluente. «Non vi ruberò più tempo del necessario. La tragica situazione in cui versa la mia terra, il Sidiq, dovrebbe esservi nota.»

Forse uno, o al massimo due, dei presenti avevano idea di quale fosse la situazione del Sidiq, e in pochi avrebbero saputo collocarlo su una cartina muta dell'Africa. Nessuno di loro aveva competenze diplomatiche: erano perlopiù agronomi e ingegneri.

«Dopo un secolo e mezzo di oppressione sotto l'impero inglese, il Sidiq si è reso indipendente nel 1957. Nel corso di quasi quarant'anni da allora ha conosciuto una breve parentesi democratica che si è trasformata in un ancor più breve ritorno della monarchia, seguito nel giro di due anni da tre successivi colpi di stato, finanziati e guidati dalla regia occulta delle potenze imperialistiche. Si è tornati quindi a un regime nominalmente democratico, ma che di fatto si è subito trasformato in una dittatura. Il presidente Wahid ha assunto la carica di protettore del paese e spada dell'Islam. In pratica si è autoconferito la presidenza a vita. Il suo legame con gli esponenti religiosi più reazionari ha portato l'oscurità sul Sidiq. Il presidente Yeltsin ha parlato di un nuovo medioevo per il mio paese. In verità il mondo islamico ha brillato, durante il medioevo europeo: le sue università e le sue biblioteche hanno preservato e incrementato le conquiste scientifiche e culturali del vostro passato...»

In fondo al tavolo, un accademico si schiarì la gola prima di emettere un colpo di tosse decisamente artefatto.

Il colonnello sorrise. «Come ho detto, non abuserò della vostra pazienza. Né del vostro tempo. Il presidente Yeltsin incaricherà le persone presenti in questa sala di una missione quinquennale nel Sidiq, su richiesta del dittatore del mio paese. Che ha formulato anche altre richieste, fra cui la consegna nelle sue mani degli ufficiali fuggiti dal suo regime per rifugiarsi in Russia. E delle loro famiglie. Io sono uno di quegli ufficiali.»

Un mormorio si diffuse nella sala.

«Ufficialmente, il presidente Yeltsin esaudirà il desiderio del despota. Altrettanto ufficialmente, io e altri ventidue ufficiali del Sidiq moriremo in un incidente aereo.» Il colonnello al Khalid chinò il capo. «Purtroppo le nostre famiglie dovranno rientrare. È un duro prezzo da pagare, la messa in pericolo delle loro vite. Ma la salvezza del nostro amato paese vale senz'altro questo sacrificio.»

«*Sukin syn*» si sentì distintamente, per quanto pronunciato a bassa voce all'altro capo del tavolo. *Figlio di puttana.*

Al Khalid non fece una piega. «Ritengo vi sia chiaro» proseguì, «che la richiesta d'aiuto alla Russia evidenzia lo stato di crisi del regime. Una crisi che però potrebbe richiedere anni per giungere a maturazione. Il dittatore ha promesso al vostro presidente l'affitto per novantanove anni della base navale di Al Suqr.»

Grigorenko alzò la mano. Fra tutti i presenti era l'unico che avesse una qualche conoscenza del Sidiq.

«Prego» concesse il colonnello.

«Non esiste nessuna base navale con quel nome, nel Sidiq.»

Il viso tondo e lustro di al Tariq fu illuminato da un sorriso. «Non esiste perché saranno i vostri ingegneri e i vostri tecnici a progettarla e realizzarla. È per questo che una parte di voi verrà mandata laggiù. Gli altri dovranno invece occuparsi della realizzazione di un piano quinquennale che assicuri in una prima fase l'autosufficienza alimentare del Sidiq, e in una seconda fase la possibilità di esportare grandi quantità di prodotti agricoli all'estero.»

Grigorenko scosse la testa. «Sta scherzando? E dove li coltivereste, questi prodotti agricoli? Il novantasei per cento del vostro territorio è desertico, e quel poco che resta è altamente urbanizzato.»

Il sorriso di Tariq si fece ancora più luminoso. «Lei ha colpito nel segno, signor?...»

«*Professor* Dmitrij Alekseyevič Grigorenko, dell'Accademia russa delle scienze.»

«Sono onorato di fare la sua conoscenza, professore. Ha toccato esattamente il cuore della questione. Puntare all'autosufficienza alimentare del mio paese, per non dire dargli la capacità di esportare prodotti agricoli, è un'idea semplicemente demenziale. Non a caso è venuta a uno stupido come Wahid. La parte agricola del suo piano non ha *nessuna* possibilità di successo. La base navale invece è un altro paio di maniche. Sono sicuro che la Russia sarà in grado di realizzarla.»

«E a lei, mi scusi, cosa gliene viene?»

Il colonnello al Khalid aprì le mani e le congiunse a cuspide, dito contro dito, come per recitare una preghiera. «Lo considero, come il vostro presidente, un investimento a lungo termine. Wahid sta piantando i semi di un grande albero, i cui frutti non saranno colti da lui. Wahid è inaffidabile. Il vostro illuminato presidente concorda sul fatto che puntare su di lui sarebbe una scelta sconsiderata per il vostro paese. Vi ricordo che siete solo la *terza* scelta. Prima di voi ha rivolto le sue richieste di aiuto ai francesi e agli americani. Se non hanno chiesto anche agli inglesi è solo perché questo avrebbe provocato una sollevazione popolare. Ma voi russi, scusatemi se lo sottolineo, siete solo un'opzione di ripiego. Il vostro accordo con Wahid non è una promessa di matrimonio. Per lui è solo una scappatella.» Il colonnello assunse un'aria solenne. «Io invece sono cresciuto qui. Devo alla Russia la mia formazione, la mia cultura.»

«La sua cravatta racconta un'altra storia» obiettò Grigorenko sorridendo.

«Un santo cristiano ha detto: "Quand'ero bambino, parlavo da bambino, pensavo da bambino, ragionavo da bambino. Ma, divenuto uomo, ciò che era da bambino l'ho abbandonato."» Finita la citazione, al Khalid riaprì gli occhi e disgiunse le mani. «La mia era una famiglia di commercianti. Io ero l'unico figlio maschio. Mio padre mi iscrisse alle scuole inglesi perché pensava che questo fosse un bene per il mio futuro e quello della mia famiglia. Ma in quelle scuole io ho imparato che il mondo può essere cambiato, e che l'educazione è un'arma. Socrate è un'arma. Platone è un'arma. Kant e Hegel sono armi. Armi potentissime. A Cambridge, nella mia stanzetta spoglia di un college vecchio di cinque secoli, ho patito il freddo e il disprezzo dei miei coetanei, per il colore della mia pelle. Ho sofferto la fame, per il cibo ripugnante. Ma ho temprato il mio carattere, forgiando, dalla materia informe che ero, una spada affilata che ho giurato di porre al servizio del mio paese. Tornato in patria, ho fatto domanda per la scuola ufficiali. L'esercito del Sidiq era male armato e male addestrato, ma aveva mantenuto la fierezza di quando il paese apparteneva all'impero britannico. Sembra assurdo, ma in un paese che odiava quell'impero, l'esercito seguiva ancora le vecchie regole dell'era coloniale: all'alzabandiera del mattino le cornamuse eseguivano brani della tradizione scozzese, e i suonatori indossavano il kilt. La mia carriera è stata rapida. Quando ho chiesto di proseguire i miei studi per ottenere il dottorato, i miei superiori non hanno mosso obiezioni. Sono rimasti parecchio stupiti per la mia scelta di venire qui a Mosca, ma all'epoca il dittatore era in una fase di buoni rapporti con il vostro paese, per cui...»

«Sono parecchio stupito anch'io della sua scelta, colonnello.» La voce che aveva interrotto il soliloquio di al Khalid era quella di un funzionario di primo livello del ministero dell'Agricoltura e dell'alimentazione. «Voglio dire, non sarebbe stato più logico conseguire il suo dottorato nel Regno Unito?»

Al Khalid era arrossito. O, per meglio dire, la sua pelle si era visibilmente scurita. «Noi amiamo i proverbi. Un vostro proverbio dice: "Più cammini attraverso la foresta, più legna troverai." Studiando qui ho aggiunto alla mia esperienza di vita inglese quella russa. E...» Si era infilato l'indice nel colletto, come per allentare la pressione della cravatta. «E inoltre le sorti economiche della mia famiglia erano peggiorate.»

«Questo prima o dopo la sua scelta di intraprendere la carriera militare?» insisté il funzionario.

Al Khalid aveva risposto dopo una certa esitazione. «Prima.»

«*Prima*... Si potrebbe pensare che la sua scelta sia stata dettata dalle circostanze, insomma. Immagino che un militare di carriera non guadagni molto, nel Sidiq. E comunque lei era l'unico figlio maschio nella sua famiglia. L'attività di suo padre sarebbe passata a lei. Scusi, mi rendo conto che non c'entra con l'oggetto di questa riunione, ma sono curioso.»

«Certo. Naturalmente.»

Un giovane impiegato apparve sulla porta. A un cenno del funzionario del ministero dell'Agricoltura gli si avvicinò, porgendogli un dossier. Camminava con il passo intimorito di una gazzella che si avvicina a un tavolo di leoni; depose il fascicolo e arretrò verso la porta. Il funzionario inforcò un paio di occhiali da lettura e studiò con deliberata lentezza il dossier, girando una pagina dopo l'altra come se cercasse un colpo di scena.

E lo trovò, infatti.

«Lei ha detto di essersi laureato a Cambridge.»

«Io... No, non credo di averlo detto. Non esplicitamente.»

«Ma si è laureato o no, a Cambridge? Perché qui leggo...»

«Ho dovuto lasciare gli studi. Che ho...»

«Che ha completato alla Patrice Lumumba... *Pardon*, alla Rudn, come la chiamano adesso. Vedo che ha dovuto cominciare dagli esami del secondo anno. Quindi era piuttosto lontano dall'aver completato il suo corso di laurea, a Cambridge.»

«Sì. In effetti le fortune della mia famiglia hanno avuto un rovescio un po' prima che io potessi laurearmi.»

«*Un po' prima?* Da quello che leggo qui le mancavano un bel po' di esami alla conclusione del suo corso.» Il funzionario aveva chiuso il dossier, posandoci sopra le mani serrate a pugno.

Al Khalid aveva chiuso gli occhi, riprendendo fiato. Poi li aveva riaperti, fissando il russo con un'espressione gelida.

14

Grigorenko sorride. «Una cosa va detta, di quel figlio di puttana. Ha una faccia tosta da paura. Non giocherei mai a poker contro di lui.»

Il colonnello si raddrizzò tutto impettito, con lo scatto di un burattino al quale vengano tirati di colpo i fili. «Venendo qui, su invito del vostro presidente, credevo di presentarmi a un consesso di persone amiche. Non davanti a un tribunale.»

«Nessuno la sta processando, signor al Khalid.»

«*Colonnello* al Khalid, prego. Ora mi stia a sentire, signor?...»

«Bondarev. Pavel Bondarev.»

Il colonnello annuì. «Mi ascolti bene, *signor* Bondarev. Se il suo presidente ha ascoltato con *grande* interesse le mie proposte, non è perché io gli sono simpatico, e tantomeno perché ha trovato interessante il mio curriculum. Il suo presidente sa che bisogna scavare sotto la superficie, per trovare la sostanza delle cose.»

«E appunto per questo pregherei tutti di ascoltare con il dovuto rispetto il colonnello al Khalid» intervenne inaspettatamente uno dei presenti.

Grigorenko non l'aveva mai visto prima. Era giovane, forse sulla trentina. Non aveva alzato la voce, ma il brusio e le risatine che avevano accompagnato il battibecco tra il colonnello e Bondarev si azzerarono di colpo, e sulla sala scese il silenzio.

Lo sconosciuto – perché tale era anche per le altre persone sedute a quel tavolo – non si presentò. E nessuno gli chiese come si chiamava. Un'eredità del defunto regime era il terrore nutrito verso gli sconosciuti: un volto nuovo in una riunione di quel livello poteva significare molte cose, nessuna delle quali buona.

«La ringrazio» sorrise al Khalid, con un accenno d'inchino.

«La Gazprom è interessata ad ascoltarla, colonnello. Senza ulteriori disturbi o interruzioni.»

Quella sigla societaria aveva un suono magico, nella nuova Russia che stava teoricamente transitando dal bozzolo rinsecchito del comunismo alle ali sgargianti del capitalismo.

Gazovaja Promyšlennost', "industria del gas", è il nome banale e non troppo attraente della terza compagnia al mondo per capitalizzazione azionaria. Creata da Mikhail Gorbačëv nel 1989, e privatizzata da Yeltsin nel 1993, è un colosso economico che controlla società di ogni tipo, dal settore bancario a quello assicurativo, e possiede o sponsorizza squadre di calcio e team di Formula 1.

Sull'impero della Gazprom e sui centosessantamila chilometri dei suoi gasdotti non tramonta mai il sole. Controlla il settanta per cento della produzione russa di gas naturale, e il diciotto per cento delle riserve mondiali di gas. È anche il secondo produttore di petrolio al mondo, dopo l'Arabia Saudita.

«Ora che ho di nuovo la vostra attenzione» sussurrò il colonnello al Khalid, «se abbiamo finito di rovistare nel passato della mia formazione universitaria, potremmo finalmente parlare di affari. Quando dicevo dell'importanza di andare sotto la superficie, intendevo in senso letterale. Sono qui per parlarvi dei giacimenti di gas naturale che gli italiani dell'Eni hanno appena scoperto al largo delle coste del Sidiq...»

Quando Grigorenko ha nominato l'ente nazionale petrolifero italiano devo aver sussultato, perché vedo che mi sta studiando con attenzione. Cerco di riprendere la mia espressione normale, ma lui non è il genere di uomo che si lascia sfuggire qualcosa.

Infatti interrompe il suo racconto.

«Non ha un po' di sete, signor Stokar? E un po' d'appetito, magari? Io sì. E poi è quasi mezzogiorno. Facciamo un piccolo *break*, che ne dice?»

Fa schioccare le dita. La porta si apre, un inserviente entra spingendo un carrello portavivande, al centro del quale troneggiano un monumentale samovar d'argento e due secchielli di ghiaccio. Nel primo c'è una ciotola di caviale, nell'altro una bottiglia di vodka polacca. L'inserviente esce e torna insieme a un altro carrello coperto di vassoi fumanti e con un cestino di pane nero.

La piccola stanza si riempie di un'infinità di profumi di cibo.

«So che lei non beve alcolici. È una cosa che le tornerà utile, in un paese islamico come il Sidiq. Anzi, mi scusi: l'*Ard Alshams*, come lo chiamano adesso. Anche se spesso l'alcol è un aiuto indispensabile per combattere la noia di quei posti. Prego, si serva. Conosce la cucina georgiana?»

«No. Temo di essere stato nella Georgia sbagliata.»

«Ah, allora è fortunato. Oggi farà una bella scoperta. Io non sono georgiano; non ci sono nemmeno mai stato, in quel paese, ma adoro la sua cucina. Se vuole cominciare con questi, si chiamano *pkhali*. E quelli là dietro sono *khachapuri*.»

«E questi?» chiedo indicando un piatto di ravioli pallidi terminanti in un lungo picciolo, simili per forma a dei fichi. Il cameriere nel frattempo mi serve dal samovar un bicchiere di tè, e versa a Grigorenko una quantità letale di vodka.

«Quelli sono *kinchali*. Sono ripieni di carne in brodo. C'è una tecnica, per mangiarli. Deve prenderli così, vede? E poi si dà un morso sotto. Prima si beve il brodo, e poi si mangia la carne.»

«Purtroppo sono vegetariano...»

«Non dica sciocchezze. Un uomo grande e grosso come lei!»

«Dico sul serio.»

Grigorenko sbuffa. «Astemio, *e anche vegetariano*... Va bene, la perdono. Si può gustare un pranzo georgiano come si deve anche senza toccare la carne.»

15

Il cibo è davvero sensazionale.

Mangiamo senza quasi parlare, per più di mezz'ora. L'odore della vodka che Grigorenko si fa versare a più riprese nel bicchiere mi dà fastidio, perché il mio corpo reagisce ancora al richiamo dell'alcol, facendomi salivare come un cane di Pavlov.

«Mio figlio aveva il suo stesso problema, quand'è tornato dall'Afghanistan» commenta l'accademico con un tono indifferente, dopo aver masticato uno spiedino di agnello. «Si era dato al bere. E alle droghe. Per disintossicarsi è sceso dal treno nel bel mezzo dei monti Urali e ha passato tutta la primavera e l'estate a camminare nei boschi, dormendo in un sacco a pelo e mangiando quello che riusciva a cacciare, o a raccogliere. È tornato a casa all'inizio dell'autunno. Sembrava uno scheletro, aveva perso più di venti chili. Ma si era ripulito.» Si serve un altro spiedino, mettendomene uno nel mio piatto.

«Grazie, no. Sono sazio. E poi le ho già detto che non mangio carne.»

«Mi creda, non può dire di essere sazio finché non ha assaggiato quello» risponde lui, indicando un vassoio coperto da una cupola d'argento. «Ma prima mangi questo spiedino. Almeno l'assaggi, su. È di montone marinato in succo di melagrana. E poi deve assolutamente provare il piatto forte del pranzo. È il *satsivi*. Tacchino in salsa di noci. Sarebbe una pietanza di Capodanno, ma il cuoco del Khachapuri non sa dirmi di no.»

Scuoto la testa. «Sono vegetariano, le ho detto. Mi dispiace.»

Grigorenko fa una smorfia. «Ha ragione di dispiacersene.»

«La ringrazio per il pranzo. Ma se non le dispiace ora vorrei tornare all'argomento che stavamo trattando. Il colonnello al Khalid...»

«È un argomento di conversazione che ci guasterebbe il pranzo.»

«Abbiamo già pranzato. Almeno per quanto mi riguarda.»

Il russo sbuffa. Ma poi sorride. «Come vuole, signor Stokar. Ma che ne dice di fare due passi, per digerire un po' il pasto?»

16

L'aria è fresca, frizzante. Mi dà quasi alla testa, anche se non so se sia davvero il suo effetto o piuttosto quello del jet lag. Le poche automobili sfrecciano veloci lungo le dodici corsie del Terzo Anello. Del traffico che ricordo dalla mia visita precedente non è rimasto che l'ombra. Non tutto è tornato com'era, mi dico, dopo la pandemia. Ma in realtà potrebbero esserci anche altre spiegazioni. So molto poco del nuovo mondo, quello dopo l'isola.

Attraversiamo al semaforo, affrettandoci perché il verde per i pedoni dura poco, e ci dirigiamo verso il complesso fortificato che forma il monastero di Novodevičij. Le mura sono bianche di calce e rosse come sangue rappreso.

«Sa perché si chiama così?»

«Cosa?» faccio.

«Il monastero. In origine era una fortezza sulla Moscova. Doveva difendere la città dagli attacchi lanciati da sud. Si dice che il nome, "monastero delle Nuove Vergini", derivi dal fatto che qui c'era il mercato dove i tartari vendevano le giovani prigioniere destinate agli harem musulmani.» Alza le spalle. «Altri invece dicono che è perché qui venivano a passare il resto della loro vita le zarine rimaste vedove. La storia è fatta così. È malata di Alzheimer...»

Quando i semafori diventano rossi per le auto, i nostri passi sono l'unico rumore che si sente, oltre a quello delle foglie mosse dal vento, un suono assurdamente pacifico per una città di dodici milioni di abitanti.

Cammino tenendo le mani nelle tasche del cappotto, elegante ma non abbastanza caldo. L'accademico indossa un capo molto più pesante, col colletto bordato di una morbida pelliccia nera.

«Mosca è costruita sul sangue. Quando si demolisce un vecchio edificio, dalle cantine saltano fuori decine, centinaia di scheletri. Arriva subito la polizia, che transenna lo scavo e sorveglia affinché l'asportazione dei morti avvenga senza clamore, possibilmente di notte, quando la città dorme. Non mi chieda dove finiscono. Sicuramente nessuno si prende la briga di dar loro un nome. E nessuno li rivendica. L'oblio e il silenzio sono il dovere dei carnefici e un diritto delle vittime.»

«Se lo dice lei.»

Guardo la porta attraverso la quale ieri ho visto passare Elena: ormai ne sono sicuro, era lei. Se gli occhi possono ingannare, il cuore non mente, e il mio cuore ha fatto un balzo, riconoscendola.

Al russo non sfugge il mio turbamento. «È già stato qui?» domanda, equivocando la mia reazione.

«Sì. Ma no, non è per quello che...»

«Si direbbe che abbia visto un fantasma. Niente di strano, se così fosse. Quello laggiù a sinistra è il cimitero di Novodevičij.»

«No. Nessun fantasma.» Rifletto un attimo su cosa mi conviene aggiungere. «Solo una persona che conosco» dico alla fine.

«Che conosce qui a Mosca?»

«No. Dall'altra parte del mondo. In un'altra vita.»

«E dov'è? Non vedo nessuno.»

«L'ho vista ieri.»

«Ieri» ripete lui, annuendo.

«Andava a messa in quella cattedrale là, con le cupole dorate.»

«Nostra Signora di Smolensk. Andiamoci, vuole?»
«Abbiamo tempo?»
«Tutto il tempo che serve.»
«Mi chiedo se abbia senso.»
«Noi russi abbiamo un proverbio: se la vita ti dà solo un limone, tu fanne una spremuta. Andiamo.»

La bigliettaia sembra uscita da un quadro dell'Ottocento: è un'anziana con un fazzoletto sui capelli grigi e la faccia solcata da rughe profonde, vere e proprie trincee di pelle. L'ufficetto in cui lavora sa di polvere antica.

Riceve i rubli stropicciati di Grigorenko e in cambio ci infila in mano due biglietti che sembrano quelli di una lotteria di paese. Poi ci fa segno di uscire, e con una voce autoritaria smitraglia una serie di istruzioni e divieti in russo, puntando il dito verso la cattedrale.

Ho sempre odiato l'architettura russa, e oggi scopro che la trovo brutta anche da sobrio. Ma c'è qualcosa di diverso, stavolta, a farmi quasi cambiare idea.

È l'aria, malinconica e fredda.

Sono le voci di un coro che escono dal portale spalancato.

Sono le vecchie in piedi all'entrata della chiesa: non tendono la mano, ma esprimono con gli occhi la loro dignitosa richiesta.

Grigorenko si toglie di tasca un'altra manciata di banconote violacee e ne infila un po' in ogni mano. Le donne chiudono gli occhi, ricevendo il denaro come se facessero la comunione. I loro «grazie» sussurrati attraverso le mascherine chirurgiche sbiadite e rese pelose dall'uso sembrano degli *amen*.

Dentro la chiesa l'odore d'incenso e cera d'api è fortissimo, e l'oro dell'imponente iconostasi brilla, promettendo il paradiso. Le voci femminili si alternano ai bassi di un coro di monaci. Non ci sono panche, né sedie. E non ci sono turisti. Solo vecchie donne in piedi o appoggiate alle colonne con soprabiti troppo leggeri, consumati dall'uso. I rari colli stropicciati di pelliccia sembrano quello che sono: animali morti.

Il professore chiude gli occhi, come se quel canto l'avesse rapito.

«Ascolti» sussurra. «È lo *Slava vyšnich Bogu*. Il vostro Gloria.»

Potrei rispondergli che lo so. E sarebbe la verità. Carla mi aveva fatto ascoltare un sacco di volte i Vespri di Rachmaninov. Una volta avevamo scopato con quella musica. Era stato strano ma bello.

Forse è questo che mi disturba. L'intrusione della mia vita passata in questo momento. Qualcosa a cui non voglio pensare. Non ora, almeno.

«Possiamo uscire?» chiedo, dopo aver guardato e ascoltato per un po'.

Grigorenko mi fissa severo. «Vedo che non è credente.»

«Neanche voi, fino a non troppo tempo fa.»

«La fede in realtà non è mai morta, in Russia» risponde in tono duro, facendosi il segno della croce nel modo strano in cui lo fanno i russi: con tre dita, toccando la spalla destra prima della sinistra. «Voi italiani avete avuto la vita facile.»

Grigorenko scende con foga i gradini, ignorando i sorrisi e gli «*spasibo*» sussurrati dalle donne a cui pochi minuti prima ha fatto la carità.

«Quando Stalin venne messo alle corde dall'avanzata nazista, fece salire i pope con le icone sacre sui T34. Gli stessi pope che fino al giorno prima aveva sbattuto in prigione o messo al muro. Quei pochi che avevano evitato una pallottola nella nuca e una fossa comune. La chiesa russa ha avuto migliaia di martiri. E non divorati dai leoni o crocefissi nel Colosseo. Non calpestati da qualche imperatore romano ormai dimenticato. Non duemila anni fa. Il loro sangue è ancora rosso e vivo.» L'inglese di Grigorenko, a mano a mano che s'infervora, diventa più sconnesso, spezzato, quasi rabbioso. «La Russia ha radici antiche, signor

Stokar. Non lo sottovaluti mai. Lei non ha rispetto per il mio paese. Male. Perché è ancora un grande paese.»

Cammina con passo rapido verso l'uscita dal complesso.

«Niente giro turistico?» gli grido dietro.

«No.»

«Almeno il cimitero.»

Rallenta il passo, permettendomi di raggiungerlo. «Cosa le importa, del cimitero? Ci sono solo cadaveri russi.»

«Andiamo, professore. Non faccia l'offeso. La pagano per spiegarmi tutto dell'Ard Alshams.»

Mi guarda a muso duro. Dato che è più basso di me di tutta la testa, si alza quasi in punta di piedi per fronteggiarmi. «Il fatto che io sia pagato non significa che mi sono venduto.»

«Mi scusi, ma non la capisco.»

«Io ho un nome onorato, a livello accademico. Presto una consulenza al suo padrone, ma questo non vuol dire...»

«Ehi, ora è lei che mi offende. Io non ho padroni. Non sono un cane.»

«Oleg Suvarin. Lei è al suo servizio.»

«Non proprio.»

«No?»

«Diciamo che anch'io presto una consulenza, in un certo senso. Non sono un servo, e neppure un dipendente. Lei e io siamo pari, in questo. Non c'è bisogno di offenderci a vicenda.»

Lui fa un gesto con la mano. «*Otlichno. Eto nevazhno.* Non importa. Perché le interessa il cimitero?»

«Perché c'è sepolto Majakovskij.»

«E a lei cosa gliene importa, di Majakovskij?»

Apro le braccia e recito a memoria: «"*In questa vita non è difficile morire. Vivere è di gran lunga più difficile.*"»

Mi fissa a lungo.

Poi sorride.

«Lei è un uomo pieno di sorprese, signor Stokar.»

17

«E poi sarei io quello che non ha rispetto...» faccio, guardando il russo.

Grigorenko si è seduto sulla tomba di Majakovskij come se fosse la panchina di un parco. «Su. Su. Non faccia il difficile. Venga qui.» Batte la mano sul granito grigio, come se fosse un sofà.

Io esito. Guardo il busto bronzeo del poeta.

«Lui non si offenderà. Non era il tipo. Venga, su. Si sieda.»

«Preferisco stare in piedi.»

Il russo alza le spalle. Si infila la mano nella tasca del cappotto e tira fuori una bottiglia di vodka mezza piena. «Polacca» commenta. «La vodka migliore la fanno loro. Sicuro che?...»

«No, grazie.»

Svita il tappo, si porta la bottiglia alle labbra e manda giù un lungo sorso. «Se avesse più tempo la porterei a Peredelkino.»

«Che sarebbe?»

«Ma come, non lo sa? Era il villaggio degli scrittori. A venti minuti di strada da qui. Ci sono le dacie degli intellettuali, immerse nella foresta. Nel suo cimitero sono sepolti Pasternak e il mio poeta preferito, Arsenj Tarkovskij. Il padre del regista. Lo conosce?»

«Conosco il regista. A mia moglie piaceva il cinema.»

«Tarkovskij padre è stato uno dei più grandi poeti russi di sempre. Ha scritto cose meravigliose. Glielo dico perché lei sembra apprezzare la poesia.»

«Apprezzo la *buona* poesia.»

«Quella di Tarkovskij era meravigliosa. Ha rischiato di morire da giovane, a causa di una poesia giudicata irrispettosa nei confronti di Lenin. Poi perse una gamba in guerra. La Grande guerra patriottica, intendo. Rimase sempre uno spirito libero. Sopravvisse di alcuni anni al figlio, il regista. Che cosa terribile e ingiusta, quando un padre seppellisce un figlio.» Beve un altro sorso. Il suo sguardo si fa per un momento vacuo. Poi mi guarda. Scuote la testa. «Prima di andarmene le lascerò un dossier alto un centimetro sul posto in cui sta per andare. Il Sidiq è una fogna. È come l'inferno, ma più caldo. Ci ho passato otto anni della mia vita. Avrebbero dovuto essere dieci, ma ho avuto la fortuna di ammalarmi. Così mi sono perso gli anni più cupi della dittatura di quel pazzo di Wahid. Ma anche così ne ho viste fin troppe. In confronto a lui, Idi Amin Dada era un gentiluomo. Il lungomare della capitale era illuminato dai vecchi lampioni vittoriani installati dagli inglesi, e a ogni lampione veniva impiccato un uomo. Tutte le sere i cadaveri venivano tirati giù e sostituiti con corpi nuovi. Ma il dittatore non lo trovava abbastanza spettacolare. Un giorno Wahid lesse che in Iran si usavano le gru per le impiccagioni di massa degli omosessuali. Gli sembrò una cosa fantastica, così ordinò una gru mobile cinese. Non se n'era mai vista una, in città, prima di allora. Le case si tiravano su con impalcature di legno. Quel vecchio pazzo fece venire dalla Cina quella gru solo per impiccare i prigionieri. Era montata su un camion. L'autista cinese si spaventò quando gli dissero cosa volevano farci, con la sua gru. Ma non poteva rifiutarsi. Gli fecero abbassare il braccio mobile e ci appesero trenta prigionieri. Non c'erano trenta omosessuali in prigione, così avevano fatto una retata, la settimana prima. Dalla finestra del suo palazzo Wahid si godeva la scena col binocolo. Quando i trenta prigionieri furono tutti agganciati con le corde al collo al braccio della gru, il dittatore fece un segnale, e l'autista cinese azionò il motore. Il braccio cominciò a sollevarsi, sempre di più, sempre di più, e i prigionieri che erano appesi verso la fine della gru si sollevarono da terra, appesi alla corda come decorazioni su un albero di Natale...» Grigorenko racconta tenendo gli occhi chiusi. «Ovviamente l'ho visto solo in un filmato. Ma le assicuro che era già abbastanza.»

Mi siedo accanto a lui sulla lastra fredda e polverosa della tomba.

Il cimitero è deserto, e quest'angolo appartato sembra isolato dal resto del mondo.

«Doveva vedere come scalciavano, quando uno dopo l'altro, con una lentezza esasperante, i loro piedi si staccavano dal suolo. Sobbalzavano come marionette dai fili recisi, o come pesci presi all'amo. Uno dopo l'altro vennero sollevati in alto, per morire soffocati sotto gli occhi della folla silenziosa che si era assiepata nella piazza dell'Indipendenza. L'autista cinese bloccò la gru a mezz'aria, col suo carico di uomini morti e morenti. La piazza era piena, c'erano centinaia di spettatori. Ma quando il motore del camion si fermò scese un silenzio di tomba. In quel silenzio si sentì il suono di una bottiglia di champagne stappata, e tutti nella piazza si voltarono verso il palazzo del dittatore.» Manda giù un'altra sorsata. Scuote la testa. «Mi dispiace essermi perso l'inverno del 2010, quando la Primavera araba arrivò anche nel Sidiq. I Fratelli musulmani rovesciarono Wahid e lo impiccarono a quella stessa gru. Solo che l'autista cinese non c'era più, e il ragazzino che prese i comandi della gru era un incapace. Ci volle un'ora di tentativi, mi dicono, per impiccare quel mostro.» Si rimette la bottiglia ormai vuota in tasca. «Sa qual è la cosa più buffa? Ammesso che si possa definire così? Che al dittatore quel tappo di champagne costò più caro delle trenta persone impiccate quel giorno. Un assassino passi, ma un buon musulmano non beve alcolici. Proprio come lei. I predicatori ci andarono a nozze. Quello è diventato il tappo più costoso della storia dello champagne. È costato a Wahid il suo regno. E la vita.»

Guardo il busto di Majakovskij. Lo raffigura da giovane, e non con la testa rasata e lo sguardo inquietante di quando si è suicidato. Come diceva la canzone preferita dei miei compagni di scuola borghesi con l'eskimo? «*Gli eroi son tutti giovani e belli...*»

«Per farla breve, s'insediarono al potere i Fratelli musulmani. Durarono due anni. L'estrazione di gas si fermò, così come quel po' di turismo. Ha mai sentito nominare la baia di El Ghazi?»

«No.»

«Il paradiso della pesca subacquea. Resort esclusivi, frequentati dal jet set internazionale, negli anni Sessanta. Brigitte Bardot, Liz Taylor e Richard Burton, Rock Hudson. Tutto finito... Dopo il 1990 El Ghazi è diventata una città fantasma, come quelle dei film western. È lì che avevano ospitato la nostra spedizione di soccorso all'economia locale. Le assicuro che è stata un'esperienza surreale. Dormivamo in tenda, ma pranzavamo e cenavamo nel salone delle feste dell'Hilton abbandonato. Alla luce delle lampade a gas portatili, ma su piatti di porcellana e bevendo in bicchieri di cristallo.» Scuote la testa. «Ma sto divagando. Capita, a noi vecchi. Come le dicevo, dopo due anni di Fratelli musulmani arriva il colpo di stato organizzato da alcuni colonnelli, i pochi sopravvissuti alle periodiche purghe religiose. E quelli richiamano in patria con tutti gli onori il generalissimo Tariq al Khalid. Il grado se l'era conferito da solo, durante il suo lungo esilio. Tariq era una figura eroica e al tempo stesso commovente, agli occhi dell'opinione pubblica. Il cattivo Wahid aveva sterminato la sua famiglia. La moglie e le due figlie sono state poi decapitate con la scimitarra una volta rientrate nel Sidiq. La gente gli attribuiva anche un'aura soprannaturale. Per anni si era creduto che fosse morto assieme ad altri esuli sull'aereo che da Mosca li riportava in patria, verso la forca o il plotone d'esecuzione. L'aereo, si narrava, doveva essere caduto in mare. Invece ora si scopriva che Tariq era vivo, e che aveva lavorato per anni nell'ombra – benedetto il suo nome e benedetto il nome di Allah – per abbattere il sinistro regime di Wahid prima, e la dittatura integralista dei Fratelli musulmani poi. Sa cos'è la *baraka*, per gli islamici? È la grazia che Allah accorda al buon musulmano. Per il popolo del Sidiq, Tariq era stato benedetto da Dio, che l'aveva salvato dai malvagi affinché potesse liberare il suo popolo. Inoltre alle donne piaceva, perché era un bell'uomo.»

«Un bell'uomo? Tariq?...»

«Lo so. Adesso ha perso i capelli ed è ingrassato. Ma allora aveva ancora un fisico asciutto, e un sorriso attraente. Il fascino non è mai mancato, a quel bastardo.»

«E così Mosca poté finalmente piazzare il suo uomo al comando. Ci avete messo un po', ma alla fine ce l'avete fatta. Com'è che si dice? I mulini del Cremlino macinano lenti...»

Grigorenko sorride. «No. Non è così. Tariq non viveva più a Mosca da anni. Il volo che lo riportò trionfalmente in patria non partiva da Mosca, ma da *Londra*.»

18

«Pensavo che avrebbe recitato una preghiera» fa il professore.

«Sulla tomba di un ateo? E poi le ho detto che non sono religioso.»

«Un tempo si credeva che con la preghiera si potesse salvare un'anima anche dopo la morte.»

«Sì. Con la preghiera e con le donazioni alla chiesa. È così che hanno costruito San Pietro.»

«Lei è un cinico, signor Stokar.»

«Può darsi. Mi sta dicendo che non è andata così?»

Grigorenko scrolla le spalle.

Camminiamo verso la casa sicura. Vista da fuori sembra abbandonata. La vernice scrostata, gli infissi traballanti. Le foglie cadute dagli alberi formano un tappeto brunastro sul piccolo prato oltre la cancellata che la separa dal viale. Un tempo dev'essere stata una casa ricca, dell'alta borghesia. Lo dice la sua posizione. E reca ancora qualche segno di eleganza, che trasmette una volta di più un senso di abbandono, di decadenza. È l'unica casa antica, o quantomeno vecchia, in questa zona. In mezzo alle palazzine moderne che la circondano sembra una carie in una dentatura sana.

«Sicché il vostro uomo vi ha traditi» commento, mentre aspettiamo al semaforo.

«È difficile dire chi ha tradito chi, signor Stokar. È cambiato qualcosa in lui, o è cambiato il mondo? Che cosa fa di un uomo un fedele? E cosa ne fa un traditore? Se davvero aveva fede nel comunismo, allora possiamo dire che è stata la Russia, a tradirlo. L'animo umano è complesso. Spesso contorto. Yeltsin credeva che Tariq fosse il nostro golem. Invece la sua creatura si è ribellata al maestro.»

Poco fa, nel cimitero, siamo passati accanto proprio alla tomba di Boris Yeltsin, sovrastata dalla sgargiante scultura a mosaico di una bandiera russa mossa dal vento. Grigorenko, senza assicurarsi che il guardiano in divisa al cancello d'ingresso non guardasse dalla nostra parte, ha sputato sulla tomba dell'ex presidente.

«*¿Quién nos dirá las cosas que sentía Dios, al mirar a su rabino en Praga?*» sussurro.

«Cosa...?»

«Una poesia di Borges. Sul golem. Sicché Tariq era passato agli inglesi.»

Il semaforo diventa verde. Quello dall'altra parte scandisce il conto alla rovescia del tempo che ci resta per attraversare.

Quando affretta il passo, come adesso, Grigorenko rivela una leggera zoppia.

«Non agli inglesi. Ma a una certa compagnia petrolifera inglese. Ha mai sentito parlare dell'East Anglia Petroleum?»

«Dovrei?»

«No. È una compagnia di piccole dimensioni, attiva nelle trivellazioni off-shore al largo delle coste britanniche. Ma per qualche motivo nel 2012 ha sponsorizzato il rientro di Tariq nel Sidiq. Detto così suona buffo, no? *Tariq*, *Sidiq*... Tipo una filastrocca... Fra l'altro, forse anche per questo non appena prese il potere cambiò il nome del paese.»

Sul marciapiede davanti alla casa sicura è parcheggiata, in divieto di sosta, un'enorme auto nera coi finestrini oscurati. Sembra un incrocio tra una berlina e un carro armato.

Quando siamo a pochi passi dalla vettura, la portiera posteriore si spalanca.

L'abitacolo è vuoto.

Grigorenko si ferma, afferrandomi la spalla con una forza insospettabile. «Posso darle un consiglio, signor Stokar?» Lo dice sottovoce, fissando l'auto nera.

«Si dice che i consigli sono come il buco del culo» rispondo.

«E questo cosa vuol dire?»

«Che ognuno ne ha uno.»

«Mi verrebbe quasi voglia di non darglielo. Ma ormai ho capito com'è fatto, e quindi non me la prenderò.»

«Come mai, se non le piaccio, mi dispensa consigli?»

«*Un* consiglio, uno solo. Lei non mi piace, lo ammetto, ma ho letto il suo dossier e so cos'ha fatto. Inoltre un uomo che visita la tomba di un poeta non dev'essere poi così male.»

«Posso averlo, allora, questo suo consiglio?»

«Certo. È questo: non si fidi mai delle apparenze. Mai. Non dia niente e nessuno per scontati. Sia diffidente verso tutto e tutti.»

Lo guardo. «Tutto qui?»

«Sì. Tutto qui. Tenga questo.»

«Cos'è?»

«Un numero di telefono. Lo impari a memoria.»

«Cos'è, un servizio di consegne a domicilio?»

«No. È il mio numero di telefono personale. Se lo chiamerà, qualcuno le risponderà. A qualsiasi ora del giorno o della notte.»

«Se è il suo numero personale, perché dice *qualcuno*?»

«Non faccia il pedante, la prego. Non è un numero diretto. Ci sarà una procedura, ma lei non se ne accorgerà nemmeno. E ora devo proprio salutarla» sorride Grigorenko.

Non mi tende la mano.

Ma sembra che ormai non lo faccia più nessuno, nel

cosiddetto mondo civile, ammesso che la Russia ne faccia parte: un tempo non ne ero così certo.

«Deve andarsene? Pensavo...»

«Quello che dovevo dirle gliel'ho già detto, signor Stokar. Il resto lo troverà nel mio rapporto. Comunque non sono io che me ne vado. È lei.»

Il finestrino del passeggero si abbassa con un ronzio.

L'avvocato Allenby si toglie gli occhiali da sole. «Salga, Sergio. Il nostro volo parte tra meno di due ore.»

19

I sedili dell'auto profumano di cuoio nuovo. Su quello accanto al mio c'è una valigia da cabina in pelle, e sopra una busta color avana.

«Metta la cintura, altrimenti l'auto non parte» sorride Allenby, voltandosi.

L'autista ha la testa rasata, il fisico di un lottatore di sumo e un tatuaggio a forma di presa elettrica sulla nuca.

Allaccio la cintura di sicurezza.

L'auto si stacca lentamente dal marciapiede senza emettere un suono.

«Ho lasciato la mia roba nella cella.»

Allenby torna a guardare in avanti. «Non era una cella, Sergio. E le sue cose sono in quella valigia.»

«Non mi piace venire sballottato come un pacco.»

«Apprezzi lo stile, almeno. Ha mai viaggiato su una Lexus elettrica?»

«No, e non me ne fregava un cazzo prima e nemmeno adesso.»

«È arrabbiato?»

«Vorrei capire perché mi avete portato a Mosca solo per farmi parlare per poche ore con un vecchio che non mi ha detto niente di utile su quel buco di culo del mondo in cui devo andare. Invece ho fatto un mezzo pranzo georgiano, una chiacchierata sul tempo e una passeggiata in un cimitero. Mi aspettavo un *briefing*, cazzo.»

«E l'ha avuto, col professor Grigorenko. In quella busta lì dietro c'è un suo dossier completo sull'Ard Alshams.»

«Suvarin aveva parlato di una *squadra*.»

«Il resto della squadra l'incontrerà un po' a Beijing e un po' a Fakhar. A parte me, voglio dire. Faccio anch'io parte della squadra.» Un cellulare squilla, nella tasca dell'avvocato. «Col suo permesso» fa, togliendosi di tasca lo smartphone e rispondendo alla chiamata.

La conversazione è breve, in russo. Non capisco nemmeno una parola.

«Bene» sussurra l'avvocato, chiudendo la conversazione.

«Bene *cosa*?»

Allenby si gira di nuovo verso di me. Ha sulla faccia l'allegria di un becchino costretto a fare gli straordinari. «Pare che lei abbia passato l'esame.»

«Quale esame?»

«Quello del professor Grigorenko.» Sorride. Una goccia di sudore gli cola giù dalla tempia finendo sulla guancia. La toglie via con un gesto distratto della mano. «Meglio per tutti» conclude.

«Cosa mi aspettava, se non lo passavo?»

Allenby mi fissa a lungo, lo sguardo visibilmente fuori fuoco, prima di rispondermi: «Niente», senza cercare di convincere nemmeno sé stesso.

L'area delle partenze internazionali all'aeroporto Sheremetyevo è molto meno militarizzata rispetto a quella degli arrivi, che era presidiata da un mix aggressivo di polizia, soldati e operatori sanitari che formavano una specie di tonnara attraverso la quale il flusso dei passeggeri veniva smistato con metodi tutt'altro che cordiali. Ammetto però che la mia percezione può essere stata influenzata dalla paura che qualcuno mi battesse la mano sulla spalla per poi chiedermi del morto che mi ero lasciato indietro in quel cesso di Atlanta.

Ai russi evidentemente non importa molto chi lascia la loro madrepatria. Prima che possiamo accedere al terminal ci viene sommariamente misurata la temperatura e prelevato un campione di saliva. Un rapido controllo dei passaporti e del visto e via, verso i banchi del check-in semideserti.

A differenza di Atlanta, qui tutti i locali sono aperti, e non mi pare che si adottino molte cautele sanitarie. Rispetto alla mia visita di qualche anno fa, mi sembra che ci siano più ristoranti tipici e meno fast food in stile americano. Però passiamo davanti all'ingresso di un *capsule hotel* inaspettato, come ne avevo visti solo a Tokiō; gli oblò azzurrini sembrano quelli di altrettante lavatrici.

Allenby tiene in mano i nostri due biglietti. Sembra nervoso, ansioso di salire a bordo, come un contrabbandiere che nasconda sotto i vestiti qualcosa di prezioso e proibito. «Mi dispiace aver dovuto prenotare con Aeroflot. Purtroppo le altre compagnie hanno sospeso i voli diretti per la Cina, dopo l'incidente di Alma Ata.»

Non ritengo necessario chiedergli a cosa si riferisca. «Se non c'erano alternative, perché si scusa? E poi cos'ha che non va, questa compagnia?»

Allenby si avvicina fin quasi a sfiorarmi l'orecchio con le labbra. Mi controllo per non spingerlo via di peso. Il suo alito sa di gin. «Oh, niente. Solo il comfort non all'altezza e... Be', si sa che molti dei suoi piloti vengono dall'aviazione militare. Hanno, come dire, la tendenza a fare manovre un po' brusche, come se non gliene importasse dei passeggeri. Una volta ho sentito due addette del personale di terra sussurrare che alcuni piloti scommettevano su chi riusciva ad atterrare con meno carburante nei serbatoi. "Quel pazzo di Vadim è atterrato a Oslo praticamente solo con i vapori" aveva detto spaventata una delle due, prima di rendersi conto che io capivo il russo.»

Gli altoparlanti snocciolano annunci in russo e in un inglese per me incomprensibile. La reazione russa alla pandemia sembra essere stata la chiusura in uno spazio interno che esclude ogni altro paese al mondo. Si sono chiusi a riccio, sviluppando in totale autarchia i propri metodi e le proprie difese, vaccino compreso. Ho l'impressione di essere stato *digerito* da Mosca, prima inghiottito e poi espulso come il nocciolo di un'albicocca.

Le hostess in divisa rossa e con la bustina di taglio militare sono gentili ed efficienti nello scortarci fino all'area business dell'Airbus A330, dove, muovendosi con abilità serpentina ed evitando di sfiorarci, nello spazio ristretto del corridoio, ci aiutano a riporre il bagaglio a mano e ci omaggiano di cuscini e coperte e di un kit da viaggio che infilo senza aprirlo sotto il sedile davanti.

L'aereo è quasi vuoto. Ci saranno al massimo trenta passeggeri, separati come gli ospiti alla lunga tavola di un film ambientato nel castello di Dracula. La notte cala presto su Mosca, in autunno. La luce violacea del crepuscolo e quella dei veicoli di servizio che si muovono intorno all'aereo mi mettono addosso una grande malinconia. Solo la stanchezza accumulata negli ultimi giorni m'impedisce di affondare in una cupezza dalla quale, un tempo, mi tiravano fuori solo la droga e l'alcol. Dal mio posto accanto al finestrino guardo i disegni e le scritte sull'ala, le luci di posizione che si accendono e si spengono. Rivedo la sagoma di Elena, fra le altre donne, la postura un po' china mentre camminava come sotto scorta verso la cattedrale. Mi dico, e non è la prima volta, che non poteva essere lei, che *non era* lei, che era soltanto una che le assomigliava, una ragazza russa sconosciuta.

Ma qualcosa dentro di me mi dice che non è così, che era Elena, la donna coi capelli nascosti sotto un fazzoletto bianco e azzurro. Elena, l'ultima donna che ho amato. La figlia del mio nemico. Quante volte l'ho sognata, sull'isola? Infinite. Nel sogno ho parlato con lei, riso con lei. Le ho raccontato storie che al risveglio ricordavo a metà, storie più simili a quelle che un genitore racconterebbe a sua figlia che a quelle scambiate da due amanti.

«Un dollaro per i suoi pensieri.»

Mi volto a sinistra, verso quella voce troppo allegra. Allenby sembra un ragazzino.

«Prima volta in Cina?»

«Sì.»

«Le piacerà. Ci sono tante idee stereotipate sulla nuova Cina. Resterà stupito dalle differenze col passato.»

«Ne dubito, dato che non ci sono mai stato.»

«Le noterà ugualmente. Rispetto ai preconcetti occidentali.»

Avrei voglia di allungargli un pugno alla mandibola. Di rovinargli il suo viso insopportabilmente perfetto.

Lui continua a ciarlare, ignaro dei miei pensieri. «Ho lavorato a Hong Kong per tre anni, in una succursale del nostro studio legale. Lo so, Hong Kong per certi aspetti non è Cina...»

«Mi pare che il governo centrale stia correggendo questa anomalia.»

«Sì, be', non si lasci ingannare dalla propaganda. *No pain, no gain*. Come dicono i tedeschi, quando si pialla cadono i trucioli.»

Se fosse possibile infilargli i suoi proverbi nel culo dopo averli riscaldati a tremila gradi lo farei qui, e subito. Conto fino a dieci, con quell'immagine in mente. Alla fine alzo le spalle. «Non me ne frega niente, della Cina. Vecchia o nuova. Per me possono fare quello che vogliono. Non mi interessa né com'è adesso né com'era prima. Mi interessa il Sidiq. Arrivarci il prima possibile, fare il lavoro per cui mi avete ingaggiato e tornarmene...»

Già.

Tornarmene *dove*?

L'avvocato fa il broncio. «Come crede. Volevo solo...»

«Non m'interessa, le ho detto.»

Tiro fuori dalla borsa il dossier di Grigorenko e mi concentro ostentatamente nella lettura. Neppure l'hostess giovane e bella che si sporge su Allenby per controllare se mi sono allacciato la cintura mi distrae. Almeno apparentemente.

Mentre l'Airbus si predispone al decollo e un'altra hostess, meno giovane, si affanna a spiegare ai pochi passeggeri distratti le procedure di abbandono dell'aereo in caso di un improbabile ammaraggio nelle steppe siberiane o nel deserto del Gobi, m'immergo nelle trecentocinquanta pagine di resoconto del lungo soggiorno del professor Dmitrij Alekseyevič Grigorenko, membro dell'Accademia russa delle scienze, nel Sidiq, dove ufficialmente ha svolto l'improbabile ruolo di coordinatore generale dei progetti agricoli.

Il rapporto non è destinato a quei campioni di bispensiero del vecchio apparato statale comunista e post-comunista. È un resoconto onesto – e quindi ancora più spaventoso – del fallimento, già scritto a priori, del progetto di sviluppo agricolo di un paese privo delle risorse necessarie, in primo luogo di terreni coltivabili. La quantità di denaro e di materiali sprecati dalla Russia in quell'impossibile impresa lascia senza parole.

Mentre l'Airbus si muove sobbalzando leggermente, come un cavaliere prima del suo torneo, verso l'inizio della pista di decollo, leggo fra le righe del rapporto il vero obiettivo della missione di Grigorenko, che dopo dieci pagine scarse viene reso esplicito: l'istituzione di una rete di informatori fidati e la corruzione di alti e medi funzionari del regime di Wahid. Il budget di questa missione segreta supera di molte volte quello del progetto ufficiale.

Non ci sono nomi e cognomi, ma solo pseudonimi che di per sé sarebbero anche divertenti, se le persone che identificano non fossero uomini disposti a rischiare la vita in cambio dei proverbiali trenta denari o della fedeltà a una causa già persa.

Mi chiedo quanti di questi personaggi identificati come Orso Misha, Sgorbio, Rubinetto e Pattinatore abbiano fatto carriera nell'apparato statale e possano fornirmi aiuto nell'impresa di trovare e riportare a casa vivo il figlio di Oleg Suvarin.

Mi chiedo soprattutto, perché è un'informazione vitale, quanti di loro siano ancora vivi, dopo che in quel paese si sono succeduti una dittatura e un regime teocratico.

E una seconda dittatura: quella attuale e più in forma che mai, grazie all'appoggio di alcuni soggetti internazionali fra cui tre nazioni europee e, soprattutto, la Banca mondiale.

Faccio un'orecchia alla pagina e poso il dossier sulle ginocchia.

L'hostess più bella va a sedersi su uno strapuntino collocato di fronte a me. La sua gonna corta, risalendo, svela cosce giovani e toniche. Sotto la bustina rossa col logo della compagnia luccicano due occhi allegri color fiordaliso.

Mi domando cosa avrà da sorridere così, quando di colpo l'aereo prende vita.

Con il lungo ruggito dei due motori Rolls Royce, il jet divora la pista e si lancia verso il cielo, quasi in verticale, raddrizzando poi bruscamente la rotta e puntando a ottocento chilometri all'ora in direzione della Cina.

20

L'alba arriva improvvisa come una sciabolata di luce. Accende i cristalli di ghiaccio sull'esterno del finestrino, che trasformano ogni graffio del vetro in rune elfiche.

La luce radente rivela un panorama desertico, con colline brulle su cui le rovine di villaggi e castelli sembrano antiche pagine di pietra.

Devo aver dormito, visto che ho sognato. Controllo l'orologio. Sì, ho dormito quasi sei ore. Le gambe, nonostante lo spazio abbondante della poltrona di business, sono un po' intorpidite. Allenby russa a bocca aperta, gli occhi coperti da una mascherina in panno col logo della compagnia aerea.

Nel sogno, Elena cercava di dirmi qualcosa.

Era vestita di rosso, dipinta come una *matryoshka*.

Si muoveva intorno a me con piccoli passi di danza e parlava, parlava, parlava, solo che io non riuscivo a sentirla. Degli uomini a cavallo irrompevano sulla scena e cercavano di inseguirla, ma lei era più veloce di loro, e rideva. Avrei voluto aiutarla, ma ero un albero, immobile. Potevo solo protendere i miei rami verso il cielo, scuotendoli e facendo cadere tutte le foglie. Elena correva via ridendo.

Credo che quella scena venga da un cartone animato che ho visto ieri in televisione, nella casa sicura di Mosca, mentre annoiato saltavo col telecomando di canale in canale.

Il cartone animato era realizzato con una tecnica strana. I personaggi erano ritagliati nel feltro, e il paesaggio era composto con oggetti della tradizione artigianale russa, o di qualsiasi altro paese slavo in cui il film fosse stato realizzato: centrini ricamati, intagli di legno, antiche teiere e macchine da cucire. Era una magia di movimenti e colori, una storia al tempo stesso ingenua e raffinata.

Anche se non capivo la lingua, la storia pareva quella di una ragazza che era più veloce di chiunque altro al mondo, tanto veloce che nessuno riusciva a prenderla. Dei principi a cavallo cercavano di raggiungerla, forse perché c'era una gara e chi avesse vinto l'avrebbe sposata. Ma la ragazza, che era figlia della Natura, si faceva aiutare dal vento, dall'acqua e dagli alberi della foresta.

Non so come andasse a finire, la storia, perché avevo cambiato canale.

Immagino che la ragazza sia riuscita a fuggire.

Lo spero per lei.

È strano come i sogni siano fatti dei materiali di quella che chiamiamo "vita reale", eppure riescano a diventare meravigliosi, magici. Forse è il modo in cui la vita si racconta a se stessa.

I sogni sono l'autobiografia immaginaria della vita.

La carlinga è in penombra. La luce del giorno che entra dal mio oblò, l'unico aperto dell'aereo, sembra quella di un film di vampiri. Ma la cripta ad alta quota lentamente si rianima.

La bella hostess che avevo già notato si china su di me chiedendomi, prima in russo e poi in inglese, cosa può servirmi.

Sussurro la mia risposta.

Il panorama ai nostri piedi è quanto di più bello e sorprendente potessi aspettarmi: una distesa desertica infinita, percorsa da una strada assurdamente dritta e totalmente vuota.

Sorseggiando il tè e sgranocchiando i biscotti portati dalla giovane hostess mi perdo a guardare il paesaggio mentre scorre a chissà quanti chilometri sotto di me. Se accendessi il display che ho di fronte potrei saperlo con precisione, a che altezza stiamo volando. Potrei vedere i dati della temperatura esterna, e la rotta di volo, una freccia verde come quella di un missile balistico puntato su Pechino, o Beijing, come dovrò abituarmi a chiamarla.

Ma preferisco guardare coi miei occhi.

Quello che sembra un convoglio di jeep bianche appare sulla strada, in basso a destra, infinitamente lontano ma perfettamente visibile, sullo sfondo di quel paesaggio per il resto privo di movimento. Produce una nuvola di polvere gialla, che presto ci lasciamo dietro. Di tanto in tanto appaiono grandi fabbriche con alte ciminiere, e villaggi di candide tende, con grandi mandrie di bestiame. Non mi meraviglierei di veder apparire la carovana di Marco Polo. Tutto è così vasto, solitario, e assoluto. Mi chiedo perché dobbiamo colonizzare Marte, quando abbiamo tutto questo spazio vuoto sulla Terra.

«Dormito bene?» Allenby si è tolto la mascherina. Sorride. «Quello lì cos'è, tè?» fa.

«Sì.»

Alza la mano, come uno studente.

Non una ma due hostess appaiono dal nulla, e una è quella dagli occhi color fiordaliso.

«Avete del *matcha*?»

Lo guardano senza capire.

«Tè verde. In polvere.»

Fanno segno di no con la testa, sorridono. Poi elencano i vari tè di cui dispongono. Allenby ci riflette a lungo, indeciso, e poi sceglie un Assam.

Le due ragazze si allontanano. Non c'è abbastanza luce per leggere i nomi sulle targhette che portano sul petto.

«Sono un fiero rompipalle, vero?»

Lo guardo. «Non è un problema mio, per fortuna.»

«Be', ma potrebbe diventarlo, sa? Dovremo passare un sacco di tempo assieme, giù nel Sidiq.»

«Vedremo. Magari troviamo subito il ragazzo, lo riportiamo a casa dal suo papà e ci fanno una parata trionfale sulla Piazza Rossa. Ho visto che Suvarin la frequenta.»

Allenby ridacchia. «Suvarin è ospite gradito al Cremlino come alla Casa Bianca. Per non dire dei letti famosi per cui ha un pass universale. Ha letto della sua storia con...» S'interrompe. Il sorriso gli si accende in volto come se avesse premuto un interruttore. «Oh, grazie, cara. No, niente zucchero. Semmai un goccio di latte. Latte vero. Non in polvere, o in quei contenitori orrendi di plastica. Oh, ecco, sì. Perfetto. Grazie, cara. Delizioso. Anche gli *scones... Top...*» Quando l'hostess gli gira la schiena, Allenby fa una smorfia. «Pensavamo che il mondo andasse verso la *green revolution*. Invece plastica, plastica, plastica...» Legge la scritta in minuscoli caratteri neri sull'involucro dei suoi dolcetti. «*Made in Russia*. Come immaginavo. Gli *scones* russi mi mancavano. Un'altra *esperienza...* Come dicevo, Oleg ha avuto storie con le più belle donne del pianeta...»

Mi alzo con fare brusco, spostando di peso le sue gambe per uscire dal mio posto.

«Dove va?»

«A pisciare.»

Allenby alza le spalle e si mette a sorseggiare il suo tè scuro e fumante, nella tazza di porcellana dallo stile rétro come il logo della falce e martello con le ali della compagnia di bandiera russa.

Il bagno è più grande di quanto mi aspettassi.

Tirato lo sciacquone mi guardo allo specchio. Ho gli occhi stanchi.

Passo la mano sulla barba ispida. Non ho portato un rasoio con me.

Uscendo passo accanto alla cucina di bordo.

L'hostess più giovane mi dà le spalle, chinandosi per preparare un vassoio. Sembra quasi una bambina impegnata a giocare con la cucina della Barbie. Guardo ammirato la rapidità e la precisione dei gesti con cui imposta i timer destreggiandosi in quello spazio minuscolo. Di colpo si blocca: volta la testa, lentamente, e mi osserva. Per un attimo c'è diffidenza, nel suo sguardo. Poi un sorriso. Un luccichio negli occhi, come quello di un diamante. I capelli che escono da sotto la bustina rossa sono di un biondo cenere. Lo so perché guardavo i giornali femminili di mia moglie. Conoscere le sfumature di colore dei capelli è importante, quando fai il poliziotto e interroghi una testimone. Se interroghi un uomo, è già tanto se sa di che colore sono i capelli di sua moglie.

Credo che non ci sia niente di più sensuale di uno sguardo intelligente. Soprattutto se è quello di una bella ragazza.

«Mi scusi. Non volevo spaventarla.»

«Non l'ha fatto. Non deve scusarsi.»

Tendo la mano. La sua esitazione mi fa capire che è un gesto sbagliato. La tiro indietro. «*Stoker*» faccio, ricordandomi il nome sul passaporto.

«Lo so. È scritto sul suo biglietto.»

«E lei l'ha letto. Lo fa con tutti i passeggeri?»

«Non con tutti. Se mi permette, ora devo servire un altro passeggero. Poi torno subito da lei.»

«La prego, faccia con comodo.»

La guardo allontanarsi lungo il corridoio, col suo vassoio perfettamente orizzontale e un ancheggiare delizioso. Serve un passeggero anziano in prima fila, con movimenti e modi così perfetti che non può aver imparato alla scuola per hostess. Torna indietro e, malgrado il vassoio sia vuoto, lo regge lo stesso come se fosse pieno. Non mi guarda, eppure so che è consapevole della mia presenza, dei miei occhi puntati sui suoi fianchi, sul seno che tende la camicetta di seta.

«Irina» sussurro.

«Come fa a sapere il mio nome?»

«È scritto sulla sua targhetta.»

La ragazza arrossisce leggermente. «È vero. Che stupida.» Sorride, senza guardarmi. «Lo fa con tutte le hostess?»

«Cosa?»

«Leggere il loro nome sulla targhetta?»

Alzo le spalle. «Di solito no.»

Ripone il vassoio, poi si appoggia di schiena contro la cassettiera della cambusa, incrocia le braccia sul petto e mi studia con aria di sfida. «Mi lasci indovinare. Lei è un atleta. Un ex pugile, magari?»

Senza volerlo, mi tocco la cicatrice di cui sono più consapevole, quella sul sopracciglio. «No. Ero nella polizia. Lo dice per queste?» faccio.

«Anche. Ma soprattutto per la sua postura. Per il suo modo di camminare. Lei è un bell'uomo. Molto elegante.»

La sua franchezza è disarmante. Glielo dico. «È sempre così esplicita, con gli uomini?»

«Non con tutti. E comunque la mia sincerità non è assolutamente impegnativa. Le dico subito che non mi tratterrò a Beijing. Riparto per Vladivostok. Non abbiamo una notte per noi. Quindi il mio interesse per lei è puramente platonico. Spero che lusinghi comunque il suo orgoglio maschile.»

«Diciamo che è l'approccio più strano che abbia mai ricevuto da parte di una donna.»

«L'approccio è stato suo, col suo sguardo. Io sto solo rispondendo. Gioco di sponda. È così che si dice, no?» Sorride. «Mancano meno di quaranta minuti all'atterraggio. E fra un po' si sveglieranno tutti, e avrò un sacco di lavoro.»

«Che studi ha fatto, Irina?»

«La scuola per hostess, a San Pietroburgo.»

«Intendevo prima.»

Alza le spalle, un gesto delizioso. «Filosofia. E conservatorio.»

«Piano?»

Scuote graziosamente la testa. «Violoncello.»

C'è qualcosa, in lei, che mi ricorda dolorosamente un'altra donna. Al tempo stesso è così diversa da Elena che mi chiedo cosa sia a farmi pensare a lei.

«Sei molto giovane» le dico.

«Ho l'età giusta. E l'altezza giusta. Per questo lavoro, intendo.» C'è un fondo di durezza, nelle sue parole.

La guardo a lungo. «Sai cosa mi ha colpito, la prima volta che sono venuto a Mosca, qualche anno fa? Mi ha colpito un ragazzo.»

«*Ah*.»

«Non in quel senso.»

«Perché il suo compagno di viaggio, di là...»

«No. Io no. Non che sia contrario, voglio dire, ma.... Non mi fraintenda...»

«Mi diceva, della sua prima volta a Mosca?»

«All'aeroporto. Al Sheremetyevo. C'erano tanti locali di catene americane, e nel McDonald's, chino sulle friggitrici, c'era un ragazzo che avrebbe potuto apparire sui manifesti di quella che chiamate la Grande guerra patriottica...»

«Io veramente la chiamo Seconda guerra mondiale.»

«Solo che quel ragazzo, invece di pilotare un carro armato, friggeva patatine per pochi centesimi all'ora. Ingrassando i capitalisti.»

«Il capitalismo è bene.»

«Ah sì?»

«Sì. Ho sentito spesso i discorsi dei vecchi. Sono così orgogliosi di quello che hanno fatto. Dei loro tempi. Ti parlano di gloria, e di sacrificio. Poi quando ti descrivono come si viveva, ai tempi loro, ti rendi conto che di gloria ne hanno avuta poca e di sacrifici tanti. Stiamo meglio adesso, mi creda.» Apre uno dei tanti sportelli metallici dietro di sé. Tira fuori una bottiglia di champagne Mumm. Da uno scomparto in basso recupera due flûte. L'eleganza dei suoi gesti è commovente. Anzi: eccitante.

«Non bevo. Mi dispiace.»

«Fa bene a dispiacersene. Io dico che un brindisi non può far male.» Stappa la bottiglia, con uno schiocco che fa il rumore di un bacio. «Alla scuola per hostess ci hanno spiegato come trattare i passeggeri ubriachi, o molesti. Erano le lezioni che mi piacevano di più.»

«Rientro in una di queste due categorie?»

«No. Ma non mi dispiacerebbe che ci rientrasse, così almeno potrei mostrarle le cose che ho imparato in quelle lezioni.»

«Non tocco alcol da anni.»

«Mi farebbe piacere che riprendesse il vizio con me, Seymour. L'ho pronunciato giusto? È un nome strano. È un nome di famiglia?»

«No. Comunque non so se...»

Sorridendo mi avvicina la flûte alle labbra.

21

Allenby mi guarda sospettoso da sopra gli occhiali da lettura. «Tutto a posto? Non tornava più.»

«Tutto a posto.»

Fino a questo momento, dovrei aggiungere, quando realizzo cosa sta leggendo l'avvocato. «Quel dossier è mio.»

«Tecnicamente no. L'ha pagato il signor Suvarin.»

«Come si permette di mettere il naso nelle mie carte?»

«Non faccia l'offeso. Piuttosto, ho appena sentito Grigorenko.» Mi mostra un telefono satellitare Thuraya, come se volesse provarmi che la chiamata c'è davvero stata. «Cos'è questa storia di Elena Ferrari?» La sua pronuncia del nome è terribile.

«E a lei cosa interessa?»

«A me interessa che niente ostacoli o pregiudichi la nostra missione. Se lei vede i fantasmi...»

«Non era un fantasma. Era *lei*.»

Gli occhi dell'avvocato sono attraversati da un'espressione strana.

«Perché non mi dice che è impossibile?» faccio.

«Glielo dico: è impossibile.»

«Ma non l'ha detto subito.»

Scrolla le spalle. «E va bene. Elena Ferrari è in Russia, ma...»

«In Russia o *a Mosca*? Sia più preciso.»

«Anche se così fosse...»

«Sì?...»

«Anche se davvero lei l'avesse vista, deve dimenticarsela. Per il suo bene, Sergio.»

«Non è il primo che mi dà questo consiglio.»

«Farà meglio a seguirlo, allora.» Annusa l'aria. «Ha bevuto?»

«No.»

«Mi faccia sentire l'alito.»

Sorrido. Mi guardo intorno. Poi gli strappo il dossier Grigorenko dalle mani e con quello lo colpisco.

Due volte. Con violenza.

Guancia destra. Guancia sinistra.

La sua testa rimbalza sul sedile.

I posti intorno ai nostri sono vuoti. Nessuno ha visto o sentito nulla.

Gli tappo la bocca con la mano, mentre con l'altra gli blocco le braccia contro il petto. Allenby ha gli occhi fuori dalle orbite; cerca di divincolarsi, ma invano. «Zitto e ascoltami, stronzo» gli sibilo all'orecchio. «Sono stato assoldato per riportare a casa il bamboccio di Suvarin, e lo farò. O almeno ci proverò con tutte le mie forze. Ma quello che faccio per riuscirci, e la mia vita privata, o quel poco che ancora mi appartiene, non sono cazzi tuoi. *Okay?*» Premo un po' più sulla sua bocca. «Okay?» ripeto.

Lui fa freneticamente segno di sì con la testa e con gli occhi. Sembra un buffo pupazzo.

«Prima di mollarti, due sole domande. Era Elena, la ragazza che ho visto?» Allento la presa sulla sua bocca, premendo di nuovo quando mi sembra che stia per parlare a voce troppo alta.

La sua espressione mi rassicura che non lo farà, così lo lascio di nuovo libero di parlare.

«Non lo so se era lei... È possibile... Dopo quello che le è successo, per quanto ne so... È una storia che mi è arrivata solo per sommi capi, da fonti di seconda mano...»

«Falla breve.»

«Il padre ha preferito tenerla lontano dalla luce dei riflettori, e ha pensato che i suoi soci russi fossero quelli che potevano tutelare meglio la sua privacy. Doveva essere una questione di poche settimane, ma poi è successo quello che è successo, il mondo è andato a catafascio e... be', Elena non ha mai lasciato la Russia. Vive a Mosca. Quindi, per quello che ne so, può anche darsi che fosse davvero lei, la ragazza che ha visto. Ma è una cosa assolutamente improbabile. Mosca è enorme, e ha più di dieci milioni di abitanti. Sa quante sono le possibilità che lei l'abbia davvero incontrata? Praticamente zero.»

E allora perché sull'isola ho sognato così tante volte che era lì, esattamente lì, in una città di guglie e di gelo? Come lo spieghi, questo?, vorrei chiedergli.

Ma non lo faccio. Sono cose mie, cose in cui non voglio che Allenby infili il naso.

«Questo è tutto quello che può dirmi?»

«Sì. E comunque è molto più di quello che lei dovrebbe sapere. Si dimentichi di Elena. Se la scordi, Sergio. È meglio per tutti e due. Per lei ma anche per la ragazza.»

«Ha detto che è ospite di uno dei soci russi di Ferrari. Chi è questo socio? È per caso Suvarin?»

Vedo che per un attimo è combattuto su cosa dirmi. Poi annuisce.

Gli aggiusto la cravatta. Mi accomodo al mio posto. Le sue guance sono rosse come mele.

«Tornerò ancora sull'argomento, lo sa?»

«Certo che lo so. Come so che è completamente pazzo.»

«E comunque non ho bevuto.»

«Sa di alcol.»

«*Ti ho detto che non ho bevuto.*»

22

«Non mi metta di nuovo le mani addosso. Guardi che ho visto come la guardava.»

«Chi?»

«L'hostess carina.»

«Non è carina.»

«No?»

«No. Non è *carina*. Lei è *bella*.»

L'inglese non ribatte. Anche se sembra aver dimenticato il mio scatto di violenza sull'aereo, so che ci penserà due volte prima di mettersi di nuovo a fare lo spiritoso o il curioso con me.

Camminiamo senza fretta lungo il *finger* che dall'Airbus porta al nuovo terminal dell'aeroporto di Beijing-Daxing. Gli altri passeggeri si muovono veloci, come trucioli di ferro attratti da una calamita. Quelli dai lineamenti asiatici vanno verso la sala del *debriefing*, un alveare di cubicoli insonorizzati in cui, mi sussurra Allenby, verranno interrogati su quello che hanno visto e sentito all'estero. «Ogni informazione è preziosa. I viaggiatori cinesi sono come le api. Portano a casa il polline che il controspionaggio setaccerà e trasformerà in miele.»

Un russo anziano in classe economica si è fatto male con lo sportello della cappelliera. In testa ha una fasciatura enorme, messa insieme alla meno peggio dallo steward: sembra il turbante di un fachiro. Due infermieri con una sedia a rotelle l'attendono appena fuori dal portellone dell'aereo. Il russo protesta, ma poi si lascia mettere a sedere, anche se non rinuncia a bofonchiare lamentele e minacce nella sua lingua.

Visto dall'alto, il terminal appena ultimato ha la forma di un'enorme stella marina a sei braccia.

«Io lo chiamo l'Asterisco Troppo Cresciuto» aveva detto Allenby, vedendomi intento ad ammirare quella costruzione grandiosa dal mio finestrino, mentre l'aereo imboccava la corsia di atterraggio.

Forse non ha tutti i torti. Questa terra sembra dominata dai segni. Anche gli edifici, da quegli storici a quelli moderni, non sono che avvertimenti pronunciati con la voce della pietra.

Il passaggio dal deserto della Mongolia alla Cina era stato annunciato dalla Grande Muraglia, e da una scritta in cinese per me indecifrabile, realizzata con pietre bianche delle stesse impressionanti dimensioni dell'antica opera difensiva.

Oltre la Muraglia, oltre il deserto, come se davvero quell'opera rappresentasse il confine fra due mondi, appariva di colpo un paesaggio densamente urbanizzato. Città e insediamenti industriali come grandi scacchiere, e in mezzo fiumi rettificati in canali, solcati da chiatte cariche di container. Il fumo delle ciminiere, l'ordine spietatamente geometrico degli edifici e i serpenti di traffico sui tratti autostradali mi avevano richiamato alla mente un libro di fantascienza di Larry Niven e Jerry Pournelle che avevo letto da ragazzo, *La strada delle stelle*. La Cina che vedevo dall'alto sembrava il pianeta alieno dei Moties, creature in continuo movimento, sempre intente a eseguire i loro lavori, spesso incomprensibili.

«Le ha sorriso come sorride una donna innamorata.»

«E lei cosa ne sa?» gli ho risposto, brutalmente.

Irina e le sue due colleghe ci aspettavano per salutarci

all'uscita dall'aereo. Avevano sorrisi artificialmente sinceri, spettacolarmente belli.

Ho ricambiato con un cenno della testa.

Con un gesto che ha sorpreso le sue due colleghe, Irina mi ha teso la mano. «Le auguro un buon soggiorno. E un buon ritorno. Spero che viaggerà ancora con noi.»

Le ho stretto la mano. Era piccola e calda. Questo lo sapevo già. A sorprendermi è stato invece il foglietto di carta che mi sono ritrovato fra le dita. «Lo farò» le ho promesso.

È così facile, fare promesse.

La cosa difficile è mantenerle.

Entriamo in una sala enorme a forma di uovo.

Guardo perplesso le cartacce per terra, i cestini della spazzatura strapieni.

Allenby invece sembra perfettamente a suo agio in quello spazio alieno. «Dovremmo trovare qualcuno ad attenderci, all'uscita. Aspetti, dobbiamo prima compilare la carta di sbarco.» Mi guida verso una postazione che ricorda un bancomat. Imposta per me la lingua in inglese. «Deve lasciare tutte le impronte digitali, e poi inserire i suoi dati. Se ha problemi, quando ho finito l'aiuto io. Ormai ho una certa pratica.»

«*Tutte?* Non basta l'indice?»

«Tutte e dieci. Non si preoccupi, la postazione viene sterilizzata dopo ogni uso.»

Guardo scettico le ditate unte sullo schermo *touch*.

Allenby sorride. Quando fa così mi viene voglia di prenderlo a schiaffi. Sembra leggermi nel pensiero, perché le sue guance arrossiscono. «Viene sterilizzata con quei raggi, non so come si chiamano. Fossi in lei, comunque, terrei gli zebedei lontani dall'apparecchio.»

Un giovane inserviente, vedendoci confabulare, ci si avvicina a piccoli passi facendo segno di sbrigarci, perché dietro di noi, nonostante gli apparecchi siano sparsi a dozzine nella sala, si sta già formando una piccola coda.

Forse non è così giovane, penso, guardandogli le mani con cui digita sulla tastiera nel tentativo di aiutarmi.

Lascio le mie impronte. *Tutte e dieci.* Compilo il modulo su una tastiera che appare a schermo. Per fortuna i dati di nascita di "Seymour Stoker" e i miei sono uguali, perché la stanchezza del lungo viaggio comincia a pesare.

Quando penso di aver finito, l'inserviente mi mostra lo specchio che ho all'altezza degli occhi. Obbedendo alle sue spiegazioni a gesti, mi ci posiziono davanti. Lui mi fa segno di scoprirmi le orecchie. Sorrido, mostrandogli i miei capelli rasati quasi a zero. Sorride anche lui, scuotendo la testa e bofonchiando sottovoce qualcosa che immagino sia: che coglione.

Allenby si avvicina. Un russo prende immediatamente il suo posto davanti alla macchina che ha appena lasciato libera.

«Ha finito?»

«Lo chieda al cinese» faccio.

E lui glielo chiede, e riesce anche a ottenere una risposta.

«Perché ce l'aveva con le mie orecchie?» gli domando mentre usciamo dalla sala e andiamo verso i controlli e la dogana.

«Ah, le orecchie. Già. È perché gli asiatici si assomigliano un po' tutti, quanto a tratti somatici. Così qualcuno ha scoperto che il modo più sicuro per identificare le persone sono le orecchie. Pare che siano come le impronte digitali. Curioso, vero?»

«Non si finisce mai d'imparare.»

«È ironico?»

«Macché.»

I controlli all'immigrazione sono esasperanti.

E non mi riferisco solo ai cani molecolari che passeggiano accanto alla fila annusandoci. Una fila che prosegue oltre l'angolo e che, dovendo rispettare il distanziamento, potrebbe benissimo essere lunga come la Grande Muraglia.

La guardia che tira il guinzaglio sembra meno sveglia del cane che mi annusa: ha lo sguardo vacuo, come se ti passasse attraverso.

Immagino che li addestrino, ad avere quell'espressione lì.

A ogni modo il cane lupo mi annusa e passa oltre, tirandosi dietro il gendarme armato di mitra.

È l'atteggiamento dei controllori, a darmi fastidio.

La poliziotta in divisa, dopo avere raccolto il mio passaporto nei suoi guanti bianchi, da dietro lo sportello in plexiglas lo studia come una cassiera di banca farebbe con una banconota sospetta. Si prende tutto il tempo necessario prima di rendermelo, rigida come se indossasse un busto, imprimendoci sopra un timbro che occupa mezza pagina. Strappa lungo la linea perforata il modulo d'ingresso e me ne rende metà, intimandomi, in un inglese da segreteria telefonica, di non perdere quel foglio, senza il quale non mi sarà permesso lasciare il paese. Durante l'intera procedura, il suo viso non è stato mai sfiorato da un accenno di sorriso.

Tutta la fatica che facciamo per rendere più umani gli automi potrebbe essere evitata facendo il *reverse engineering* di questa funzionaria cinese.

Quando penso che tutto sia finito, la donna mi indica di mettere i piedi su un segno giallo sul pavimento e di guardare in avanti.

Obbedisco, paziente.

Allenby, che dopo di me è passato allo sportello accanto, ha già finito, e mi attende oltre il controllo passaporti. Mi fa capire che andrà un attimo in bagno.

La funzionaria mi fa finalmente cenno di passare.

A qualcuno è andata peggio. Due maschi cinesi sovrappeso, dall'aria non molto sveglia, devono avere qualche problema con la dogana, e con un valigione enorme, sigillato con strati su strati di pellicola Domopak. Un poliziotto con una visiera trasparente interrompe le loro proteste tirando fuori da un cassetto un coltello affilato. Mi aspetto che lo pianti nella pancia dei due, e invece sventra la valigia facendone uscire un rivolo di pelli rossicce. I due cominciano a sbraitare. Un altro poliziotto, nel frattempo, si avvicina brandendo uno strano bastone dalla punta trasparente.

«Non li guardi. Cammini dritto» mi sussurra Allenby all'orecchio, uscendo dal bagno. Vedo davanti a noi il russo che si era ferito sull'aereo. Si è tolto il turbante di bende e si muove verso l'uscita, litigando con gli infermieri che vorrebbero rimetterlo sulla sedia a rotelle.

Mi sembra che i nostri passi facciano un rumore esagerato sul pavimento; quasi metallico, come se indossassimo un'armatura.

Allenby scuote la testa. «Scott...» Mi fermo. Allenby mi raggiunge. «Scott una volta mi ha fatto una testa così sugli errori degli architetti. Mi ha mostrato un libro che faceva vedere come sarebbe diventata Berlino se i nazisti avessero vinto la guerra. Edifici enormi. Titanici. Non so se ha visto la serie Amazon *The Man in the High Castle*. No? In due episodi di quella serie si vede la Grande Cupola, un auditorium capace di accogliere centottantamila persone. Se fosse stata realizzata sul serio, avrebbe avuto grossi problemi. Primo fra tutti l'acustica, il che è davvero grave per un auditorium. Il secondo problema sarebbe stato che, in alto, il respiro di tutte quelle persone avrebbe formato delle piccole nubi da cui poteva addirittura cadere la pioggia.» Fa un gesto con la mano libera dal suo trolley. «Qui, a giudicare dal rumore, devono aver commesso qualche errore del genere. Immagino che possa succedere, quando per progettare le cose lasci mano libera ai computer.»

Una porta scorrevole si apre, e ci troviamo davanti la sala degli arrivi. Dietro un enorme divisorio in plexiglas si possono vedere le persone in attesa. Alcune di loro reggono cartelli elettronici su cui appaiono loghi colorati e scritte, in gran parte in cinese.

«Oh, ecco, lì» sorride Allenby.

Usciamo da un'altra porta e passiamo davanti alla fila di persone dietro la transenna.

Un ragazzo cinese fa un leggero inchino e prende il trolley dell'avvocato. Spegne il cartello elettronico, poco più spesso di un foglio di cartone. Sopra c'era un logo azzurro e il nome WEATEHRBY.

«Perché quel nome?»

«Discrezione» risponde Allenby.

«È scritto sbagliato. Non dovrebbe essere WEATHERBY?»

«Non ci ho fatto caso.»

La ragazza cinese accanto all'uomo col cartello mi prende la mia borsa da viaggio dalle mani. Sussurra qualcosa.

«Non ho capito.»

«Le ha detto il suo nome, Mei Wei.»

«Mei Wei...» ripeto.

«Come la canzone di Sinatra» fa la ragazza, in un inglese perfetto.

È bella, vestita elegantemente, anche se in modo tutt'altro che memorabile: tailleur grigio tortora e foulard azzurrino, e poi un impermeabile che imita quelli Burberry. È come se per uscire avesse scelto i vestiti più adatti per passare inosservata. Il che non dev'essere facile, perché è davvero bella. Ha lineamenti fini, la pelle perfetta. Capelli nerissimi, tagliati corti. Gli occhi le brillano di un'intelligenza ironica, tenuta volutamente sotto controllo. È anche piuttosto alta, per essere cinese.

«Posso portarla da solo, la mia valigia.»

«Sarà un piacere per me portargliela, signor Stokar.»

Guardo Allenby.

«Sì, può riprendersi il suo nome, da qui in poi.»

«Peccato che non corrisponda a quello scritto sui passaporti.»

Sorridendo, Allenby s'infila una mano nella tasca della giacca e tira fuori un passaporto inglese dall'aria usata.

L'apro. La foto è la mia. E così il nome e il cognome. Ma non ricordo di essermi mai fatto una fototessera come questa.

L'avvocato sorride. «Gliel'ho detto. La computer grafica fa miracoli.»

«Non è pericoloso, portare con sé dei documenti falsi?»

«Molto. Infatti non li avevo con me.»

«Ah no?»

«Le rivelo un segreto. Ha visto quel signore russo che si è fatto male con la cappelliera dell'aereo? Ha passato i controlli senza un'adeguata perquisizione, e indovini cos'aveva, sotto le bende?»

«No...»

«Sì, invece. E non solo il suo passaporto.»

«Be', grazie. A lei e a quel signore russo. Non sa quanto un nome come Seymour possa nuocere alla vita sessuale.»

«Avevo sentito dire che non ne aveva una. Per quanto lo sguardo di quella giovane hostess...»

«Stia zitto.»

«Prima volta a Beijing, signor Stokar?» chiede Mei.

«Prima volta, sì. Ma sul serio, lasci...»

«Non pesa nulla. E lei dev'essere stanco per via del viaggio.»

Su questo ha ragione. Non è proprio stanchezza, non la definirei così. È piuttosto una sensazione di spaesamento, una leggera vertigine dovuta non solo all'intrecciarsi e al confondersi dei fusi orari, ma soprattutto alla differenza di odori e suoni tra Atlanta, Mosca e qui. L'odore più forte è quello di disinfettante, che copre, anche se non del tutto, il profumo di cibo orientale che esce dai numerosi ristoranti lungo il corridoio che porta all'uscita. Nessuna scritta in alfabeto latino, su quei locali. Gli avventori alzano la testa dalle loro ciotole guardandoci passare. Ci studiano curiosi.

«Non si vedono molti occidentali in giro.»

«Non molti, no» risponde Mei.

E Allenby aggiunge, non richiesto: «Dopo la Situazione... Qui la chiamano così... Dopo la Situazione la ripresa dei contatti internazionali non è stata facile, e tanto meno rapida.»

«Mi aspettavo più controlli sanitari.»

«Ci sono stati. Solo che non se n'è accorto. Tecnologie molto discrete. Ricorda l'ascensore nello yacht di Suvarin? Qui è la stessa cosa. Scanner biometrici, termometri, analizzatori del respiro. Quel corridoio così rumoroso che abbiamo attraversato poco fa le ha fatto un check-up completo, senza che lei si accorgesse di nulla. Se come me avesse usato il bagno, poi, ora il governo cinese avrebbe anche un campione delle sue urine. Se poi avesse anche...»

«Si fermi. Ho capito il concetto.»

«E comunque, se avesse contratto il virus, anche se fosse guarito non sarebbe potuto entrare in Cina. Sono le regole. L'auto non è lontana» fa Mei, indicandoci una porta al termine del lungo tappeto mobile su cui ci stiamo muovendo. Poi si mette a parlare con Allenby in cinese.

Grazie alle lezioni di Hermann capisco due parole su dieci, e più o meno il senso di tutte le frasi, nonostante l'accento sia strano e la conversazione troppo veloce.

Anche se non parlassi cinese, dal loro tono concitato capirei che ci sono stati dei problemi. Prima che riesca a collegare le parole che conosco dando loro un senso compiuto, Mei, dopo aver percorso tre quarti del tappeto mobile, ci fa segno di scendere. C'è una porta, di fronte a noi, dietro la quale si apre la banchina di un treno, protetta da divisori trasparenti.

Pochi secondi e un vagone della metropolitana si ferma alla nostra altezza. Una parte del divisorio scorre di lato. Noi quattro siamo gli unici a salire sulla carrozza vuota. Una voce femminile dice in cinese e poi in inglese: «Le porte chiudono.»

Con uno sbuffo, le porte eseguono le indicazioni della voce: si chiudono e il treno riparte.

Ci sediamo. Un display ci informa che fra quarantadue secondi arriveremo al Parking 3.

«Scusate il disagio. Il parcheggio 3 è l'unico già operativo. Fra un mese apriranno anche l'1 e il 2, più vicini ai terminal» dice Mei.

Le sorrido, rispondendole in cinese: «Non importa. Faccio volentieri un giro lungo, su questa meraviglia.»

Mei spalanca gli occhi. «Parla cinese?...»

«*Yīdiǎn'*. Un po'.»

La ragazza guarda storto Allenby, che alza le spalle: «Non sono al corrente di tutte le abilità del signor Stokar. Questa mi era sfuggita.»

«Già. Hermann si è meritato tutti i soldi che gli avete dato.»

Prima che Allenby possa dire qualcosa, lo blocco. «Una sola cosa non mi è chiara. Ancora non mi avete detto chi ha pagato il crucco per insegnarmi cose così particolari come il cinese e l'arabo. No, la prego: non si sforzi di rispondere subito. Lasci che le dica cosa mi lascia perplesso, anche se immagino l'abbia già capito. Il figlio di Suvarin...»

«Viktor.»

«È stato rapito cinque giorni fa. O forse sei? Questi cambi continui di fuso orario cominciano a darmi il mal di testa. Fatto sta che fino a sei giorni fa le mie competenze linguistiche di cinese e arabo non contavano nulla, per voi. Mentre ora, guarda caso, si rivelano perfette per la mia missione. Oltre alle tecniche di autodifesa e a un paio di trucchetti da ninja che Hermann mi ha insegnato. Se mi avesse anche tenuto un corso di geografia dell'Ard Alshams forse potrei essere un filino ancora più perplesso. Ma non più di tanto.»

Allenby si mordicchia il labbro inferiore. «Immagino che lei farà fatica a credermi...»

«Sono un uomo dalla mente aperta.»

«Il signor Suvarin non ha nulla a che vedere con la sua... formazione. Che lei ci creda o no, è stato solo un caso. Io sono venuto a sapere qualcosa, ma...»

«Se lo metta nel culo, il suo *ma*.»

Allenby si stringe nelle spalle. «Quella di metterle accanto un veterano della Charlemagne è stata un'idea di Ferrari. Gliel'ho sentito dire io. Ci ha scherzato su, con il signor Suvarin. Ero presente alla cena in cui il mio datore di lavoro parlò del rapimento di Viktor, e Alemanno disse che per quanto sembrasse incredibile, per puro caso, aveva per le mani l'uomo giusto da mandare nell'Ard Alshams. Non parlò della sua conoscenza del cinese, perché forse non ne sapeva nulla, ma disse che lei parlava arabo, perché gliel'aveva insegnato Hermann. Ma soprattutto disse che lei era, per usare le sue parole esatte, "un rullo compressore in carne e ossa".»

«Quando si dice il caso» faccio.

«Già.»

L'accelerazione del treno è incredibile. Fuori dai finestrini il paesaggio si è trasformato in una striscia grigia, eppure non si ha la sensazione di essere in movimento.

«Tecnologia Mag-Lev» sorride Mei, anticipando la mia domanda.

La ringrazio e mi volto verso l'avvocato inglese. «Non le sembra una coincidenza sospetta? La smetta di mordersi il labbro e mi risponda.»

«Le sembrerà assurdo, anche se in realtà molte cose sono assurde, in questa vicenda... Le sembrerà assurdo, dicevo, ma credo che si sia proprio trattato di una coincidenza. Ferrari ha voluto farle uno scherzo, che poi si è rivelato provvidenziale.»

«Il suo allibratore a quanto la darebbe, questa coincidenza?»

«Non ho un allibratore.»

«Mi risponda.»

«Ammetto che è piuttosto improbabile. Comunque quello che conta adesso è che dobbiamo muoverci in fretta. Abbiamo ricevuto cattive notizie dall'Ard Alshams.»

23

Il treno si ferma senza un sussulto né un fremito.

Le porte si aprono silenziose, e nessun poliziotto viene a chiedermi notizie del morto che mi sono lasciato dietro ad Atlanta.

Come se me lo fossi solo sognato.

Il livello zero del parcheggio è deserto.

Il cinese che ci accompagna preme una sequenza di tasti sul suo smartphone. Il tempo di contare fino a dieci e attraverso la rampa, dai livelli inferiori, sale e si muove verso di noi una grossa berlina grigio argento. I finestrini hanno lo stesso colore della carrozzeria, così che l'auto sembra essere stata prodotta da una sola colata di metallo.

La lussuosa vettura senza alcun marchio visibile accosta al marciapiede che ci sta davanti. Le portiere sul nostro lato si aprono ad ala di gabbiano.

Al posto di guida non c'è nessuno.

Il cinese infila il trolley di Allenby nel portabagagli e sale al posto di guida. L'avvocato prende e si accomoda al suo fianco.

Aiuto Mei a mettere nel bagagliaio anche la mia borsa.

Quando siamo saliti tutti e quattro, l'auto riparte, silenziosa e veloce. Un *head up display* riproduce sul parabrezza gli indicatori principali della macchina: velocità, consumi, navigatore gps.

«Tutti i cinesi guidano auto così?» chiedo.

Mei fa una risatina mettendosi una mano davanti alla bocca. Trovo quel gesto insolito, ma piacevole. Sexy, in un certo modo. «Solo quelli che lavorano per il signor Suvarin. Questo prototipo esce dai laboratori di ricerca cinesi della Komarov.»

«Elettrica?»

«A idrogeno. Su, non faccia così. Sta pensando allo Space Shuttle?»

«Come ha fatto a capirlo?»

«Non ha motivo di preoccuparsi. Quest'auto è assolutamente sicura. Inoltre è alimentata a idrogeno verde.»

«Pensavo che i motori a idrogeno fossero un ramo secco dell'evoluzione tecnologica. Messi da parte dalle case automobilistiche da un sacco di anni.»

«A parte qualche trascurabile complicazione tecnica, in realtà è solo un problema di costi: circa dieci volte più di un'auto elettrica. Ma le emissioni sono inesistenti, e la tecnologia è molto più affidabile: le auto elettriche hanno batterie estremamente inquinanti, in fase sia di produzione che di smaltimento. E comunque lei lo sa a quando risale, l'idea del motore a idrogeno?»

«Agli anni Settanta?» sparo a caso.

Scuote il capo sorridendo. «Il primo motore a idrogeno è stato progettato da un francese, François Isaac de Rivaz, nel 1806.»

«Scherza?»

«No.»

L'auto decelera per immettersi su una strada a otto corsie piena di traffico.

«Gran parte della tecnologia che oggi riteniamo di punta, avveniristica... o fantascientifica, come preferiscono definirla alcuni... si basa in realtà su scoperte dell'età vittoriana. Se non addirittura a prima di quell'epoca, come in questo caso. Il signor Suvarin è un patito di steampunk. Sostiene che il passato è una miniera d'oro. Dovrebbe vedere il suo archivio di brevetti dimenticati dell'Ottocento: invenzioni capaci di rivoluzionare il mondo, e che invece sono state considerate, come dice lei, rami secchi dell'evoluzione tecnologica.»

Il traffico, per quanto sia notevole, scorre ordinato, senza frenate o manovre azzardate. È come se il flusso di tutti questi veicoli fosse controllato dalla bacchetta di un direttore d'orchestra, o di un mago. Le auto sono tutte nuove, o almeno lo sembrano. Hanno loghi europei e americani, ma nomi che non conosco: Magotan, Lavida, Barony, Sarivia, Sagitar...

Eppure sono identiche alle Mercedes o Volkswagen che girano, con nomi diversi, sulle strade europee.

I camion carichi sino all'inverosimile che incrociamo lungo il cammino sono invece vecchi e spesso mal tenuti. Questo contrasto così stridente mi risulta incomprensibile. Ma la mia curiosità non arriva al punto da farmi chiedere chiarimenti a Mei.

Il paesaggio che attraversiamo è squallido e piuttosto anonimo, fatta eccezione per il casello autostradale, che sembra un tempio cinese dalle guglie colorate. Dopo un tratto boscoso cominciano ad apparire vasti agglomerati di edifici senza alcun pregio architettonico, casermoni di cemento sormontati da una foresta di antenne paraboliche e ripetitori telefonici. Lungo il tragitto da Sheremetyevo a Mosca mi avevano colpito i cavi elettrici che collegavano i vari palazzi tra loro, e le onnipresenti insegne di marchi francesi come Auchan e Leroy Merlin. Qui però non vedo loghi o insegne pubblicitarie, e nemmeno cartelloni con slogan di partito. Arrivando a Mosca, e poi qui, mi aspettavo di vedere il cadavere del comunismo: scopro invece che quell'epoca è morta e sepolta, decomposta e depredata di ogni cosa che avesse un minimo di valore. Alcuni dei suoi simboli sono ancora presenti qui e là, ma come semplici curiosità del passato. Le donne anziane che chiedevano discretamente e dignitosamente l'elemosina davanti a Nostra Signora di Smolensk erano figlie e mogli defraudate della loro eredità. La terra orgogliosa che un tempo gli apparteneva era stata rubata, svenduta. I sacrifici di tante generazioni, di milioni di uomini e donne, sono stati vani.

Una delle cose che ha detto Oleg Suvarin, durante la cena sul suo yacht, mi ha colpito: «Una notte noi russi siamo andati a dormire come cittadini di una potenza mondiale, e al mattino ci siamo svegliati come sudditi di un paese del terzo mondo.»

Il paesaggio si fa più interessante man mano che ci avviciniamo al centro di Beijing. Bassi all'orizzonte, e poi sempre più vicini e imponenti, gruppi di grattacieli dalle forme avveniristiche sembrano spuntare come funghi da quello che ha l'aspetto di un basso strato di nuvole grigie. «*Pollution*» sussurra Mai. Inquinamento. Smog. Durante la Situazione, mi spiega, il cielo di Beijing era diventato azzurro, quando tutto il traffico e le industrie si erano fermati.

«Ora è tornato tutto come prima. Anzi, forse anche *peggio*.»

Quei grattacieli altissimi all'orizzonte sembrano titanici ideogrammi. Solo quando ci passiamo accanto posso rendermi davvero conto di quanto siano enormi, del tutto fuori scala rispetto ai monumenti antichi che giacciono ai loro piedi: un tratto di mura, un torrione di guardia, un tempio circolare immerso nel verde di un parco.

«Peccato che lei non abbia il tempo di visitare Beijing» sospira Allenby. «È una città incredibile.»

«Scopro adesso di non averne il tempo. Magari, già che c'è, può dirmi anche per quanto esattamente dovrò stare qui, e per fare cosa?»

È sorprendente la capacità di Mei di trasformarsi di colpo in una statua. Tutto in lei, dall'espressione alla postura del corpo, dice che non mi sta ascoltando. Anzi, che non è neppure lì. Quanto all'autista, è così imperturbabile e concentrato nella guida che potrebbe essere un'estensione meccanica del volante.

È come se io e Allenby fossimo soli, nell'auto.

«Partiamo domani. E lei è qui per prendere confidenza con un posto che potrebbe dover visitare, nell'Ard Alshams.»

«Perché non l'abbiamo fatto a Mosca? O ad Atlanta?»

«Perché questo tipo di addestramento è piuttosto... particolare. Al momento opportuno, capirà.»

Entriamo in città da nord-est, stando al display incassato nel poggiatesta di Allenby. La pianta del quartiere in cui ci muoviamo è regolare, una serie di isolati perfettamente rettangolari, e in mezzo scorre un fiume incredibilmente lercio. Su un grattacielo, guardando fuori dal finestrino, leggo il nome ARMANI, e su un altro brilla la stella a tre punte della Mercedes.

Allenby fa un sorriso soddisfatto, come se tutto quello che vediamo fosse di sua proprietà. «Il fiume Liangma. Non siamo lontani dall'albergo.»

Centri commerciali e hotel a cinque stelle si alternano lungo il viale su cui la nostra auto si muove silenziosa e veloce. Riesco a leggere il nome KEMPINSKI HOTEL LUFTHANSA su un edificio gigantesco.

La berlina svolta a sinistra e si immette in un viale alberato ancora più grande.

«Eccoci» sorride Allenby, indicando un edificio di vetro e acciaio che sorge su una muraglia dall'aspetto antico.

24

L'hotel, mi racconta Mei, è uno dei primi alberghi moderni che sono stati costruiti a Beijing per la clientela occidentale. Ci hanno dormito il presidente Nixon, Ronald Reagan, Freddy Mercury, Sylvester Stallone e un sacco di altri personaggi di cui non conosco il nome. Per me la Storia è finita molto prima degli anni Settanta. Quello che è venuto dopo non è più politica: è commercio.

Passiamo oltre i due draghi di pietra – o forse sono leoni – ai lati dell'ingresso, ed entriamo in una hall spaziosa e animata, con il soffitto alto e mobili dalle tonalità scure. Dietro il bancone ci sono quattro ragazze dall'aria sveglia e lo sguardo tagliente. Sembrano più poliziotte che impiegate. Mei confabula con la più giovane di loro. Le formalità di accoglienza vengono sbrigate in fretta, e in cambio dei nostri passaporti io e Allenby riceviamo due tessere magnetiche.

«Lei non dorme qui con noi?» chiedo a Mei.

La ragazza assume un'espressione dura, che ci mette un po' a mascherarsi da sorriso, ostentatamente falso. «No. Io sono disponibile solo durante il giorno.»

«Mei, temo che abbia equivocato...»

«Può darsi. Evidentemente la mia conoscenza dell'inglese non è adeguata.»

Vorrei ribattere, ma sarebbe una battaglia persa in partenza. Così allargo le braccia e faccio una smorfia che vorrebbe essere un'espressione di scusa.

«Che ne dice di riposare un paio d'ore, prima di metterci al lavoro?» propone Allenby.

«Io sono pronto anche adesso.»

«Ma io no. Ho bisogno di fare un po' di *chill out*.»

Mei consulta il suo orologio da polso rosa coperto di brillantini. «Allora ci vediamo qui nella hall alle dodici zero zero.»

«Andata» faccio, raccogliendo il mio bagaglio.

Le dimensioni dell'ascensore avevano creato grandi aspettative sulla mia stanza, che invece è davvero molto piccola. Il letto matrimoniale occupa quasi tutto lo spazio disponibile, e il bagno è proprio minuscolo. Prima di inoltrarsi nel corridoio alla ricerca della sua camera, Allenby mi ha dato due consigli: «Non beva l'acqua del rubinetto, e non butti troppa carta nel water, perché questo albergo ha qualche problemino con gli scarichi.»

L'acqua non è un problema, visto che nel frigo ce n'è una scorta più che abbondante, con il cartellino FREE bene in evidenza. In bagno mi lascia invece perplesso la vetustà della vasca, che sembra uscita da un film sovietico degli anni Ottanta, con le sue fughe malamente siliconate e la tendina di plastica logora per l'uso. Accanto al lavabo incassato nel piano di marmo rossiccio, la statuina di una specie di geisha cinese regge un vassoio carico di saponette e prodotti per il bagno.

Quando tiro l'acqua dello sciacquone per fare una prova, mi rendo conto dell'entità del problema: l'acqua circola lentamente, in un modo che avrebbe incantato Leonardo da Vinci, ma il pezzo di carta sembra navigare per l'eternità prima di immergersi in parte nello scarico e poi restare lì, sospeso sul fondo come un'alga biancastra. E meno male che era solo carta.

La vista che si gode dalla finestra è quella del piccolo parco recintato dell'albergo, con tavolini e sedie e un gigantesco simbolo yin e yang dipinto per terra. Sullo sfondo, gli strani grattacieli di Beijing galleggiano su un mare di smog.

Le finestre non hanno tende. Dopo un po', però, capisco che si opacizzano premendo un pulsante. Fantastico. Stupido ma molto d'effetto.

Mi stendo a letto, tenendo gli occhi aperti. Mi sembra di ondeggiare come un turacciolo, sul materasso morbido ed elastico, una combinazione strana. La stanchezza dovuta al lungo viaggio mi aggredisce come un animale rimasto in agguato per giorni. Carla, mia moglie, diceva che sarei capace di addormentarmi anche sotto le bombe. Vorrei che mi vedesse ora.

Giro la testa e guardo il telefono sul comodino. È un modello antiquato. Tutto, in questa stanza, è un continuo assurdo contrasto tra il vecchio e il nuovo. Se alzassi la cornetta forse potrei parlare col mondo del passato, prima che tutto andasse a puttane. La tentazione di chiamare Carla per un attimo si fa strada in me. Ricordo ancora a memoria il nostro numero di casa, quello del suo cellulare. Ma mi costringo a non farlo.

È bene che il mondo di prima rimanga separato da quello di adesso. Verrà forse il momento di riallacciare i legami col mio passato, ma non è questo.

Cerco di svuotare la testa. Cerco di cancellare il pensiero della strada ancora da fare, dei pericoli che mi attendono. Cerco di far sparire dalla mia mente la faccia arrogante di Alemanno Ferrari, la sensazione di bruciore che ancora provo sulle guance dopo gli schiaffi che non ho ricambiato. Cerco di dirmi che l'ho solo sognato, il collo spezzato di Roark O'Malley, che nome del cazzo.

Cerco, in altre parole, di tenere il mondo fuori, e in qualche modo ci riesco, perché dentro di me cala di colpo il buio. Rapido e misericordioso.

25

L’ascensore ha una parete in vetro attraverso la quale posso ammirare la sala da pranzo dell’hotel, col soffitto alto più di trenta metri. La musichetta che accompagna la discesa è un motivo talmente neutro che potrebbe essere stato composto ed eseguito da una macchina.

Vedo che Mei e Allenby sono già seduti a un tavolo. In mezzo a loro c’è un tablet acceso. Coi volti illuminati nella penombra, sembrano due maghi intenti a evocare un elementale di luce.

I due bestioni locali in completo nero che sorvegliano in pianta stabile l’atrio fanno un leggero inchino, senza però guardare nella mia direzione. È un inchino rivolto al rumore delle porte degli ascensori che si aprono.

«Ha riposato?» sorride Allenby, spegnendo il tablet sottile poco più di un foglio di carta.

«Un po’. Ho anche collaudato il water. Aveva ragione: fa davvero schifo.»

«È in ritardo. È l’una.»

«Come dicevo, ho riposato.»

«Pensavo che potrebbe mangiare, se le va. Io e Mei abbiamo già preso qualcosa, aspettandola.»

«Credevo che dovessimo lavorare. E poi non so che ore siano, per il mio stomaco.»

«Sì, capisco.»

«Prendo volentieri del tè. E magari una brioche e della frutta fresca.»

«Tutto qui?»

«Sì.»

Mei annuisce e si alza.

Guardo Allenby. «Dov'è che andiamo, dopo?»

«Qui.»

«*Qui?*»

«Già. Comodo, no?»

Mei torna con un vassoio, che appoggia sul tavolo davanti a me. Una teiera, una tazza, tre croissant e un succo d'arancia.

«Grazie.»

«Non c'è di che.»

Si è cambiata. Ora indossa un paio di jeans e un maglione grigio a collo alto, e scarpe da ginnastica. Cose apparentemente semplici, ma costose.

«Spero che le piaccia. È un Oolong Da Hong Pao» precisa lei, compunta come una scolaretta.

Immagino che la cosa sia importante, quindi annuisco con la dovuta gravità. Sorseggio il tè: è leggermente affumicato, con un gusto un po' legnoso, ma alla fine lascia in bocca un retrogusto floreale. «Non male.»

I croissant invece sono un'esperienza semplicemente assurda. Hanno l'aspetto di quelli veri, ma sono leggerissimi e non sanno praticamente di nulla. Sembrano l'imitazione di un croissant fatta da qualcuno che l'abbia solo visto in una foto.

Allenby ci chiede scusa e si apparta per fare una telefonata col suo satellitare.

Mei Wei aspetta che io finisca il mio croissant prima di tirar fuori dalla borsetta una busta color avana.

«Per me?»

«Sì.»

La apro. Dentro c'è uno smartphone che sembra un

blocco d'onice. Nessun pulsante, nessuna fotocamera. Nessun logo.

Lo prendo in mano. È piuttosto pesante.

«Come si accende?»

«Tocchi lo schermo.»

«Dove?»

«In qualsiasi punto. Con l'indice.»

Il display s'illumina. Invece di animazioni e musichette, appaiono righe su righe verdi di programma, come nei computer di una volta. Poi dal buio dello sfondo emergono un simbolo che non conosco e una tastiera virtuale.

«Niente programmi?»

«Serve per telefonare, signor Stokar.»

«Come si ricarica?»

«Basta che lo lasci vicino a una presa elettrica. Fino a dieci centimetri di distanza va bene. Si può ricaricare anche lasciandolo semplicemente al sole, girato col dorso all'insù.»

Scuoto la testa. «L'ultimo telefono che ho usato era tenuto insieme con lo scotch. E la batteria si scaricava in dieci minuti.»

«Questa dura un mese. E come le ho detto si ricarica ovunque. Solo il meglio, per i dirigenti della Komarov.»

«Niente giochi? Musica?»

«Siamo dalla parte sbagliata della Grande Muraglia di internet. Che di questi tempi è stata rinforzata. Non c'è Vpn che riesca a bypassarla. Niente Google, qui. Niente WhatsApp, niente Facebook o Twitter. Abbiamo WeChat, e Baidu. Se le serve le insegnerò come usarli, Sergio. Per WeChat le mando io il messaggio d'invito. Posso chiamarla Sergio, o lo ritiene inopportuno?»

«Nessun problema, per me. E io come posso chiamarla? Ho dei problemi a capire quale sia il nome e quale il cognome, in cinese. O come mai certi nomi siano sia maschili che femminili.»

«Mei va benissimo. Mi dicono che suona dolce, all'orecchio di un occidentale. Un giorno le spiegherò tutto sui nomi cinesi.»

Allenby torna al tavolo con l'aria di chi ha appena assistito a un brutto incidente stradale. Si riprende mettendo su un sorrisetto amichevole, ma non prima che io abbia potuto cogliere quell'espressione preoccupata. «Se siete pronti, andiamo.»

Attraversiamo la hall e Mei, dopo aver mostrato un foglietto a un inserviente di guardia, ci guida oltre una grande porta di legno a doppio battente, decorata con simboli e ideogrammi tradizionali cinesi.

E di colpo, oltre quella soglia, il mondo cambia.

«La sala stampa dell'hotel» sussurra Mei. «Non viene più usata da quando i meeting con le delegazioni straniere si tengono altrove. Più o meno dalla metà degli anni Ottanta. Tutto è rimasto come allora.»

Non stento a crederlo. La grande sala ha le pareti interamente rivestite con un legno di una grana e una tonalità che non ho mai visto prima. I coprisedili di velluto rosso hanno l'aria logora. Sul fondo ci sono sei box vetrati, ognuno attrezzato con antiquate macchine da scrivere elettriche a testina rotante: ricordano le cabine in cui ti misurano l'udito in ospedale. Una fotocopiatrice Ranx Xerox e una telescrivente in un angolo sembrano pezzi di un museo della tecnologia.

«Impressionante» faccio, guardando il grande ritratto di Mao che domina il salone.

Mei congeda l'inserviente, che chiude le porte a chiave dietro di noi.

«Questo posto è una specie di museo» sogghigna Allenby.

«In effetti si vede.»

La polvere rende quasi opachi i divisori in vetro dei box.

L'inglese alza le spalle. «Ne ha fatta di strada, questo paese. Dagli *hutong* puzzolenti ai grattacieli disegnati dalle archistar. Forse per questo hanno un atteggiamento incerto nei confronti del passato. Da un lato avrebbero voglia di dimenticarlo, dall'altro sanno che se oggi hanno tutto questo lo devono al loro passato. Dico bene, Mei?»

«Non so. Non mi occupo di politica.»
«Ah, già. Sei troppo intelligente, tu.»
«Credo che dovremmo approfittare del tempo a nostra disposizione» risponde secca la ragazza, dopodiché va verso un tavolo che si trova al centro della sala, e tirando via un telo scopre quattro lunghe casse nere. «Mi ci vorrà qualche minuto» fa, cominciando a sganciare con dita veloci le serrature della prima cassa.
«Posso darti una mano?» le chiedo.
«Perché no?»
Allenby intanto va a sedersi in fondo alla sala. «Fate pure. Io vi guardo. Con la tecnologia non ho mai avuto un buon rapporto.»

In realtà ci vuole molto più di «qualche minuto» per tirare fuori dalle casse imbottite le apparecchiature dall'aria fragile, i monitor, i cavi, e soprattutto per montarli. Mei non ha nessuno schema scritto, nessun manuale di istruzioni. Assembla le apparecchiature con un'abilità e una velocità che mi ricordano l'addestramento alla scuola di polizia, quando quel sadico del sovrintendente Buriani, al poligono, ci cronometrava scandendo i secondi mentre con gli occhi bendati dovevamo rimontare la nostra pistola i cui pezzi erano stati dispersi sul tavolo.
Mei monta i macchinari, e li testa. Sequenze di comandi e di immagini appaiono sui tre schermi ad alta definizione, come in un caleidoscopio. Quando è soddisfatta del risultato, apre l'ultima cassa, da cui tira fuori quelle che sembrano due mute da subacqueo e tre caschi. Senza che ci sia bisogno che le chieda il perché di quella disparità, lei sorride. «I caschi sono la parte più delicata. Meglio averne sempre uno di riserva. Sei pronto, Sergio?»
«Per cosa?»
«Lo scoprirai. Adesso spogliati. Dobbiamo indossare le tute.»

Lì per lì penso di non aver capito.

«Spogliati» ripete lei.

«Del tutto?»

«Secondo te? Se ti dico *spogliati* intendo del tutto. Mi pare ovvio.»

«Oh, fate pure; io non mi formalizzo» sogghigna Allenby, alzando gli occhi dal suo tablet.

Guardo la ragazza. Poi comincio a slacciarmi la cravatta, a sbottonare la camicia. «Sicura che nessuno può vederci? Ho l'impressione che un posto così brulichi di cimici e telecamere.»

«Ovviamente. È proprio a questo che serve quell'apparecchio laggiù. Il primo che abbiamo montato. Ci garantisce la necessaria privacy. Sbrigati. Non abbiamo molto tempo.»

Prima di togliermi i boxer la guardo dritta negli occhi. «Sai come diciamo, dalle mie parti? Mostrami il tuo, che poi ti faccio vedere il mio.»

«Credevo fosse un modo di dire americano.»

«Mei è una ragazza all'antica» s'intromette Allenby. «Non se ne fanno più di ragazze così, né in Cina né altrove.»

Tengo a lungo, e volutamente, i miei occhi fissi in quelli della ragazza, neri e lucidi come le penne di un corvo.

Mei non abbassa lo sguardo di un millimetro.

«Okay» faccio, allargando le braccia. «D'accordo, comincio io.»

Mi sfilo i boxer e li faccio roteare sull'indice, come se stessi facendo uno spogliarello.

Lei osserva impassibile il mio numero. Poi guarda giù. «Hai un'erezione.»

«È un problema?

«Sì, dato che devi entrare in quella muta: è piuttosto aderente.»

Lancio i boxer sugli altri miei vestiti che ho piegato sulla sedia. «Lei non ha della vasellina, per caso?» faccio ad Allenby.

«Pensa di essere spiritoso?»

La muta in neoprene che Mei mi porge ha la superficie coperta da quelli che sembrano sensori.

«Da che parte s'indossa?»

«Prima ci infili dentro i piedi. Il resto è abbastanza intuitivo, no?»

Facile a dirsi. È come indossare un paio di guanti di due misure più piccole del dovuto. Solo che qui non si tratta di metterci una mano, ma tutto il corpo. E Mei aveva ragione: il cazzo duro è un problema.

Quando ho finito, mi chiede come mi sento.

«Hai presente un wurstel?»

«Sì...»

La ragazza ride portandosi la mano davanti alla bocca. Sembra la giovane studentessa di un film di propaganda maoista, l'immagine dell'innocenza e dell'allegria un attimo prima che arrivi una truppa di soldati giapponesi ubriachi e arrapati, che prima la violentano e poi la squartano con le baionette. L'immagine mi viene dalla serie interminabile di film di registi orientali dai nomi idioti che Carla mi obbligava a sorbirmi al Visionario o durante il Far East Festival.

«Ora è meglio se ti siedi. Ci vorrà qualche minuto.» Raccoglie il casco e fa per infilarmelo in testa. Vedo che è interamente in metallo, senza visiera o fori per gli occhi.

Io le blocco la mano con la mia. «Speravo davvero di vederti indossare quella muta.»

«Cerca di usare l'immaginazione, allora. A volte la fantasia è più eccitante della realtà.»

Il casco scivola giù e si fissa al suo posto. È leggero, e completamente oscurato.

«A fra poco» sussurra la voce di Mei, incredibilmente nitida e vicina.

Dopodiché il buio e il silenzio diventano un mare, e il suono d'onde che ho nelle orecchie è quello del mio cuore che batte.

26

La prima cosa che vedo è un puntino di luce.

Sembra avanzare lentamente nell'oscurità, ingrandendosi di pochissimo ogni secondo che passa. Non essendoci altro di visibile, è impossibile capire quanto sia grande, la cosa che si sta avvicinando, o quanto sia lontana. Mi ricorda una battuta che faceva sempre la ministra nera di cui per qualche tempo ho diretto la scorta: «Si comincia a vedere una luce in fondo al tunnel. Peccato che sia quella di un treno in arrivo a tutta velocità.»

Questa luce invece è lenta, *davvero* lenta. Mi dà un senso di nausea guardarla. Per un attimo perdo la nozione dello spazio, e non capisco più qual è il sopra e quale il sotto. È come se fossi a galla nello spazio.

Avverto anche una musica, ma è percepibile a stento, simile a un ronzio attraverso il quale si distingue appena qualche nota.

E poi la vedo.

Inguainata in un tubino di lamé argentato, coi capelli acconciati in un'assurda pettinatura afro anni Settanta, Mei Wei incede ancheggiando sugli stivali tacco dodici alti fino al ginocchio.

La guardo stupito. Vorrei dire a bocca aperta, ma in questo mondo non ho bocca, e nemmeno mani. Soltanto occhi.

«Ciao, straniero. Sei pronto?» Le sue mani si tendono verso di me e tracciano un cerchio a mezz'aria.

Di colpo posso parlare.

Anzi, *urlare*.

«Che cazzo succede? Dov'è finito il mio corpo?»

«Un attimo. Abbi pazienza.»

Le sue dita compiono altri gesti magici. Lentamente il mio corpo prende forma. Le mani. Le braccia. Le gambe.

«Contento? Ora vediamo di mettere a posto l'abbigliamento. Scusami, ma non ho resistito all'idea di un'entrata in scena grandiosa.»

I suoi vestiti assurdi spariscono, sostituiti da un altrettanto assurdo gabbano nero che la copre dalla testa ai piedi, lasciando solo una fessura per gli occhi a mandorla.

«Ora tocca a te. Vediamo... Sì. Capitano può andare. Ho letto nella scheda che il tuo arabo è passabile ma l'accento è un disastro. Gli ufficiali non sono tenuti a parlare molto. Basta che ti eserciti nell'abbaiare ordini.»

Devo ancora cominciare a capire cosa sta dicendo, quando vedo che le mie braccia sono coperte da una divisa color sabbia.

«Guardati.»

Davanti a me appare uno specchio ad altezza uomo.

Per un attimo non mi riconosco.

«Ti dona. Indossavi una divisa, quand'eri poliziotto?»

«A volte.»

La divisa, tagliata su misura, mi calza alla perfezione, anche se sembra uscita da un film sulla Seconda guerra mondiale. Non riconosco i gradi. I simboli dorati sulle spalline raffigurano due spade incrociate legate da un nastro. Anche sulle mostrine del colletto c'è una spada, su sfondo verde. La fibbia ha un'iscrizione araba, che riesco a leggere anche se nello specchio appare al contrario.

SAPPIATE CHE IL PARADISO
GIACE ALL'OMBRA DELLE SPADE.

Guardo perplesso il frustino da equitazione che tengo in mano e i nastrini sul petto della giacca. Ne tocco uno. La sensazione di realismo è assurda. *Sento* davvero le vibrazioni dell'indice sulla striscia di metallo colorata. «Questa è una decorazione americana» faccio, storcendo il naso. «Per la guerra del Vietnam. Non credo che nell'Ard Alshams ce ne siano tante.»

«Sì, be', non abbiamo idea di come siano le decorazioni ardalshamiane vere. Su internet non si trova niente. Così devono averle prese un po' qui e un po' là. Consideralo un bug che si può correggere, nella realtà.»

«Comunque non capisco perché indosso una divisa da soldato...»

«Da *poliziotto*.»

«E tu con quel burka ridicolo.»

«Non è un burka. È un niqab, il costume locale. Tra un attimo capirai.»

«Perché? Cosa succederà, tra un attimo?»

Gli occhi di Mei ridono, attraverso la stretta fessura del niqab. «Succederà *questo*.»

Il buio intorno a noi esplode in una conflagrazione di colori.

E di *suoni*.

È una cosa così rapida e inaspettata che mi mozza il respiro, facendomi quasi perdere l'equilibrio.

Siamo sotto il portico di una piazza araba. Banchi di cibo, spezie e altre mercanzie occupano tutti i posti all'ombra. C'è una cacofonia di musica dalle fonti più diverse: un suonatore di flauto, un vecchio giradischi, l'autoradio di un taxi Renault malandato che procede a passo d'uomo coi finestrini abbassati, il sedile posteriore occupato da una pila di gabbie di pollame.

«Che cazzo...»

«Vieni, seguimi. Cioè, no, tu stai davanti e io ti seguo, ma per un po' sarò io a dirti dove devi andare. I primi minuti servono al tuo orientamento, ma appena sei pronto iniziamo con la simulazione vera e propria. Quando comincerà dovrai arrangiarti da solo, perché nel posto in cui andrai io non potrò seguirti. Ah, un'altra cosa. Non parlare *mai* inglese. Non dico solo con me, perché in pubblico non rivolgerai la parola a una donna. Non usarlo proprio. Da queste parti è una specie di marchio di Caino. Le élite locali lo studiano a scuola, ma non sta bene parlarlo in pubblico. È un simbolo d'oppressione. Cerca di memorizzarle, queste cose, perché io non verrò con te, nella realtà. Avrò già il mio bel da fare a occuparmi delle comunicazioni.» Mei mi indica una strada, in fondo alla piazza. «Il ministero degli Interni è laggiù, in piazza Taafar. È un vecchio carcere ristrutturato. Sotto il regime di Wahid le carceri non servivano. Dall'arresto alla forca c'era solo un breve passaggio per il tribunale del popolo, che era riunito in permanenza, giorno e notte, laggiù.»

«Laggiù dove? Non vedo niente.»

«Non era un luogo molto amato. Diciamo che era la versione locale della Bastiglia. Alla caduta del regime l'edificio è stato smantellato fino all'ultima pietra. Così come i suoi occupanti.»

Attraversiamo il mercato rumoroso e affollato. Osservo le contrattazioni frenetiche, il passaggio di mano in mano di banconote stropicciate e sacchetti e pacchi e oggetti e animali vivi o morti. L'impressione è di una grande povertà. La piazza non è pavimentata. Le scarpe e i sandali dei passanti sollevano nuvole di polvere rossastra che si posano come un velo sulle merci e sulle persone.

«Come avete fatto a creare una simulazione così perfetta?»

«Non chiederlo a me. Io non ci capisco nulla.»

«Sembrava di sì, mentre montavi le apparecchiature.»

«Quella è solo pratica. Le prime volte ho dovuto rompermi la testa sui manuali.»

«Ma sembrava che...»

«Senti, io sono bravissima ad accendere un televisore e a usarne il telecomando. Ma non per questo saprei costruirlo.»

Il banco di un macellaio mi lascia senza fiato. Com'è possibile arrivare a un simile livello di realismo? Il colore, l'aspetto della carne. Il ronzio delle mosche, una delle quali mi si posa sul dorso della mano, facendomi il solletico. «Incredibile...» mormoro.

«Da adesso in poi vai avanti da solo. Io resto qui fuori. Sarò laggiù.»

Con gli occhi mi indica la bottega di un orafo, luccicante di collane e monili d'oro e d'argento esposti all'aria aperta, apparentemente senz'altra sorveglianza oltre a quella prestata dal grasso proprietario e da un giovane garzone seduto dietro il banco.

«Ehi, non mi hai detto dove devo andare. O cosa devo fare.»

«Niente. Devi solo entrare in quell'edificio laggiù in piazza Taafar, il ministero degli Interni, e familiarizzare col posto.»

«Perché?»

Mei sospira. «Meno sai, meglio stai.»

«Cosa vorrebbe dire, questa stronzata?»

«Allenby ha ricevuto nuove informazioni. Sappiamo chi ha fatto sparire Viktor. E con buona probabilità anche dov'è.»

«*Laggiù?...*»

«Laggiù.»

«Ma se è al ministero degli Interni vuol dire che è al sicuro, no?»

«Questo lo pensi tu.»

«Perché devo fare questa cosa?»

«Te l'ho detto. Devi solo entrare là e familiarizzare con il posto. È il tuo addestramento. Non prendere iniziative. Limitati ad andare in giro.»

«Non devo cercare Viktor?»

«Non devi fare assolutamente *nulla*. Solo muoverti un po' in giro. Ricordati di interagire il meno possibile con le persone che incontrerai. Anche se parli un po' d'arabo, il tuo accento potrebbe tradirti.»

«Ma perché non me l'avete fatto fare a Mosca? Perché *qui*?»

La guardo. Lei alza la mano e col dito disegna un cerchio in aria.

Tutto il mondo intorno a noi si congela, si paralizza, come in un fermo immagine. Solo io e Mei ci muoviamo. Le altre persone sono diventate statue, un uccello resta sospeso in alto sopra i tetti.

«Perché questa tecnologia è disponibile solo qui, al momento. Non siamo più un paese che copia le invenzioni degli altri. Ora siamo noi che proviamo a immaginare il futuro, e a progettare le tecnologie del domani. Questa simulazione ne è un esempio. La Russia non vi avrà accesso finché noi non decideremo di commercializzarla, e nel frattempo saremo andati oltre.»

«Oleg Suvarin è russo.»

Mei ride. «Oleg è un *miliardario*. Potrebbe essere italiano, o marziano: non è fedele a nessun paese e a nessun credo, tranne che al culto della ricchezza. Con lui possiamo stringere accordi e fare affari. C'è una forma di simbiosi che funziona. Le nazioni e le ideologie sono cose del passato. Fine della lezione di storia. Ora possiamo rimetterci al lavoro? Non hai idea di quanto costi, un minuto di questa simulazione.»

Faccio cenno di sì col capo.

Mei fa un altro gesto magico con le dita.

Di colpo l'uccello batte le ali, e la sua cacca cade sulla testa di un venditore di oggetti in rame che impreca levando il pugno verso il cielo.

Dopo il sole devastante del mercato, la penombra dell'atrio è una benedizione. L'edificio ha pareti spesse che tengono a bada la calura esterna. Le finestre sono rare e strette, tanto che la luce filtra sotto forma di lame, come in una cattedrale gotica.

Il gabbiotto di guardia è vuoto. Entro e percorro il breve corridoio d'ingresso e l'atrio rimbombante senza che nessuno mi fermi o mi rivolga la parola. Le elaborate decorazioni in gesso dei soffitti, i lampadari polverosi e l'arredamento in legno scuro costituirebbero la perfetta scenografia di un film ambientato in epoca vittoriana. Seguendo un ronzio di macchinari entro in un ufficio illuminato da una luce artificiale, malgrado fuori sia pieno giorno. Quattro uomini in camicia color kaki sono chini davanti allo schermo di altrettanti computer, e sul soffitto un ventilatore a pale cigola e rantola sforzandosi di smuovere l'aria.

Uomini in divisa si alzano e mi salutano portandosi la mano alla fronte. Faccio un gesto per dire loro di stare comodi e studio con calma le scritte sopra i due corridoi: MENSA e SALA INTERROGATORI.

Rifletto un attimo. Cos'è che mi è stato detto di fare? Ma soprattutto, cos'è che mi hanno detto di *non* fare?...

Contravvenendo agli ordini di Mei punto senza esitazioni verso la seconda, aspettandomi che da un momento all'altro qualcuno mi gridi dietro chiedendomi dove sto andando. Nessuno, però, apre bocca.

Un'inferriata blocca il corridoio a metà. Batto col manico del frustino sulle sbarre.

Un grassone mette fuori la testa da un ufficio e viene verso di me ballonzolando.

Gli do un ordine. Il grassone annuisce, deferente. Sgancia dalla cintura un mazzo di chiavi e apre la porta a sbarre. Poi dà la stura a un profluvio di frasi in arabo delle quali capisco forse una parola su dieci. Cerco di non darlo a vedere e mi muovo nella direzione verso cui sta puntando il braccio.

«*As-salam 'alayk*» lo saluto.

«*Wa as-salam 'alayk wa rahmatu Allah wa barakatuhu.*»

Qualunque cosa abbia detto, l'ha fatto col tono giusto, deferente e sommesso. Cerco di far sì che dal mio atteggiamento non traspaia la minima traccia di cortesia. Nella mia esperienza, più ti comporti da stronzo e più risulta realistica la tua interpretazione di un ufficiale, soprattutto se di tradizione inglese.

Il corridoio su cui mi affaccio è breve, e conduce a una rampa di scale scura e ripida. Il corrimano è vecchio come il mondo: il legno, che in origine doveva essere chiaro, ora è nero e lustro sulla parte superiore, per via delle troppe mani che l'hanno toccato nel corso di oltre un secolo.

Non ho più l'impressione di trovarmi dentro una simulazione. Tutto è assolutamente realistico. Sento persino la grana delle venature sotto le dita.

Al piano di sotto c'è un'altra porta metallica, ma questa volta è aperta. Su entrambi i lati del corridoio semibuio intravedo una lunga sequenza di porte in legno massiccio, ognuna con uno spioncino chiuso da una grata.

Mi muovo lentamente, come se stessi camminando sulle uova.

Nel silenzio, un suono si percepisce appena, da dietro una di quelle porte. È un lamento, flebile ma così dolente da farmi accapponare la pelle.

Sulla porta delle celle non ci sono nomi, solo numeri.

Una luce bianca esce dalla porta semiaperta di una stanza in fondo al corridoio. Quando mi avvicino vedo che proviene da una potente lampadina nuda appesa al centro di uno stanzone con le pareti ricoperte da piastrelle bianche. La lampadina sta sopra un tavolo metallico come quelli dei veterinari. Dietro le ante vetrate di due armadietti chiusi con un lucchetto ci sono fiale e siringhe, e infinite boccette e fiale con l'etichetta scritta a mano in arabo.

Su entrambe le pareti, appeso con dei ganci, c'è un armamentario di strumenti che sembrano usciti da un film dell'orrore: seghe, trapani, fruste, martelli, tenaglie. Una fiamma ossidrica in un angolo, e in un altro una sedia da dentista, con lacci intorno ai braccioli. Per cosa vengano usati quegli attrezzi lo dicono le macchie di sangue rappreso negli angoli della stanza, e il colore marrone incrostato sotto il tavolo operatorio.

Memorie antiche e recenti riaffiorano nella mia mente, accendendomi un brivido lungo la schiena. Quando poi sento delle voci venire nella mia direzione, m'irrigidisco.

I due uomini, uno in camice da medico, l'altro in divisa da tenente, si bloccano sulla porta, vedendomi.

«*Ma aldhy tafealuh hna*?»

Cosa ci fai qui?

«*'Ayn alsjiyn alruwsi?*» replico in tono duro, com'è giusto rivolgersi a due inferiori in grado.

Dov'è il prigioniero russo?

Il tenente assume un'aria quasi di sfida.

«Non è stato avvisato del mio arrivo?» improvviso.

«No. Non sono stato avvisato.»

«Devo accertarmi che il ragazzo stia bene.»

«Su ordine di chi?»

«Del ministro in persona.»

«Il ministro...» mugugna l'ufficiale, massaggiandosi la mascella con aria diffidente. «Come mai non ne so nulla? Ho parlato con l'ufficio del ministro ieri sera.»

«Lei mi porti alla cella del ragazzo. Subito.»

«Non so di che ragazzo stia parlando.»

Il tenente ha l'aria del piantagrane, e l'espressione livorosa di chi è convinto di non essere stato adeguatamente ricompensato per le sue capacità. Considerato che non è più un ragazzino, le sue aspettative di carriera devono essere molto limitate. Così mi affretto ad aggiungere: «Il ministro è molto soddisfatto del suo lavoro, capitano?...»

«Al Anwari. Ibrahim al Anwari. Ma non sono capitano. Sono un tenente.»

«Lo so. Il mio era solo un augurio. Anzi, una *previsione*.»

Il tenente arrossisce leggermente. «Le faccio strada, capitano.»

La cella non è su questo piano. Scendiamo ancora di un livello, ed è come fare un salto nel passato di almeno due secoli.

Il soffitto è basso, di uno stile completamente diverso rispetto a quello che ho riscontrato nei piani superiori. È possibile che siano le vecchie cantine di un edificio precedente; un ambiente gotico, fatiscente. La porta davanti alla quale il tenente al Anwari si ferma è chiusa con un chiavistello arrugginito.

«Apra» ordino.

Con un cigolio stridente, la pesante porta si spalanca su una grotta buia. Non saprei definirla in un altro modo.

Il tenente tira fuori dalla tasca un cellulare e attiva la torcia. Nel cerchio di luce bianca appaiono pallide parvenze di volti e braccia umane, corpi incatenati al muro. La luce si sposta su e giù lungo le pareti.

Poi di colpo esplode come una lampadina fulminata, scoppiandomi nella retina.

Chiudo gli occhi accecato, e cado all'indietro.

Mani veloci mi sfilano il casco. Sento una voce di donna imprecare.

Quando i miei sensi riprendono a funzionare più o meno correttamente, scorgo una mano fuori fuoco che scende verso la mia faccia, ma in qualche modo la percezione è che scenda da molto più in alto, da molto lontano, come un falco che cali dal cielo per ghermire una preda.

«Sergio. Quante dita vedi? Rispondimi, Sergio.»

«Due...»

«Sergio, puoi contare all'indietro da sei a zero?»

«Dieci...»

«Da sei, Sergio.»

«Sei... Cinque... Quattro... Tre...»

«Okay. Bene. Ora quante dita vedi?»

«Nessuna...»

«Sì. Perfetto così. Perché le ho strette in un pugno. Come il pugno che ti darei per non avermi ubbidito.»

«Come fai a saperlo?»

«Stupido. Perché ti ho visto. Su quello schermo. Meno male che non dovevi interagire. E ti confermo che il tuo arabo fa schifo.»

«Parli arabo, tu?»

«No. Ma mentre parlavi sentivo in sovrapposizione quello che avresti dovuto dire. Il tuo accento è terribile. Tempo altri cinque minuti e finivi anche tu in cella a far compagnia a quei poveracci. Quante dita vedi?»

«Smettila...»

«Quante?»

«Due.»

«Prova a rialzarti.»

Appoggiandomi sui gomiti riesco a mettermi seduto. «Cosa mi è successo?»

«Sei caduto all'indietro. Fortunatamente il casco ha attutito il colpo. *Fortunatamente* per modo di dire, perché costa davvero tantissimo.»

«Ovviamente avrei preferito rompermi la testa, se avessi avuto scelta.»

Allenby scuote il capo. «Il fatto che la Komarov sia ricca al di là della sua immaginazione non ci fa sottostimare un danno di decine di migliaia di dollari. Cerchi di dimostrare che ne valeva la pena.»

«Be', è stata un'esperienza interessante. Meglio di Disneyland.»

«Vederla muoversi sul posto come se camminasse e sentirla parlare al nulla è stato interessante anche per me. Ma non vale il prezzo del biglietto.»

«Ho fatto del mio meglio.»

«Mei dice che il suo arabo non è buono.»

«In realtà ha detto che fa schifo. Magari i laboratori della Komarov hanno inventato una pillola per l'apprendimento istantaneo delle lingue.»

«Non che mi risulti. E comunque non sarebbe sportivo. Troppo facile. No, Sergio: lei deve guadagnarsela, la sua libertà.»

«Magari se invece di perdere tempo in giro per il mondo fossimo già nell'Ard Alshams...»

«Non stiamo affatto perdendo tempo. A lei piacciono gli orologi. Un orologio è fatto di un numero elevato di componenti, ognuno dei quali esegue una piccola funzione. È solo un ingranaggio. Serve l'insieme. Solo l'orologiaio vede il senso complessivo di tutti quei movimenti. Ma immagino che se gli ingranaggi potessero pensare ognuno di essi si riterrebbe l'unico pezzo indispensabile.»

«In un certo senso è così, no? Togli un pezzo, anche il più insignificante, e il meccanismo si inceppa.»

Allenby sorride. «Ha mai sentito parlare di ridondanza, Sergio?»

«Cosa vuol dire?»

Allenby non risponde. Consulta il suo orologio e poi fa: «È ora di andare. Lasciamo che Mei sbrighi le pulizie e facciamo quattro passi.»

Mi volto verso la ragazza. «*Cos'è stato?*»

Mei continua a smontare l'apparecchio che le sta davanti.

«Dove cazzo sono stato?» grido.

Si volta, spaventata. Guarda la porta. «Non urlare.»

«O mi dici dove sono stato, o urlo fino a svegliare tutto l'albergo. Quella non era una simulazione computerizzata!»

Mei si morde il labbro. «Non...»

«Comincio a urlare?»

«Noi non sappiamo esattamente cos'è, Sergio. È qualcosa che utilizza la potenza di calcolo di un computer quantistico per simulare la realtà. Le informazioni che immettiamo nel sistema si uniscono a quelle del soggetto che entra nella simulazione, e il risultato è quello che hai visto. Ma...»

«Ma?...»

«In realtà non sappiamo davvero cosa stiamo facendo. C'è chi pensa che in realtà il computer apra un varco.»

«Un varco per *dove*?»

«L'osservatore e il mondo simulato, secondo uno dei tecnici che mi ha insegnato a usare questi macchinari, potrebbero entrare davvero nella realtà. O meglio, ricrearla. L'unione di mente e computer costruirebbe un mondo parallelo molto simile al nostro, ma puramente mentale.»

«Assurdo.»

«Quel tecnico diceva che in realtà non è la macchina, a creare un mondo, ma la mente umana. Il computer è solo uno stimolatore. Diceva che le potenzialità del cervello umano sono incredibilmente sottostimate, che la creazione di mondi è alla nostra portata.»

«Mi sembra di essere in un fumetto di fantascienza. Buck Rogers nel Venticinquesimo secolo.»

Mei non capisce.

«Quindi io sono stato davvero nell'Ard Alshams» sussurro. «Quell'edificio, quella cella, quell'ufficiale di cui non ricordo il nome, esistono davvero?»

«Non lo so. Ma penso di sì. Sì.»

«Quell'ufficiale potrebbe riconoscermi, se dovessi incontrarlo laggiù?»

«No. Perché il vostro incontro è avvenuto in un altro universo. Almeno questa dovrebbe essere la spiegazione. Comunque non ti riconoscerà.»

«Chi ha inventato questa cosa dovrebbe ricevere il Nobel.»

Negli occhi di Mei passa un lampo di paura.

«Temo che nessuno saprà mai chi era, quel genio» commenta Allenby. «E che il premio per la sua creatività sia stato il carcere a vita. Se non peggio. Andiamo, allora? La porto a mangiare qualcosa. Avrà fame, dopo la sua passeggiata nel Venticinquesimo secolo, come lo chiama lei. Io ne ho di sicuro, e pensare che non mi sono mosso da qui.»

27

Dopo la mia assurda immersione nella realtà virtuale dell'Ard Alshams, mettere piede fuori dall'hotel, su una strada vera, è un'esperienza strana. Di colpo, trovandomi al freddo senza cappotto, realizzo cosa mancava, alla simulazione.

Non c'era nessuna sensazione di caldo.

E nessun odore.

Ero passato davanti a una carcassa di manzo dal colore bluastro che avrebbe dovuto emanare un sentore di decomposizione, e non avevo sentito nulla. Così come non avevo avvertito il tanfo della cella sotterranea.

Suoni e colori, e persino la sensazione di una mosca che si posava sul dorso della mia mano: tutto questo l'avevo sentito, provato, come se fosse stato vero. Ma avrei dovuto anche provare il caldo di quella strada nordafricana. E invece nulla.

«Vuole salire a mettersi qualcosa di più pesante?» fa Allenby.

«Dipende da quanto dobbiamo restare fuori.»

«Quattro passi.»

«Allora non serve. Andiamo.»

La facciata di vetro dell'hotel riflette le nuvole galleggianti in un cielo azzurrissimo, e gli alberi del viale hanno un magnifico colore giallo.

«I cinesi chiamano questa stagione "autunno dorato"» sospira Allenby. «Dicono sia la stagione migliore per visitare la città. Peccato che non abbiamo tempo. Magari la prossima volta.»

Costeggiamo un tratto di muro dall'aspetto antico. Chissà se lo è davvero, o se si tratta di una ricostruzione. Il muro fa da basamento all'hotel e ne regge la vistosa insegna al neon.

«È sicuro, girare così per strada? Sta per fare buio.»

Allenby mi guarda come se avessi bestemmiato. «Questo è un quartiere di ambasciate, Sergio. Il rischio più grosso che corre è di farsi prosciugare la sua carta di credito.»

«Dato che non ne ho, non corro nessun rischio.»

L'avvocato scuote la testa. «Sta scherzando? Ne ha tre, di carte. Un'Amex Platinum, una Visa Platinum e una UnionPay che le servirà sia qui in Cina che nell'Ard Alshams, dove tutti i commercianti l'accettano.»

«Ma se non ho nemmeno il portafogli.»

«Non ne ha bisogno. Sono tutte e tre caricate sul suo smartphone. Smaterializzate, mi pare si dica così. Se vuole le spiego come usarle.»

«Immagino che il conto dell'albergo sia a carico della Komarov.»

«Ovviamente.»

«Allora non c'è fretta.»

Passiamo davanti a un negozio che vende ceramiche e servizi da tè. Sbircio il prezzo di una tazzina sul cartellino. Sorpreso, chiedo conferma.

Allenby sorride. «Oh, sì. E non è nemmeno la tazza più cara che abbiano in vendita, lì dentro. Anche il tè, quello più rinomato, ha prezzi altissimi. L'idea che debba essere a buon mercato solo perché viene prodotto in Cina non ha nessun fondamento. Anche qui l'eccellenza ha un alto costo. Immagino che tanti turisti ci resteranno male.»

«Ma come fa un cinese a comprarlo, a quei prezzi?»

«Non lo compra. O meglio, non tutti i cinesi.»

Il traffico aumenta man mano che dalla pulizia asettica e occultamente militarizzata del viale delle ambasciate ci addentriamo in un quartiere autentico, con mercati alimentari e di generi vari, e negozietti minuscoli che vendono un po' di tutto. Le entrate non hanno porte, ma teli di plastica pesante che i clienti scostano di lato per entrare. In un negozio di frutta e verdura la merce è disposta con una tale maestria che sembra un'opera d'arte dai colori vivaci.

L'aria è densa di gas di scarico e odori. La mascherina filtrante che Allenby mi ha dato prima di indossarne una a sua volta è una benedizione. Niente auto elettriche, in questo quartiere dall'aria trasandata. Il traffico di motorini e tricicli a motore che fanno uno slalom lento tra i passanti aumenta mentre ci avviciniamo al fiume fangoso e a un isolato di caseggiati fatiscenti. Attorno a carretti appoggiati in verticale al parapetto di un ponte fervono contrattazioni su merci che non riesco a identificare. Mi sembra di essere guardato con molta curiosità, soprattutto dai più anziani.

«*Nĭ hăo. Where you from?*» mi chiede un vecchio sdentato.

«*Italy.*»

«*Italy.*»

«*Near Venice. Wŏ láizì Wēinísī fùjìn.*»

«*Venice, ō hăo ba. Venice.* Marco Polo» sorride il cinese mostrando le sue gengive rosa, e poi si allontana scuotendo la testa.

«In generale troverà una grande curiosità nei cinesi. Lei è poco meno esotico di un marziano, in questo quartiere» sorride Allenby. «Se la cava, con il cinese» aggiunge poi.

«A parte leggere e studiare, non c'era molto da fare, sull'isola.»

Hermann era stato più generoso con gli insegnamenti di arabo che con quelli di cinese. Ma anche così riuscivo a capire una parte di quello che veniva detto, e a leggere parecchie delle insegne che mi trovavo davanti.

«Comunque lei dimostra una grande facilità nell'apprendere le lingue.»

«Dice?»

«Dico. È un talento innato, sicuramente.»

«Da parte di madre, forse. Quando sentiva un accento riusciva subito a imitarlo. A volte il suo talento, come dice lei, faceva incazzare di brutto la gente.»

«Ne parla al passato.»

«È morta.»

«Mi dispiace.»

«Perché? Mica l'ha uccisa lei.»

«Ma è una forma di cortesia...»

«Sa dove può mettersela, la sua cortesia. Quando partiamo?»

«Domattina all'alba. Cerchi di andare a letto presto, stanotte. Ah, ecco. Siamo arrivati.»

Si è fermato davanti a un locale di un solo piano, piccolo e dall'aria consumata. L'insegna rossa, in caratteri cinesi e latini, dice: BAO YUAN DUMPLING RESTAURANT.

L'edificio sembra molto vecchio, quasi cadente. La porta in legno scrostata ha maniglie a forma di testa di drago, o, meglio, di quegli strani animali che i cinesi chiamano draghi e che a me sembrano cani obesi e dal pessimo carattere. Delle banalissime lanterne rosse e dorate decorano le vetrine.

Quello che vedo dell'interno è abbastanza sconfortante.

«Cosa ci facciamo qui?»

«Mangiamo.»

«*Qui?*»

«Certo. È il miglior locale per i ravioli, a Beijing.»

«*Questo?*»

«Si fidi di me.»

Dentro, nonostante le rassicurazioni di Allenby, le mie perplessità vengono, se possibile, incrementate dall'aria derelitta del ristorante. I tavoli sono poveri e malandati, il disordine sconfortante. Eppure è pieno di avventori, tutti cinesi, alcuni molto eleganti.

Una ragazza ci trova posto a un tavolo d'angolo, proprio sotto la vetrina. Pulisce spazzandoli per terra con uno straccio i residui lasciati dai clienti che si sono appena alzati. Niente disinfettanti, nessuna mascherina. La fiducia dei cinesi nel loro vaccino e nelle tecniche di tracciamento dev'essere assoluta.

Ci domanda cosa vogliamo ordinare, immagino.

Allenby chiede a gesti un menu. «La specialità qui sono i ravioli» fa. «Li preparano sul momento. Ma lei ordini pure quello che vuole. C'è una scelta molto varia, anche se io resterei sui ravioli.»

«Vada per la specialità del posto. Non ho nemmeno fame. Non pensavo fosse ora di mangiare.»

«A Beijing è sempre ora di mangiare. E comunque i locali chiudono presto, la sera. Al di là dei suoi grattacieli, è rimasta una città un po' puritana e di un grigiore burocratico.»

Guardo quello che mangiano gli altri avventori, e poi mi concentro nello studio dell'enorme menu colorato e unticcio che ci è stato portato da un'altra cameriera, più anziana. Niente menu igienizzati o asettici tablet, qui.

Allenby ordina da bere, tè al gelsomino per me e birra Yanjing per sé.

Pochi minuti e ci viene servito un vassoio colmo di ravioli al vapore in un arcobaleno di colori: bianco, arancione, giallo, verde e persino viola. Allenby mi illustra il loro contenuto. A dispetto dei miei timori, il sapore è ottimo, e fa passare in secondo piano le stoviglie scheggiate e l'aria vissuta delle tazze e del bicchiere di Allenby, talmente usato che da trasparente il vetro è diventato opaco.

«Buoni?» chiede.
«Sì.»
«Il ripieno di quelli bianchi è radice di loto.»
«Notevole.»
«Peccato che lei non beva.»
«Posso sentirne l'odore. Sembra buona. Cos'è?»
«Yanjing. È la birra di Beijing. Anche se ormai viene bevuta in tutta la Cina. È molto leggera. Sicuro che non vuole provarla? È perfetta, come abbinamento col cibo cinese.»
«Sicuro.»
Guardo la maestria con cui l'avvocato usa le bacchette per raccogliere anche la più minuscola briciola di cibo che ha nel piatto. Dopo i ravioli, Allenby fa portare una serie di piatti a base di carne, verdure e funghi stufati, finché non si batte una mano sullo stomaco, per la soddisfazione della cameriera. Tira fuori dal portafogli alcune banconote verdi dall'aria incredibilmente antiquata, con la faccia di Mao e sul retro l'immagine di quello che sembra un monastero tibetano. Non raccoglie il resto portato dalla ragazza, che si limita a tirarlo su senza nemmeno un grazie, cominciando a pulire il tavolo quando ancora non ci siamo alzati.
«L'educazione è un optional, da queste parti» faccio.
Lui alza le spalle e indossa il soprabito. «Beijing è così.»

Fuori, la notte sta già calando senza preavviso. L'aria è secca, polverosa. Scende dal deserto a nord della città e, più in là, dal deserto del Gobi e dalle gelide steppe siberiane. Le insegne luminose dei grattacieli tracciano basse costellazioni dai colori vivaci.
«Durante il volo...»
Allenby mi scruta, curioso. «Sì?...»
«Sorvolando il deserto, ho pensato che gli esseri umani sono stupidi. Vogliamo colonizzare la Luna, o Marte,

e abbiamo così tanto spazio su questo pianeta. Mi fa venire in mente uno scrittore di fantascienza inglese. Nei suoi romanzi degli anni Sessanta ha descritto un futuro incredibilmente simile al presente in cui viviamo. E in uno ha scritto che se tutti gli uomini viventi dovessero mettersi fianco a fianco nello stesso posto occuperebbero solo l'isola di Zanzibar. È un'isola quasi invisibile, su un mappamondo.»

«E le donne?»

«In che senso?»

«Sergio, ha appena detto che se tutti gli *uomini* viventi...»

«Be', ma è chiaro che mi riferivo anche alle donne.»

«No che non è chiaro. Lei ha appena fatto un'affermazione sessista.»

«Senta...»

«Chi era questo scrittore inglese? Isaac Asimov?»

«No. Comunque Asimov era americano. No, lo scrittore si chiamava John Brunner. Il romanzo di cui le dicevo è *Tutti a Zanzibar*.»

Allenby sorride. «È uno strano tipo, lei.»

«Perché?»

«Ho letto la sua storia. Quello che ha fatto. Lei è la contraddizione fatta persona.»

«Ah sì?»

«Suvvia, Sergio, non negherà di essere razzista. Ed è vissuto per mesi in mezzo a quello che per lei dev'essere stato un incubo. Eppure ha aiutato quella gente. Ha lavorato per loro e li ha aiutati a sopravvivere.»

«Non so se li ho davvero aiutati.»

Osservo una coppia anziana passare su un triciclo azzurro e marrone. Il marrone è ruggine. La donna seduta dietro mi guarda con un'aria ostile.

L'uomo fuma. Il triciclo anche. Si lasciano dietro una scia azzurra e maleodorante.

«Non so niente di cosa gli è successo. Se sono sopravvissuti alla pandemia. Se il governo che c'è adesso li ha lasciati in pace o li ha perseguitati. Anzi, non so nemmeno che governo c'è, in Italia.»

«Mi dispiace, ma non posso aiutarla. L'Italia è un po' all'estrema periferia dei miei pensieri.»

«Cerchi di capire quello che le dico. Le sto dicendo che evidentemente non me ne importava un granché di quella gente. Loro hanno usato me, io ho usato loro. Siamo pari. Un baratto soddisfacente per entrambe le parti. Tutto qui.»

In realtà non sono del tutto sincero. Mi ero chiesto spesso, sull'isola, cosa ne fosse stato di Nadia Caragiale, del piccolo Amir, e di Abdu con i suoi caffè memorabili. E di Tommy, il barbiere nero appassionato di lirica. Di tutte le persone – quelle buone e quelle cattive – che mi sono lasciato indietro dall'altra parte del mondo. La vita è un libro, ma le sue pagine non sono rilegate insieme, non ci sono un inizio e una fine: sono pagine a galla su una corrente capricciosa, che a volte te le riporta indietro prima di trascinarle di nuovo via per sempre, nel mare buio in cui nessuno potrà più leggerle.

Allenby scuote la testa. «Lei vuole convincere tutti di essere un cinico, Sergio. In realtà la prima persona che dovrebbe convincere è se stesso.»

«Mi vedo più come uno stoico, se devo essere sincero. Comunque, complimenti a chi ha scritto il mio dossier. Apparentemente sa più cose sul mio conto lei di me.»

«Solo *apparentemente*?»

«Potrei ancora sorprenderla.»

«Già lo fa. Tanto per dire, vorrei proprio che mi spiegasse perché continua a guardarsi le spalle.»

«Me lo dica lei.»

«Non capisco.»

«Ad Atlanta eravamo pedinati.»

«Pedinati? E da chi?»

«Ricorda quando me ne sono andato due volte in bagno?»

«Sì. Ci ha quasi fatto perdere l'aereo.»

«C'era un morto, nel bagno. La seconda volta. La prima era ancora vivo. Mi ero accorto che ci stava pedinando, così l'ho attirato là...»

Racconto ad Allenby quello che mi ha detto il povero Roark O'Malley, sui due italiani che secondo lui ci stavano alle costole fin da Belize City.

«Solo che non sono per niente sicuro che fossero italiani» aggiungo. «Perché due italiani avrebbero dovuto pedinarci?»

Noto che Allenby tradisce un certo disagio.

Lo fisso negli occhi. «Quell'irlandese lavorava per voi?»

L'avvocato deglutisce, lo sguardo perso nel vuoto. «Non lo so. Può darsi. Ovviamente non conosco il nome di tutti i collaboratori occasionali della Komarov.»

«C'è qualche motivo per cui un uomo con il tesserino di una compagnia petrolifera italiana dovrebbe seguirci?»

«Non che io sappia» risponde l'avvocato, in un modo che non ingannerebbe nemmeno un bambino.

Siamo tornati sul lungo viale, che ora è quasi deserto. Il ronzio delle rare auto elettriche che lo attraversano ci accompagna come il rumore di un esercito di zanzare, mentre giriamo a destra sul marciapiede immacolato per tornare all'hotel.

Ma non ci sono più zanzare, a Beijing.

Me l'ha spiegato Allenby a tavola.

Nell'ambito della campagna per impedire nuove epidemie, il governo ha ordinato di sterminarle tutte. Quindi il ronzio è quello di un esercito, di un popolo, di zanzare fantasma.

Mei ci aspetta seduta su una poltrona della hall. Quando ci vede entrare ci viene incontro con aria compita.

«Tutto a posto?» le chiede Allenby.

«Certo.»

«Ti sei fatta rilasciare la ricevuta per il noleggio della stanza?»

«Naturalmente.»

L'avvocato annuisce, prima di voltarsi verso di me. «Direi che è meglio se andiamo tutti a dormire, adesso. Domattina ci aspetta una levataccia.»

Sbuffo. «Sa cosa mi ricorda, questa città?»

«No.»

«Un seminario.»

Mei si fa tradurre la parola in cinese. Alza le spalle con un sorriso, come se volesse scusarsi. «È una città burocratica. Non molto propensa all'allegria.»

«Sì, qualcuno me l'ha già detto.»

«Non è peraltro priva di bellezza.»

«Solo che non ho il tempo per coglierla. So anche questo.»

«Magari un'altra volta» sorride lei.

«C'è stato poco tempo per conoscere questa città.» La guardo. «O te» aggiungo.

Lei si porta la mano davanti alla bocca, il solito gesto grazioso per nascondere il sorriso. «Per la città dovrai attendere un altro viaggio. Ma io vengo con voi nell'Ard Alshams. Non lo sapevi?»

«No. Non lo sapevo. Grazie per le sorprese continue.»

Una volta in camera spengo le luci e mi siedo sul pavimento nella posizione del loto. Medito per un tempo sufficiente a svuotarmi dei pensieri del giorno e dei dubbi sempre più insidiosi che, a mano a mano che questo strano viaggio prosegue, s'incrostano nella mia mente come alghe scure sulla chiglia di una nave.

Quando ho finito, m'infilo nudo sotto le coperte e cado finalmente in un sonno senza sogni.

28

L'Airbus A350 della China Southern Airlines per l'Ard Alshams è semivuoto. Così Allenby è riuscito a ottenere un upgrade in prima classe. Dato che il volo di più di novemila chilometri durerà quasi quattordici ore, la cosa è decisamente gradita. C'è spazio per stendere le gambe, e il servizio è impeccabile.

«Mi pareva di averle sentito dire che viaggiare in Economy dà meno nell'occhio» punzecchio Allenby.

L'inglese alza le spalle. «Su questa tratta del viaggio siamo parecchio più tranquilli, lato sicurezza. I pochi passeggeri sono stati esaminati e non presentano problemi. Tanto vale viaggiare comodi e con un minimo di stile.»

«Per una volta mi trovo d'accordo con lei.»

«Ha già adocchiato qualche hostess?» fa poi sottovoce, per non farsi sentire da Mei, che ha gli occhi chiusi e russa leggermente nel posto accanto al finestrino.

«Si faccia i cazzi suoi.»

«Non le sto proprio simpatico.»

«È un problema?»

L'avvocato alza le spalle. «È che lei mi incuriosisce. È un essere umano davvero interessante.»

«Non so se prenderlo come un complimento.»

«In effetti ha ragione. Lo è e non lo è.»

Alzo il dossier di Grigorenko. «Se permette, avrei da fare. Faremo conversazione nell'Ard Alshams.»

«Oh, non penso proprio. Qualsiasi posto in cui staremo, in quel paese, sarà pieno di cimici. E non mi riferisco solo a quegli animaletti poco simpatici, che comunque non mancheranno. Ogni parola che diremo, ogni telefonata che faremo, dal primo momento in cui arriveremo a Fakhar, saranno registrate e analizzate. Non passerà nemmeno un minuto senza che saremo controllati dalla polizia di Tariq.»

«Arriveremo *dove*, scusi?»

«A Fakhar. È il nuovo nome della capitale. Credo che significhi "orgoglio", o "fierezza", una cosa del genere. La gente del posto deve ancora abituarsi al cambio di nome. Ma c'è una multa per chi si sbaglia. Una multa salata, per gli standard locali. Pochi dollari per noi.»

«Non abbiamo una casa sicura, come a Mosca?»

«No. A Fakhar tutti gli stranieri che non abbiano un visto di soggiorno a lungo termine devono soggiornare all'Hotel Graziani.»

«Hotel *Graziani*?...»

«Sì. So che può sembrare assurdo. Ma non si dimentichi che l'Ard Alshams era una colonia inglese, e che il generale Graziani li ha battuti sul campo nel 1940. Quindi, al di là delle sconfitte successive e dei massacri di civili in Libia e in Etiopia...»

«Senza parlare dell'Abissinia. Non mi dica che è un loro eroe nazionale.»

«No, questo no. Non esageriamo. Era pur sempre un colonialista. Che però ha dato fastidio ai *loro* colonialisti.»

«Insomma, è un po' come se nei territori palestinesi aprissero l'Hotel Eichmann.»

«Sarebbe sicuramente più pulito dell'Hotel Graziani. Comunque, prima di parlare, tenga sempre presente un vecchio proverbio arabo: "Il frutto della pace è appeso all'albero del silenzio."» Sospira. «Gli arabi hanno sempre un proverbio per tutto. Li adorano.»

«Come i russi.»

Allenby ignora la mia osservazione. «Naturalmente l'hotel è imbottito di microfoni. È gestito direttamente dal ministero degli Interni. Ogni parola, ogni respiro viene messo su nastro e monitorato.»

«È una specie di Salon Kitty, insomma.»

«*Pardon?*»

«Era un bordello di Berlino, molto popolare tra i gerarchi nazisti. Che però non sapevano che ogni stanza era tenuta sotto controllo con microfoni, e tutte le puttane erano agenti della Sicherheitsdienst. Era stata un'idea di Reinhard Heydrich.»

«Di chi?»

Lo fisso di nuovo.

Alla fine scuoto la testa e mi rimetto a leggere il dossier. Vedo che Allenby lo scruta con timore. Ne ha già provato il peso sulla faccia.

La storia della missione russa nel Sidiq, come ormai avevo ben capito, è il resoconto di uno spreco immane di risorse, sacrificate sull'altare della politica internazionale. La storia della mancata costruzione della base navale di Al Suqr è un capolavoro di letteratura surrealista. Grigorenko è riuscito a infondere nelle quaranta pagine dedicate a quel clamoroso fallimento una dose d'ironia che, pur lasciando intatto il grigiore burocratico del resoconto, a tratti lo illumina di particolari irresistibili. Dopo tre anni di prospezioni, verifiche e progetti, gli ingegneri russi si erano resi finalmente conto di quello che anche il più idiota dei pescatori locali avrebbe potuto dir loro sin dal primo momento: qualunque porto costruito in quel luogo si sarebbe insabbiato nel giro di pochi mesi, per il gioco delle correnti. Sarebbe stato più pratico costruire una pista da sci nel deserto del Sahara.

Se la costruzione della base navale si era rivelata un disastro totale, al piano di sviluppo agricolo andò persino peggio: una serie di calamità si abbatterono sulla missione una dopo l'altra, tanto che mancava solo si presentassero in ordine alfabetico.

Il vero scopo della missione fu invece raggiunto. La Russia fece un'ottima campagna acquisti di agenti e informatori, mettendo in piedi una rete che alla fine del secondo anno poteva dirsi rodata. Fu grazie a quella rete che Tariq, nel 2012, gettò le basi per la sua conquista del potere, dopo la breve parentesi, non particolarmente felice per il paese, dei Fratelli Musulmani. Ma quando mai quel paese sfigato era stato felice?

«È arrivato al punto saliente del racconto?» fa l'avvocato.

«Dipende. Sono a pagina duecentotrenta.»

«Allora ci è quasi arrivato. Non vorrei spoilerare nulla, ma la prima cosa che Tariq fece, una volta insediatosi al potere, fu ricompensare la rete di spionaggio russa smantellandola e giustiziando tutti i suoi membri che riuscì a scovare. E le loro famiglie, naturalmente. Laggiù si usa così. L'unica concessione al suo background sovietico fu che le esecuzioni non avvennero per impiccagione, ma con un colpo alla nuca nel seminterrato del ministero degli Interni.»

«Immagino che i giustiziati siano stati entusiasti del privilegio.»

Allenby mi fissa da sopra gli occhiali. Quando fa così mi ricorda il mio professore di filosofia al ginnasio. Non era uno degli insegnanti che amavo di più. Un giorno, per esprimergli la mia disapprovazione rispetto al voto che mi aveva dato, appesi la sua bicicletta a uno dei rami più alti della quercia al centro del cortile. Il difficile non fu arrivare là in alto, ma farlo senza che nessuno mi vedesse. In realtà avrei voluto rompergli la faccia, non senza però prima avergli detto cosa pensavo del suo Baruch Spinoza.

«A loro non possiamo chiederlo» fa l'inglese. «Ma qualcuno della rete di Grigorenko è rimasto.»

«Perché la chiama "la rete di Grigorenko"?»

Allenby sorride.

Se avessi per le mani la sua bicicletta l'appenderei al ramo più alto di Yggdrasill, l'albero cosmico della mitologia norrena. O di una di quelle sequoie dei parchi americani, vecchie di un milione di anni e alte un chilometro.

E non ci appenderei solo la bici.

«Ma davvero, con la sua esperienza, ha potuto credere anche solo per un momento che quella vecchia volpe di Dmitrij Alekseyevič fosse soltanto un agronomo? Credo che anche la laurea gli sia stata assegnata dall'università di Mosca su ordine del governo. E le sue pubblicazioni, che l'hanno reso membro autorevole dell'Accademia delle scienze... Mi stupirei se ne avesse letto anche una sola riga. Di sicuro non le ha scritte. È entrato nel Kgb a vent'anni, nel 1963. Era orfano di guerra, allevato dallo stato sin da quando aveva due anni. Una storia straziante. Quando il Kgb venne sciolto assieme all'Unione Sovietica, nel 1991, Grigorenko, pur avendo ricevuto offerte di maggior prestigio, optò a sorpresa per entrare nel neonato Svr, il Servizio informazioni estere che prese il posto e assunse i compiti del vecchio Primo direttorato centrale del Kgb, del quale sappiamo, o crediamo di sapere, tante cose lette nei romanzi di spionaggio di Ian Fleming e John le Carré. Lo *Služba vnešnej razvedki*, in russo. A cinquant'anni, Grigorenko ricominciò da un livello intermedio un'inarrestabile e rapida carriera, che nella sua vita ufficiale lo fece accreditare con tutti gli onori all'Accademia delle scienze, mentre in quella, diciamo così, non ufficiale, lo portò a diventare il numero uno della Direzione S, che si occupava delle reti di agenti illegali nel continente africano.»

Allenby rimane in silenzio per un po', mentre un'hostess cinese porta un bicchiere di champagne a qualcuno seduto dietro di noi.

«Come fate a sapere tutte queste cose?» chiedo, quando la ragazza si è allontanata.

«Erano nel curriculum.»

«Che curriculum?»

«Quello che Grigorenko presentò per essere assunto come consulente della Komarov. Non mi guardi così. Siamo una società quotata in borsa. La gente fa la fila per entrare da noi.»

«Ma Grigorenko era comunista.»

«Tutti i russi, o quasi, lo sono stati. Questo che c'entra? Il padre di Dmitrij è morto a Stalingrado, la madre è stata impiccata dai nazisti per il furto di mezza pagnotta. Così gli viene detto. È quanto basta a Dmitrij per diventare un fervente comunista e odiare l'Occidente per aver ucciso i suoi genitori e invaso la sua patria. Ma quando il comunismo è crollato...»

Allenby fa un gesto in aria, come se volesse descrivermi l'assurdità del mondo in cui viviamo: champagne servito in prima classe in un aereo della Cina comunista prodotto in Europa. «Il mondo è diventato troppo complesso. Per questo le anime semplici si rifugiano nelle teorie complottiste più assurde. Perché queste teorie danno loro l'impressione che ci sia un ordine, nelle cose che accadono. Grigorenko capì subito in che direzione andava il suo paese, e decise di cavalcare il cambiamento anziché farsene travolgere. Gli ultimi suoi anni di lavoro all'Svr li utilizzò per acquisire una consistente mole di informazioni e creare una rete di contatti davvero preziosi per una società come la Komarov. L'Africa non è affatto un continente povero, Sergio. Tutt'altro. È un continente ricchissimo, i cui abitanti sono tenuti in povertà da governi corrotti e da una burocrazia incompetente. Lo stesso si può dire della Russia di oggi. Le risorse dell'Africa sono il motivo per cui da decenni, dopo la fine del bipolarismo fra Stati Uniti e Unione Sovietica, si combatte una guerra sotterranea per il loro controllo. Siamo tutti coinvolti in questa guerra, e Grigorenko ha deciso che mettere le sue conoscenze al servizio della Komarov era il modo naturale di proseguire la sua carriera nei servizi segreti statali. Tutto qui.»

I finestrini dell'aereo sono tutti chiusi. Non riesco a capire quanto manca alla fine della notte. Comincio a essere stanco di questo viaggio che sinora non mi ha portato a nulla.

«C'è una cosa che non mi torna» faccio. «Anzi, parecchie, ma una in particolare.»

«Dica.»

«Grigorenko mi è sembrato un uomo religioso. Persino bigotto, da certe sue reazioni. Ora lei viene a dirmi che è comunista.»

«Le due cose non sono incompatibili, Sergio. Tenga presente che stiamo parlando di due fedi. In alcuni uomini, e ovviamente anche in certe donne, il passaggio da una fede a un'altra implica un trauma, o una conversione. Sa cosa si dice degli innamorati delusi... Ma per Grigorenko la cosa è diversa. Lui è *al tempo stesso* un comunista e un uomo religioso. Il cristianesimo e il comunismo, in fondo, hanno in comune un mito fondativo basato sulla salvezza collettiva dell'umanità.»

Lo guardo.

Tutto sommato, perché appenderlo intero, alla quercia? Sarebbe più semplice appenderne i pezzi.

Conto fino a dieci.

«Sia lei che Grigorenko mi avete dato del cinico. Da che pulpito.»

L'avvocato alza le spalle.

Quel gesto, così tipico per lui, mi fa venire voglia di squartargli il petto, «uscirne i polmoni», come diceva il sovrintendente Lo Cascio, e buttarglieli sulle spalle per fare l'"aquila di sangue", il passatempo preferito dai Vichinghi quando catturavano un monaco.

«Devo riferirle ancora un piccolo dettaglio, perché lei possa farsi un'idea più chiara dell'uomo di cui stiamo parlando. Quando Grigorenko, grazie alla sua posizione, ebbe pieno accesso agli archivi di stato, scoprì che la madre non era stata affatto impiccata dai tedeschi. Era morta in prigione. I vicini l'avevano denunciata. Pare che in casa, nascosto dietro le pentole, custodisse un piccolo altare con la foto del marito morto e l'icona della Madonna di Smolensk. E pare anche che avesse espresso opinioni sovversive e antipatriottiche su Stalin. Così andava il mondo, a quei tempi. La vita dei singoli valeva davvero poco.» Si gratta la fronte. «A tempo debito, uno per volta, Grigorenko si occupò sia dei vicini che avevano denunciato la madre, sia dei giudici che l'avevano condannata con un giudizio durato cinque minuti, fino all'esecutore materiale della sua condanna a morte. Avrebbe ucciso anche chi aveva fatto le pulizie nell'aula di quel tribunale e nella cantina in cui la donna era stata giustiziata, se fosse stato rintracciabile. Non risparmiò nessuno. E fece in modo che tutti loro sapessero perché morivano.»

«Anche questo l'ha messo nel curriculum?»

«No. Ovviamente no. Verifichiamo sempre con altre fonti i curricula dei nostri candidati.»

Rimaniamo in silenzio, per un po'.

Quando stai zitto, o non ti infili nelle orecchie le cuffie per immergerti in una musica che non hai scelto tu, percepisci davvero il rumore del posto in cui ti trovi: un tubo di plastica e leghe leggere sospinto dalla brutalità dei motori ad altezze mortali per l'uomo: 11.366 metri, dice il display sospeso di fronte a me. 963 chilometri all'ora. Tre ore e un quarto previste per l'atterraggio. La sagoma stilizzata dell'Airbus sullo schermo sembra seguire una rotta semplice, diretta. Se potessi zoomare, il paesaggio verde e azzurro diventerebbe più reale, e l'immenso deserto africano che stiamo per sorvolare sarebbe giallo e accecante come l'oro. Ma il display è coperto da una pellicola con un avviso in grandi caratteri rossi multilingue che avverte i signori passeggeri che «l'opzione *touch* non è al momento utilizzabile, per ragioni igieniche». La pellicola è graffiata e si stacca sugli angoli, segno che è lì da molto tempo.

Metto la mano fra me e lo schermo.

L'aereo scompare. E così la curva della Terra.

Con uno scatto che sorprende per primo me, allungo il braccio e sollevo la tendina dell'oblò, svegliando di colpo Mei con quel movimento brusco.

Mi aspettavo un raggio di luce accecante che bruciasse come vampiri tutti i passeggeri presenti a bordo.

Invece fuori è ancora buio. Le luci di via sull'ala dell'aereo girano e girano instancabili, incuranti delle stelle che ci guardano fredde e maligne attraverso i loro minuscoli fori nella coperta nera della notte.

Mei sbadiglia. «Mancano ancora più di tre ore» sussurra, con la voce un po' roca. Poi copre nuovamente l'oblò e richiude gli occhi. «Cerchi di riposare un po', signor Stokar» sussurra, senza aprirli. «Se le cose sinora le sono parse noiose, vedrà che non lo saranno più, nel posto in cui andiamo.»

«Non mi chiami più Sergio?»

Sorride. «Dobbiamo mantenere le apparenze. Stiamo per arrivare in un paese in cui le donne non danno del tu agli uomini. E lei e l'avvocato Allenby siete i miei superiori.»

«Okay. Manteniamo le apparenze.»

«Grazie. Le ho scaricato da remoto dei film e altro materiale, sul suo smartphone.»

«Avevo capito che serviva solo a fare telefonate.»

«Le ho ricavato uno spazio, diciamo così, ricreativo, all'interno della memoria. Lo consideri un upgrade del sistema operativo. Alcuni dei film sono in francese. Jeremy mi ha detto che lei parla quella lingua.»

«Troppo gentile. Da remoto, dice?»

«Sì.»

«Come quando il computer di lavoro non ti funziona,

chiami l'assistenza tecnica e quelli prendono il comando e vedi il mouse che si muove sullo schermo e fa cose che fino a quel momento credevi di poter fare solo tu?»

«Sì.»

«Non è che l'idea mi piaccia molto.»

«È il Ventunesimo secolo, signor Stokar.»

«Già. E il 1984 è passato da un pezzo.»

«Come dice?»

«Niente. Buonanotte, Mei. O buongiorno. Quel che è.»

Attivo lo smartphone. Non ho le cuffie, quindi azzero il volume. Ci sono alcuni film che non ho mai sentito nominare, e uno sulla battaglia di Diên Biên Phu che ho già visto. Nella sezione degli ebook ci sono un sacco di fumetti francesi: Dan Cooper, Michel Vaillant, Luc Orient... Chi li ha scelti deve avere un dossier mica male, su di me, perché sono i fumetti che da ragazzo mi piacevano di più. Li leggevo a casa dei miei nonni, su vecchi numeri di una rivista chiamata *Corriere dei Piccoli*, che loro avevano in soffitta. Ma non mi risulta di averlo mai messo per iscritto da nessuna parte.

Trovo due file che non mi dicono nulla. Sono fumetti nuovi, intitolati *Berlin sera notre tombeau*, 1 e 2.

Apro il primo e rimango a bocca aperta. In copertina c'è un ufficiale in divisa da Waffen-SS, ma sul braccio ha come insegna la bandiera francese sotto l'aquila nazista. Sfoglio le pagine, ingrandendole per adattarle allo schermo di sei pollici. La *bande dessinée* racconta la difesa eroica del quartiere berlinese di Neukölln nell'aprile del 1945 da parte della divisione SS francese Charlemagne. I cattivi sono i soldati russi – anzi, «gli Ivan», come li chiamano nel fumetto –, venuti a violentare e uccidere. I cittadini berlinesi salutano con gioia i volontari francesi arrivati a difenderli dalle orde comuniste.

Un fumetto del genere sarebbe stato impubblicabile sino a poco tempo fa. È così parziale che potrebbe essere stato prodotto dalla propaganda di Goebbels. Qualcosa di simile l'avevo visto succedere in Italia, con un film sulle foibe dove ai partigiani slavi mancavano solo i denti e il pelo da lupi mannari, mentre i nazisti avevano il ruolo del Settimo cavalleggeri nei vecchi western americani.

Ma *in Francia*?

Mi chiedo cosa sia successo al mondo, mentre io me ne stavo sull'isola.

Spengo lo strano smartphone che sembra fatto di onice nero. Chiudo gli occhi. Due ore e ventisette minuti all'Ard Alshams.

29

L'aeroporto Al Mansoura appare da lontano nel mattino assolato, una lunga lama grigia d'asfalto che separa il blu intenso del Mediterraneo dal bianco del deserto. Ha una sola pista, in mezzo a una congerie di edifici che sembrano pezzi di Lego buttati sul pavimento da un bambino capriccioso. L'altoparlante di bordo annuncia che stiamo atterrando, che la temperatura al suolo è di ventotto gradi, il tempo è sereno e sono le 8.41 del mattino, ora locale.

Regolo il Bulova.

Sento che il mio cuore ha un battito accelerato. Cerco di calmarlo. Nella mia prima vita, quand'ero un poliziotto alle prime armi, mi sentivo sempre così alla vigilia di un'irruzione. Dietro la porta, la pistola protesa davanti a me all'altezza degli occhi, sentivo il sangue rimbombarmi nelle orecchie come se ogni battito fosse un colpo di tamburo.

E poi la porta si apriva, o veniva abbattuta, e io scattavo dentro felice e rabbioso, e il mio cuore era un volo di uccelli che battevano le ali all'impazzata.

Allenby è insolitamente taciturno. Mei ha gli occhi chiusi, l'espressione concentrata su qualcosa: forse è immersa in un suo esercizio di rilassamento; le dita esili della sua mano destra giocano nervose con le pieghe del foulard azzurro animato da una fantasia di fiori e rami di pesco.

Si volta verso di me.

«Stavolta è tutto vero» le dico, sorridendo.

«È così. Sì.»

«Con mia moglie ho girato il mondo, ma in Africa sono stato solo in Marocco. Anche se ho conosciuto un bel po' di africani.»

«Ard Alshams non è esattamente una meta turistica.»

«Immagino che prima o poi lo diventerà.»

L'ho pensato visitando il Vietnam. Conoscevo quel paese grazie alle mie letture e ai film di guerra che avevo visto, e non ero pronto a vederlo trasformato in un'attrazione turistica per ricchi borghesi americani in cerca di novità o in preda a una botta di nostalgia per i posti in cui erano stati giovani e pieni di sperma e napalm da spargere sui nativi.

Mei allunga la mano a stringere la mia. È un gesto che non mi aspettavo. La sua pelle è morbida e oleosa di creme, ma sotto sento la forza delle dita, la loro potenziale energia e velocità. È la mano di un animale di razza. «Andrà tutto bene» sussurra, chiudendo nuovamente gli occhi.

Allenby, seduto in mezzo a noi, fissa sconcertato la mano della ragazza sulla mia. «Scusate se vi disturbo, ma dovrei allacciarmi la cintura di sicurezza.»

30

Non mi aspettavo niente di diverso, dall'aeroporto di un paese del terzo mondo che non ha mai conosciuto la democrazia. Le divise militari sono la prima cosa che noti, sia perché spiccano tra il bianco delle *djellaba* maschili e il nero dei burqa e niqab delle donne, sia perché se ne vedono davvero tante. Sono giovani, quasi dei bambini, questi soldati. Impugnano i loro kalashnikov come zappe, senza avere nessuna competenza o interesse. Gran parte di loro non ha nemmeno la barba. Per fortuna, perché altrimenti le guance ispide si aggiungerebbero alla trasandatezza delle divise, spesso macchiate e sempre sgualcite. Dalle alte vetrate polverose del terminal cade una luce sporca. In quell'acquario, fra le reclute armate si muove qualche raro sottufficiale, versioni più grasse e vecchie dei loro subalterni, con giubbe tese sulle pance ingombranti e berretti rossi calati a nascondere la calvizie.

Hermann parlava con rispetto dei *bo doi*, i soldati dell'Esercito popolare vietnamita. Ragazzini cresciuti con un'arma in mano, disposti a sacrificare la vita per il loro paese. «Potevano sopravvivere per mesi senza altre provviste oltre a un po' di riso rancido. Quando li prendevamo o frugavamo i loro cadaveri, erano scalzi, vestiti di stracci, senza niente di personale con sé: né una foto, né soldi. Niente di niente.»

Anche questi ragazzi non devono avere molto, in tasca. Sono magri per forza, non per scelta. Cerco di non guardarli troppo, per non fargli capire che sto valutando come e in quanto tempo riuscirei a metterli fuori combattimento. E anche per non dargli l'idea che il mio interesse sia di un altro tipo.

«Quando li prendevamo vivi li inculavamo. Loro facevano lo stesso con i nostri. Non c'erano donne, al fronte. Li inculavamo e poi gli sparavamo. Loro, in più, ci torturavano.»

Hermann era piuttosto bravo a descrivere gli orrori che attendevano i prigionieri in quella guerra senza onore.

Questa volta non c'è nessuno ad attenderci, fuori dalla dogana. Niente cartelli, niente *chauffeur*. Niente auto venute dal futuro. Anzi, ad attendere i passeggeri non c'è proprio anima viva. Siamo poco più di una dozzina ad attraversare in ordine sparso l'atrio deserto, costeggiando il logoro canapo rosso teso per tutta la sua lunghezza, apparentemente senza uno scopo. Una guardia con un fucile a canne mozze posato in grembo se ne sta appollaiata su un seggiolone alto due metri come quelli che si vedono nei campi da tennis.

Cartelloni talmente sbiaditi da sembrare fuori fuoco decantano spiagge e resort di lusso che puzzano di rendering in computer grafica. Sopra questi, un enorme ritratto a olio del presidente domina la sala. Ha un po' meno capelli ed è decisamente più in carne che nelle foto del dossier Grigorenko, ma la faccia da culo è rimasta. Ha un'espressione che sembra mettere in dubbio qualsiasi cosa. E un sorrisetto che dice: io sono io e tu non sei un cazzo. Il sorriso maligno di un bambino che strappa le zampe alle mosche prima di darle in pasto alla sua pianta carnivora. Lo so perché un mio compagno di classe delle primarie, su a Manchester, faceva esattamente questo. Aveva una di quelle piantine con tante bocche, una dionea. Sai che spasso, vedere la mosca senza più zampe o ali che non riusciva a scappare, e quella stronza di mangiainsetti che *zac!*, chiudeva la sua bocca verde e zannuta e se la mangiava viva. Proprio uno spasso. Un giorno io e altri quattro gliel'abbiamo portata via e ci abbiamo pisciato e cagato sopra.

Tariq, nel ritratto, ha lo stesso sorrisetto di quel bambino e della sua pianta del cazzo, con tutte quelle bocche.

E in effetti tutti tranne me tirano dritto senza guardare negli occhi il tizio ritratto. E anch'io devo dire che mi sento sollevato quando usciamo dalla hall.

Per quanto l'aria condizionata dell'atrio funzioni male, e la temperatura non sia torrida come quella estiva, l'escursione termica all'esterno è comunque traumatica, soprattutto per chi come me indossa un soprabito e un completo adatti all'autunno europeo.

Allenby accenna col mento ai tre taxi fermi sotto la pensilina esterna. Coi nostri trolley che ci sferragliano dietro sulla pavimentazione irregolare ci muoviamo in quella direzione.

Quando siamo a una decina di metri di distanza, l'avvocato si ferma.

«Che c'è?»

Si china appoggiandosi a una fioriera invasa dalle erbacce e finge di allacciarsi una scarpa.

«Cosa succede?» insisto.

«Stia zitto. Lasci che quei cinesi si prendano i primi due taxi» è la sua risposta sussurrata.

Alle due famiglie cinesi non sembra vero riuscire a scavalcarci e riempire le due Crown Victoria gialle. In fila resta solo una Mercedes nera, un po' vetusta ma di gran classe.

«Sembrano usciti da un vecchio film ambientato a New York, vero?» sorride Allenby, quando i due taxi stracarichi si staccano dal marciapiede lasciandosi dietro due nuvole di fumo pestilenziale. «È perché vengono da lì. Ne hanno mandati quaggiù a decine, di questi mostri, quando le hanno sostituite con le Ford Taurus» fa l'avvocato, rialzandosi. «Noi prendiamo quello.»

Fa un cenno di richiamo al terzo taxi, che accosta svelto. Il giovane autista della Mercedes non scende dal posto di guida. Carichiamo da soli i trolley nel portabagagli e saliamo.

Dentro l'abitacolo ci accoglie una temperatura da igloo. Allenby siede davanti, io e Mei dietro.

«Avete fatto buon viaggio?» chiede il tassista, in arabo.

«*Chi vive vede molto, chi viaggia vede di più*» gli risponde Allenby nella stessa lingua.

Mi sto ancora chiedendo se ho capito bene, quando i due passano all'inglese.

«Benvenuti in culo al mondo» fa l'autista.

«Ci sono aggiornamenti?» chiede Allenby.

«No. Tutto secondo i programmi.»

«Notizie del ragazzo?»

«Nessuna novità.»

L'avvocato si volta verso di me. «Lui è Adham. In arabo *adham* vuol dire "nero". Dovrebbe piacerti.»

Guardo il tizio. Ha le guance mal rasate, folti baffi neri. «Non è il mio tipo.»

«Era un gioco di parole.»

«L'avevo capito. Il suo accento è americano.»

L'autista annuisce. «Sono di Brooklyn. Cioè, non nel senso che sono nato lì, col cazzo. Però ci ho passato un bel po' di tempo, amico.»

«Lavora per la Komarov?»

L'arabo guarda Allenby. L'avvocato annuisce, per dirgli che può rispondere. «Non esattamente.»

«Meno male. Perché per quanto possiate essere stupidi dovete esservi accorti che qualcuno ci stava osservando. E la commedia con la scarpa da allacciare non avrebbe convinto un bambino. Fra l'altro, quello che ci stava osservando è salito su una Toyota grigia e ci segue, due macchine dopo di noi.»

Allenby scuote la testa. Poi sorride. «Me l'avevano detto, che era in gamba.»

«Dovevano dirle che sono il migliore.»

«Comunque si tranquillizzi» fa Adham. «L'uomo sulla Toyota è Mahmoud. È dei nostri.»

«Non mi dica.»

«Come vede non siamo così stupidi.»

«Allora sono dei vostri anche i due su quel pick-up azzurro subito dopo la Toyota?»

Il traffico è così scarso che mi meraviglia che non se ne siano accorti: questi ci stanno dietro da quando eravamo all'aeroporto.

Allenby e l'arabo fanno una faccia per vedere la quale sarei disposto a pagare il biglietto. Invece me la mandano in onda gratis.

Adham tira fuori dal cruscotto un walkie talkie Midland e attacca un discorso tra l'incazzato e il preoccupato, in una lingua che non conosco.

Una voce resa stridula e flebile dalla trasmissione gli risponde nella stessa lingua in toni altrettanto concitati.

Adham sbatte la trasmittente sul cruscotto.

«Sono della polizia?» chiede Allenby.

«No. Mahmoud dice che sono miliziani.»

«È bene o male?»

«È *malissimo*» ringhia Adham.

«Non continui a voltarsi» faccio, vedendo che Allenby sta per girarsi ancora una volta. « Si comporti con naturalezza.»

È in momenti come questo che il poliziotto sepolto dentro di me si scava la strada verso la luce.

Fra le leggende della famiglia di mia madre c'è quella di uno zio, o prozio, non sono mai stato bravo con i legami di parentela. Comunque sia, questo parente di mia madre era nella Polizia Africa italiana, un corpo d'élite coloniale, ed era alla guida dell'auto del reggente d'Ungheria Miklós Horthy durante la sua visita di stato a Roma nel 1936. La leggenda dice che quel mio parente salvò la vita a Horthy facendo finire l'auto in una vetrina per evitare un attentato. È inutile dire che non ho mai trovato da nessuna parte una conferma di questo mito familiare. Comunque immagino che l'evocazione continua di quell'esempio eroico abbia avuto il suo peso nella mia scelta di arruolarmi nella polizia di stato.

Un altro buon motivo era che per una volta volevo trovarmi dalla parte giusta, nel caso di un'irruzione.

La porta di casa nostra, a Manchester, era stata buttata giù un paio di volte dall'antidroga. Papà scherzava dicendo che tanto valeva sostituirla con delle porte basculanti da saloon.

«Hai detto che sono miliziani. Che razza di bestie sarebbero?»

«Cosa vuol dire?» fa Adham.

«Se li maltratto, la polizia si incazza?»

«No! Alla polizia stanno in culo, i miliziani!»

«Che cosa sarebbero, di preciso?»

Il rapporto di Grigorenko non ne parlava.

«Nostalgici dei Fratelli Musulmani, in teoria» risponde Allenby al posto di Adham. «In pratica, una banda di ladri che quando ti rapina ti recita il Corano e con una minima parte dei soldi che ruba fa beneficenza nei quartieri poveri.»

«La versione islamica di Robin Hood?»

«Più o meno.»

«Amati dal popolo ma non dal regime?»

«Esatto.»

Chiedo a Adham: «C'è polizia, da queste parti? Telecamere, droni?»

«*Qui?* Vuoi scherzare?»

I marciapiedi ai lati della strada a quattro corsie sono deserti. E uno schifo di deserto c'è anche a destra e sinistra della strada, non uno bello come quelli che si vedono nei documentari: sembra fatto con la roba che esce quando svuoti il sacco dell'aspirapolvere.

«Guida piano. E non dare strada a nessuno» faccio.

«Perché?»

«Tu obbedisci e basta.»

«Perché?» ripete.

Testa dura, il ragazzo. «Perché non c'è abbastanza traffico e dobbiamo crearcelo.»

«Okay.»

Continuiamo così, a cinquanta miglia all'ora, finché dietro di noi non si forma una piccola carovana di autisti non proprio felici. Ogni tanto ecco qualche colpo di clacson, o un occasionale tentativo di sorpasso, ma una sterzata di Adham rimette tutti al loro posto. La strada è diritta e sgombra, davanti a noi. Niente di vivo intorno. Niente case, nemmeno un segnale.

Ottimo.

«Inchioda» faccio.

«Che cosa?»

«*Inchioda!*»

Adham, incredibilmente, mi dà retta. Frena di colpo bloccandosi in mezzo alla strada, e scatena un inferno di clacson e stridore di freni.

I clacson sembrano lunghi lamenti, più che proteste.

La Toyota grigia riesce a evitare danni buttandosi sul marciapiede. Il pick-up è decisamente meno fortunato: tampona l'auto davanti e per il contraccolpo finisce di traverso sulla strada, e un furgone Volkswagen tenuto su dalla ruggine lo centra in pieno sulla fiancata.

Nel tamponamento a catena restano coinvolte sei vetture. Le altre si fermano dietro il groviglio di lamiere.

Spalanco la portiera e mi scaravento sul pick-up.

L'uomo seduto al posto del passeggero non aveva la cintura di sicurezza. Il parabrezza dalla sua parte è incrinato e sporco di sangue. Da come la testa penzola sul collo capisco che non mi serve più a niente. L'autista, invece, a parte gli occhi fuori dalle orbite per il terrore, mi sembra più in forma, anche se è privo di conoscenza. Lo libero dalla cintura e tenendolo per la collottola lo trascino verso il nostro taxi, e intanto gli sfilo dalla cintola una pistola automatica.

Poi lo sbatto in mezzo al sedile posteriore e grido a Adham: «*Riparti!*»

Il ragazzo ha il buonsenso di obbedirmi di nuovo, senza discutere.

Mentre sgommiamo via controllo che le altre persone coinvolte nel tamponamento a catena non ci stiano fotografando coi cellulari.

«Lei è pazzo» balbetta Allenby. Dev'essersi morso il labbro inferiore, perché del sangue gli sgocciola sulla camicia bianca.

«Non gliel'avevano detto? Il mio soprannome al liceo era Squilibrio.»

«Adesso è lei che si guarda indietro. Ha perso qualcosa, razza di bastardo?»

«Sto controllando se qualcuno ci prende la targa.»

Incredibilmente, Adham si mette a ridere, e Allenby si unisce presto alla risata, da dietro il fazzoletto con cui si tampona il labbro.

«Cos'avete da ridere?»

«Nessuno può prenderci la targa. Nell'Ard Alshams non si usano.»

«*Cosa?*»

«Niente targhe» conferma l'autista, accelerando a cento miglia all'ora, se si può prestare fede al tachimetro.

«Trova un posto per uscire da questa cazzo di autostrada.»

«Non si può.»

Guardo a destra, poi a sinistra. Non ci sono né recinzioni né guardrail. «Perché cazzo non si può?»

«È vietato uscire dall'autostrada.»

Lo osservo incredulo. «Non avete le targhe e avete un

codice stradale? Esci da questa cazzo di strada! Volta a destra. Subito!»

Anche stavolta Adham obbedisce. Con un sussulto, la Mercedes supera la cunetta ed esce dalla carreggiata. Parallelamente alla cosiddetta autostrada corre uno sterrato. Sollevando una nuvola di polvere grigiastra lo percorriamo per un paio di chilometri, fino a trovare una strada ancora più malridotta di questa, sulla destra. La Toyota di Mahmoud ci segue tenendosi a un centinaio di metri di distanza.

«Gira su quella.»

«Okay.»

Controllo il prigioniero. Ha gli occhi aperti. Velati. Probabilmente ha una commozione cerebrale. Un rivolo di bava rossiccia gli cola dall'angolo della bocca, il che mi fa pensare che la commozione cerebrale sia l'ultimo dei suoi problemi.

La sua pistola è una merda. Una Makarov di produzione bulgara, molto usurata. Avrei paura a usarla. Pulisco le mie impronte, abbasso il finestrino e faccio per lanciarla fuori dall'auto.

Mei mi ferma. «Dalla a me. La tengo io.»

La guardo. La ragazza sembra incredibilmente tranquilla. Ha seguito ogni mio gesto con un'aria impassibile.

«Più avanti c'è un villaggio abbandonato» sussurra.

«Come lo sai?»

Batte l'indice sullo schermo del suo smartphone. «L'ho visto su Yandex Maps.»

«Che sarebbe?»

«È una cosa russa. È come Google Maps, ma meglio. Sull'Ard Alshams è molto più aggiornato.»

«Quanto manca, al villaggio?»

«Poco.»

«Okay. Tienila pure. Ma attenta che non ti esploda in mano.»

31

La Mercedes sembra esalare l'ultimo respiro quando ci fermiamo all'ingresso del villaggio. Il motore spento ticchetta come una bomba a orologeria. Non è decisamente un fuoristrada.

«Perché ci fermiamo?»

Adham scuote la testa. «Potrebbe essere minato. A volte succede.»

«Ma perché è stato abbandonato?»

Stavolta è Allenby a rispondere. Il sangue non scorre più, ma il labbro inferiore è gonfio. Sembra un tentativo riuscito a metà di dargli le labbra di Mick Jagger. Le parole gli escono un po' strane, blese. «Il governo cerca di scoraggiare gli insediamenti troppo isolati. Sono stati realizzati un sacco di edifici, praticamente una città intera, alla periferia di Fakhar. Ma i contadini si ostinano a preferire i loro villaggi.»

«*Contadini?* E cosa coltivano, sulla sabbia?»

Allenby punta il dito oltre il villaggio. «Datteri. Olive. Ma perlopiù prodotti ricreativi.»

«Tipo?»

«*Qat*. È una pianta che rilascia amfetamine. Euforizzante, riduce la fame e la fatica e...»

«So cos'è.» E l'ho anche provata, un paio di volte. Niente di che. Roba per poveracci. E infatti qui intorno non vedo villoni alla Pablo Escobar. Il posto non ha certo il potenziale o il fascino di Medellín.

«Di tanto in tanto il governo deve dare il buon esempio» conclude l'avvocato.

«Ma le case sembrano intatte.»

«Be', sarebbe uno spreco buttarle giù, non le pare? Il governo non spreca dinamite per nulla. L'evacuazione è solo un avvertimento. Se poi la polizia o l'esercito passano di qui e trovano qualcuno, non vorrei essere nei suoi panni.»

Studio per qualche minuto il villaggio. Poi guardo Adham, incrociando i suoi occhi nello specchietto retrovisore. «Tu dici che la strada è minata?»

«Può essere.»

«Ma non ne sei sicuro.»

Alza le spalle.

«Io dico che se Tariq non spreca dinamite non sprecherà nemmeno mine. Rimetti in moto e andiamo laggiù.»

32

Arriviamo al centro della piazza senza saltare in aria, e questa è già una buona cosa. L'altra buona notizia è che il nostro ospite sembra essersi ripreso abbastanza da poter rispondere a qualche domanda, il che è esattamente il motivo per cui me lo sono portato dietro sin qui.

Apre la bocca dando sfogo a una serie di imprecazioni gutturali accompagnate da un'alitata pestilenziale d'aglio e denti cariati. Una delle poche cose buone portate dalla pandemia è stata l'obbligo delle mascherine. Peccato che non sia diventata una moda.

«Che cazzo dice?»

«Non ne ho idea» fa Allenby.

«Adham, puoi tradurre?»

«No.»

«Perché no?»

«Perché non so l'arabo.»

«Adham viene dal Nord dell'Iraq. È nato a Erbil.»

«Ma lui e il suo amico della Toyota parlavano in arabo. E anche con te, quando siamo saliti sul taxi.»

Allenby scuote la testa. «Parlavano in *kurmanji*.»

«Il mio arabo va bene per una conversazione da asilo infantile» scrolla le spalle l'autista. «O per ripetere a memoria una parola d'ordine, come ho fatto con il dottor

Allenby. Ma questo qui parla così stretto e veloce che ci ho capito meno di un cazzo.»

Okay.

Come al solito dovrò arrangiarmi.

Prendo il mio prigioniero per il colletto della camicia e lo scuoto un po', tanto per ammorbidirlo. Lo sfogo di insulti, o minacce, o quello che sono, cessa di colpo.

Gli chiedo, in arabo, cosa volevano da noi, lui e il suo amico.

Si rimette a berciare. Capisco forse una parola su tre. Troppo veloce. E con un accento impossibile.

Poi una voce femminile che non ho mai sentito parla dallo smartphone di Mei, in un inglese dal tono monotono, meccanico. Ci metto un po' a capire che sta traducendo quello che dice il prigioniero. È strano sentir recitare da una voce di donna le parole che escono da quella fogna sdentata.

Mei tende lo smartphone tra me e l'uomo. Poi me lo mette in mano.

«Cosa cazzo volevate da noi, tu e il tuo compare?» ripeto, in inglese. La voce che esce dal telefono pronuncia una breve frase in cui riconosco il verbo "volere". Quindi immagino che la voce stia traducendo anche le mie parole.

«*Volevamo i vostri soldi. E le belle macchine fotografiche. E i vostri computer.*»

La donna dentro il telefono è imperturbabile, compassata.

«Nessuno usa più le macchine fotografiche, razza di idiota. Non abbiamo nemmeno Betamax o Commodore 64. Anzi, io non ce l'ho neanche, un computer.»

Guardo fuori dal finestrino. Mi sento a disagio, a star qui in mezzo alla piazza.

Apro la portiera e tiro fuori il prigioniero. Lui zoppica e inciampa un po', ma riesce a reggersi in piedi mentre lo trascino verso l'edificio più vicino tenendolo per la spalla.

La porta è chiusa da una spranga con un lucchetto, ma basta un calcio per sfondare il legno secco e rovinato dalla sabbia.

Il lucchetto resta appeso allo stipite, intatto.

Spingo dentro il predone, al buio.

La luce accecante del sole ritaglia una sola parte dell'interno, mentre il resto rimane nell'ombra più cupa. Quello che si vede fa rimpiangere che non sia notte. Il pavimento in mattoni è coperto da minuscole dune di sabbia, come se un bambino avesse voluto fare un plastico del deserto. I pochi mobili sono vecchi e polverosi. Per un attimo mi sento come se fossi entrato nella tomba di Tutankhamon.

Trovo una sedia, in un angolo. Decido di metterci sopra il predone, quando vedo il gancio sulla parete, a un'altezza di due metri: allora sollevo di peso l'uomo e lo appendo al gancio per il colletto della sua giacca militare. Lui scalcia un po', ma poi si rassegna.

«Dimmi la verità. Voi due ci stavate pedinando. Chi vi ha pagato per farlo? Da chi prendete ordini? Non raccontarmi ancora la storiella idiota delle macchine fotografiche.»

La voce di donna nel telefono traduce tutto.

Mei è entrata silenziosamente nella stanza dopo di me, rimanendo nel buio. Quello che si vede di lei sono solo le caviglie e un paio di scarpe eleganti. Il resto rimane nascosto nell'ombra. La voce, per l'acustica che regna nella stanza, fa suonare la voce femminile ancora più metallica e ronzante.

«Non ci ha pagato nessuno.»

«Giuralo sul Corano.»

L'uomo fa una smorfia. «Bah. Il Corano...»

«Pensavo che voi Fratelli Musulmani foste uomini di fede.»

«Non sono un Fratello.»

«Sei un libero professionista...»

La voce non traduce.

«Non prendi ordini da nessuno» correggo. Stavolta la donna meccanica fa il suo dovere.

«Sono un uomo libero. Vivevo in un villaggio come questo, prima che Tariq lo facesse distruggere. Mio padre ha combattuto per la libertà, e così ha fatto suo padre, e il padre di suo padre.»

«Ne sono certo. Così come sono sicuro che risalendo di padre in padre riuscirei ad arrivare fino a Caino. Adesso ascolta: qualcun altro sa che ci venivate dietro? Qualcuno che potrebbe preoccuparsi per la vostra scomparsa?»

«Qualcun altro che ci ha visti?» aggiunge Mei, muovendo un passo in avanti.

L'uomo scuote la testa. «Non parlo con te, puttana.»

«Non fa nulla. Per te parlano i tuoi occhi» sorride Mei. Poi infila la mano nella borsetta ed estrae la Makarov, puntandola in mezzo agli occhi del predone.

Il colpo della 9 mm. quasi non si sente. Sulla fronte dell'uomo spunta un terzo occhio, rosso e nero, e la parete dietro la sua testa si tinge dello stesso rosso acceso.

Il corpo crolla come quello di un burattino dai fili recisi.

«Andiamo» fa la ragazza. «Come vedi non mi è scoppiata in mano.»

«Non c'era bisogno di...»

«Non c'era nemmeno bisogno di rapirlo e portarlo con noi» taglia corto lei, dura e sprezzante, in un inglese sibilante come quello di un rettile.

La ragazza fantasma continua stupidamente a tradurre tutto in arabo, finché Mei non chiude lo smartphone e la voce si spegne di colpo.

«Andiamo» fa.

«E il cadavere?»

Si volta verso di me con l'espressione riservata da una maestra a un bambino che fa continuamente domande stupide. «Questo villaggio non mi sembra esattamente un posto che attira troppi visitatori. E la porta è sfondata. Il deserto è meno deserto di quanto sembri. Ci sono un sacco di animali. Scommetto che entro domattina di questo predone non sarà rimasto nemmeno un ossicino. Però se vuoi facilitare il compito agli spazzini, tiralo giù da quel gancio.» Mi guarda. «È la prima volta che vedi uccidere un uomo?»

«No.»

«E allora cos'hai che non va? Ho fatto la cosa più logica. E il mondo non lo rimpiangerà.»

Fuori, Allenby se ne sta appoggiato alla portiera dell'auto, le braccia incrociate.

«Adham dov'è?» chiedo.

«Laggiù, da qualche parte. È andato a pisciare. Lo sparo era quello che immagino?»

«Sì, ma non guardare me.»

33

Credo che da nessuna parte ci siano indicazioni su quali argomenti affrontare in una conversazione dopo un omicidio.

Per un po' nell'auto regna il silenzio. Oltre a un gelo da cripta.

«Anche Mei era nella polizia» fa a un certo punto Allenby. «Cioè, più o meno. Forse nella polizia militare.» I suoi occhi sono puntati su un gruppo di tre palme macilente sul bordo dell'autostrada in cui siamo rientrati da qualche chilometro: il sole alto le fa sembrare grigie, come se fossero state incenerite dal napalm. «Lo so, potrebbe dirmi che non era necessario ucciderlo, ma tenga presente che l'ha rapito lei, e che gestirlo da vivo sarebbe stato molto più problematico che gestire i suoi resti.»

Adham non aveva ancora finito di abbottonarsi la patta quando Allenby, dopo aver confabulato sottovoce con Mei, gli aveva ordinato di staccare il corpo dal gancio, spogliarlo e privarlo di ogni possibile elemento che potesse rimandare alla sua identità.

Avevo voluto assistere a tutto. Anche al momento in cui Adham aveva spezzato i denti del morto con un mattone.

«È una precauzione in più» mi aveva spiegato tranquillo, raccogliendo i denti in una bustina vuota di kleenex. «Anche se a giudicare dallo stato dei suoi credo che non se li sia mai fatti curare. Comunque così sarà più difficile identificarlo.» Aveva raccolto i vestiti e i pochi oggetti personali del morto, poi l'aveva trascinato per i piedi fino all'ingresso della casa. «Possiamo andare» aveva concluso. I vestiti, i denti spezzati e le altre cose erano finiti in fondo a un pozzo secco, insieme alla pistola.

«Tu invece che mestiere facevi, Adham?» gli chiedo.

Ma è Allenby a rispondere. «Era nel settore del recupero crediti, per una stimata famiglia russa.»

«Immagino il tipo di famiglia... Ho visto i segni dei tatuaggi cancellati sulle dita.»

Adham si volta, sorpreso. «Sei matto? Quelli non si vedono. Mi è costato un sacco, farli rimuovere.»

«Dovresti chiedere un rimborso. La tua famiglia mafiosa cos'era? Cecena?»

«Non dire cazzate. *Izmajlovskaja*. Se sai di cosa parlo.»

Certo che lo so.

Il peggio del peggio.

«Hai una certa mano con i cadaveri. Com'era il tuo nome da galeotto? Sciacallo?»

«Sentimi bene, amico...»

Allenby alza le mani. «Ehi! Buoni! Buoni. Dobbiamo andare d'accordo. Siamo un team. Dobbiamo lavorare insieme. Fare gioco di squadra.» Si volta, con quello sguardo paziente che solletica i miei istinti omicidi. «Senta, Sergio, è nell'Ard Alshams da meno di due ore e ha già causato un tamponamento a catena, un rapimento e l'uccisione di due cittadini locali.»

«*Un* cittadino. Sul tamponamento, il rapimento e il resto, okay, me ne prendo la colpa. O il merito, visto che ho evitato pericoli forse molto più gravi. Ma dei due morti, il mio è stato un incidente. Se avesse usato la cintura sarebbe ancora vivo.»

O forse no, mi correggo, sbirciando Mei.

Cosa fatta, capo ha, come diceva l'ispettore capo Tantillo dopo avere commesso una delle innumerevoli cazzate della sua carriera operativa.

Vorrei chiedere all'avvocato Allenby come mai la Komarov utilizzi i servigi di un membro della mafia russa, ma non mi pare né la sede né il momento. La morte di quell'inculacammelli senza nome di cui già comincio a scordarmi la faccia sembra non aver lasciato troppe anime in pena. Guardo di nuovo Mei. Siede rigida, gli occhi fissi davanti a sé. Potrebbe essere una bambola a grandezza naturale appena tolta dal cellophane. Non può non essersi accorta che la guardo, ma non muove un muscolo. E io, per una volta, ho il buonsenso di non aprire bocca.

34

Se l'autostrada dall'aeroporto alla capitale faceva schifo, era un degno biglietto da visita per Fakhar.

La capitale dell'Ard Alshams ha un'infinita gamma di toni dello stesso colore: marrone fango, marrone melma, marrone merda, marrone sabbia bagnata dal piscio di un cane. E una coppia di cani magrissimi che copulano quasi in mezzo alla via è il primo segno di vita che noto per le strade periferiche della città. Adham non fa nulla per schivarli, e nemmeno Mahmoud, sempre dietro di noi come un caccia di scorta. Sono le due bestie a dover zampettare verso il ciglio della carreggiata, incastrati l'una nell'altra, per poi lanciarci dietro un latrato isterico una volta raggiunta la salvezza.

«Stavi per tirarli sotto» commenta Allenby alzando appena gli occhi dallo schermo del suo telefono satellitare.

«Sono animali immondi. E comunque sarebbero morti felici.»

«Su questo non c'è dubbio. Felici e senza conseguenze indesiderate.»

Ridono.

Io avrei voglia di sbattere le loro teste una contro l'altra come fossero due noci di cocco.

Ma che cazzo mi succede?

Sull'isola non avevo mai istinti violenti. Vivevo in pace,

in una specie di Eden interiore. E per questo non mi servivano più le pillole magiche che il dottor Chatterjee mi propinava alle Zattere, o l'alcol, la droga e le scopate a cazzo della mia vita precedente. Mi bastava lo yoga insegnatomi da Hermann.

Il fatto che entrambi si siano rivelati due impostori prezzolati non toglie che i loro metodi funzionassero. Ora è come se allontanandomi da quel passato di relativa pace io fossi ancora legato a un elastico sempre più teso che comincia a dar segni di cedimento. Potrebbe spezzarsi da un momento all'altro, e il vecchio Sergio Stokar d'un tempo salterebbe fuori come Mr Hyde. Senza nemmeno bisogno di cambiare aspetto, o nome.

«Una sterlina per i suoi pensieri, Sergio.»

«Non le conviene.»

«Allora, cosa le sembra finora, l'Ard Alshams?»

«Ho visto immondezzai più attraenti.»

«Sì, immagino che il ministero del Turismo locale non abbia vita facile.»

«Forse si sono rassegnati. Magari ci lavorano, si fa per dire, solo i più raccomandati.»

«Sì, è possibile. È *più* che possibile. Ma a parte le battute, come pensa di muoversi?»

«Lo chiede a *me*? Sono *io* che lo chiedo a lei. Ha qualche aggiornamento? Ho visto che ha trafficato un sacco col suo telefono. O magari guardava siti porno?»

Allenby tentenna un po'.

«No, non guardavo siti porno. E no, non ho aggiornamenti. Gli agenti del signor Suvarin stanno setacciando il paese in cerca del minimo straccio d'informazione. Qualcosa sta cominciando a delinearsi, ma più per quello che *non* sappiamo che per quello che sappiamo. Stiamo per così dire mappando il vuoto, in modo da far emergere un terreno solido su cui cercare.»

«Detto in modo meno poetico?...»

«Le nostre indagini nel sottomondo della malavita non stanno portando a nulla. E questo è un bene per quanto riguarda i delinquenti da strapazzo. Qui non è infrequente che qualcuno venga rapito per poi chiedere un riscatto, ma i suoi rapitori sono così goffi e incompetenti che fanno morire l'ostaggio. Pare che possiamo escludere anche le milizie islamiche, o almeno quel poco che ne è rimasto. Al riguardo le informazioni sono più sicure, perché quei gruppi e gruppuscoli sono infiltrati dalla polizia. E possiamo escludere anche la polizia, perché se fossero stati loro l'avremmo già saputo. Sul libro paga della Komarov abbiamo tanti di quei poliziotti che potremmo prendere in appalto l'ordine pubblico dell'Ard Alshams.»

«E quindi cosa resta? Qualche società rivale della Komarov? Qualche vecchio nemico a cui Suvarin sta sui coglioni? Un suo Rockerduck?»

«Chi?...»

«*Rockerduck*. Il nemico di Paperon de' Paperoni. *Paperone*. Scrooge McDuck...»

«Non ho idea di cosa stia parlando. No, l'ipotesi di una compagnia rivale possiamo escluderla. Abbiamo condotto un'analisi approfondita delle varie opzioni e non ci sono elementi che facciano pensare a una cosa del genere.»

Lo fisso. «Allora cosa resta?»

Allenby sospira. «Niente di buono. Restano sul tavolo due possibilità. La prima è quella di un delitto passionale. Viktor è... piuttosto vorace, sessualmente. No, vorace non è la parola giusta. Diciamo *goloso*.»

«*Goloso* mi fa pensare all'orsetto Winnie the Pooh.»

Allenby sorride. Almeno questo è un personaggio immaginario condiviso. «Sì. Possiamo dire che Viktor ha nei confronti del sesso lo stesso interesse che l'orsetto Winnie nutre per il miele.»

«E quindi?»

«E quindi, se un marito geloso dovesse aver anche solo

sospettato dell'interessamento di Viktor per sua moglie o una figlia... è possibile che il ragazzo giaccia in qualche canale di scolo, o in un pozzo, come il nostro sventurato ex compagno di viaggio. Solo che nel suo caso avrebbe le orbite vuote e il cazzo infilato in bocca.»

«È l'usanza locale?»

«Così mi dicono.»

«Ha detto che ci sono *due* possibilità. La seconda qual è?»

«La seconda è che l'abbia preso Adnani.»

«E chi sarebbe?»

«Il maresciallo Omar al Adnani è il braccio destro di Tariq. Comanda la sua polizia politica. Non è esattamente un gentleman.»

«Mi ha appena detto che la polizia ce l'avete in tasca.»

«Non quella *politica*. No, decisamente no. Sfortunatamente no. Quella, diciamo così, è tutto un altro paio di maniche.»

«Ma perché la polizia politica dovrebbe occuparsi del figlio di Suvarin?»

«Non ne ho la minima idea. È solo un'ipotesi.»

Lascio che quelle informazioni si sedimentino nel mio cervello, anche se non è più quello di un tempo.

Guardo fuori.

La strada ora costeggia un quartiere di ville che potrebbero fare la loro bella figura a Hollywood. Dietro gli alti muri di cinta s'intravedono palme decisamente più in forma delle loro colleghe sul ciglio dell'autostrada, e le facciate bianche di edifici che di volta in volta sembrano una versione, in scala ridotta ma non troppo, della Casa Bianca o di un castello della Loira.

«Quello è il quartiere di Luliwa. Che gliene pare?»

«Non male.»

A ogni angolo di strada è piazzata una camionetta militare. Dei soldati decisamente più presentabili di quelli in servizio all'aeroporto sorvegliano con sguardo attento il traffico, i mitra imbracciati.

«È il quartiere dell'élite governativa. Al centro c'è la residenza di Tariq. È invisibile dalla strada. E anche sulle mappe in internet.»

«Anche su... com'è che l'hai chiamato?»

«Yandex.ru» risponde Mei. Sono le prime parole che pronuncia da quando è risalita in auto, dopo che io e Adham ci siamo liberati del cadavere. Scuote la testa, lo sguardo fuori fuoco. «No, non si vede nemmeno su Yandex.»

«Un po' come Barvikha. Ha presente?» fa Allenby.

«Mi illumini.»

«È un villaggio appena fuori Mosca, dove hanno casa i vip russi, a cominciare da Putin. E non ci sono solo russi. Anche alcuni dittatori deposti hanno comprato casa lì. E credo sia ancora ospite del governo russo la famiglia di Milošević. Se lei cerca Barvikha sulle mappe online non ci capisce nulla. Le appare sullo schermo un puzzle di foto di altri posti, senza alcun rapporto con la realtà. Non mi chieda come sia possibile, ma è così.»

«E qui è lo stesso?»

«Esattamente.»

«Il numero di guardie intorno al perimetro mi fa pensare che non ci sia un gran feeling tra chi abita lì dentro e il resto della popolazione.»

«Be', è inevitabile, per chi governa, farsi dei nemici, anche quando governa bene.»

«E Tariq governa bene?»

«Secondo il suo punto di vista, sì. E comunque è benvoluto ovunque. In Russia come in America. E ancora di più in Europa. Sa come si dice: è un figlio di puttana, ma è il *nostro* figlio di puttana.»

Il quartiere finisce dove i suoi muri perimetrali si aprono su una grande piazza, occupata da una moschea dalle dimensioni impressionanti.

«Hanno rubato la Moschea Blu?» chiedo.

«Sarebbe nello stile locale, ma no. Quella penso che sia ancora a Istanbul. No, l'hanno semplicemente rifatta. Con qualche concessione all'architettura tradizionale del posto.»

L'edificio fa schifo. L'architettura straordinaria della moschea originale, copiata perfettamente, è stata deturpata da quattro torri angolari che non c'entrano assolutamente nulla col resto: squadrate, tozze, sembrano castelli di sabbia fatti da un bambino goffo. Anzi, castelli di fango.

«Immagino che sia la cappella privata del boss. Dove va a messa la domenica mattina, vestito a festa...»

«Siamo in un paese islamico, Sergio. La giornata sacra qui è il venerdì. Ed è decisamente escluso che in una moschea si celebrino delle messe.»

«Per chi mi ha preso? Per un selvaggio con l'anello al naso? So più o meno tutto, dell'Islam. Era la religione predominante, alle Zattere.»

«E allora perché si diverte a passare per zotico?»

Bella domanda. Esiste una risposta? Se c'è, io non la conosco.

«Non è colpa mia. È che mamma mi ha fatto così.»

«Solo sua mamma? La responsabilità è solo sua?»

Potrei dirgli che mio padre era troppo fatto per farmi. In italiano l'ho detto spesso. Ma non riesco a trovare un modo per rendere il gioco di parole in inglese.

In realtà, mamma sarebbe stata davvero capace di farmi da sola. Una specie di sacra famiglia a Manchester. Pensando ai posti in cui abbiamo vissuto, traslocando praticamente ogni mese, le capanne diroccate in effetti non mancavano. I miei ricordi d'infanzia non devono essere molto diversi da quelli dei bambini medievali: fame, miseria, freddo. E urla. Solo che non erano urla di guerrieri nemici, ma dei miei genitori in crisi d'astinenza. Urla e rumore di oggetti rotti, quando c'era qualcosa da rompere. Una volta Gianni, il poeta friulano di cui ero diventato amico, venne invitato a una cena di scrittori. Aveva vinto un premio nazionale di poesia, e la cena di gala era a Milano, in un ristorante stellato. Mi aveva chiesto di accompagnarlo, perché diceva che da solo si sarebbe perso, o cagato addosso. A quella cena, quando Gianni raccontò com'era stata la sua vita, passata tra la povertà e le violenze familiari, e poi dieci anni in manicomio, uno scrittore fighetto in fondo alla tavolata, col suo taglio alla moda e il costosissimo vestito finto-povero, squittì: «Come la invidio. Se avessi avuto anch'io una vita come la sua, chissà che libri avrei potuto scrivere!»

Gianni, cogliendo il mio sguardo, mi pregò di non ucciderlo.

Allenby continua a tenere la testa girata verso di me, in attesa di una risposta.

Chiudo gli occhi. Sbuffo. «La verità è che io sono davvero uno zotico. Al cento per cento. Zotico *inside*. Il fatto di studiare al liceo classico e l'aver sposato una donna di classe mi hanno un po' ripulito, ma non hanno fatto il miracolo. Sono e resto uno stronzo. Il che non vi ha impedito di ingaggiarmi. E ora si volti verso il parabrezza e continui a fare la guida turistica senza perdersi in commenti sulla mia persona. Okay?»

Allenby obbedisce.

«Cos'è quella merda sulla sinistra?»

«I bagni pubblici» risponde Adham.

«I bagni pubblici» fa l'avvocato, praticamente all'unisono con me.

Sogghigno, scuotendo la testa. «Bello avere lo stereo, su quest'auto.»

Mei finalmente sorride.

La Toyota di Mahmoud ci sorpassa e all'incrocio svolta a destra. Le luci che segnalano la frenata si accendono e si spengono due volte, come per un saluto.

35

Da come Allenby aveva parlato dell'Hotel Graziani, mi aspettavo un tugurio fatiscente. Invece la Mercedes si ferma davanti a un edificio che mi ricorda uno degli alberghi della Jugoslavia socialista: cemento armato e un eccesso di pali portabandiera. L'atrio, per quello che si vede da fuori, rafforza l'impressione, con le sue opere in stile realismo sovietico.

«Be', ho dormito in posti peggiori.»

«Mi dispiace per lei. Il nostro hotel, comunque, non è questo. È *quello*» fa Allenby, godendosi la mia espressione allibita quando mi volto e vedo l'Hotel Graziani.

«Mi sono fermato qui perché c'è un parcheggio» conclude Adham, aggiungendo il suo ghigno a quello dell'inglese.

Se c'è mai stato uno scenario adatto a un film horror, questo è l'Hotel Graziani. Non ho mai visto horror ambientati ai Tropici, ma nel caso in cui qualche regista cercasse una location di sicuro gli raccomanderei questa. Alto solo due piani, ha l'intonaco così scrostato che sembra la corteccia di una betulla millenaria. L'insegna è stata dipinta così male che il colore ha lasciato lunghi rivoli sulla facciata; dato che l'insegna è rossa, l'effetto è decisamente macabro. Le imposte sono decrepite, di un verde che ricorda un corpo in decomposizione. E mi fermo qui.

«Sta scherzando» faccio.

«Oh, no. Sono serissimo.»

«Ma perché non possiamo stare in questo albergo qui, invece? È leggermente meno brutto di quello.»

«Gliel'ho detto. Per legge, gli stranieri devono pernottare al Graziani. La consideri una forma di tassa. Riscossa in termini di scomodità anziché in denaro. Be', in realtà no. Non le ho ancora detto quanto costa, una camera al Graziani.»

«Quanto?»

«Più o meno trecento sterline a notte, al cambio. Colazione esclusa. Meglio così, mi creda. Per la colazione, voglio dire.»

«Ma è una stronzata.»

«No. È l'Ard Alshams. Ah, tenga questi.» Mi porge una busta di un insolito colore giallo-verde.

«Cos'è?»

«I suoi nuovi documenti. Oltre al passaporto, intendo. Permesso di soggiorno per quindici giorni, patente di guida internazionale.»

«Li ho già. Me li ha appena dati.»

«Li butti via, quelli. Li dia a Mei, che si occuperà di disfarsene.»

Guardo la patente tirata fuori dalla busta e la confronto con quella che ho preso dal portafogli. «Mi sembrano identiche.»

«Ha uno scanner biometrico incorporato?»

«No.»

«Allora è normale che le sembrino uguali. Fino a ieri i suoi documenti sembravano buoni, ma ieri la polizia si è munita di nuovi software di verifica. Un macchinario svedese di ultima generazione. Tariq è un fanatico delle tecnologie di sorveglianza.»

«Ho passato i controlli della dogana senza problemi.»

«Perché il software è ancora in corso di sostituzione. Stanotte ci sarà il *restart* dei sistemi e il *rollout* del nuovo software. Da domattina i suoi vecchi documenti l'avrebbero messa nei guai, in caso di verifica.»

«E da dove le arrivano, i documenti nuovi? Sono caduti dal cielo?»

Allenby sorride. Non è esattamente un sorriso benevolo. «Lei ha tanto criticato la mia performance al terminal dei taxi. Quando mi sono chinato con la scusa di allacciarmi la scarpa.»

Lo guardo, senza capire.

«Lei si è lasciato distrarre. Il mio scopo non era solo perdere tempo per lasciar partire i due taxi prima di quello di Adham.» Indica la busta che ho in mano. Perfetta per mimetizzarsi con della vegetazione malata.

«La fioriera» annuisco.

«Esatto. La fioriera. Sa, nel mio curriculum ci sono anche lezioni di mimo e prestidigitazione. Ho frequentato anche un corso con Lindsay Kemp.»

«Che sarebbe?»

«Ma un grande mimo! Un maestro anche di David Bowie.»

Ovviamente lo so chi è, Lindsay Kemp. Carla mi aveva sottoposto a dosi massicce di artisti inglesi delle varie discipline, da Derek Jarman a Gavin Bryars, fino a David Hockney e compagnia cantando. Ricordo un film in cui lo schermo restava azzurro dall'inizio alla fine e delle voci raccontavano un sacco di stronzate sulla vita e sull'arte e su una serie di argomenti che mi indisponevano, mettendomi in uno stato d'animo a metà tra la narcolessia e la furia omicida. Furia che esplose quando al party seguito alla proiezione, a casa di uno degli amici fighetti di mia moglie, un artista con la pashmina, la barbetta da capra e gli occhialetti alla Lennon mi aveva corretto: «*No, no, no*, non era azzurro: era *blu oltremare*.»

Carla aveva imparato a riconoscere i segni premonitori, così mi spintonò a forza nel bagno delle donne, dove per calmarmi si fece scopare restando seduta sul lavabo. «Meglio che ti sfoghi così che con quel poveretto» mi sussurrò mordendomi l'orecchio.

Guardo l'avvocato con l'attenzione di un sarto che prende a occhio le misure del cliente. «Un giorno mi farà leggere il suo curriculum mentre ci beviamo una birra in un pub» faccio.

Il sorriso di Allenby è di un'innocenza disarmante. «Sul serio?»

«No.»

«Mi pareva. Lei sa sorprendermi, ma non fino a questo punto. Andiamo, facciamola finita.»

Ovviamente nessun facchino viene a prenderci le valigie, e nessun portiere si premura di farci strada attraverso le porte girevoli che si muovono a strattoni, con un cigolio preoccupante.

Eppure il personale non manca. Solo che stanno seduti a bordo sala, immobili. Sembra che qualcuno li abbia attaccati lì con la colla, come i piloti nel modellino di un aereo.

Con un rullare di ruote di trolley sul parquet sconnesso ci avviciniamo in formazione serrata alla reception, presidiata da un uomo magro e sinistro, una specie di avvoltoio appollaiato a guardia del bancone.

«Allenby, Stokar e Wei» annuncia l'avvocato, tirando fuori dalla tasca il passaporto e depositandolo.

L'ha detto come se fosse il nome di uno studio legale associato.

Adham non dormirà qui. Il suo permesso di soggiorno da residente l'esonera dal dover essere ospite dell'Hotel Graziani.

L'avvoltoio non batte ciglio. Rimane immobile come se fosse imbalsamato.

«Abbiamo una prenotazione» aggiunge Allenby, sorridendo.

L'uomo annuisce, freddo come la morte. «Tre stanze, per una settimana. Mi serve il passaporto anche degli altri due» sussurra, come se si vergognasse di parlare inglese davanti ai suoi colleghi.

Mei e io tiriamo fuori i nostri documenti e li deponiamo sul banco di marmo, graffiato e così vecchio da essere lì forse già dai tempi dei faraoni.

«Volete la colazione?»

«No, grazie» decide Allenby per tutti.

L'avvoltoio afferra tre enormi portachiavi d'ottone, con una nappa color porpora molto sbiadita e molto consumata, oltre che davvero sporca. Agganciate a quella cosa ipertrofica, le chiavi sembrano un modellino in scala. Il suo indice dall'unghia lunghissima indica le scale. «Secondo piano, la rampa di sinistra. Non c'è ascensore. La 211 e la 212 hanno il bagno in comune.»

Allenby sorride. Un sorriso molto cortese e molto falso. «Magnifico. Avremmo bisogno dei nostri passaporti.»

«Più tardi.»

«Più tardi quando?»

«Forse stasera.»

«Non prima?»

«No, non prima.»

«Capisco. Va bene, allora noi saliamo in camera.»

«*Tafeal kama yahlu lak.*»

Fate come vi pare.

I suoi artigli si chiudono sui nostri passaporti, che spariscono in un cassetto del bancone.

Le scale sono strette e male illuminate. A ogni pianerottolo c'è una lampada a muro che ha l'aspetto – e purtroppo anche la luminosità – di una vecchia lampada a gas. La carta da parati, molto consumata, rappresenta elaborati intrecci floreali, anche se i colori sono sfumature di porpora, e non di verde. Gli scalini scricchiolano sotto i nostri piedi; la passatoia, in origine rossa, è ormai di un rosa sbiadito, come una lunga lingua di cane.

«Credo che questa sia la mia camera. Sì, è questa. Quella dopo è la sua. Mei, la tua camera è da quella parte, mi sa. Fortunata ragazza, che ha un bagno tutto per sé.»

«Stento a credere alla mia fortuna.»

Allenby sorride. «Allora, direi che possiamo rilassarci un po' prima di cena. Lavarci, riposare. Leggere. Lei si è portato dietro niente da leggere?»

«No. Ho lasciato tutto sull'isola.»

«Che peccato.»

«Comunque ho una buona memoria. Non ho bisogno di leggere sulla carta stampata.»

«Volendo può scaricarsi qualcosa sul telefono. Qui non siamo in Cina. Grazie a Dio, e agli accordi internazionali, Amazon è accessibile. Non così i social network, ma si sa, se vivessimo in un mondo perfetto non vorremmo andarcene mai. Comunque la sala da lettura dell'albergo riserva sorprese inaspettate. Gli ospiti si sono lasciati dietro dei libri interessanti, a volte. Se fossi in lei ci darei un'occhiata. A dopo, allora. Ci troviamo giù nella hall alle sette, per farci portare a cena. Mi raccomando, abbigliamento informale. Adham verrà a prenderci con l'auto a quell'ora.»

«Non ceniamo qui?»

«Dio, no. È proprio stanco di vivere?»

Che simpatica comitiva, noi tre.

Sembra quasi una gita di classe.

Grugnisco una specie di risposta, e intanto Mei si è già allontanata lungo il corridoio. Allenby entra in camera sua.

La porta della mia stanza non è chiusa a chiave; poso il trolley e la spalanco usando il piede, mentre chiudo la destra sul portachiavi in modo che la chiave, resa sottile e affilata dall'uso, sporga tra l'indice e il medio del mio pugno. Anche la nappa sporge. Sembra che io stringa nella mano un uccello dalla livrea color porpora e col becco appuntito.

Non accendo la luce.

Entro e mi chino subito, in modo da offrire un bersaglio ridotto. Poi carponi mi giro intorno, in cerca di possibili minacce. Guardo dietro le tende consunte, e poi do un'occhiata sotto il letto. Rassicurato sull'assenza di nemici visibili, spalanco l'armadio, e poi apro di colpo la porta del bagno in comune, con un calcio.

Allenby si alza di scatto dal water su cui sta seduto, pisciandosi nei calzoni abbassati.

«*Ma è pazzo?! Che fa?!*»

«Non sapevo che fosse in bagno.»

«Mi scappava!»

«Poteva chiudersi a chiave.»

«La prossima volta lo farò. Dio, guarda che disastro. Ma che accidenti le è preso?»

«La porta dalla mia parte non era chiusa.»

«Neanche la mia! E allora? Pensa che serva a qualcosa, chiudere a chiave? Le serrature sono una barzelletta, le ha viste.»

Mi guardo intorno. «Che cesso. In tutti i sensi.»

«Be', cosa si aspettava?»

«Ho visto latrine migliori sui treni delle ferrovie messicane. Quanto ha detto che paghiamo, per questo schifo?»

«Trecento sterline a notte. Per camera.»

«Senza la colazione...»

«Sarebbe comunque un furto» conclude Allenby, cercando di mantenere tutta la dignità possibile.

«Forse è una tassa per il risarcimento dei danni della vostra occupazione coloniale.»

«Penso che a quest'ora li abbiamo già ripagati.»

Si abbottona i calzoni. Tira l'antiquata catenella del wc.

«Non si vede quasi» gli dico, per consolarlo. «Un bel colpo di phon e le macchie non si noteranno più.»

«Non si entra così in un bagno» protesta, come un bambino. Apre la porta della sua camera.

«Speravo fosse meglio della mia» faccio. «Invece mi sbagliavo. Anche lei ha quelle cose sotto il letto.»

«Che cose?»
«Quei piatti da minestra pieni d'acqua sotto i piedi del letto.»
«Ah, quelli. Sono per gli scorpioni. Come le spine.»
«Che spine?»
Allenby solleva il copriletto, mostrando che ai piedi di ferro della struttura sono state saldate delle spine di ferro che puntano verso il basso.
«Sempre per gli scorpioni?» chiedo.
«E per l'occasionale serpente.»
«Mi sa che non lascerò una buona recensione su Tripadvisor. Senta, di solito negli hotel si trovano sempre una penna e della carta, sul comodino.»
«Non qui.»
Scuoto la testa. Scrollandogli una spalla lo costringo a guardarmi in faccia. Muovendo la bocca senza far rumore gli chiedo, col labiale, se ha carta e penna.
Lui finalmente capisce. Fa cenno di sì col capo, e dal taschino interno della giacca tira fuori un taccuino Moleskine e una Montblanc.
Scrivo una domanda.
Lui legge. Poi mette giù la risposta, in una scrittura meno elegante di quanto mi aspettassi: POSSONO SENTIRCI, NON VEDERCI.
Tocca a me.
QUINDI COMUNICHIAMO COSÌ?
SÌ. PARLEREMO IN AUTO. E AL RISTORANTE.
SICURO CHE SONO SICURI?
NON SOTTOVALUTI LA KOMAROV. QUI NON POSSIAMO FAR NIENTE PER NON INSOSPETTIRLI. FUORI È TUTT'ALTRA COSA.
OKAY. ALLORA PARLIAMO DI CAZZATE.
«Come si mangia, qui? Già è una sorpresa che si mangi.»
Allenby sorride, suo malgrado. «Fakhar la sorprenderà, Sergio.»

36

Alle sette meno cinque scendo nella hall. Pare che qui si ceni ancora più presto che a Beijing. Allenby è già seduto su un consunto divano in pelle rossa che sembra uscito da una commedia di Oscar Wilde. Si è cambiato d'abito, indossa jeans di taglio sartoriale e una camicia azzurra.

Naturalmente non ho seguito il suo consiglio di riposarmi, e ho preferito fare i miei esercizi quotidiani. Respirazione, e poi lotta con le ombre, per finire con alcune mosse di *savate* che Hermann è riuscito a insegnarmi poco prima di morire.

C'è un monumentale mobile bar, dietro il divano, ma i suoi scaffali sono vuoti e polverosi.

Allenby mi fa un cenno di saluto. «Eccola qui. È riuscito a rilassarsi?»

«No. E lei?»

«Sì, certo. Cioè, avevo anche del lavoro da sbrigare, ma una buona doccia e un po' di training autogeno fanno miracoli.»

«Lei fa training autogeno?»

«Naturalmente. L'ha mai provato?»

«In un'altra vita. Però continuo a preferire il tiro con la pistola.» Mi siedo su una poltrona di vimini di fronte al divano. Scricchiola ma regge. «Gli arredatori si sono ispirati al set della Famiglia Addams» commento, sollevando un angolo di un quotidiano posato sul tavolino tra la poltrona e il maestoso divano. È una copia del *Washington Post* di sei giorni fa. «Si pubblicano ancora giornali, nel vostro mondo» faccio.

Allenby inarca il sopracciglio. «Credevo fosse anche il *suo* mondo.»

«Oh, non lo è stato per tanto tempo. *Ich bin der Welt abhanden gekommen / Mit der ich sonst viele Zeit verdorben...*»

«Nietzsche?»

«Friedrich Rückert. È il testo di un *Lied* di Mahler.»

«No. Mi dispiace. Non lo conosco. E il mio tedesco...»

«*Sono ormai perso al mondo nel quale ho sprecato tanto tempo...*»

Allenby sembra turbato.

«Non le piace la poesia?»

«No. Mi scusi. È che ogni tanto mi dimentico di quello che ha passato. Lei a modo suo è una persona straordinaria, lo sa, Sergio?»

«*A modo mio...*»

«Unisce in sé brutalità e sensibilità, violenza e gusto per la poesia. Com'è possibile? Se fosse il personaggio di un romanzo, sarebbe decisamente poco credibile.»

«Per fortuna sono un essere in carne ed ossa. Anche lei, comunque, è piuttosto fuori dagli standard. Com'è che un avvocato inglese finisce per lavorare per...»

Allenby scuote violentemente la testa. Mi fa segno di star zitto. «Come ha trovato la sua camera?» fa, ed è come se da un film fosse stata tagliata una scena.

Lo stacco è netto, dubito che i nostri ascoltatori invisibili possano pensare a un errore di montaggio. Ma ormai è fatta, dovrò stare al gioco.

«Piuttosto affollata. Non ho visto scorpioni o serpenti, ma c'era una brutta lucertola grigia sul davanzale della finestra.»

«Capita. Sono brutte ma innocue. Cosa ne ha fatto?»

«Ho aperto la finestra e l'ho lasciata andare. Cosa si aspettava? Che me la fossi mangiata?»

«No, certo. No. Buon Dio, no.» Ridacchia. «Con la fase più dura del lockdown anche questa città è stata invasa dagli animali. Lucertole, ma anche gazzelle. E fennec. Ha presente i fennec? Orecchie lunghe, muso da volpe?...»

«Li ho presenti.»

«Adham mi ha detto che un giorno ha fotografato una famiglia di gazzelle che attraversava piazza Al Thawra. La piazza era coperta di sabbia. Deserta. Una cosa surreale.» Si appoggia allo schienale, fissandomi. «È stata dura, sulla sua isola?»

«Non era mia. Comunque sì. È stata dura. Niente dottori. Niente medicine.»

«Non mi ha chiesto notizie delle Zattere.»

«Come le ho detto, non appartengo più a quel mondo.»

«Ma si sarà pure affezionato a qualcuno, no?»

«Ovviamente.»

«E non le interessa sapere come sta? Se ce l'ha fatta?»

Lo guardo. Abbastanza a lungo da farlo sentire a disagio. «Mia moglie era un'intellettuale. Se non fosse stata convinta dei suoi gusti sarebbe stata ridicola. Ma in lei non c'era posa. Una volta mi portò a un festival letterario, a Mantova, dove un suo amico, il tastierista di un gruppo musicale, intervistava uno scrittore americano. Lo scrittore raccontò un aneddoto su suo padre. Disse che ogni tanto guardavano un film alla tivù. A volte lo scrittore si alzava per andare in bagno, e quando tornava a sedersi chiedeva al padre che scene si fosse perso. E il padre gli rispondeva: "Che t'importa? Tanto alla fine muoiono tutti."»

«Quindi la morale della sua vita, il messaggio che lascerebbe a un figlio, è questo? *Tanto alla fine muoiono tutti*?»

«Non ho figli. Potevamo averne, ma abbiamo deciso di no. Che ci bastavamo. Carla diceva proprio così, che ci bastavamo. E io...»

Io facevo segno di sì con la testa.
Il volto dell'avvocato si illumina. «Oh, ecco Mei.»
La ragazza è radiosa.
«Mi aspettavo un burqa» dico.
Lei sorride. Indossa un completo di taglio quasi maschile.
«Avevo detto abbigliamento *informale*» osserva Allenby.
«Era la cosa più informale che avevo in valigia.»
«Un giorno mi spiegherete dove stavano tutti quei vestiti, in quei minuscoli trolley che vi siete portati» faccio.
Entrambi mi guardano stupiti. Poi scoppiano a ridere. Mei con la mano davanti alla bocca, a nascondere i denti.
Allenby è il primo a rispondermi. «I nostri bagagli, quelli veri, ci hanno preceduto.»
«Ah.»
«Davvero elegante, signor Stokar» fa la ragazza.
Non li ho scelti io i miei vestiti, dovrei dirle. Ma ammetto che chi li ha scelti per me e li ha infilati nella mia sacca conosceva le mie misure. I chinos Avirex color tabacco, la polo Fred Perry verde foglia e i mocassini Penny Loafer mi stanno a pennello.
«Bello anche l'orologio.»
«Dovresti vedere quello che avevo una volta.»
«Cos'era?» s'intromette Allenby.
«Un Omega in tiratura limitata, progettato alla fine degli anni Novanta per le missioni statunitensi su Marte con equipaggio umano.»
Mei ride. «Non sono mai sbarcati su Marte, gli americani. I primi saranno i nostri taikonauti.»
«Vedi, Mei, è proprio questo a rendere così raro quell'orologio. L'X-33 è ucronia fatta metallo.»
«*Ucronia?...*»
Allenby guarda ostentatamente l'ora sul suo smartwatch. «Detesto interrompere una bella conversazione, ma è ora di andare.»
Ci alziamo.

«Perché non l'ha più, quell'orologio che le piaceva tanto?»

«L'ho barattato.»

«Con cosa?»

«Due lattine di fagioli. Le cose si sono fatte dure sull'isola, a un certo punto.»

Mei si porta la mano alla bocca, per nascondere una risata.

«Perché ridi?»

«Perché pensavo che lei è stato più bravo di Jack. Lui aveva venduto la sua mucca per un solo fagiolo. Lei per due lattine.»

«Sì, ridi pure. Ridi.»

«Ma non rido di lei. La mia bisnonna mi diceva che durante la grande carestia del 1959 la gente mangiava il legno dei mobili, per avere qualcosa da masticare. Le famiglie si scambiavano i bambini, per... per non essere costrette a mangiare i propri figli. Li scambiavano con un'altra famiglia. Per mangiarli, capisce?»

«Ho letto della carestia. In Europa è successa la stessa cosa, ma molto prima. È così che sono nate le leggende degli orchi e delle streghe.»

Usciamo dalla hall. La temperatura fuori è piacevole. D'altronde è ottobre, come alla fine ho scoperto, tra un aeroporto e l'altro.

Mei si nasconde di nuovo la bocca.

«E adesso cos'hai da ridere?»

«Niente.»

«Ma sì che stai ridendo.»

«Okay, glielo dico. Pensavo che una delle due lattine poteva piantarla per terra. Magari nasceva una pianta così alta che la portava su Marte prima dei cinesi.»

Sorrido. «Eh, sì. Magari. Ehi, quasi dimenticavo. Vado a chiedere a quel topo travestito da concierge se mi ridà il passaporto.»

«Temo sia inutile» fa Mei, alzando le spalle. «Gliel'ho appena chiesto. Dice che ce li ridarà domani.»
«Forse se vado a farci due chiacchiere...»
«Lasci perdere. È il suo modo di darsi importanza.»

La Mercedes di Adham appare in fondo al parcheggio dell'hotel di stampo sovietico sul lato opposto della piazza.
Fa lampeggiare i fari tre volte.
Poi viene a prenderci.

37

Stavolta salgo io accanto all'autista.

Allenby mi ha guardato perplesso, ma poi è rimasto zitto.

«Come mai?» mi fa Adham.

«La forza dell'abitudine.»

«Facevi la guardia del corpo?»

«Qualcosa del genere.»

«*Contractor*? In Iraq ce n'erano parecchi, di *contractor* italiani.»

«No, purtroppo. Lavoravo per il governo. Un governo di stronzi.»

«Ah be', se è per questo, è lo stesso dappertutto.»

«No. Credimi, gli stronzi che ho conosciuto erano di un livello galattico.»

«Mi stupisce che un anarchico come lei abbia scelto di arruolarsi in polizia» fa la voce di Allenby, dal sedile posteriore.

Non mi volto. Anche se vorrei.

La mia voce si abbassa a una temperatura da freezer. «Come mi ha chiamato?»

«In che senso...»

«Mi ha dato dell'anarchico?»

«Ma guardi che non voleva essere un insulto.»

«Gli anarchici, in Italia, servono solo quando esplode una bomba e non si sa a chi dare la colpa. Io sono un uomo d'ordine. *Credo* nell'ordine. L'ho servito con onestà. Ho rischiato la vita, per mantenerlo. E poi ho capito che in realtà servivo il caos. Ho trovato più ordine nella comunità di disperati in cui ero finito.»

«Sergio» fa Allenby all'autista, «e lo dico per te e per Mei, che non avete letto il dossier su di lui, era uno dei migliori poliziotti sulla piazza. Tanto che l'hanno promosso a capo della scorta di un ministro. Finché non ha perso il controllo. Ha dovuto lasciare il lavoro, e a quel punto i suoi vecchi nemici, quelli a cui aveva rotto le scatole, si sono fatti vivi per presentargli il conto.»

Adham fischia tra i denti.

«L'hanno lasciato mezzo morto sulla porta di un palazzo occupato da clandestini...»

«Era *un complesso* di palazzi» lo correggo. «Lo chiamavano le Zattere, perché era una specie di scialuppa di salvataggio per disperati. E comunque non erano tutti clandestini.»

«Cosa significa che hai perso il controllo?»

«Era una negra. La ministra. Era di sinistra ma le piacevano il lusso e il potere. Come a tutti quelli venuti su dal fango come lei. Era stronza e cattiva.»

«Ehi ehi, amico italiano, ti ricordo che anch'io sono un muso sporco.»

Lo osservo. «Guarda che se dico "negra" non lo dico come un'offesa, ma solo perché è quello che era, tecnicamente.»

«Però "negro" è una parola che non si dovrebbe usare» puntualizza Mei, in tono severo. Non la vedo, ma la immagino, con un'espressione seria da scolara diligente.

«Il politically correct è la maledizione di questi tempi» sbuffo. «Serve ai delinquenti, non alle persone oneste.»

Allenby taglia corto riprendendo il racconto della mia poco edificante carriera.

Forse avrei fatto meglio a sedermi dietro lasciando lui davanti. Così adesso potrei afferrargli il collo e strozzarlo.

«In questo *complesso*, come lo chiama lui, Sergio viene curato e disintossicato. Già, perché mi ero dimenticato di dirvi che Sergio aveva un serio problema di dipendenza. Alcol, droga. E anche il sesso. Senza chiedergli niente, quegli emarginati lo recuperano, lo rimettono in carreggiata e gli offrono un lavoro. Sergio diventa il poliziotto delle Zattere.»

«Lo *sceriffo* delle Zattere.»

«Prego?»

«È così che mi chiamavano. Lo Sceriffo delle Zattere.»

«Ne sembra orgoglioso.»

«Lo sono. In un certo senso.»

«Insomma, Sergio viene adottato da quella comunità di emarginati, e si occupa di piccole cose: tiene nei ranghi la gente, evita che il traffico di droga provochi problemi, cose così. Finché un giorno non gli affidano un incarico più delicato. Deve indagare su un caso di ragazze scomparse dalle Zattere. E lui lo risolve. Anche se sul finale della storia avrei qualche domanda da fargli.»

«Domande alle quali non potrei rispondere.»

«Allora mi terrò le mie curiosità. Fatto sta che alla fine delle indagini, quando gli assassini sono stati trovati e puniti, Sergio si ritira su un'isola deserta nei Caraibi.»

«Se vuole metterla così...»

«Ci sono cose peggiori» sogghigna Adham.

«Così, stando sull'isola, il signor Stokar si perde la crisi mondiale portata dalla pandemia, il lockdown e tutto il resto.»

«Ne abbiamo avuto anche noi la nostra parte, sull'isola.»

«E adesso è qui in missione per il signor Suvarin, per la Komarov e per la salvezza di quel povero ragazzo.»

«Messa così, dovremmo chiamarci la Compagnia dell'Anello» ironizzo.

«Siamo una bella squadra, questo è poco ma sicuro.»

«Vedremo. Dove stiamo andando a cena?»

«Un posto tipico. Vedrà, le piacerà.»

«L'ultima volta che qualcuno me l'ha detto mi sono ritrovato in una capanna in culo al mondo.»

«Tranquillo. Siamo quasi arrivati.»

Le strade di Fakhar di notte sono deserte. In estate è diverso, dice Adham. Col caldo si vive dopo il tramonto. C'è persino un mercato notturno. Si stenta a crederlo, girando per quartieri che sembrerebbero abbandonati se non fosse per le luci che filtrano dalle imposte chiuse.

«Pare ci sia il coprifuoco» faccio.

«No. È normale così.»

La città sembra incredibilmente pulita, ordinata. Molti edifici del centro risalgono al periodo coloniale, e hanno un'assurda impronta britannica. La stazione centrale ha una facciata che sembra, in scala ridotta, quella della Victoria Station di Londra. L'edificio delle poste ha addirittura delle gargolle sul tetto.

«Come mai non si vedono auto?»

«Te l'ho detto» mi risponde Adham. «In autunno e in inverno la gente se ne sta a casa.»

«No, non intendevo questo. Non si vedono auto parcheggiate, per strada.»

«Ah, okay. No, è perché non ci sono molte automobili private, nell'Ard Alshams. La benzina costa troppo.»

«Pensavo la producessero.»

«Sì. Da morir dal ridere, eh? E poi c'è una legge dei tempi di Wahid che vieta di lasciare l'auto in strada di notte.»

«Come mai?»

«Wahid era paranoico. Gli avevano fatto un attentato, subito dopo la sua presa del potere. Un furgone imbottito di tritolo parcheggiato davanti all'albergo dove si teneva il congresso del Partito dell'unione. Wahid si salvò solo perché era in ritardo. Gli attentatori videro arrivare una berlina con le insegne di stato e pensarono che fosse lui. Invece era il ministro degli Esteri. L'esplosione fece un buco profondo sei metri sulla strada.» Mi indica un parco di alberi stenti, sulla destra. «L'albergo era lì. L'auto del ministro degli Esteri è finita lassù, vedi? Sul tetto di quel palazzo.»

«Accidenti.»

«La gente veniva da fuori città, per vederla. Era diventata un'attrazione turistica. Hanno provato a tirarla giù con la gru delle impiccagioni, ma era troppo in alto.»

«E come hanno risolto?»

«L'hanno buttata giù e l'hanno seppellita nella buca dell'esplosione.»

«Pratico.»

«Siamo arrivati» fa Allenby.

La casa davanti alla quale la Mercedes si ferma pare disabitata. È un palazzetto di fine Ottocento, a tre piani e con una torretta laterale, in uno stile gotico-moresco che ha fatto danni anche dalle mie parti. Alla sua destra c'è quello che immagino essere un giardino privato, con un cedro del Libano che sembra più vecchio della casa. Da lì provengono un debole lucore e un tintinnio metallico che non so interpretare, forse la catena di un cane da guardia.

Adham apre galantemente la portiera di Mei, che spegne lo smartphone col quale ha risposto a una breve chiamata e scende dall'auto con un sussiego da red carpet. Allenby invece è già andato alla porta. Batte tre colpi che risuonano nella strada vuota. Il tintinnio dall'altra parte del muro di cinta cessa di colpo.

Un minuscolo spioncino si apre nella massiccia porta di legno e ferro, una blindata *d'antan*.

Allenby si toglie dal taschino qualcosa che sembra un biglietto da visita e lo solleva davanti allo spioncino.

La porta si apre.

«Venite, svelti» sussurra Allenby.

Un ragazzino alto un metro e un cazzo, vestito come Alì

Babà, esce di corsa dalla porta. Adham gli lancia le chiavi dell'auto, che il piccolo prende al volo.

Tempo che entriamo e il ragazzino si è già messo alla guida della Mercedes e riparte sgommando, invisibile dietro il volante.

«Venga, su. Entri.»

Seguo Allenby all'interno.

La porta si chiude, con una serie di scatti secchi dalle quattro serrature.

Un anziano arabo in frac ci viene incontro. «Benvenuti, signori, signora. I vostri soprabiti?» chiede in un inglese aristocratico.

Quando Allenby gli risponde che non ne abbiamo, l'uomo fa un sorrisino educato.

«Non abbiamo neanche cilindri. O tube» preciso.

«Vedo. Se volete seguirmi...»

Il corridoio dell'ingresso è decorato come se fosse quello di una nave a vela di un secolo e mezzo fa. Ci sono anche stampe di soggetto marinaresco, alle pareti rivestite di legno scuro.

Passiamo attraverso un salotto dall'arredamento altrettanto antiquato, e un altro corridoio. Stavolta le stampe rappresentano le diverse fasi di una caccia alla volpe.

«Preferite cenare dentro o all'aperto?»

Guardo dalla grande finestra che dà sul cortile interno. Il tintinnio metallico che sentivamo da fuori non era il rumore di un cane alla catena, ma di una dozzina di commensali, seduti a coppie o da soli a piccoli tavolini da bistrot, in un giardino verdissimo, sotto una pergola di vite.

«Si può parlare, fuori?» chiede Mei.

«Ahimè, signora, la peculiare qualità del cibo e, be', sì, di alcune bevande servite in questo ristorante richiede una certa discrezione. Chi siede all'aperto deve mantenere un comportamento riservato e non indulgere a rumori eccessivi.»

Mei ci guarda. «Ho delle cose da riferire» sussurra, in cinese.

«*Hăo ba*» annuisce Allenby. E poi fa al maître: «Ceneremo all'interno, allora.»

«Benissimo. Vi accompagno nella vostra saletta.»

Saliamo le scale fino al secondo piano. La stanza in cui ci fa entrare ha il pavimento in legno che scricchiola e si muove leggermente sotto i nostri passi, accentuando l'impressione di essere su un antico veliero.

La stanza, pur senza aria condizionata, è fresca. L'unico tavolo, rotondo, è apparecchiato con un gusto d'altri tempi e una varietà di bicchieri e di argenteria che metterebbe in crisi Pellegrino Artusi. Una volta Carla ha cercato di spiegarmi l'uso delle diverse posate, come per esempio la differenza tra un coltello da pesce e uno da aragosta, ma le sue competentissime spiegazioni mi sono entrate da un orecchio e uscite dall'altro, dopo aver vagato a vuoto per un po' nel cervello da tossico che avevo a quel tempo.

«Vi lascio la carta dei vini, intanto.»

Allenby sorride, inforca un paio di occhiali pieghevoli e s'immerge nello studio di quello che sembra più un codice antico rilegato in pelle che una lista di vini.

«Sono seriamente tentato da questo barolo La Tartufaia Giulia Negri del 2016.»

«Ottima scelta.»

«Io prenderò un tè» faccio.

Il maître non batte ciglio. «Ha qualche preferenza?»

«Un Oolong qualsiasi.»

«Benissimo.»

Allenby scuote la testa. «Si perde qualcosa, se non assaggia questo barolo.»

«Vedrò di sopravvivere alla perdita.»

«Cosa propone il menù del giorno?» sorride l'avvocato.

«Le porto subito la carta.»

«Ma no. Ci consigli lei.»

«Come crede. Di primo suggerirei i tajarin al tartufo e gli agnolotti del plin. Come secondi piatti abbiamo la lingua al verde, o una battuta di fassona al coltello. In alternativa posso proporvi il bollito misto e il brasato al barolo...»

«E in alternativa alla carne?» butto lì.

Quelle parole cadono sulla tavola come una bomba di profondità. Il maître ha un attimo di sbandamento, ma devo dargli atto che si riprende subito.

«Posso proporle qualche piatto di pesce...»

«Preferirei restare sul vegetariano.»

«Vegetariano. Certamente. Un risotto al tartufo?»

«Dipende. Il brodo è di carne?»

«Se permette, devo consultarmi con lo chef.»

«Faccia pure.»

Adham ridacchia, guardando la schiena dritta del maître mentre incede verso le cucine. «Certo che sei un bel rompicazzo. Cos'hai contro la carne?»

«Sono affari miei. Tu mangeresti maiale?»

«Io? Certo che sì.»

«Non sei musulmano?»

«No. Vengo da una famiglia di liberi pensatori. Mio padre era medico, mia madre professoressa d'inglese. Lo so, vedendomi non si direbbe. Ma giuro che è tutto vero. Allora, dai, cos'hai contro la carne?»

«Adham, smettila di stuzzicare Sergio.»

«I cinesi invece mangiano di tutto, vero?»

Mei fissa l'autista con malcelato disprezzo. «*No*, non mangiamo *di tutto*. Mangiamo *molte cose*, ma non mangiamo *tutto*.»

«Mi sa che invece, dopo il Covid, vi state mangiando il mondo.»

La ragazza sembra sempre più esasperata.

«Adham, per favore» sospira Allenby.

«Volevo solo scherzare un po'. Questo posto sembra il castello del Conte Dracula.»

«Be', sai, non ci sono McDonald's nell'Ard Alshams.»
«Peccato.»
«Come mai un ristorante piemontese?» chiedo.
«Perché adoro la cucina piemontese» risponde l'avvocato, riponendo nel taschino gli occhiali da lettura.
«Intendevo dire come mai c'è un ristorante piemontese qui a Fakhar. Mentre, se ho ben capito, non c'è un McDonald's. Non che la cosa mi dispiaccia, sia chiaro.»
«Ci sono ristoranti etnici d'ogni tipo, in città. Perché ride?»
«No, stavo pensando a certi politici italiani. A come la prenderebbero, sentendola parlare della cucina piemontese come di una cucina etnica.»
«Fakhar è una capitale. Ci sono ambasciate e sedi di multinazionali. È normale che ci sia una certa richiesta di ristoranti che non si limitino a offrire la cucina locale.»
«Che, per inciso, com'è?»
Allenby fa un sorrisetto. «Non me lo chieda.»
«Ma qui si servono alcolici. E maiale.»
«Sì, be', l'importante è che non si ostenti la cosa. La parola d'ordine è *discrezione*.»
«Insomma, come disse la sua regina Vittoria: "I miei sudditi possono fare sesso come gli pare, purché non lo facciano per strada spaventando i cavalli..."»
«Ha detto così? Sul serio?» fa l'avvocato.
«Be', ovviamente io non c'ero. Ma pare di sì.»
Il maître torna al nostro tavolo accompagnato da uno chef biondo e giovane.
«Parla italiano?» gli chiedo.
«Sono di Modena.»
«Non piemontese?»
«Nessuno è perfetto. Allora, lei vorrebbe sapere se posso prepararle qualcosa di vegetariano. La risposta è *sì*. Purtroppo ho sposato una vegana. Vediamo con cosa posso tentarla.»
«Basta che non sia la solita mela.»

38

La cena è semplicemente perfetta, a parte la rottura di cazzo di Allenby che decanta le «note di spezie e di prugne mature e il carattere fresco, intenso e corposo» del barolo.

Una volta avevo un cane. Un cane femmina, un bassotto. La veterinaria aveva detto a mia moglie che non dovevamo nutrirla troppo se non volevamo vederla ingrassare tanto da avere dei grossi problemi fisici. Dopo la decima o ventesima volta che mi sentivo sgridare da Carla perché allungavo alla cagnetta un boccone dal mio piatto, avevo smesso di farlo. Ma lo spettacolo della cucciola che si metteva seduta guardandomi con quell'espressione di speranzosa attesa mi rovinava i pasti. Era una tortura doverla deludere, non poterle dare nemmeno una briciola, «altrimenti si riabitua subito».

Ecco, adesso io mi sento come la mia cagnetta, anzi, peggio, ascoltando l'avvocato mentre tesse le lodi del liquido rosso scuro che fa roteare su e giù nel calice. Posso sentirne l'odore da qui, come Dracula nei libri avverte a distanza il sangue nelle vene di una bella ragazza.

«Che c'è, Sergio? La vedo cupo. Le verdure non sono di suo gradimento?»

Alzo le spalle. Grugnisco, a capo chino.

Mei si dedica alla degustazione del suo piatto con un'attenzione degna di un miniatore medievale. Stacca minuscole fettine del suo brasato, che sembra tenero come l'interno coscia di una vergine. Si porta la forchetta alla bocca con lentezza, e la sua masticazione è quasi impercettibile, da tanto è discreta. Le mie poche esperienze in fatto di cene con commensali cinesi si erano rivelate piuttosto diverse; una cosa che mi dava fastidio, per esempio, era il fatto che parlassero a bocca piena, spruzzando saliva e frammenti di cibo sulla tavola. Mei, invece, sembra cresciuta su un altro pianeta.

Adham mangia coi gomiti appoggiati sulla tavola, leggermente proteso sul piatto. Ogni tanto si guarda intorno come un leone che non vuole dividere il suo pasto con altri predatori. Mi chiedo quanti anni abbia. Sulla trentina, direi. Un fisico da palestrato. Capelli rasati corti. Mangia anche lui con lentezza, ma è una lentezza diversa da quella di Mei. Adham non assapora il cibo, non lo gusta. Assume proteine. La carne cruda dall'aspetto freschissimo e delizioso che ha nel piatto, per lui non è una pietanza raffinata, ma un tot di energia. Ne ho conosciuta, di gente come lui, ai vecchi tempi. Dicono che il ghepardo, quando caccia, valuti con la precisione di un computer se le calorie offerte dalla preda valgono il dispendio di energia che gli servirebbe per raggiungerla con una delle sue proverbiali accelerazioni di tre metri al secondo. Adham ha l'aspetto di uno che fa lo stesso con le donne, o con qualsiasi obiettivo si prefigga.

«Fa l'offeso?» insiste a punzecchiarmi Allenby, sorbendo provocatoriamente il nettare scuro che ha nel calice.

Sorrido. «Assolutamente no.» Mi batto la mano sulla fronte. «Accidenti, quasi me ne dimenticavo.»

«Che cosa?»

«Ho una cosa urgente da dirle.»

«Può farlo qui. Le assicuro che niente di quello che viene detto a questa tavola può essere ascoltato, né tantomeno registrato.»

«Può darsi, ma quello che devo dirle è solo per lei, ed è riservato.»

Allenby sembra perplesso e un po' infastidito, ma si alza comunque da tavola. «Dove vuole che andiamo?»

«C'è una stanza discreta, in questo posto? Sono sicuro che c'è. Ho conosciuto la mia parte di politici per sapere che nei truogoli di lusso in cui amano mangiare c'è sempre una camera disponibile, per certe... necessità. Ho visto nascere più carriere televisive in quelle camere che nelle accademie di recitazione. Allora, c'è o non c'è, un posto in cui starsene un po' in privato io e lei?»

Allenby sorride. «Lei mi lusinga, Sergio.»

«Non si faccia idee sbagliate. Ho solo bisogno di un posto tranquillo. Non ci vorrà molto.»

«Va bene. Se è proprio necessario... Mei, sii gentile, di' al maître che attenda un attimo prima di portarci il dessert. Devo assolutamente farvi provare il passito di Pantelleria. Venga con me, Sergio. Sbrighiamoci.»

Come immaginavo, saliamo di un piano, fino alle mansarde che un tempo devono aver ospitato le stanze della servitù.

«Vedo che è di casa, qui.»

«Se intende dire che non è la prima volta che ceno in questo posto, glielo confermo.»

«Non è quello che volevo dire.»

Allenby apre la porta di una camera piccola, ma arredata con lusso.

«È un Matisse, quello appeso sopra il letto?»

«Non credevo che si intendesse di pittura.»

«Non ho nemmeno cominciato a sorprenderla. È una copia o...?»

«Oddio, penso di sì. Ma non è detto. Questo è un locale di successo. E l'Ard Alshams, malgrado le apparenze, è un paese ricco. Allora, mi dica: di cosa voleva parlarmi?»

«Prima devo farle una domanda, avvocato. È proprio sicuro che nessuno possa sentire quello che diciamo fra queste pareti?»

Allenby sorride. «Sergio... Da che mondo è mondo, anche nella dittatura più invasiva ci sono delle zone protette, dei *santuari*, chiamiamoli così, in cui i ricchi e famosi possono parlarsi in tutta libertà senza il timore di essere ascoltati. Questo ristorante è uno di quei posti.»

«E come lo sa?»

«Nel prezzo che si paga è compreso quest'extra. E comunque questo *scrambler* è una garanzia in più.» Tira fuori dalla tasca una scatolina di plastica nera grande più o meno quanto un cellulare.

«Un altro gadget dell'Acme? *Pardon*, della Komarov?»

«No. Questa è roba che si trova normalmente in commercio. Allora, se adesso vogliamo...»

Non gli lascio finire la frase. Chiudo la porta a chiave e l'afferro per il collo, buttandolo sul letto. Il materasso ad acqua, una cosa che non vedevo da secoli, oscilla e balla come se stessimo girando un remake da camera del film *Titanic*. Mi siedo sul suo petto. Se qualcuno dovesse entrare e sorprenderci così penserebbe a un atto di sesso estremo.

«È pazzo? Mi manca il fiato!»

Premo ancora di più con il mio peso.

Il suo forse vorrebbe essere un urlo, ma gli esce come un rantolo. «*Cosa... fa...?*»

Non voglio che restino segni. Per cui non gli faccio neanche un decimo di quello che vorrei fargli. Mi limito a esercitare con la destra un po' di pressione qui e là, colpendo nei punti giusti. La sinistra la uso per tappargli il naso e la bocca. Tanto gli occhi dicono già tutto. Quando mi sembra che abbia capito che sto facendo sul serio e che non gli conviene urlare, gli tolgo la mano dalla bocca.

Per un attimo. Per lasciarlo respirare.

«Starai buono? Sì? Starai zitto?»

Col mio pollice e il mio indice nelle narici non muove la testa, ma mugugna un «Sì», confermato dallo sguardo implorante.

Tolgo la mano. Mi pulisco le dita sulla fodera interna della sua giacca. «Allora» dico, «ci sono poche cose che mi fanno incazzare. Cioè, in realtà ce ne sono tante, ma sono poche quelle che mi fanno incazzare *veramente*. E fra queste quella che mi fa incazzare di più, che mi fa sclerare di brutto, è che qualcuno mi pigli per il culo. Sicché se mi tolgono da un posto dove non stavo nemmeno troppo male, dove avevo anche trovato un mio equilibrio, se mi tolgono da lì e mi fanno girare in lungo e in largo per il pianeta a vuoto, è legittimo che io mi incazzi di brutto. Ma proprio di brutto. Quindi è venuto il momento di chiarire le cose. Non me ne fotte un cazzo delle tue lezioni di cucina. Non me ne fotte un cazzo del tuo vino. È l'ora della verità, per così dire. *Verstehen?*»

«Non capisco...»

«E infatti. E siamo in due, a non capire. Se io fossi Suvarin, e mi rapissero il figlio, e avessi incaricato uno di ritrovarmelo, non sarei troppo contento di vedere che chi deve cercarlo gira a vuoto fra un aeroporto e l'altro e da un ristorante all'altro, assaggiando i ravioli cinesi del cazzo e i tortellini del plin in culo al mondo, senza concludere nulla. Quindi la mia domanda è questa. Anzi, sono due. La prima è se il signor Suvarin è d'accordo sulle nostre gite fuori porta a spese sue, per quanto immagino siano detraibili, ammesso che il suo padrone sappia cosa sono le tasse. E la seconda è: perché non mi raccontate tutto? Perché mi tenete all'oscuro, come si diceva una volta? Mi avete preso per un negro con l'anello al naso?»

Allenby sta per aprire bocca, ma io alzo l'indice ad ammonirlo.

«Niente cazzate, Jeremy *Jesus* Allenby. Niente cazzate. Solo parole precise e ponderate, dalla tua bocca, altrimenti mi arrabbio. E stavolta mi arrabbio *sul serio*.»

L'avvocato chiude gli occhi. «Va bene. La smetta, la prego.»

Mi rialzo dal suo petto, e con un salto scendo dal letto. È piacevole che il mio corpo si comporti così bene. Un tempo, per mantenermi in forma, ero costretto a sudare per ore in palestra, a dannarmi in piscina o in sala attrezzi. Ora invece le lezioni private di Hermann mi hanno fornito la chiave del centro di comando del mio corpo, che non è giù nel cazzo, come sosteneva sempre Carla, ma in qualche parte più spirituale, per quanto ancora debba capire di preciso dove. Ho imparato tardi ad aver cura del mio fisico, e ora è come se dovessi ripagarlo con gli interessi.

Guardo dall'alto l'inglese. Giace in una posa scomposta. Il materasso ad acqua lo fa muovere su e giù come un turacciolo galleggiante sulla superficie del mare.

«Posso alzarmi?»

«No.»

«Va bene. Mi dispiace che lei se la sia presa così. Ha ragione, in un certo senso.»

«*In un certo senso?*»

«Okay. Diciamo che ha ragione e basta. Il fatto è che le informazioni arrivano un po' alla volta e non è facile coordinarle. Ora che abbiamo un quadro più completo è chiaro che gliene avremmo parlato il prima possibile.»

«Per me il prima possibile è *adesso*.»

«Ma lo so... Lo so.»

«*Sto ancora aspettando.*»

Allenby si morde il labbro.

Infastidito dal protrarsi del suo silenzio allungo la mano verso di lui, le dita aperte a formare una chela.

«Okay. Glielo dico! Glielo dico... Hanno trovato un corpo che potrebbe essere quello di Viktor.»

«Dove?»

«Alla periferia della città. Sull'autostrada per l'aeroporto. Il cadavere è ridotto davvero male, così la sua identificazione non è ancora certa. La polizia pensa che possa essersi trattato di un incidente stradale.» Si sistema il nodo della cravatta, che io avevo strattonato per rimpicciolirlo.

Quando fa così lo ammazzerei.

Per un attimo, mentre penso questo, mi chiedo se non sto perdendo il controllo. Troppo stress, troppi spostamenti. Forse ho davvero perso la bussola.

«Perché non me l'avete detto?»

«Mei mi ha mandato un messaggio sul telefono. L'ha saputo da poco. Gliene avrei parlato subito dopo la cena, in auto.»

«Invece ne parliamo *adesso*. Poi possiamo scendere per i dessert e lei per il suo cazzo di passito di Pantelleria, di cui ci decanterà i pregi e le qualità organolettiche. Si dice così, no?»

«Senta, Sergio, la situazione è in costante evoluzione; la stiamo monitorando, ma al momento è tutto molto nebuloso.»

«Non mi pare. Avete un cadavere; dovete solo identificarlo.»

«Non è così semplice.»

«A me pare proprio di sì, invece. Dopodiché, una volta identificato il corpo, potrò fare il lavoro per cui sono stato ingaggiato.»

«Ma... ma a quel punto non ci sarà nessun lavoro da fare...»

Lo fisso bene in quegli occhietti che si spaventano tanto facilmente. «Se io fossi Suvarin, vorrei che chi ha ucciso mio figlio pagasse per quello che ha fatto. E che pagasse caro.»

«Non è per questo che è stato assunto.»

«Ah no? Vogliamo scommettere che se mi fa parlare due secondi al telefono con Suvarin scopriamo che lui è d'accordo con me?»

Allenby si stringe nelle spalle. Seduto sulla sponda del

letto sembra l'emblema della mortificazione. «Lei non conosce questo paese. E, se posso aggiungere, non conosce nemmeno il signor Suvarin.»

«Invece lo conosco abbastanza da sapere che quando realizzerà che suo figlio è morto mentre noi ci gingillavamo in giro per il mondo non la prenderà troppo bene.»

L'avvocato china la testa. «Forse ha ragione lei.»

«Certo che ho ragione. E adesso scendiamo a mangiare il dessert. E si rifaccia meglio il nodo della cravatta.»

39

Adham e Mei, anche se hanno notato qualcosa di storto, non lo danno a vedere. Allenby si siede normalmente, non come chi ha appena preso un siluro in stiva. Fa cenno al maître di avvicinarsi e ordina una bottiglia di Ben Ryé, un passito che ho già visto servire alle mense dei potenti, quando ancora le frequentavo. Un breve giro di tavolo sistema la questione del dessert, ma io passo.

All'uscita, la Mercedes ci aspetta. Le chiavi sono nel cruscotto.

Adham si mette alla guida. Io salgo come prima accanto a lui.

Allenby gli fa segno di partire, ma io li blocco.

«Dove hanno portato il cadavere?»

L'avvocato alza le spalle. «Suppongo alla morgue.»

«Dov'è?»

«All'ospedale centrale. In piazza Martiri del primo giugno.»

«È lontano?»

«No, ma non possiamo andarci adesso.»

«Però possiamo passarci davanti.»

«Sì, ma che senso avrebbe?»

«Andiamoci e basta.»

Piazza Martiri del primo giugno è in realtà un enorme parcheggio, a quest'ora deserto, adiacente alla stazione ferroviaria Sud, quella da cui un tempo partivano i treni per l'Egitto. Ora, mi spiega Adham, non ci sono più treni.

«Be', quando dico *ora* voglio dire dalla fine del dominio coloniale inglese. Un bel po' di tempo fa.»

In compenso, dice, grazie al contributo economico della Cina, e anche alla sua manodopera, in fondo al parcheggio è sorto quell'ospedale dall'aspetto anonimo, un parallelepipedo di cemento tinto di un blu che il sole e la sabbia portata dal vento hanno slavato in più punti, tanto che l'edificio mi ricorda la mimetizzazione dello yacht di Suvarin.

«Perché lo chiamano ospedale centrale?»

Allenby sorride. «Perché è l'unico che c'è. Come la stazione ferroviaria Sud. Che in realtà è l'unica.»

«Non fa una piega.»

Giriamo intorno agli edifici, le cui finestre sono tutte illuminate, fino a costeggiarne uno più basso a un solo piano, separato dalla struttura principale e sormontato da un alto camino di mattoni rossi.

«Sì, è proprio quello che pensi» fa Adham, anticipando la mia domanda.

«Cristo, ma sembra il crematorio di Auschwitz.»

«No, no. I cinesi hanno installato dei filtri. Potresti bruciare tutti gli abitanti di Fakhar e non sentiresti il minimo odore. Solo la forma del camino è la stessa. Sai, i cinesi non sono stupidi. Se il design dei forni ha funzionato per milioni di ebrei...»

«Sembra che la cosa ti diverta.»

L'autista sogghigna. «Ho sentito dire che anche a te non piacciono gli ebrei.»

Lo fisso. Lui ricambia lo sguardo senza timore.

«Avere un crematorio accanto alla morgue è pratico, in certe circostanze. Al vecchio Wahid avrebbe fatto comodo. Ma anche Tariq sa farne un buon uso.»

«Non ne dubitavo.» Mi volto verso Allenby. «C'è modo di entrare là dentro con le buone?»

«Non penso.»

«Allora trova un posto dove parcheggiare» dico all'autista.

40

«Perché la piazza si chiama così? Chi sarebbero, questi cazzo di martiri del primo giugno? Quelli che hanno rovesciato Wahid?»

«Ma le sembra il momento di fare queste domande?» sibila Allenby.

«Non l'ho chiesto a lei.»

Adham scuote la testa. «No, quelli erano i martiri del 25 *ottobre*. In effetti la piazza si chiamava così, fino all'arrivo al potere di Tariq. I cosiddetti martiri del primo giugno non sono mai esistiti.»

«Mi sa che gli conveniva mettere dei numeri mobili, al posto del giorno e del mese. Come quelli dei tabelloni degli aeroporti. Così basterebbe far scorrere i numeri e il nome della piazza sarebbe sempre aggiornato.»

«Ma che idea brillante» sussurra Allenby, stizzito. «Magari la riferirà al maresciallo Adnani, quando ci porteranno da lui dopo averci arrestati.»

«Davvero arriveremmo così in alto?»

«Siamo stranieri e solvibili. E stiamo commettendo un reato punibile con una pena fino a dieci anni di galera. Ho controllato la pena su Google. Certo che ci interrogherebbe lui.»

«Tremo tutto. Dai, fa' la staffa con le mani, che salto.»

Adham, obbediente, intreccia le dita chinando un po' le spalle. Io infilo il piede sinistro in quella staffa di carne e mi do lo slancio verso l'alto. Il muretto di cinta alto due metri e mezzo non ha vetri o filo spinato in cima. Mi siedo a cavalcioni e guardo giù. Il cortile è spoglio e deserto, in terra battuta. Ottimo. Mi lascio cadere, flettendo le ginocchia per attutire l'impatto. Un attimo e Adham atterra accanto a me.

«E Allenby?» chiedo.

«Non se l'è sentita.»

«Ti ha fatto almeno da staffa?»

«Sì. Più o meno. Non è che mi ha dato un grande slancio. E poi devo aver pestato una merda di cane proprio con quella scarpa.»

«Ma va'. Proprio con quella...»

Sorride. Alla luce della luna, i suoi denti bianchi brillano. «*Masir*. Destino.»

Ci muoviamo tenendoci bassi, e attraversiamo il cortile. Sulla terra scura ci sono i segni del passaggio di molte auto. Ora però c'è solo una Toyota Auris, non recente ma in buono stato. Sul lunotto c'è un pass adesivo del ministero della Salute.

Controllo la portiera. È chiusa.

Adham sorride. «Nessun problema.»

Apre lo zaino nero di tela che cinque minuti fa ha preso dal portabagagli della Mercedes. Tira fuori un oggetto di plastica, una specie di tastierina grande come un'armonica a bocca. L'accende e preme alcuni tasti. Sul display appare la scritta TOYOTA. Adham punta l'aggeggio sulla serratura dell'auto. Comincia a sentirsi un ronzio che cambia frequenza, e le cifre sul display mutano velocissime. Dopo forse una ventina di secondi si sente uno scatto dalla portiera. Adham l'apre, con un sorriso. «Accomodati.»

«Cazzo. Un prototipo della Komarov?»

«Macché. La trovi in vendita su qualunque sito cinese, assieme ai grimaldelli. Ufficialmente è un telecomando universale nel caso in cui perdessi le chiavi dell'auto... E il set di attrezzi da scasso naturalmente è da usare solo se resti chiuso fuori di casa tua.»

«Naturalmente.»

Apro il cassetto sotto il cruscotto. L'auto è pulita. Profuma quasi di nuovo. Nello scomparto trovo i documenti del veicolo. L'intestazione mi lascia perplesso, così come la faccia stampata su un badge scaduto dell'ospedale. Il padrone dell'auto sembra uno che non butta via niente.

«*Adolf Lantz?* Non mi sembra un nome arabo.»

«Direi di no.»

La foto sul tesserino plastificato mostra un uomo sui cinquant'anni, con capelli corti e gelidi occhi azzurri dietro occhiali dalla montatura antiquata. Un paio di occhiali molto simili, parecchio malmessi, è riposto nel cassetto, accanto a una pistola.

La prendo in mano.

«Una Beretta 92S. Modello militare. Sul mercato per i civili si trova la 98FS.»

«T'intendi di armi?» fa Adham.

«Me ne intendo quanto basta.»

Controllo il caricatore. È pieno. M'infilo l'arma nella cintura, dietro la schiena.

Sul sedile posteriore c'è un pacco avvolto nella carta velina. Dentro ci sono tre camici stirati.

«Oggi è il nostro giorno fortunato» commento.

«Guarda che il tuo giorno fortunato è agli sgoccioli. Manca poco a mezzanotte.»

Indosso un camice. Ne passo un altro a Adham.

Il badge è appeso a un cordoncino rosso. L'infilo al collo, girando il tesserino in modo che mostri il simbolo della mezzaluna rossa e non la foto, che mi somiglia poco. Adham ha già indossato il suo camice.

«Tua madre sarebbe orgogliosa di te» faccio.

«Mia madre è *già* orgogliosa di me.»

Sul sedile dietro c'è anche una cartella col logo dell'ospedale. Contiene solo fogli bianchi. La prendo e me l'infilo sotto il braccio. Poi ci ripenso e la passo a Adham.

«Ti nomino mio assistente.»

«La paga è buona?»

«Ti pare il momento per una trattativa sindacale?»

L'ultimo passo della mia trasformazione consiste nell'inforcare gli occhiali. Per fortuna la correzione è minima. Una leggera miopia. E non dovrò portarli a lungo.

Adham sorride. «Vogliamo andare, dottore?»

«Mi faccia strada, collega.»

Chiudo l'auto. Controllo che la pistola non si veda, sotto il camice.

«Non è una buona idea» fa Adham.

«Che cosa?»

«Girare con una pistola. Da queste parti è un reato capitale.»

«Ah sì?»

«Quasi tutto è un reato capitale, nell'Ard Alshams. È un po' come a Singapore, ma senza i lati positivi.»

«Sei stato a Singapore?»

Adham scrolla le spalle sorridendo. «Sono stato dappertutto. Lavorare per la Komarov è come giocare a flipper dalla parte della pallina.»

«Hai reso l'idea.»

«Come pensi di muoverti, italiano?»

«In realtà non è che ci ho pensato molto. Sto improvvisando.»

«Tecnicamente da quando sei nel paese hai già commesso una serie di reati che basterebbero per farti impiccare dieci volte.»

«Pensavo di più. Comunque, per rispondere alla tua domanda, sappiamo che lì dentro c'è un corpo che qualcuno dice sia di Viktor Suvarin. Dato che la morgue ha un crematorio, non vorrei che il corpo andasse in fumo senza che noi possiamo verificare se davvero da vivo parlava russo e chiamava Oleg "papà".»

«Non fa una piega.»
«Se non te la senti...»
«Pesa le parole. Non mi sono mai tirato indietro davanti a un lavoro.»
«Bene.»
«Inoltre sei tu l'uomo con la pistola.»

L'ingresso dell'obitorio ha una porta a vetri molto sporca. Quello che si vede dell'interno è la guardiola di un custode, vuota.
«Vai avanti tu?» fa Adham.
«Mi prendi per un coglione?»
«Be', uno di noi due dev'esserlo per forza.»
«Facciamo a pari o dispari?»
«Che cazzo sarebbe?»
Sospiro. «Lascia perdere. Vado io.»
Spingo la porta. Mi avvicino alla guardiola.
Il calendario nel gabbiotto risale a due anni fa. Non mi stupisce. Da quello che sono riuscito a capire del mondo fuori dall'isola, il tempo con la pandemia è diventato liquido come uno degli orologi penduli di Dalí, un limbo dai confini incerti in cui concetti come *domani* o *il mese prossimo* hanno perso di significato.
Figuriamoci i calendari. O le agende.
Arrivo a un passo dal vetro del gabbiotto, che è ancora più sporco della porta d'ingresso.
Un pupazzo a molla si alza di scatto, puntandomi in faccia un fucile a canne mozze. Il suo alito puzza d'aglio e di birra.
Sto ancora chiedendomi a chi possa venire in mente di costruire un pupazzo con la faccia di un vecchio arabo, quando lui apre la bocca e comincia a urlare.
«*Minn antne? Maza tafal hanal?*»
Il fucile a canne mozze puntato al centro del mio petto impone una risposta rapida e soddisfacente.

Ringrazio quel pezzo di merda prezzolato di Hermann per le sue lezioni di arabo.

«*Anna al-daktur Müller. Arid an athadth ma al-daktur Lantz.*»

Anche se non ho una faccia da tedesco, spero che il custode non sia così sofisticato e cosmopolita da distinguere un italiano cresciuto a Manchester da un crucco. Spero anche che quello che gli ho detto sia che sono il dottor Müller e voglio vedere il dottor Lantz, e non un insulto in arabo.

Il fatto che il vecchio abbassi le canne del fucile un po' mi tranquillizza. Anche se mirano comunque ai miei coglioni. «Il dottor Lantz è impegnato in laboratorio.»

«Col russo?» azzardo.

Il custode mi guarda a lungo, prima di lasciarsi andare a una fragorosa risata, ammiccando. «Oh, sì, certo. *Col russo*.»

«Il dottor Lantz ci sta aspettando.»

«Non lo trovo segnato da nessuna parte. Quel *ras zeb* di Ahmid non mi ha lasciato scritto nulla, che il diavolo se lo prenda. Comunque va bene. Passate, passate. La strada la conoscete.»

In effetti no, la strada non la conosco. Mi muovo lungo il corridoio di destra, puntando tutte le mie *fiches* su quella scelta. *Fifty fifty* di probabilità. Dato che il guardiano non mi richiama, presumo di aver vinto. Mi tolgo gli occhiali, con sollievo. Adham mi segue reggendo la cartella in mano, con l'aria del perfetto assistente.

Sul lungo corridoio si aprono sei porte per lato. Da sotto una sola di esse filtra una luce e si sente un rumore che ricorda quello di un rasoio elettrico.

L'apro, senza bussare.

Dentro, il rumore è più forte, tipo il ronzio di un calabrone da un chilo.

Un uomo alto e magro in camice bianco ci dà le spalle, chino su un corpo nudo disteso su un tavolo in metallo.

Ha in mano una piccola sega oscillante per autopsie, collegata a un dispositivo di aspirazione. Lo so perché Carla era un'appassionata del telefilm *CSI – Scena del Crimine*. Ho visto più autopsie che scopate.

Alle autopsie viste in televisione, però, manca qualcosa.

L'odore.

È nauseabondo, penetrante. Un misto di terra, merda e carne in putrefazione.

Il corpo sul tavolo ha un colore tra il grigio e il verdastro. Canticchiando in tedesco, l'uomo in camice bianco comincia a tagliare la calotta cranica del morto, aggiungendo all'aria fetida della stanza anche un odore di bruciato come quello di una cimice finita su una lampadina.

Il dottore stranamente non si è accorto del nostro arrivo. Immagino perché infilate nelle orecchie ha due cuffie senza fili bianche.

Quando si gira per prendere un attrezzo dal carrello dietro di sé ci vede e sobbalza. «Chi cazzo siete?» fa, in arabo.

Io annuisco. Sorrido, aprendo le braccia. Poi gli allungo un destro alla mandibola che lo manda a gambe all'aria, facendolo crollare sul cadavere. Adham butta via la cartella e scatta per sorreggerlo prima che finisca per terra.

Quando il dottor Lantz rinviene, si ritrova legato a una sedia da ufficio con le ruote. Adham ha appena finito di aiutarmi a tradurre come possiamo i suoi appunti in arabo per l'autopsia. Per dettarli, il medico ha usato un registratore vocale e un software che ha tradotto tutte le sue parole in un testo che appare sullo schermo del computer.

L'attrezzatura del laboratorio ha l'aria nuova e costosa. Venendo dalle strade polverose e spoglie di Fakhar sembra di essere finiti in un'astronave aliena.

«Buongiorno, dottore.»

L'uomo ci mette qualche secondo a mettermi a fuoco.

Mi tolgo di tasca gli occhiali vecchi che aveva lasciato

nel cruscotto dell'auto e glieli infilo sul naso. Quelli che aveva addosso si sono rotti quand'è caduto.

«Chi siete?» fa, arricciando il labbro superiore come un coniglio.

«Io sono il dottor Rumpelstiltskin, e questo è il dottor Rapunzel. Lo so, molti conoscono la sua sorella più famosa.»

«Slegatemi. Vi farò arrestare. Siete pazzi.»

«Tanta roba» sorrido.

A un mio gesto, Adham gli chiude la bocca con un bavaglio.

Il vecchio custode magari sarà anche duro d'orecchi, ma è meglio non rischiare.

«Come vede, non solo non la slego, ma le tappo anche la bocca. Al momento lei deve limitarsi ad ascoltare. Il tempo per parlare verrà, ma non è ancora il momento. Ha capito?»

Per tutta risposta il dottore mi fulmina con gli occhi.

Gli allungo una sberla; non è giusto che sia sempre io a prenderle.

Il lezzo di carne morta è meno forte, ora che Adham e io ci siamo spalmati sotto il naso del Vicks Vaporub, o qualcosa che ha un odore molto simile.

«Lei è tedesco. Ho letto di voi. So chi siete. Fate parte della comunità di espatriati arrivata qui nel 1957, subito dopo l'indipendenza, quando Wahid voleva imitare l'Egitto di Nasser e dotarsi di razzi per colpire Israele. Peccato che gli scienziati missilistici fossero finiti in Egitto e qui fossero capitati solo medici e biologi. Anche se stando a un certo rapporto che ho letto pare che anche le vostre ricerche avessero, come dire, un potenziale aggressivo. Armi batteriologiche. Ci lavorava anche lei? Ma no, che dico? Naturalmente no. Lei non era ancora nato. Forse suo padre, allora? Ora le libero la bocca, perché possa cominciare a rispondermi. Ma se tenta di farmi uno scherzo, vede quel bisturi? Le cavo un occhio. Per cominciare.»

A un mio cenno, Adham gli libera la bocca. Il tedesco mi rivolge uno sguardo rabbioso, ma abbassa subito gli occhi al luccicare del bisturi nella mia mano.

«*Adolf... Adolf...* Mi faccia pensare... Un nome di famiglia? *No*, vero?» faccio.

L'uomo siede con la schiena dritta, come se avesse uno stendardo piantato nel culo.

Guardo il giovane corpo sul tavolo. Sangue e altra materia liquida sgocciolano dai quattro angoli del tavolo metallico aperti sul pavimento, dove delle canalette li guidano fino a uno scarico.

Il petto e l'addome sono stati aperti. Pezzi di organi diversi sono stati posati in tupperware di plastica come quelli che si usano per conservare il cibo in freezer.

«Si porta a casa gli avanzi, dottore?»

«Vi farò pentire della vostra arroganza» ringhia. Ma a voce bassa, il che conferma che non è stupido.

«Sono solo venuto a farle delle domande. Lei parla inglese, dottore?»

«Meglio di quanto lei parli arabo.»

«Allora passiamo alla più classica delle buone vecchie lingue coloniali. Ho letto la trascrizione dei suoi appunti per l'autopsia. Molto interessanti. Molto competenti. E però completamenti falsi. Come ha identificato la vittima? Nei suoi appunti dice *Viktor Suvarin*. Ha azzeccato anche l'età. Complimenti. Un miracolo della scienza, considerato che poco prima ha scritto che il cadavere non aveva addosso nessun documento. No, no: aspetti a rispondere. Ancora qualche parola sul suo rapporto. Lei scrive che le ferite sono compatibili con quelle di un incidente stradale. Ho sentito parlare di auto intelligenti, ma nessuna tra quelle che conosco, dopo aver tirato sotto un pedone, incide le sue iniziali sulla sua pelle. Perché quelle là, sul costato, mi sembrano decisamente due lettere arabe. Ora che ci penso, le auto non fumano. Quindi quelle bruciature sui capezzoli e sull'inguine da dove sono saltate fuori?» Afferro il medico e lo sollevo con la sedia e tutto, premendogli la guancia contro quella verdastra del morto. I suoi occhiali si piegano malamente.

«E cosa mi dice dei denti, dottore? Quale incidente d'auto strappa due molari lasciando intatti i denti intorno? E quale incidente coinvolge un trapano da dentista, dato che gli incisivi superiori sono stati forati in cinque punti? E vogliamo parlare delle dita spezzate? O delle unghie dei piedi strappate? Ecco, adesso può parlare. L'ascolto. Sono tutto orecchi.»

Rimetto la sedia sul pavimento, e il medico con lei.

L'uomo sbuffa. «Io lavoro al servizio del governo. Voi chi siete? Chi vi dà l'autorità per farmi queste domande?»

Scuoto la testa. «Pensi, meno di un minuto fa mi ero detto che lei non è uno stupido. E lei con una sola frase sputtana le mie convinzioni.»

A Adham basta un mio cenno con gli occhi. La sua antipatia per il dottor Lantz è stata evidente da subito. Un caso di odio a prima vista.

«Dottor Rapunzel» sussurro.

Adam gli infila di nuovo il bavaglio, stringendolo come una garrota e facendolo gemere di dolore.

Mi chiedo con chi si sia accoppiato, quest'uomo. Porta una vera d'oro all'anulare. E un altro anello anche sull'altra mano, un anello che conosco.

Glielo tolgo strappandolo come la sicura di una bomba a mano.

Il corpo del dottore si inarca con un gemito straziato.

Ne ho visti parecchi, di questi anelli.

Il teschio e le tibie incrociate. Le svastiche, i fulmini, le rune.

All'interno, la firma corsiva di Heinrich Himmler e il nome del proprietario dell'anello, Dieter Lantz.

«Tuo padre?» chiedo al dottore, mettendogli l'anello delle SS davanti agli occhi.

Ne ho visti tanti, in vendita sui banchetti dei mercatini dell'antiquariato o del merchandising dei concerti dei gruppi tedeschi per cui lavoravo come addetto alla sicurezza, quando si esibivano in Europa. Prendevo due o tre giorni di ferie e andavo a Monaco, o a Londra, per occuparmi del servizio d'ordine. Non era solo un modo per procurarmi degli extra di soldi, droga e figa. Era un lavoro che avrei fatto anche gratis, per il piacere di rompere nasi e slogare braccia. Tanto nessuno di quelli che mi lavoravo così si sarebbe presentato in un commissariato per denunciarmi. Oltretutto chi avrebbe creduto alle loro accuse? *Un poliziotto italiano con un pedigree da eroe nazionale ti avrebbe fatto* questo*? Smamma, bugiardo. Ritieniti fortunato che non ti sbattiamo in carcere per calunnia. E ringrazia il dottor Stokar, che ha scelto di non sporgere denuncia.*

Che tempi, ragazzi.

Per quanto sia cambiato, per quanto la mia esperienza del mondo abbia prodotto una versione riveduta e corretta dell'io che ero, non posso impedirmi di provare un brivido di piacere nel rievocare l'energia di quegli sfoghi violenti.

Portavo anch'io anelli così, a quel tempo.

Ma per quanto fossero d'argento massiccio, e per quanto chi me li vendeva potesse spergiurare il contrario, dentro di me sapevo che erano solo copie. Così come so con assoluta certezza che questo anello è autentico.

«Chi è questo Dieter? Chi era? Tuo padre?»

L'uomo non risponde. Una gomitata nel plesso solare, però, gli fa cambiare idea.

«*Mio zio...*»

Sento uscire le due flebili parole da dietro il bavaglio, accostando l'orecchio. Faccio segno a Adham, che lo allenta.

«È morto a Kursk. Comandava un Tigre. Divisione SS Leibstandarte Adolf Hitler. Un eroe. Come il suo comandante, Theodor Wisch.»

«Non ne dubito. I vostri carristi erano tipi tosti.»

«Aveva ventidue anni. Mio padre undici. Quell'anello è l'unica cosa che ci resta di mio zio. La prego...»

«Non ho nessuna intenzione di portartelo via. Però tu in cambio cerca di rispondere a tono alle mie domande.»

«Chi siete?»

«Questa, se permetti, è una *tua* domanda. E pensavo fosse ormai chiaro che le domande qui le facciamo noi, non tu. *Verstehen?* Capito?»

Con una smorfia, il medico annuisce più volte.

«Oh, bene. Ora che abbiamo rotto il ghiaccio, vediamo di capire come fai a dire che questo ragazzo dall'aria semitica e dalla pelle ormai verdastra ma originariamente piuttosto scura è un russo di ventiquattro anni di nome Viktor Suvarin. A lei sembra un russo, dottor Rapunzel?»

«Non direi.»

«Vedi, dottor Lantz? Il parere del dottor Rapunzel collima col mio. Vuoi per caso rivedere la tua perizia?»

«Chi siete?»

«Ancora? Cominci a essere monotono. Diciamo che siamo amici della verità, ti può bastare?»

Il medico sogghigna. Scuote la testa pronunciando alcune parole incomprensibili, forse in tedesco.

«Che cos'hai detto?» gli chiedo, con tutta la gentilezza possibile.

Lui non risponde.

Gli tappo la bocca. Gli spezzo l'anulare della destra.

Il suo dolore si riverbera come una scossa nella mia mano che gli blocca il respiro. Sento la sua sofferenza come una vibrazione.

«Che cos'hai detto?» ripeto, sempre gentilmente.

La sua faccia ora è deformata. Lacrime colano come ruscelli dai suoi occhi serrati. «Sei pazzo... Ho detto... Ho detto... *Conoscerete la verità e la verità vi renderà liberi...*»

«Citi un testo ebraico? Adolf, non è da te! Cosa direbbe il tuo zietto?»

«La Bibbia...» accenna a protestare. Ma non va oltre, come se avesse avuto per la prima volta la rivelazione della natura di quel libro.

«Ascolta, *Dolfi*. Non ti dispiace se ti chiamo così, vero?

Ascoltami, ma ascoltami *bene*: ora mi spiegherai tutto dall'inizio, come se avessi da raccontarmi la storia più interessante del mondo e dovessi raccontarla a me per la prima volta, d'accordo? Tu mi racconti per filo e per segno quello che sai e quello che hai fatto, e noi due usciremo da quella porta e non sentirai più parlare di noi. Mi sembra un affare, no?»

«Adnani vi scuoierà vivi.»

«Lavori per lui?»

Un guizzo di furbizia attraversa quegli occhietti azzurri gelidi come un ghiacciaio. «Io lavoro per l'ospedale.»

«Chi è questo poveraccio sul tavolo?»

Il medico scuote la testa, sconsolato. Il suo labbro inferiore è gonfio e spaccato per la mia sberla violenta. «Mi hanno consegnato il corpo. Con una scheda. Sulla scheda ci sono il nome e il cognome, e l'età. Io ho riportato tutto sul verbale autoptico, così come le circostanze presunte dell'incidente. Camminava lungo una strada periferica della città, di notte. La strada è molto trafficata dai camion. Probabilmente, stando alla scheda, il ragazzo aveva bevuto, o era drogato, è finito sulla strada e un camion l'ha travolto.»

«E il camionista invece di soccorrerlo gli ha spento la sigaretta sul petto... Anzi; diverse sigarette... E gli ha inciso le sue iniziali nella carne.»

«Non so di cosa stia parlando.»

Gli sollevo la testa di peso e la giro a forza verso il cadavere. La sua faccia è a meno di venti centimetri dal corpo in putrefazione.

«Sto parlando di queste bruciature. E di questi tagli di coltello che a me sembrano lettere arabe. Che lettere sono, secondo te?»

«Non vedo nessuna lettera.»

«Ah sì? Neanche con gli occhiali?»

Punto il dito sul petto del morto. «A me queste sembrano proprio una *t* e una *k*.»

Il medico alza le spalle.

«Nel tuo rapporto dici che l'ora della morte è intorno alle ventuno di oggi.»

«Se c'è scritto, c'è scritto.»

«Non sono un medico, Dolfi, però ho visto abbastanza film di George Romero e puntate di *The Walking Dead* per sapere che questo ragazzo non è morto da poche ore, ma da diversi giorni. E poi, sinceramente, non mi sembra proprio russo. Dove ti sei laureato, Dolfi?»

«Perché me lo chiede?»

«Perché tu mi risponda.»

«Mi sono laureato a pieni voti all'università del Cairo, a Giza. Alla Kasr Al Ayni, la facoltà di Medicina. Secondo del mio corso.»

«Chissà com'è stato orgoglioso tuo papà. Anche se non sei arrivato primo. Ma come mai non hai scelto un'università occidentale? Che ne so, magari negli Stati Uniti...»

Il dottor Lantz fa una smorfia disgustata. «L'Occidente è marcio. In mano agli ebrei e ai capitalisti.»

«Capisco. Anche se da quel poco che ho visto dell'Ard Alshams non mi sembra esattamente un modello di stato da adottare su scala planetaria.»

Per la prima volta Lantz sorride. «Io aspetto. *Noi* aspettiamo. Il nostro momento verrà. Trump è solo l'inizio.»

«E la fine, mi pare di aver capito. Gli americani hanno cambiato strada.»

«No. È solo l'inizio. Tornerà. *Torneremo*.»

«Sì, vabbè. Okay. Torniamo alle cose serie. Tu hai una laurea in medicina, e magari sei anche specializzato in?...»

«Anatomia patologica.»

«Ma certo. Giusto. Sennò perché lavoreresti qui invece di praticare la chirurgia estetica a Hollywood? E quindi sai sicuramente distinguere, o almeno dovresti, un cadavere fresco da uno vecchio di giorni. E i tratti somatici di un mediorientale da quelli di un russo.»

«Non esiste un fenotipo russo. Io...»

«Senti, Adolfino, onestamente non ho più molta voglia di farmi prendere per il culo da te. Sai benissimo che questo ragazzo non è morto oggi, che non è russo e che non è finito sotto un camion. Quindi piantala con la commedia e dimmi chi ti ha ordinato di taroccare il tuo resoconto. E comunque dimmi come pensavi di farla franca con le foto a corredo del referto.»

Incredibilmente, il buon dottore arrossisce. E non solo dove la mia sberla ha lasciato il segno. «Le foto sarebbero andate perse. Il corpo cremato subito dopo l'autopsia.»

«Sono cose che capitano? Anche a uno delle *Herrenrasse*?»

«Un errore può sempre capitare. Con il mio stato di servizio non è certo un problema. Per me sarebbe la prima volta. Non riceverei nemmeno una nota disciplinare.»

«Ah no?»

«No. Anche considerato che sono il capo di questo reparto.»

«Mi sembri divertito dalla cosa. La prendi con il giusto senso dell'umorismo.»

Lantz fa un sorrisino. Che però sparisce di colpo, quando gli afferro la faccia e la sbatto nelle viscere del ragazzo morto. Lo tengo lì abbastanza a lungo perché per riprendere fiato debba aprire la bocca in quella materia immonda e viscida.

Lo tiro su.

Ansima, sputa, sembra sul punto di soffocare.

«Mi verrebbe voglia di usare i tuoi macchinari su di te. Questo bisturi, per dire. O quella tua piccola sega circolare. Tappagli la bocca» faccio a Adham.

Quando il bavaglio è di nuovo al suo posto sulla faccia lordata del medico, avvicino al suo occhio il bisturi affilatissimo, che brilla di cattiveria alla luce potente della lampada accesa sopra il tavolo.

Lantz scuote la testa così tanto che ho quasi paura che gli salti via da sopra le spalle.

La lama del bisturi si avvicina fino a pochi millimetri dalla sua guancia.

Sento che sotto il bavaglio vorrebbe gridare.

Riconosco le parole che sta inutilmente cercando di urlare.

Che cosa vuoi da me?

«Te l'ho detto, Adolf. Voglio la verità. E invece tu fai il filosofo e mi citi la Bibbia. E poi cosa tieni da parte per me? Il *quid est veritas* di Pilato? Vuoi scherzare? Guarda che io ho fatto il classico, pezzo di merda. Di citazioni ne conosco un sacco. Quello che voglio sapere da te è chi ti ha detto di mettere su questo teatrino.»

Il medico piange. Lo vedo attraverso le lenti macchiate di sangue e altri liquidi.

I nazisti non sono più quelli di un tempo.

Avvicino il bisturi ancora di più alla sua faccia. L'uso per sollevargli gli occhiali e puntare all'occhio destro.

Il medico non osa muovere la testa, per paura della lama. Ma con gli occhi mi implora di togliergli il bavaglio.

«Cavaglielo» faccio a Adham.

Le parole escono a cascata dalla bocca di Lantz. «Ho avuto l'incarico dall'ufficio del maresciallo Adnani. Era sparito un ragazzo russo. Probabilmente è stato rapito e fatto a pezzi per soldi, o anche solo per aver guardato troppo una ragazza per strada.»

«E chi mai vorrebbe farlo? Con quei burqa, o come cazzo li chiamate, vista una viste tutte.»

«Mi lasci pulire la faccia. Questa roba che ho addosso è velenosa. Se ho un taglio da qualche parte potrebbe infettarsi.»

Evito di dirgli che ha un labbro spaccato. «Ti pulirai dopo. Ora vai avanti.»

«Ma è lei che mi ha interrotto...»

«Vai avanti.»

«Il maresciallo Adnani non vuole avere problemi coi russi. Così mi dice il suo ufficiale che mi ha chiamato: "Ti mando un corpo dal ministero, chiuso in un sacco, con tutti i dati del russo. Solo i dati, perché i documenti non si trovano. Tu devi solo compilarmi un rapporto di morte per incidente stradale, cremi subito il corpo e finisce lì. Il maresciallo ti sarà grato per il servizio reso."»

«E allora perché gli hai fatto l'autopsia?»

«Io...»

«Sii sincero. Ti conviene.»

«E va bene. Va bene. Una volta era tutto più facile. Adesso invece è difficile trovare materiale di studio. Un anatomopatologo deve tenersi in esercizio. Una volta c'era un rifornimento continuo di corpi. Sotto Wahid non sapevamo dove metterli. Ce li scaricavano qui a dozzine ogni giorno. Abbiamo dovuto assumere degli inservienti per far lavorare il forno su tre turni, giorno e notte.»

«Poverini. Mi fate davvero pena.»

Mi guarda implorante. «Tanto era morto. Che studiassi o meno il suo corpo, per lui cosa cambiava?»

«Autopsia vera, rapporto fasullo?»

«Sì. È così.»

Trovo un pacchetto di salviettine umidificate sulla sua scrivania. Ne tiro fuori due e gliele passo sulla faccia, senza troppa voglia o delicatezza.

Mi torna in mente l'aneddoto su Tiberio raccontato da Svetonio, quello del pescatore che riesce ad avvicinarsi all'imperatore nella sua villa teoricamente superprotetta di Capri per regalargli una triglia appena pescata. Tiberio, irritato da quell'intrusione inaspettata, ordina alle guardie di strofinare la triglia sulla faccia del pescatore, che si mette a ridere rallegrandosi di non avere offerto all'imperatore l'aragosta pescata assieme alla triglia. Tiberio allora gli fa sfigurare il viso con l'aragosta.

Vorrei averne anch'io una in mano, in questo momento, e passarla sulla faccia di questa merda in forma umana invece di un morbido fazzoletto disinfettante.

«Grazie» biascica il medico.

«Non c'è di che. Mi sfugge però perché Adnani ti ha chiesto di fare una cosa del genere. Non era meglio lasciare che il ragazzo russo restasse sul registro delle persone scomparse?»

«È quello che mi sono chiesto anch'io. Non trovo spiegazioni. Ma non è che quando Adnani ti chiede di fare una cosa tu ti metti a chiederti perché o, peggio ancora, gli rifiuti il favore.»

«Immagino.»

«Ti ho detto tutto.»

«Immagino di sì.»

Butto le salviette sozze nel cestino sotto la scrivania, con un lancio che avrebbe fatto invidia a Kobe Bryant.

Do un'ultima, lunga occhiata al ragazzo morto, sventrato come un pesce rimasto invenduto al mercato, e destinato a essere buttato via. Mi chiedo se sua madre sappia dove si trova, e cosa gli è successo.

«Ti faccio un'ultima domanda» dico al medico. «Se tu dovessi scrivere l'autopsia *vera* di questo ragazzo, cosa scriveresti?»

«Un'autopsia vera in che senso?»

«Se le ferite di questo poveretto ti raccontassero la storia dei suoi ultimi giorni, che cosa ti direbbero davvero?»

Il medico riflette a lungo. Poi scuote la testa. «Cosa vuole sentirsi dire?»

«La verità. Come vedi, gira e rigira torniamo sempre a quella.»

«Questo è un paese difficile. Con una situazione politica complessa...»

Il mio manrovescio spazza via gli occhiali, ferendogli il naso. «Basta cazzate, *Herr Doktor*. Se volevo sapere della situazione politica di questo posto di merda cercavo su Wikipedia. Voglio il tuo cazzo di referto autoptico, e lo voglio *ora*.»

Le lacrime scorrono sulle guance del medico. «È stato torturato. Per giorni. Quattro, cinque, non so. C'era acqua nei suoi polmoni...»

«*Waterboarding?*»

«È possibile.»

Una tortura del cazzo, particolarmente crudele. Appendi uno coi piedi all'insù e gli versi dell'acqua nel naso, provocando gli effetti di un annegamento. Una tortura molto in voga presso i servizi segreti americani, anche se a inventarla è stata l'Inquisizione spagnola.

«Hanno usato anche un trapano da dentista. »

«Hai già visto segni del genere?»

Lantz storce la bocca. Non risponde.

«Ripeto la domanda...»

«Sì. Li ho già visti.»

«Dove?»

«Al ministero degli Interni.»

«Su uomini vivi o morti?»

Il medico si contorce sulla sedia come una biscia.

«Mi hai già risposto» faccio. Lo guardo come va guardato. Come una merda. «Sei stato tu a fargli questo?»

«No!»

«Ma hai fatto queste cose su altri.»

Lantz chiude gli occhi e non risponde.

«Scommetto che ti piaceva. Scommetto che ti *piace*, il tuo lavoro.»

Sospiro.

«Sai, Adolf, c'era un medico, un tempo. Un bravo medico tedesco. Il dottor Mengele. Ammazzava bambini, ad Auschwitz, con la scusa di condurre degli esperimenti assurdi. Non puoi non averne sentito parlare. Era un uomo di successo, nel suo giro. Che è anche il tuo. È riuscito a fuggire in Sud America, dopo la guerra. Un uomo fortunato. Anche tu sei un uomo fortunato, lo sai?»

Mi guardo intorno e trovo quasi subito quello che cerco. Non è un oggetto che ti aspetti di trovare in uno studio medico, il che mi dice che le autopsie non sono l'unica attività che questa merda svolge per la polizia politica.

Quando Lantz vede cos'ho in mano sbianca.

Prima che possa reagire o urlare gli imbavaglio per l'ultima volta la bocca. Poi lo slego, e lo costringo ad allungare le braccia finché le sue mani non si posano sul tavolo delle autopsie.

Dietro il bavaglio i mugolii ora sembrano una preghiera.

«Aiutami» faccio a Adham.

Lui non si fa pregare: tiene ferme le braccia di Lantz mentre io sollevo il martello in acciaio da un chilo e lo faccio calare due volte sulle mani del medico.

Destra.

Sinistra.

Lantz cade a terra svenuto, le dita ridotte a due ammassi sanguinolenti.

Apro una vetrina, svito il tappo di un flacone di disinfettante e verso il contenuto su quelle che un tempo erano mani. L'acqua ossigenata sfrigola, il corpo di Lantz si contorce come un'anguilla.

Adham ha gli occhi sbarrati.

«Ora possiamo andare» gli faccio.

Usciamo da una porta sul retro: dà su un cortiletto che sembra il deposito di uno sfasciacarrozze. Pezzi di macchinari arrugginiti, pallet, pile di scatole di cartone vuote. Una seconda porta, con sopra il cartello AL-AKHRAJ – uscita, in arabo – è chiusa a chiave, ma la chiave è infilata nella serratura.

Adham si blocca di colpo. «Cazzo, devo tornare indietro.»

«Perché?»

«Devo pulire le impronte.»

Cazzo, sì. Le impronte.

Adham mi fa segno di togliermi il camice, come lui ha già fatto. Anche il badge e gli occhiali vecchi di Lantz finiscono nelle sue mani.

«Come pensi di disfartene?»

«Hanno detto che c'è un forno. Mi sembra un'ottima soluzione.»

«Hai ancora la pistola?» fa.

Lo guardo imbambolato, prima di ricordarmi che ho ancora su di me la Beretta presa nell'auto del medico.

«Dalla a me» fa Adham. «Mi disfo io anche di quella.»

«Vengo con te.»

«No. Faccio prima da solo.»

«Sicuro?»

«Sicuro. Questione di qualche minuto. Tu resta qui. Torno subito.»

Non me la sento di discutere. E in fondo non ho nessunissima voglia di tornare di là. A volte mi lascio un po' prendere la mano, e faccio cose che la gente spesso non approva, e che magari io stesso, dentro di me, non approvo. Ma è come se dopo averle fatte le chiudessi dentro un cassetto, e non ci penso più. L'importante è non ricordarsene. E vedere le mani del dottor Lantz sicuramente mi farebbe pensare a quello che ho appena fatto.

Così dico: «Okay, vai tu.» E poi aspetto che torni.

Non ci vuole molto. Meno di tre minuti, durante i quali ho guardato le scatole vuote come se contenessero il Graal.

«Fatto?» gli chiedo.

«Fatto. Ora vediamo di svignarcela.»

La seconda porta ci fa uscire, come speravo, dal complesso dell'ospedale, su una strada deserta e poco illuminata. Arrivare al vicolo dove abbiamo lasciato la Mercedes è questione di un paio di minuti.

Allenby sussulta, quando spalanco la portiera.

«Dov'è Mei?» faccio, mentre Adham si piazza al posto di guida.

«È tornata in albergo.»

«Con cosa?»

«Con un taxi. Perché ci avete messo tanto?»

«Ci siamo fatti un nuovo amico.»

41

L'atrio dell'Hotel Graziani, di notte, è ancora peggio che di giorno. L'illuminazione flebile accentua lo squallore degli arredi. I tendaggi polverosi sembrano sudari appesi e dimenticati lì fino al giorno del giudizio.

Pare lo scenario di un horror prodotto dalla Hammer.

Come sempre, Adham ci ha lasciati di fronte all'albergo sovietico ed è ripartito senza pronunciare una parola. Di tanto in tanto, durante il viaggio che ci ha portato sin qui, ho colto i suoi occhi che mi guardavano, nello specchietto retrovisore, con un'espressione perplessa. Perché stavolta ho viaggiato sul sedile posteriore. Volevo guardare in faccia l'inglese.

Attraversando la piazza, con un sussurro Allenby mi ha ricordato di non dire nulla, fra le pareti dell'hotel. «Parleremo domani. Ha saputo qualcosa di utile?»

«Sì. Casomai dovesse sentire il suo padrone lo tranquillizzi. Il morto all'obitorio non è suo figlio.»

«Questa è una buona notizia. Vuol dire che il nostro informatore si è sbagliato.»

«Non necessariamente. Quel morto è stato identificato ed etichettato come Viktor Suvarin.»

«Ma è assurdo.»

«Infatti.»

Allenby si blocca sul posto. «Non ha senso.»

«Se non ce l'ha per lei, non vedo come possa averlo per me.»

Mi passo la mano tra i capelli. Sono troppo lunghi. Sull'isola, prima che la pandemia arrivasse anche lì, me li radevo a zero da solo, con un rasoio che avrebbe fatto morire d'invidia Tommy, il barbiere delle Zattere. Chi me l'aveva venduto sosteneva che era di un *gringo*, ucciso dal bisnonno del proprietario nella guerra civile messicana, dopo la battaglia di Ojinaga. Juan Lobo, il venditore, aveva pronunciato il nome di quella battaglia in un tono reverenziale, come se anche a me dovesse dire qualcosa. Sul manico in madreperla erano incastonate le iniziali in oro AGB. Era un buon rasoio, che ho lasciato sull'isola pensando che non avrebbe superato i metal detector aeroportuali.

Mi guardo la mano. C'è una macchiolina di sangue, e un pezzetto di qualcosa che potrebbe essere osso. Strofino la mano su un paracarro.

«Ho bisogno di tagliarmi i capelli» mormoro.

«Ma le sembra il momento di pensare a questo? A *tagliarsi i capelli*? Vi siete lasciati dietro un testimone. Quanti stranieri pensa ci siano, in città? E quanto tempo pensa ci voglia alla polizia politica per sapere della sua visita all'obitorio?»

«È una domanda seria?»

Allenby si mette di fronte a me, le mani piantate sui fianchi in una posa involontariamente mussoliniana. «Lei non può assumere iniziative del genere senza prima avvertirmi.»

Lo guardo. «Credevo che Suvarin mi avesse ingaggiato proprio perché sono capace di assumere iniziative senza prima convocare una *call*.» Sorrido, mettendoci il massimo di facciadiculaggine possibile. «Comunque i testimoni sono due, non uno. Oltre al medico c'è anche il custode.»

La bocca dell'avvocato si spalanca come quella di un boa pronto a ingoiare un pallone da basket. «Ma...»

«Non ci pensi. Non adesso, sennò le torna su la cena. Domani, okay? Domani. Adesso sono davvero molto stanco.»

42

Se la capacità di prendere sonno in qualunque situazione e circostanza fosse una specialità olimpica, io vincerei la medaglia d'oro. Anche se, come diceva Carla, in realtà sono uno che dorme sempre con un occhio solo. Oktoberfest, il mio bassotto, dormiva anche lei con tutti i sensi all'erta. Sembrava immersa in un sonno di sasso, ma poi al minimo rumore spalancava gli occhi di colpo.

Così sono già un paio d'ore che dormo della grossa, ma basta un leggero scricchiolio del parquet per farmi saltare giù dal letto e scattare verso la porta.

La luce si accende.

Mi blocco.

Mei, avvolta in un accappatoio azzurro sulla soglia, mi fissa impaurita, una mano ancora sull'interruttore della luce e una a proteggersi la gola, come se io fossi un lupo pronto ad azzannarla.

«Cosa ci fai qui?»

«Abbassa la voce, per favore. Jeremy è nella stanza accanto. Non voglio che ci senta.»

«Che cosa ci fai qui?» ripeto, a voce meno forte.

Lei scuote la testa. Indica il soffitto, i muri.

I microfoni nascosti.

Si porta un indice alle labbra per dirmi di non parlare.

Poi infila la mano nella tasca del suo morbido accappatoio e tira fuori un paio di forbici.

Sorride, cogliendo la mia espressione preoccupata.

«Jeremy mi ha detto che ti serve un taglio di capelli.»

«Sono abituato a un barbiere nero alto due metri e con la passione per la lirica. O ad arrangiarmi da solo.»

Mei ride. «Non ti troverai male, con me. Ho lavorato da una parrucchiera, da giovane. Mi taglio ancora i capelli da sola. Per me sarebbe un piacere.»

I suoi occhi guardano in basso.

Solo così mi rendo conto che sono nudo.

I pigiami non mi sono mai piaciuti, se la temperatura è appena sopra lo zero.

Faccio due passi indietro. Afferro il lenzuolo e me lo drappeggio addosso come un pareo. «Entri sempre nelle stanze degli altri senza bussare?»

«No. Di solito no.»

«E allora perché l'hai fatto?»

«Te l'ho detto. Non volevo svegliare Jeremy.»

Tende l'orecchio. Io faccio lo stesso.

Attraverso la porta del bagno che condivido con Allenby, il suo russare arriva forte come quello di una motosega.

«Non credo che col rumore che fa sarebbe stato in grado di sentirti bussare. Secondo me non avrebbe sentito nemmeno se tu avessi buttato giù la porta a calci.»

«Sai, Sergio, se uno tiene alla sua privacy, chiude le porte a chiave.»

«Se ci fosse una chiave, l'avrei fatto. Quella che mi hanno dato funziona solo per aprire e chiudere da fuori.»

«Lo so. Anche la mia. E lo dico senza secondi fini.»

La guardo perplesso. Questa ragazza ha più facce di un icositetraedro.

Anche lei mi guarda. Con timida insistenza.

«Okay» sospiro. «Ho *davvero* bisogno di un taglio.»

Seduto sul bordo del letto guardo le ciocche dei miei capelli cadere sull'asciugamano per terra, lo stesso che ho usato dopo la doccia. L'acqua era fredda, la saponetta ruvida e grigiastra sapeva di creosoto, ed era appena più morbida di una pietra pomice. Ma me l'ero goduta quella doccia, e mi sembrava che l'acqua, oltre ai residui schifosi della morgue, si portasse via anche i pensieri della giornata.

«A cosa stai pensando?» mormora Mei, spuntando i peli sul mio collo.

«Come fai a dire che sto pensando qualcosa?»

«Ho sentito i tuoi muscoli rilassarsi.»

«Ah.»

Un tempo i miei capelli erano neri come la notte. Ora quelle che vedo cadere sull'asciugamano sono stoppie ingrigite come un campo di mais dopo un incendio.

«Tagli bene.»

«Cosa ne sai? Non c'è nemmeno uno specchio.»

«Sento le tue dita. Sono sicure. Precise.»

«Se fossimo ciechi saremmo una bella coppia. Non avremmo bisogno di vederci.»

«Se noi due fossimo una coppia non vorrei essere cieco.»

Le forbici si fermano un attimo, ma poi le sue mani abili riprendono a tagliarmi i capelli. La lieve pressione delle dita di Mei sul mio cuoio capelluto è piacevole, sensuale.

«Come ti senti?» le chiedo.

Lei capisce senza che io debba usare parole che non devono essere pronunciate, in questa stanza.

«Era la tua prima volta?» sussurro rivedendo l'espressione che aveva sul volto mentre sparava al miliziano.

Lei esita solo un attimo, prima di rispondere. «No, non era la mia prima volta.»

Per un po' non parliamo, mentre lei rifinisce il suo lavoro.

«Hai un rasoio? Della schiuma da barba?» sussurra.

Le indico il nécessaire posato sul trolley. Accanto c'è una grossa lucertola morta.

Mei spalanca gli occhi.

«La prima volta che mi è entrata in camera l'ho fatta uscire senza farle niente» faccio.

«Ma alla seconda...»

«Alla *terza*, in realtà. E non sono neanche del tutto sicuro che sia la stessa lucertola.»

«Come l'hai uccisa?»

«Le ho spezzato il collo.» Mimo il gesto.

Mei continua a sforbiciare, lavorando di fino dietro il mio orecchio, come se l'argomento avesse perso d'interesse per lei. Mi posa la mano sulla testa, perché la reclini un po'. «Quasi finito. Ora devo raderti, dove va fatto.»

In punta di piedi si dirige verso il trolley. Raccoglie il nécessaire stando attenta a non sfiorare il rettile morto. La vestaglia, piuttosto corta, le lascia scoperte le gambe fino a metà coscia. Entra in bagno, e al suo ritorno ha in mano una bottiglietta d'acqua. Traffica un po' con quello che ha preso dal mio nécessaire e quando ha finito m'insapona il collo con la schiuma da barba, prima di cominciare a radermi con un rasoio Gillette.

«Sei bello, per essere un occidentale. Un po' peloso, ma bello.»

«Non ti piacciono gli uomini pelosi?»

«Non molto. Non prendertela.»

«Non me la prendo.»

È piacevole farsi radere da una donna. Le dita che mi sfiorano la pelle e mi accarezzano la nuca per catturare un pelo ribelle, il modo in cui Mei mi sussurra di piegare la testa, e la sua mano che la sospinge con delicatezza: tutto questo è di una sensualità estrema, a tratti quasi sessuale.

«I maschi cinesi sono meno pelosi?»

«Sì.»

La notte, fuori dalla finestra senza tende, è assoluta. La camera dà su un vasto spiazzo vuoto sul retro dell'albergo. Nessuna luce oltre a quella delle stelle: ho l'impressione che, vista da fuori, questa camera possa sembrare un quadro di Edward Hopper; io e Mei come due naufraghi in un mare di solitudine, che si aggrappano a un'isola di luce destinata a non durare.

Le sue unghie non sono smaltate. Sembra che se le sia rosicchiate. Sono le unghie di una bambina, o di una ragazzina. Sul pollice della sua mano destra, quando passa vicino ai miei occhi per radermi la guancia, scorgo qualcosa di rosso.

Lei si ferma di colpo portandosi il dito alla bocca, e quando la sua mano entra di nuovo nel mio campo visivo la macchiolina è sparita.

«Finito.»

Mi passo la mano sulla nuca. La sensazione è quella di accarezzare contropelo Oktoberfest.

«Grazie. Un taglio perfetto.»

La sua risata è roca, sommessa, la mano come sempre davanti alla bocca a nascondere i denti. «Cosa ne sai? Non ti sei neanche visto.»

«Non ho uno specchio.»

«In bagno ce n'è uno. Vai a vederti. Dai.»

Le obbedisco.

Il bagno è buio. La luce è sopra il lavandino. Premo l'interruttore. Il neon ronza un po' e poi si accende.

«Un ottimo lavoro» faccio.

«Ed è anche gratis.»

Torno in camera.

Mei è appoggiata di schiena alla finestra. Mi guarda. «Cosa mi sono persa, stasera?»

«In che senso?»

«Nel posto dove sei andato con Adham.»

«Non credo che sia il caso di parlarne.»

Faccio un cerchio in aria con l'indice. *I microfoni.*

Lei sorride. «Jeremy dice che hai fatto il cattivo.»

«Ah sì?»

«Con il dottore...» Si stacca dal muro. I passi con cui si muove sono volutamente lenti, studiatamente femminili. «Come con quella povera lucertola.»

«No, io...»

La sua mano scivola sulla mia guancia fresca di rasatura. «Gli hai dato il fatto suo...»

«Se l'è meritato» sussurro.

«Ma l'altro... Perché l'altro?...»

Non capisco cosa vuole dire. Forse ho sentito male.

Mei si appoggia a me con tutto il corpo. Sotto il lenzuolo, il mio cazzo preme fino a farmi male. Lei sembra intuirlo, perché abbassa la mano ad accarezzare la stoffa, pochi centimetri sopra il mio inguine.

È molto alta, per essere una ragazza cinese. Mi chiedo se questo le ha causato problemi coi suoi partner.

Ho una fantasia, su di lei. Una fantasia che è un ricordo.

La proprietaria di un centro massaggi dov'ero andato in incognito. Quando avevo tirato fuori il tesserino, la vecchia si era messa a piangere, e alla fine mi aveva commosso quasi più con le sue lacrime che con i duemila euro che mi aveva infilato in mano. Come extra mi aveva offerto quella che aveva chiamato «una cosa speciale». E la cosa speciale erano due ragazze cinesi magre come cagne di razza. Avevano un collare borchiato al collo, e biancheria intima in cuoio.

Mi si erano strusciate addosso spingendomi lungo il corridoio per poi farmi stendere su un letto. Mi avevano spogliato, e poi avevano fatto una cosa che ancora adesso mi dà i brividi a ricordarla.

Si erano messe a leccarmi. Partendo una dalla mia faccia e l'altra dai piedi, mi avevano leccato ogni millimetro di pelle, facendomi la doccia con la lingua. Oktoberfest, la mia bassotta, mi leccava così per ringraziarmi degli strappi alla regola che le facevo fare rispetto alla dieta ferrea impostale da Carla.

Era stato un lungo pomeriggio di piacere. Ero venuto due volte, senza mai entrare in loro. E senza che le loro lingue neppure mi sfiorassero il cazzo.

Le labbra di Mei si avvicinano alle mie.

Sanno di menta e sale.

Sono quasi sulle mie. Poi di colpo si ritrae da me.

Si volta verso la finestra. Alla luce della plafoniera vedo una lacrima rigarle la guancia.

«Meglio se vado, adesso» sussurra.

E prima che io possa fermarla è già uscita dalla stanza, lasciandosi dietro un vuoto fatto di desiderio.

43

Mi giro e rigiro per un bel po' nel letto che cigola e si muove come una barca. Il mio cazzo non ne vuole sapere di ammosciarsi. Considero l'idea di masturbarmi, ma la scarto subito. Non qui, non ora. Mi vergognerei davanti a me stesso. Ho dentro un groviglio di pensieri, desideri e sensi di colpa. Una sega non li risolverebbe. Così mi vesto e scendo in strada.

Ovviamente è deserta, di un'immobilità quasi surreale. Mi incammino verso il palazzone sovietico, e verso un'auto che conosco.

Adham abbassa il finestrino elettrico della Mercedes. «Non è consigliabile passeggiare per strada a quest'ora.»

«Non riesco a dormire.»

«Questo l'avevo capito.»

«E tu come mai sei qui?»

«Fa parte del mio lavoro.»

«Ma ti pagano abbastanza?»

«Be', sai, questo è soggettivo. Pensa che un tempo lo facevo gratis.»

«Come mai?»

«Per la causa. Una volta si diceva così.»

Non gli chiedo che causa fosse. Oggi come oggi siamo tutti orfani di qualche grande causa, e spesso ci vergogniamo di parlarne.

«Posso fare qualcosa per te?» chiede l'autista.

«No, grazie. Faccio qualche passo.»

«Non da quella parte, se posso darti un consiglio. Meglio da quella.»

«Grazie. Mi pareva di aver capito che non si possono parcheggiare auto in strada, di notte.»

«Infatti se arriva qualcuno mi muovo. Buona passeggiata. Tranquillo, ti tengo d'occhio io.»

Cammino verso il fondo della piazza. La luce dei lampioni è scarsa. Riesco a vedere la coperta di stelle sulla città addormentata, o che finge di dormire.

Tiro fuori il telefono marziano e compongo un numero, sperando di averlo memorizzato bene.

«*Allo?*» mi risponde in russo una voce femminile giovane e assonnata. *Pronto?*

«Irina?»

La donna passa all'inglese. «Chi è?»

«Seymour. Seymour Stoker.»

Sento la sua risatina e mi chiedo da che parte del mondo arrivi. Lo chiedo anche a lei.

«Sono a Mosca. Tre giorni di quarantena. Una mia collega è risultata positiva al tampone.»

«Tu stai bene?»

«Ma sì. Ci sono già passata, l'inverno scorso. E tu come stai? Dove sei?»

Pondero per un attimo se dirle la verità. Poi le rispondo: «Nell'Ard Alshams.»

«Mai stata. È brutto come dicono?»

«Direi di sì.»

La sento sbadigliare.

«Che ore sono da te?» le chiedo.

«La stessa ora di lì. Non lo sapevi? Nell'Ard Alshams gli orologi sono regolati sul fuso orario di Mosca. È una cosa che aveva messo in piedi quel dittatore matto... Come si chiamava? Ed è rimasto così. Stessa ora qui e lì. Siamo in sintonia.»

«Vuoi dire in *sincronia*.»

«Anche.»

Lunga pausa.

«Mi sei mancato.»

«Ci siamo incontrati solo una volta. E per così poco tempo.»

Allungo un calcio a un barattolo arrugginito. Il rumore, nella piazza deserta, risuona come uno sparo.

«Cos'è stato?» chiede Irina, dall'altra parte del mondo.

«Niente.»

«Mi piacerebbe parlarti ancora.»

«Non sono un gran conversatore.»

«Ma sai ascoltare. E abbracciare. È bello sentirsi stretta tra le tue braccia.»

«Sono un uomo cattivo.»

«Non è vero. Gli occhi non mentono. E i tuoi non sono quelli di un uomo cattivo. Hai gli occhi di un cane che ho visto una volta. L'avevano usato per dei combattimenti clandestini. Quando un mio amico l'aveva trovato portando fuori l'immondizia era mezzo morto, quel cane. L'ha fatto operare in una clinica. Ha perso una zampa, e un occhio. E sai una cosa? L'occhio che gli è rimasto è l'occhio di uno che ha visto l'inferno e ora cerca soltanto la pace.»

Parliamo ancora a lungo, e io percorro in cerchio la piazza un sacco di volte. Dall'auto di Adham esce un filo di musica dance e l'odore di uno spinello. Io ascolto la voce di Irina, felice come un ragazzino, e tutta la tensione della giornata si scioglie: la violenza che mi porto dentro sparisce, come se venisse inghiottita dallo scarico di un lavandino in fondo al quale c'è il mio passato, e magari anche il mio domani, ma in questo momento l'acqua è pulita, limpida, luminosa.

Quando torno in albergo mi volto, sulla porta d'ingresso. I fari della Mercedes lampeggiano due volte, illuminando il mio sorriso idiota.

In camera, mi stendo nel letto e mi addormento come un bambino.

44

Mi sveglio con una pistola puntata al petto, e dietro a quella c'è una faccia da ragazzino mangiata dall'acne.

Se addormentarsi con il profumo di Mei sulla pelle e la voce di Irina è stato bello, riaprire gli occhi così è un doppio incubo.

«Alzati!» mi urla in arabo il ragazzino armato. «Non muoverti!»

A parte la contraddizione di quei due comandi, che per un attimo mi spiazza, realizzo subito che potrei disarmarlo in cinque secondi.

E che potrei ucciderlo con una mossa sola.

Ma il ragazzo indossa una divisa da poliziotto. Come i due che stanno dietro di lui.

Perciò alzo le braccia.

«*Anhadh! La tuthurc!*» ripete, con una voce stridula e talmente spaventata che impaurisce anche me, perché non c'è niente di peggio di un uomo armato e nervoso.

Vorrei gridargli che i suoi due ordini sono incompatibili, ma sono ancora mezzo intontito dal sonno. La visita di Mei mi ha procurato quel tipo di sogni validi per essere raccontati a uno psichiatra.

Mi alzo dal letto. «Cosa volete?»

Un ufficiale mi si piazza di fronte. È più basso di me di tutta la testa, così per guardarmi in faccia gli tocca alzare la sua, rendendosi un po' buffo. «Le domande le faccio io» ringhia, in modo abbastanza prevedibile. «*Serjo Stoker?*»

«Sergio Stokar...»

«Lei è in arresto.»

«In arresto? E perché?»

«Lo sa benissimo perché.»

«No, io...»

Il pugno mi prende in pieno plesso solare, facendomi piegare in due dal dolore. E poi qualcosa mi colpisce alla nuca, spegnendo la luce.

Quando riprendo i sensi sono sul sedile posteriore di una camionetta. Da quanto è spartana sembra una versione cinese o nordcoreana di una Uaz Patriot. Non che la cosa importi veramente. Potrei essere su una Maybach e non farebbe molta differenza per me, a parte il comfort. La guardia alla mia destra si accorge che sono sveglio e sbraita qualcosa che non capisco.

Lo stesso ufficiale che mi ha colpito si volta, dal sedile davanti.

Ha in faccia un ghigno soddisfatto.

«Torna a metterlo a dormire» fa alla guardia. Il ragazzo mi molla un pugno alla tempia, ma senza effetto perché mi tiro indietro, sbattendo la nuca sul montante non imbottito della portiera.

«Colpiscilo meglio, stupido!»

Il ragazzo brufoloso ci mette più impegno.

E io ripiombo nel buio.

45

«Mi sente, signor Stokar?»

La voce inglese ha un piacevole accento *upper class*.

«*Allenby*...» biascico, lottando contro il dolore che mi spacca il cranio.

Ma la voce disincarnata mi delude.

«Sono il tenente al Anwari.»

Apro gli occhi. Attraverso una nebbia rossastra comincia a formarsi un volto giovane, con baffi curati e un sorriso gentile.

Lo shock è totale.

Ho già visto quest'uomo.

A Beijing.

Nella realtà simulata.

Il tenente Ibrahim al Anwari è leggermente diverso da com'era nella simulazione computerizzata. Un po' più anziano. Un po' più in carne.

Ma la mia non è una delusione simile a quella che provi quando arrivi in un albergo e scopri che le stanze sono state fotografate col grandangolo e dietro la testiera del letto, in mezzo alla polvere, c'è un preservativo raggrinzito.

No.

Qui, a disorientarmi, è il fatto di vedere quanto l'immagine simulata somigli alla persona reale.

«Mi dispiace. E mi scuso. Questa violenza non era necessaria. Verranno presi provvedimenti. Gradisce del tè?»

Lo guardo incredulo.

«Mi dicono che lei è in parte inglese. Io ho studiato un anno a Cambridge. Come il nostro presidente.»

«Sono italiano. Vorrei del ghiaccio, se possibile.»

«Del ghiaccio?...»

«Per la testa. I suoi uomini hanno avuto la mano pesante.»

Il tenente si volta verso destra. «*Adhar baad al-thalaj hanna! Fora!*» ordina.

Al suo comando segue lo scalpiccio di una corsa.

«Ora le porteranno il ghiaccio. Comunque lei si sbaglia. Non sono stati i miei uomini.»

«Ah no?»

«Erano uomini della polizia politica. C'è stato, come dire, un conflitto di competenze, che ora si è risolto. Lei si trova al ministero degli Interni.»

Quelle parole fanno riaffiorare alla memoria il ricordo della cella e della stanza delle torture che ho visto nella simulazione.

«Avrei preferito un Club Méditerranée» sussurro.

«Come dice?...»

«Niente. Una cosa del passato.»

L'ufficiale mi studia a lungo, senza parlare.

Poi finalmente si decide. «Lei sembra molto tranquillo.»

«Per uno che è stato tirato giù dal letto sotto la minaccia di una pistola, preso a botte e rapito, credo di essere anche troppo tranquillo. A questo punto credo sia il momento di pronunciare la classica frase.»

«Quale frase?»

«Voglio chiamare la mia ambasciata» faccio, alzando più che posso il braccio ammanettato alla sedia.

Il tenente sorride.

«Oppure questa» dico. «Voglio un avvocato. Ed esigo che mi siano letti i miei diritti.»

Il sorriso si trasforma in una risata. «Lei ha visto troppi telefilm americani, signor Stokar. L'Ard Alshams non è New York. Possiamo dire che qui i cittadini non hanno nessun diritto da vedersi leggere. Il nostro codice penale mi autorizza a trattenerla in custodia preventiva per tutto il tempo necessario a convincermi della sua innocenza. O colpevolezza.»

«Resta sempre il discorso dell'ambasciata.»

«Vero.»

Il tenente apre un cassetto della scrivania e tira fuori tre libretti di colore diverso. Tre passaporti. «Quale ambasciata, mi dica? Quella italiana, quella inglese o quella russa? Le abbiamo tutte, qui a Fakhar, pensi un po'.»

Faccio per aprire bocca, ma lui mi blocca, aprendo uno dei passaporti. «E con quale nome si presenterà, alla sua ambasciata, qualunque delle tre lei scelga?...»

«Quelli cosa sono?»

«Non li vede? Sono passaporti.»

«Lo vedo, ma non sono il mio. Quello se l'è tenuto il portiere dell'albergo.»

«Ah sì? Allora c'è in giro anche *un quarto* passaporto? Lei è un uomo pieno di risorse. Comunque tutte queste persone con la sua faccia, ma con nomi diversi, sono nati lo stesso giorno a Manchester. È una bella città, Manchester?»

«No. Senta, non so di chi siano quei passaporti, ma non sono miei.»

«Ah no? Eppure erano in camera sua. E anche la faccia sulle foto è la sua. È venuto anche bene. Io quando mi fanno una foto sembro sempre più vecchio. Il mio comandante dice che è perché non sorrido mai. Pensa che abbia ragione? Forse è per questo che sembro più vecchio, nelle foto?»

«Senta, io quei passaporti non li ho mai...»

«Si calmi, signor Stokar. Stia tranquillo. I passaporti sono l'ultimo dei suoi problemi.»

Un soldato entra reggendo un vassoio traballante, con sopra due tazze e una teiera.

Non vedo il ghiaccio.

«E lo zucchero dov'è?» sbraita il tenente, in arabo. «E i cucchiaini?»

Un altro soldato entra reggendo in mano una scatola di zucchero in zollette e due cucchiai da minestra.

«Che servizio infame» commenta l'ufficiale. «Li scusi, sono uomini senza educazione. Andate, via! Via!» Fa un gesto come se volesse scacciare degli uccelli.

Dato che ho le mani legate, indico con il mento i passaporti che tiene in mano come fossero carte di una mano di poker. «Non li avete nemmeno messi in un sacchetto di plastica. Ora saranno pieni di impronte.»

«Tranne la sua...» commenta, con un sorrisino che in effetti non gli riesce bene. «Se è vero che non li aveva mai neanche visti.»

«Be', sì.»

Tira fuori dal cassetto una busta sigillata con del nastro giallo e nero. «Su questo pensa che ci saranno, le sue impronte?»

Dentro il cellophane, qualcosa luccica.

Un bisturi.

Scintilla come argento alla luce della lampada da scrivania, tranne in alcuni punti, dov'è sporco di un rosso cupo, quasi marrone.

«Le ho chiesto se qui troverò le sue impronte, signor Stokar.»

«Perché me lo chiede?»

«Risponda prima lei alla mia domanda. Troverò...?»

«No. Non le troverà.»

«Bene. Buon per lei.»

«Perché?»

«Perché questo bisturi stanotte è stato usato per qualcosa di molto, molto brutto. Mi fa piacere che lei dica di non saperne nulla. Vuol dire che l'esame delle impronte digitali e le analisi di laboratorio saranno una pura formalità.»

«Quando dice "qualcosa di molto brutto", a cosa si riferisce?»

«Non lo so. Me lo dica lei. Faccia correre la fantasia. Pensi ai posti in cui è stato, stanotte, dopo quel ristorante italiano.»

«Sapete tutto...»

«Sappiamo ciò che dobbiamo sapere.»

Guardo il bisturi chiuso nella busta trasparente. In qualche modo mi ricorda un serpente pronto a mordere.

«Quella roba lì...» faccio.

«Sì?»

«Quel bisturi... In effetti può darsi che sopra ci troviate le mie impronte. Sì, insomma, l'ho tenuto in mano, okay. Per fare un po' di paura a uno stronzo.»

«Bene. Vedo che stiamo partendo col piede giusto. Per caso lo *stronzo* a cui si riferisce è il dottor Adolf Lantz?»

Lo guardo a lungo, soppesando quel momento che non promette niente di buono. «Può darsi.»

«Può darsi... Benissimo. È già un inizio. Quindi lei ammette di aver fatto visita all'obitorio dell'ospedale centrale.»

«Del vostro *unico* ospedale, vuol dire. Okay, lo ammetto. Anzi, portiamoci avanti. Le confesso che sono stato io a strapazzare un po' il buon dottore.»

«*Un po'?*»

«Quando l'ho lasciato non stava troppo male.»

Mi rendo conto che c'è qualcosa che non va.

Sto parlando troppo, e di cose che forse sarebbe meglio evitare di rispolverare.

Che cazzo mi succede?

«Voglio parlare con la mia ambasciata. Voglio un avvocato.»

«*Voglio, voglio, voglio...* Sa cosa si dice, dell'erba voglio?»

«Voglio un avvocato...»

«Mi racconti ancora qualcosa su questo bisturi, signor Stokar.»

«No.»

«La sua resistenza meriterebbe di essere citata in un testo di farmacologia. Lei sa cos'è il tiopental sodico? Normalmente si usa per calmare i pazienti da sottoporre a un intervento chirurgico. È un preanestetico. Si usa anche in psichiatria. Il tiopental sodico induce uno stato di rilassamento che aumenta la disponibilità a parlare. Volgarmente è chiamato siero della verità. Volgarmente, ma non impropriamente.» Il tenente al Anwari sorride. «Gliene ho fatta somministrare una dose generosa mentre era privo di conoscenza. Così da poter avere una conversazione soddisfacente senza bisogno di usare mezzi indegni di un gentiluomo. E ora le farò una domanda semplice e diretta, signor Stokar, alla quale mi attendo una risposta altrettanto semplice e diretta: perché ha ucciso il dottor Lantz?»

46

Lo guardo sbigottito.

«Io non ho ucciso nessuno!»

L'ufficiale apre il solito cassetto e tira fuori alcune foto polaroid istantanee, che mi mostra una dopo l'altra come un ottico impegnato a verificare le diottrie di un paziente.

Sono foto a colori, e viste da lontano sembrano un campo di papaveri al tramonto. Invece il rosso è quello degli schizzi di sangue sul pavimento, e della gola tagliata del medico nazi. Con qualunque cosa sia stato eseguito quel taglio, la ferita ha aperto il collo da parte a parte, subito alla base della mandibola, così che la testa del dottore è inclinata all'indietro di quasi novanta gradi rispetto alla schiena. Il medico è legato alla sedia. Lo schermo del computer e il piano della scrivania alle sue spalle sembrano cosparsi di coriandoli rossi.

«Non ho...»

«Aspetti. Non le ha ancora viste tutte.»

Le mani distrutte del medico non mi colgono certo di sorpresa, ma è come se, vedendole in una foto, realizzassi quello che non ho colto mentre le distruggevo a martellate: la violenza di quel mio atto, che non mi ha turbato mentre colpivo e tantomeno mi ha tolto il sonno. Mia moglie, al culmine di una delle nostre tante liti, mi aveva urlato che ero pazzo. Anzi, un «pazzo criminale». Come darle torto, vedendo il modo in cui ho massacrato quello che era pur sempre una specie di essere umano?

«O preferisce vedere le foto del custode?»

La mascella mi cade per la sorpresa.

«Che c'entra il custode?»

Un altro pacchetto di polaroid. Stavolta me le tira addosso, e la rabbia di quel gesto mi mette in allarme.

Anche al guardiano dell'obitorio hanno tagliato la gola da parte a parte. I suoi occhi sbarrati mostrano uno stupore assoluto. Non paura: *stupore.*

«Non sono stato io.»

«Dite tutti così.»

«Non sono stato io» ripeto. Sul mio copione al momento trovo solo quella battuta, alla quale il tenente al Anwari reagisce come uno spettatore annoiato.

Scuote la testa. Un po' di forfora gli cade sulle spalle, aggiungendosi a quella che già le decora. «Stiamo perdendo tempo, signor Stokar.»

Da quel cassetto che sembra l'ipertasca di Eta Beta tira fuori un registratore tascabile marca Olympus e me lo piazza sotto il naso.

Mi guarda. Poi preme il tasto rosso REC.

«Ora le rivolgerò alcune semplici domande, alle quali mi aspetto che lei risponda in modo diretto e sincero, con un sì o con un no. La prima domanda è questa: ammette di essere entrato abusivamente nell'obitorio dell'ospedale centrale, ieri notte?»

«Gliel'ho già detto.»

«Devo ripeterle la domanda?»

«Non ho ucciso nessuno.»

«Con un sì o con un no, per favore. È entrato abusivamente nell'obitorio dell'ospedale centrale, ieri notte?»

«Sì.»

«Da solo?»

«Sì» mento, sorprendentemente senza difficoltà. E mi

rendo subito conto di aver commesso un errore. Potrebbe esserci stata una telecamera, all'ingresso. E potrebbe aver filmato Adham.

Ma il tenente non mi corregge. Procede con un'altra domanda, come se dovesse spuntare una lista. «Dopo essere entrato, ha ucciso il custode?»

«No.»

«Ne è sicuro?»

«Sì!»

«È andato nella stanza delle autopsie.»

«Sì.»

«E ha ucciso il dottore.»

«No.»

«Usciamo dal regno sterile dei sì e dei no e vediamo di rimpinguare un po' le risposte, che ne dice? Allora, sentiamo: cos'ha fatto al dottore?»

«Delle domande.»

«Così, semplicemente? Come stiamo facendo io e lei, adesso?»

«Forse ho usato un po' di persuasione.»

«*Un po'* di persuasione...»

«Forse *un bel po'*.»

«Forse un po' troppa.»

L'ufficiale infila sulle sue mani ben curate un paio di guanti da chirurgo. Sorride. Poi mi caccia due dita in bocca, premendo sulla mia arcata superiore con la forza di una morsa, mentre con l'altra mano m'infila tra i denti una palla di gomma.

Respiro a fatica. Il senso di soffocamento si unisce al panico quando vedo il tenente tirare fuori da un altro cassetto un martello, meno tozzo e pesante di quello che ho usato su Lantz, ma ugualmente minaccioso.

Lo soppesa sul palmo della mano, e intanto col dorso dell'altra sposta la teiera e le tazzine vuote, che si rovesciano.

Niente tè, mi sa.

«Vede, signor Stokar, io ho una reputazione da difendere. I miei uomini sanno cos'è successo giù all'obitorio. Hanno visto i corpi. E quelli che non li hanno visti ne hanno sentito parlare. Sanno quello che lei ha fatto, e si aspettano che da parte mia ci sia, chiamiamola così, una reazione uguale e contraria, se capisce cosa intendo.» Mi prende la destra ammanettata al bracciolo, con una delicatezza quasi femminea. Poi la lascia e mi stringe la sinistra, toccandola come se volesse imparare a memoria com'è fatta, prima di ridurla a un puzzle. «Comincerò da questa. Lo consideri un atto di cortesia.» Ci pensa un attimo. «Mi scusi. Non le ho chiesto se è mancino. No? Va bene: allora che la sinistra sia.»

Strattonandomi il braccio bloccato alla sedia mi tira di peso verso la scrivania. Poi si guarda intorno.

«Accidenti. Non vorrei rovinare il legno.»

Preme un tasto sull'interfono.

«Gamal» ordina, in arabo. «Scendi nella stanza degli interrogatori e portami su un tagliere. Sì, quello d'ulivo. O altrimenti prendine uno in metallo. Anzi, decisamente meglio quello in metallo. Sbrigati.»

Si volta verso di me. Sorride. I suoi denti sono quasi perfetti.

«Sa, non voglio rovinare una proprietà dello stato. Lei l'ha fatto, e non è stata una bella cosa. No, per niente. Io devo tutto allo stato. Ero il terzo figlio di una famiglia povera. Lo stato mi ha dato un'istruzione e un lavoro. Lei che lavoro fa per vivere, signor Stokar?»

Scuoto la testa, mugugnando una bestemmia.

«Oh, giusto. Non può parlare, con quella cosa. Aspetti.»

Mi strappa via la palla di gomma dalla bocca, facendomi male ai denti.

Inghiotto la saliva che minacciava di soffocarmi.

«Sono... *Ero* un poliziotto.»

«Ma dai. Sul serio. Un collega. A Manchester?»

«Nella polizia italiana.»

«Allora devo stare attento a come mi comporto. Non vorrei fare niente di sbagliato.»

«Mi pare che non sia partito col piede giusto.»

Bussano alla porta.

Il tenente m'infila di nuovo la palla in bocca. «Avanti!»

Un corpulento caporale fa il suo ingresso reggendo goffamente un pesante vassoio metallico. Mi guarda con un'espressione mista d'odio e disprezzo.

«Posalo lì.»

Il caporale obbedisce e fa per uscire dalla stanza esibendosi in un saluto militare. Prima di tornare sui suoi passi, però, mi fissa, ghignando alla vista della palla di gomma rossa che mi soffoca.

Quando la porta si richiude, al Anwari mi libera la bocca. Sorride. «Il caporale Gamal crede che lei sia inglese. Gli inglesi non sono molto benvoluti nell'Ard Alshams. Durante il loro giogo coloniale hanno portato in questo paese la feccia delle loro colonie, per controllarlo. La casa della famiglia del caporale è stata bruciata da un reparto di gurkha nepalesi. E un poliziotto neozelandese gli ha violentato una della sua famiglia, non mi ricordo bene se la nonna o una prozia. Penso che a Gamal farebbe piacere prendere parte al suo interrogatorio. Ma ovviamente ciò è escluso.» Mi guarda. «L'hanno incastrata davvero per bene, signor Stokar.»

Tira fuori dal solito cassetto un'altra busta di plastica.

La guardo.

Dentro c'è un altro anello che conosco.

Il tenente mi fa oscillare la busta davanti agli occhi.

«Non è mio.»

In effetti è stato mio, ma solo per poco. L'ultima volta che l'ho visto stava affondando nella terra che copriva la tomba di Hermann, in una buca scavata dalla mia urina.

«Anche questo era fra le sue cose. In camera sua.»

Posa sul piano della scrivania lo smartphone venuto dal futuro che mi ha dato Mei.

«Come questo» sussurra. «Anche questo non è suo?»

«Me l'hanno dato.»

«Come si accende?»

Non rispondo.

Lui mi avvicina lo schermo nero agli occhi. Poi posa il telefono sul bracciolo della sedia con le rotelle a cui sono ammanettato. «Come si accende?» ripete, scandendo ogni parola.

Batte una martellata sul vassoio di metallo.

Non suona come un gong.

Sembra uno sparo.

«Le pareti di questa stanza sono insonorizzate» fa il tenente.

Avvicino l'indice allo schermo, che si accende senza che ci sia bisogno di sfiorarlo.

Lui afferra il telefono con la rapidità di un rapace. Si siede dietro la sua scrivania. Scorre col dito lo schermo.

Ci mette il suo tempo.

E intanto io ho un prurito allucinante al naso, che non riesco a grattarmi.

Alla fine al Anwari si alza e torna a mettersi di fronte a me.

«Lei è un nazista, signor Stokar?»

«No.»

«Perché da quello che ho trovato sul suo telefono, parrebbe proprio di sì.»

Mi mostra la schermata d'accesso. È il simbolo della divisione SS Charlemagne.

Poi mi mostra una serie di file che non ho mai visto prima. Documentari di Leni Riefenstahl. L'ebook del *Mein Kampf*. Foto di manifesti di propaganda del partito nazista.

È la seconda volta che mi fregano così, infilandomi praticamente addosso roba non mia. Una volta nel tablet, e adesso in questo smartphone del cazzo.

Alzo le spalle. «Farebbe qualche differenza?»

«Oh, sì. Il dottor Lantz non ha mai fatto mistero delle sue simpatie politiche. Anche se apparteneva all'ala moderata del partito.»

«Esiste un'ala moderata del nazismo?»

«Così mi dicono. Per qualche motivo si vede che ha provocato astio nei suoi camerati, che hanno ingaggiato un professionista per sopprimerlo. Che gliene sembra?»

«Mi sembrano un mucchio di stronzate.»

«Uccidendo il dottor Lantz lei ha inferto un duro colpo al mondo culturale di Fakhar. Il dottore era noto come musicologo e come intellettuale. Organizzava concerti, corsi di filosofia...»

«Non mi stupisce. Anche il dottor Mengele diceva di essere uno stoico.»

«Il dottor chi?...»

«Lasci perdere. Tutte cazzate.»

La sberla mi coglie in piena faccia. Il mio naso esplode in una stella di dolore, e un odore ferroso di sangue mi riempie le narici. Si può affondare, in un odore? Io dico di sì.

«Che sia l'ultima volta che si permette di fare commenti sprezzanti sul mio lavoro. Sono un professionista, io.»

«Mi pareva che l'avesse detto di me.»

Mi fissa. «Certo che lei vuole avere sempre l'ultima parola, eh.»

«Da cosa lo deduce?»

Stavolta non è una sberla. È un pugno. Un diretto alla bocca.

Addio labbra.

Il sapore di sangue, dopo l'odore, mi irrompe in gola.

Lo schermo fuori fuoco dello smartphone mi fa male, è troppo vicino ai miei occhi.

«Queste inserzioni su *Soldier of Fortune* fanno di lei un

professionista, signor Stokar. Se le va bene marcirà in galera, mentre se le va male...»

Mi avvalgo della facoltà di non dire nulla, nel tentativo di salvare qualche parte della mia anatomia.

«Quello che non capisco è come poteva credere di farla franca. Si è mosso come un elefante. È qui a Fakhar da una manciata d'ore e ha già ucciso tre uomini.»

Tre?

Lui coglie il mio sguardo stupito. Sogghigna.

«Una telefonata anonima ci ha fatto trovare la sua terza vittima, nel pozzo di un villaggio evacuato. Lei è un assassino senza scrupoli, un mercenario senza dignità, e sarà un onore per me assicurarla alla giustizia.»

«Sta commettendo un errore, tenente.»

L'ufficiale mi lancia un pacchetto di kleenex, che però ricade a terra.

«Si ripulisca. Sanguina da far schifo» mi grida.

«Con le mani legate?»

Al Anwari sembra fuori di sé. Una marionetta animata da una frenesia quasi elettrica. Mi chiedo se non prenda qualche aiutino chimico, per fare il lavoro che fa.

Si china per raccogliere i fazzoletti caduti, e in quel momento, che aspettavo col cuore in gola, mi spingo in avanti di peso con tutta la forza che ho, incastrando lo stronzo tra la sedia e la scrivania. Quando rialza il capo lo colpisco con una testata, facendolo stramazzare.

Fa più male a lui che a me. Anche se la testa mi scoppia e ogni mio movimento mi sembra sbagliato.

Il coglione ha detto che la stanza è insonorizzata. Così mi giro sulla sedia con le rotelle e mi do una spinta con rincorsa: due, tre spinte contro il muro, con sempre più forza, finché la sedia non si sfascia e io mi ritrovo con le mani libere, anche se con l'ingombro dei braccioli legati alle manette che mi penzolano dai polsi. Mi massaggio le mani intorpidite, cercando di riattivare la circolazione. Per fortuna in questa stanza non ci sono specchi. Raccolgo il pacchetto di kleenex e mi tampono le narici coi fazzoletti di carta che s'imbevono subito di rosso.

Merda.

In ogni commissariato che si rispetti, e persino in quelli che non meritano rispetto, come questo, c'è un armadietto della farmacia. Non ci metto molto a trovarlo, nel bagno privato del tenente al Anwari, che nel frattempo non si è mosso da terra. Normale, visto che ogni volta che colpivo la scrivania con il mio autoscontro artigianale mi premuravo di allungare un calcio alla sua testa di merda.

Bende, cotone, tintura di iodio.

Ora è il momento di affrontare lo specchio del bagno.

Cazzo.

Sembro uscito da un Fight Club.

Naso gonfio, anche se storto lo era già.

Labbra spaccate.

Un occhio rosso e nero come la bandiera di un ultrà del cazzo del Milan.

Bestemmio con tutta la fantasia e la rabbia dei miei antenati friulani.

Trovo prima di tutto le chiavi delle manette, che mi tolgo e infilo ai polsi del tenente per poi legarglieli dietro la schiena.

Per sicurezza gli tiro un ultimo calcio alla testa. Per sicurezza, ma non solo.

Poi infilo in una valigetta ventiquattrore in finta pelle nera tutto quello che il coglione ha tirato fuori dal suo cassetto per stupirmi con gli effetti speciali. Bisturi insanguinato, passaporti, foto macabre, anello e telefono. Tutto il bazar. Compresa una cosa che mi fa accapponare la pelle. Dentro una busta di plastica trasparente ci sono un passaporto russo e una patente internazionale con la foto di Viktor Suvarin. Sulla busta c'è un'etichetta scritta a macchina. Dice che i due documenti sono stati trovati sulla scena dell'omicidio del dottor Lantz.

Abbasso lo sguardo con disprezzo sul corpo del tenente al Anwari.

Ora la cosa più giusta da fare sarebbe tagliargli la gola e commettere finalmente il mio primo vero omicidio da quando sono sbarcato in questo paese di merda. Così almeno mi impiccherebbero per qualcosa che ho fatto, nella più che probabile ipotesi che finisca per farmi prendere.

Carla diceva sempre che nelle vene dovevo avere sangue unno.

Ovviamente non lo diceva solo per i miei occhi dal taglio leggermente asiatico, ma anche perché secondo lei io ero il tipo che, se qualcuno gli faceva torto, tirava giù dalle spese non solo lui ma tutta la sua famiglia, e gli bruciava il villaggio.

Io le rispondevo che la forma degli occhi deriva sicuramente dagli antenati slavi che mi hanno troppo generosamente lasciato anche il cognome. E che comunque il metodo su cui scherzava avrebbe funzionato, se applicato, per esempio, a un terrorista islamico. «I tuoi amici ebrei giù in Israele lo fanno da sempre. Buttano giù la casa dei terroristi con le ruspe. E i russi in Afghanistan cosa credi facessero?»

Quindi sì.

L'opzione unna mi tenta non poco.

Sarebbe un modo di risolvere le cose, almeno per qualche tempo. Tagli la gola a questo stronzo, dai fuoco all'ufficio. Con un po' di fortuna e contando sul fatto che da queste parti la manutenzione degli estintori sarà una barzelletta, ci sono buone probabilità che il fuoco si propaghi in tutto il palazzo. Contando sul fatto che chi frugherà tra le ceneri fumanti avrà probabilmente la stessa competenza di chi fa la manutenzione degli estintori...

Scuoto la testa. A chi voglio raccontarla?

Non ho intenzione di uccidere nessuno. *Non posso.* Nella mia vita ho già accumulato più karma negativo di Sodoma e Gomorra.

Dovrò contare sul fatto che nessuno entri in questa stanza prima che io sia riuscito a filarmela dalla città.

Ma ora devo trovare il modo di uscire di qui.

Mi affaccio nel corridoio.

Come tutti i corridoi della mia vita, è un posto pericoloso: ogni porta potrebbe nascondere una minaccia mortale.

Provo un insopprimibile senso di déjà-vu, quando mi rendo conto che sono già stato qui, in questo corridoio, durante la mia visita virtuale fatta da Beijing. So come muovermi, dov'è l'uscita.

Infilo i miei vestiti nel sacco insieme al resto delle mie cose. Nell'armadio a destra della scrivania c'è, come immaginavo, un cambio d'abiti. Il lavoro del tenente al Anwari è uno di quelli in cui ci si sporca. È normale tenere una divisa di ricambio.

La taglia del coglione è più o meno la mia. Non riesco ad abbottonare il colletto della camicia, ma per il resto non va troppo male. E comunque non devo partecipare a una parata militare o a una sfilata di moda. Devo solo uscire di qui e salvarmi la pelle.

Mi guardo allo specchio.

Dal collo in giù sono una passabile imitazione dello stronzo.

È la faccia, il problema: assomiglio più a un hamburger che al tenente.

Niente che il genio italico – meglio noto come l'arte di arrangiarsi – non possa risolvere. Ma non prima di aver ricambiato il trattamento estetico al tenente al Anwari.

Chissà se il suo avatar digitale si aggiornerà.

Spero di sì.

Intanto, nel dubbio, diamoci da fare.

47

Il caporale Gamal è abituato alle stronzate.

Così come a obbedire a un ordine.

Conto su questo.

Quando riceve la telefonata dal suo superiore non batte ciglio.

La voce del tenente è interrotta da frequenti sbadigli. Forse è per questo che suona strana.

«Vieni a prendere il prigioniero» gli ordina la voce. «Ho avuto la mano un po' troppo pesante. Portalo all'obitorio. Compila tu la scheda di viaggio e il bollettino di consegna. Là sapranno cosa farne.»

«Pensavo che l'obitorio fosse chiuso. Dopo quello che c'è stato.»

«Lo troverai chiuso. Infatti. Tu non preoccuparti. Lascia lì il furgone col corpo dentro e le chiavi nel cruscotto. Ci penseranno loro, quando aprono. Io ora vado a dormire.»

Un altro sbadiglio.

«Agli ordini, signor tenente.»

Nel lasso di tempo che il caporale impiega per salire da quello che immagino sia uno squallido bugigattolo collocato da qualche parte ai piani bassi, io, dopo aver riagganciato la cornetta del telefono, mi sono infilato in una *body bag* in plastica verde. Dalla puzza penso non sia la prima volta che viene usata. Il tenente al Anwari, legato e imbavagliato, l'ho chiuso dentro il bagno. Quello che il caporale vede, entrando, è solo il sacco sul pavimento.

Mi aspettavo che mi trascinasse di peso lungo il corridoio. Invece non è solo. Con lui c'è qualcuno. Sento che contano fino a tre e mi sollevano, per poi scaricarmi senza troppi riguardi su qualcosa che immagino sia una lettiga, perché subito dopo avverto una sensazione di movimento, e il cigolio di rotelle sul pavimento di linoleum.

«Va a dormire, lui» brontola Gamal. «E a me tocca portare questo cane infedele all'obitorio, e sbrigare anche tutte le scartoffie. E poi come torno qui, da laggiù?»

«Credo che ci sia un autobus. Passa abbastanza spesso.»

«Ah sì? E allora tu vieni con me, così mi aiuti a tornare. Dio maledica tutti gli ufficiali. "Ho avuto la mano pesante" dice. Hai visto che macello, la stanza? A chi pensi che toccherà, pulire?»

«A noi. A chi altro?» sospira la voce dell'aiutante. E poi chiede: «Chi era, questo poveraccio nel sacco?»

«Nessuno. Niente che ti riguardi. La prima cosa che devi imparare da me è non fare domande. Niente domande, d'accordo? Fai conto che dobbiamo portare fuori l'immondizia.»

La lettiga sobbalza. Sento una differenza, nei suoni, e anche nella temperatura. La sento anche attraverso la plastica pesante. Ci troviamo all'esterno.

«Non vuole che gli diamo un'occhiata?» chiede l'aiutante.

Il mio cuore perde un battito.

La lettiga si blocca.

«Sei scemo?»

«Perché dice così?»

La voce del caporale è aspra, dura: «La *seconda* cosa che devi imparare è non vedere. Non guardare. Meno cose vedi, meglio stai. Guarda solo quando ti ordinano di farlo. Prima o poi ti chiameranno a dare una mano, nella stanza degli interrogatori, e anche allora meno vedrai e meglio starai.»

«Lei è un grande maestro, caporale. Grazie.»

«Il migliore. L'hai proprio detta giusta. Comunque vedi di non fare tanto il leccaculo. Ce le hai, le chiavi del furgone?»

«No.»

«Ecco, vedi?»

«Pensavo che ce le avesse lei.»

«Conosci il proverbio *perché parli se puoi star zitto?* Terza cosa che devi imparare, e la più importante: i superiori hanno sempre ragione. Anche quando non ce l'hanno. Adesso torna dentro e portami le chiavi del furgone. Sono appese sopra il calendario. Hanno un portachiavi con il numero 5 e la Mano di Fatima.»

«Corro.»

«Ecco, bravo. Corri» brontola il caporale, sottovoce.

Lo scatto di un accendino precede l'odore di fumo di una sigaretta scadente.

Poi il caporale comincia a parlarmi.

La cosa m'innervosisce, e non poco.

«Hai sentito cos'ho detto ad Ahmed? Che non sei nessuno. Avrei dovuto dirgli che sei un inglese di merda. Che ti meriti quello che ti ha fatto il tenente. Anche se nessuno si merita davvero di finire nelle mani di quello stronzo. Ora almeno tu sei in pace. Non so in cosa crediate, voi infedeli. Ho sentito che tanti di voi non credono in niente. Credete solo di essere dei sacchi di pelle con dentro muscoli e ossa, e organi. Se è così, sei arrivato a casa. Se non è così, prego Allah onnipotente e misericordioso di essere buono con te e di perdonare i tuoi peccati. *Inshallah*.»

«Eccomi» fa poco dopo il ragazzo, trafelato.

«Ah, sei arrivato, finalmente. Pensavo che fossi andato a fabbricartele, le chiavi. Andiamo, dai.»

«Con chi stava parlando, caporale?»

«E con chi vuoi che parlassi? Con nessuno. Dai, apri quella portiera.»

48

Quando il furgone si ferma e i due poliziotti scendono, non è facile scegliere il momento in cui uscire dal sacco.

Aspetto che Gamal e Ahmed chiudano la portiera.

E aspetto.

E poi aspetto ancora.

Per fortuna, perché il soldato torna indietro ridendo, inseguito dai rimproveri del suo caporale.

«Hai la testa tra le nuvole, Ahmed, razza di *hemar*! Smettila di masturbarti, o non troverai neanche più la strada di casa!»

Il ragazzo apre la portiera, che aveva chiuso, e torna a infilare le chiavi nel motorino d'avviamento. Poi salta giù, sempre ridendo.

«Scusi, caporale! È che sono innamorato!»

«Chi? Tu? E di chi è la cammella?»

Attendo che le loro voci si allontanino e torni il silenzio.

Lascio che passi ancora qualche minuto e poi lentamente, molto lentamente, tiro giù la cerniera e torno a respirare aria fresca, anche se è solo quella del furgone, che sa di aglio e gas di scarico. Almeno però non puzza di cadavere.

Tiro fuori anche il sacco con i miei vestiti e il resto.

Mi stiro con le mani la divisa spiegazzata.

Poi finalmente esco dal portellone posteriore.

Il furgoncino è un Fiat Ducato color verde oliva. È parcheggiato accanto all'auto di Lantz, che è stata sigillata con del nastro della polizia. Per un po' mi chiedo se potrei usare il furgone per uscire dall'obitorio, ma scarto immediatamente l'idea. Me n'è venuta una migliore. Lancio il sacco con la mia roba oltre il muro di cinta del complesso, e mi muovo verso l'entrata posteriore dell'ospedale. Mi tengo una mano premuta sulla guancia; le bende mi coprono quasi del tutto la faccia.

Essendo l'uscita di servizio, non mi aspetto che ci sia una guardia. E infatti il corridoio interno sembra deserto.

Metto la mano sulla maniglia, spingendo.

Niente. La porta non si apre dall'esterno.

Sto per riconsiderare il piano della fuga sul furgone, quando vedo apparire un uomo in camice bianco, in fondo al corridoio. Batto col palmo della mano sul vetro, attirando la sua attenzione.

Si muove verso di me, l'aria perplessa e contrariata.

Apre la porta.

«Che cosa ci fa là fuori, tenente?»

«Sono uscito a fumare una sigaretta.»

«Lo sa che il fumo fa male? Da che reparto è uscito, conciato così?»

«Dal pronto soccorso» azzardo, sperando che il dottore non lavori in quel reparto. «Ho avuto un incidente.»

«Lo vedo. Guardi che non dovrebbe uscire. Non è permesso.»

«Non resistevo più.»

«Per questa volta passi. Ma ora torni al pronto soccorso. E si faccia cambiare la medicazione. Chi le ha fatto questa non è degno di lavorare nemmeno in campo veterinario.»

«Certo. La ringrazio, dottore.»

Lui fa un gesto come per dire: siamo uomini di mondo. «Comunque si ricordi che il fumo uccide.»

«Sul mio pacchetto c'è scritto che nuoce alle donne in gravidanza.»

Il medico scuote la testa, anche se sotto sotto sorride. «Vada via di qui!»

Alla fine del corridoio c'è una porta basculante, e dietro quella un atrio con quattro rampe di scale, ognuna con una serie di cartelli. Infilo la rampa che dice USCITA.

Recupero il sacco ai piedi del muro, lo spolvero e me lo metto in spalla.

Fuori dall'entrata dell'ospedale c'è una fila di taxi in attesa.

Uno degli ultimi si stacca dalla fila, ignorando le proteste degli altri, espresse con veementi colpi di clacson e insulti gutturali.

Sembra l'autista più vecchio del mondo.

Mi siedo dietro di lui.

Il tizio si aggiusta sul naso la mascherina chirurgica azzurra, con le fibre così usurate da sembrare di morbida pelliccia.

«*Ahlan wa sahlan.* Dove la porto, colonnello?»

«*Ahlan bik.* E risparmiati la promozione. Portami...»

Cerco di ricordarmi il nome dell'hotel similsovietico di fronte al Graziani. «Portami al Metropol.»

«Agli ordini, comandante. Scusi se mi permetto d'importunarla con una domanda, ma cosa le è successo?»

«Ho fatto una scazzottata con un tassista curioso. Io sono quello dei due che ne è uscito meglio.»

Il vecchietto fa la faccia offesa.

Scuoto la testa. «No, scusami, *aljadu.* Ho avuto un incidente d'auto.»

«I giovani non sanno guidare. Si comportano sempre come se la strada fosse solo loro. Non hanno rispetto per gli altri. È proprio vero che non puoi cavare farina da un sacco di carbone.»

Riconosco il proverbio. Hermann aveva la fissa, dei proverbi arabi. Diceva che puoi conoscere un popolo anche solo grazie ai suoi proverbi.

«Se ti fermi ogni volta che un cane abbaia, non finirai mai la tua strada» rispondo.

«Ah, giusto. Giusto, comandante. Parole sagge. Il cammino del viaggiatore è segnato dagli astri, non dalle dune di sabbia. Le ferite guariscono, e dagli errori si impara.»

«Ben detto. È da molto che fai questo lavoro, nonnetto?»

«Da quando sono nato. Be', diciamo da quando ho le gambe abbastanza lunghe per arrivare a premere il freno e l'acceleratore. Il mio primo taxi era una Packard 120. Gran bella macchina. Era appartenuta al governatore inglese. C'erano ancora i fori dei proiettili, quando l'ho comprata.»

«E gli affari ti vanno bene, *jeddi*?»

«Sa come si dice, comandante, la ricchezza arriva come una tartaruga e corre via come una gazzella.»

«Questa non l'avevo mai sentita. È bella.»

«No, non è bella. È triste, ma è vera. Le mie tasche sono vuote. Solo il mio cuore è colmo di meraviglia per le bellezze del mondo. Bellezze che ormai nessuno sa più vedere.»

«Mi dispiace per te. Ma si sa, il destino è una ruota. Prima o poi ciò che sta in basso risale.»

«E così sia, comandante. Così sia. Lei è un uomo saggio.»

«Se fossi saggio non sarei qui.»

«Qui sul mio taxi, intende?»

Nello specchietto retrovisore, gli occhietti del vecchio brillano di divertimento per il gioco verbale con cui ci stiamo intrattenendo. Ha un fez che gli copre la pelata, e una barbetta incolta che esce dai bordi della mascherina dandogli un'aria da saggio, o da *mullah*.

«No. Non sul tuo taxi. Intendevo nel mondo.»

«Non tutto ciò che desidera l'uomo l'ottiene...»

«... I venti non vanno mai come le navi sperano» concludo, completando il famoso proverbio attribuito al poeta Al-Mutanabbi.

Il tassista annuisce, soddisfatto come se gli avessi allungato chissà che mancia. «Lei è un uomo istruito, per essere un poliziotto.»

«Non sono istruito. Ho solo letto molto.»

«E ha fatto bene. Come dice il proverbio, un libro è come un giardino che ti tieni in tasca. Il suo accento, se posso permettermi, è strano, comandante.»

«Ho vissuto a lungo all'estero, tra gli infedeli. Ho studiato in America» improvviso.

«Ah, ecco. E ora è tornato nell'Ard Alshams per illuminarlo con la sua saggezza. Scommetto che è il terrore dei delinquenti.»

«A volte. Dimmi, nonno: se fai il tassista da così tanto tempo, conoscerai questa città come le tue tasche.»

«Le mie tasche sono piene di vento, signor comandante.»

«Prima hai detto che sono vuote. Se è così, il vento ci passa attraverso senza fare danni.»

Il vecchio sospira. «Le pance non si nutrono di vento.»

«Come ti chiami, nonno?» faccio, stancandomi del gioco.

«Selim.»

«Tu sai che il mio lavoro si basa sulle informazioni, Selim. Informazioni per cui potrei pagare.»

«Come vorrei averne. Gliele regalerei, comandante. Gliele servirei su un vassoio d'argento. Che genere di informazioni cerca?»

«Saprò ricompensarti bene, se saprai procurarmele. L'uomo che ha provocato il mio incidente ed è scappato via senza fermarsi...»

«Un uomo iniquo. Possa la giustizia degli uomini anticipare quella di Allah.»

«Ho un testimone che può aiutarmi a trovarlo. Questo testimone guida una Mercedes nera.»

«Che tipo di Mercedes?»

«Una Classe S.»

«Nuova?»

«Non direi. La guida un ragazzo sulla trentina, capelli neri e corti. Si fa chiamare Adham. Non è di qui. È uno straniero. Iracheno.»

Selim fa le smorfie di uno che sta per sputare. E per un attimo temo che voglia farlo davvero, nonostante il finestrino sia chiuso. Ma è solo una smorfia. «Quello non è iracheno. Lo conosco.»

«Lo conosci?»

«Sì. Macchine come quella sono rare in città. I diplomatici pensano di essere nella giungla, così viaggiano su suv blindati con la scorta come se fossimo un paese del terzo mondo. Pochi di noi possono permettersi un'automobile così. La Mercedes che dice è una Classe S 320. Ha qualche annetto, ma resta pur sempre un'auto di gran classe. L'uomo che la guida si chiama Adham, ma non è iracheno. È un curdo, ed è uno yazidi. Se dice di essere iracheno, mente. È yazidi. Venera Melek Ta'us, l'angelo pavone. È un adoratore di Shaytan.»

Il vecchio fa un gesto di scongiuro.

«E tu sai dove abita?»

«No. Però so dove potrai trovarlo.»

Sorrido, anche se lui non può vedermi sotto le bende. «Sai, Selim, credo che Dio stia per elargire le sue benedizioni su di te» faccio, tirando fuori dal sacco il portafogli. Poi mi ricordo che non ho un centesimo. «Portami a un bancomat.»

49

Ovviamente non sono così stupido da non sapere che il mio prelievo farà scattare una sinfonia di allarmi informatici. Ma quel che conta, adesso, è che il travaso di contanti funzioni. Sarà una sveltina, una cosa tipo una botta e via.

L'Atm della filiale della Hsbc è nuovissimo, e *made in China* come tutto ciò che in questo paese funziona, almeno a quanto mi ha detto Allenby in uno dei suoi sproloqui per ingannare il tempo durante il giro dell'oca aereo che mi ha portato in questo buco di culo del mondo.

Dato che non l'ho mai fatto prima e che nessuno mi ha insegnato a usarlo, il prelievo con il telefono va a monte un paio di volte prima che io capisca come va fatto. Al terzo tentativo lo schermo mi conferma la riuscita dell'operazione: lo sportellino si spalanca e sento il fruscio di cinquanta banconote nuove di zecca, l'equivalente locale di duecento dollari.

A questo punto, come dicevano nel West, se ti impiccano per il furto di una vacca, tanto vale che ti porti via la mandria.

Rifaccio un prelievo, ma stavolta per l'equivalente di *cinquecento* dollari in valuta locale.

La macchina esita, lampeggia un po' a vuoto, ma poi con un fruscio di foglie mosse dal vento scarica nel cassetto una piccola pila di banconote colorate di grosso taglio.

Hanno tutte lo stesso disegno, un ritratto a mezzo busto di Tariq al Khalid orgogliosamente rivolto al sole, che sorge circondando il suo volto di un'aureola dorata. Nei diversi tagli, solo il colore cambia.

Torno al taxi. Selim sta masticando qualcosa che al mio arrivo sputa fuori dall'auto.

«Cosa stai masticando, nonno?»

Lui si schermisce. «Non è una domanda che ci si fa tra amici, comandante.»

«Allora facciamo così: io non te lo domando, e tu me lo dici.»

«È *qat*.»

«Roba buona?»

«Scherza? Quando ero giovane io era buona. Ora fa schifo. Sarà per via di tutte le porcherie che ci sono nell'aria.» Mi guarda. «Se posso permettermi, lei è un uomo strano, comandante.»

«Smettila di chiamarmi così, sennò comincio a crederci davvero, al grado. Poi rischio di darmi delle arie coi superiori.»

«Lancia il tuo cuore davanti a te, e corri a raggiungerlo. Ricordati però che un cane vivo è meglio di un leone morto.»

«Hai un proverbio per tutto, tu. Pensa che dalle mie parti c'era uno che diceva: meglio vivere un giorno da leone che cent'anni da pecora.»

«Ah sì?»

«Giuro.»

«E com'è finito?»

«Come doveva finire. Appeso a testa in giù.»

Il vecchio tassista rimane in silenzio per un po'.

Per un bel po'.

Mi guarda strano.

«Cos'hai, nonno?»

«Pensavo a una cosa che hai detto. Hai detto "dalle mie parti". Ma io conosco quel modo di dire. Era di Mussolini. Era italiano.»

«Non è stato Mussolini a inventarlo. Era una cosa che girava sin dai tempi della Grande Guerra.»

«Ma tu hai detto "dalle mie parti".»

Lo fisso.

I suoi occhi hanno un'aria guardinga.

Si rende conto di aver parlato troppo.

Potrei spezzargli il collo in un secondo.

Lui lo sa.

Sospira, poi sorride.

Un sorriso triste.

«Fa' di me quello che vuoi, *effendi*. Non ho più moglie, non ho figli. Sono pronto.»

Io tiro fuori di tasca il rotolo del contante. Conto l'equivalente di trecento dollari e glielo infilo tra le dita.

«Abbiamo un accordo, noi due. Non ti farò alcun male. Portami dall'idolatra yazida.»

50

«Sei proprio sicuro che il posto sia questo?»

Selim annuisce. «È qui. Hai la mia parola, comandante.»

Mi ha appena spiegato, con un elaborato giro di frasi, di che genere di posto si tratta.

«Non vedo la Mercedes.»

«Chi viene qui non vuol farsi riconoscere. Io aspetterò qua fuori finché non torni. Lo so, lo so cosa stai pensando. Che ora che ho preso i tuoi soldi nulla mi impedisce di scappare.»

«Non lo sto pensando, ma in effetti un uomo più diffidente di me potrebbe farlo.»

«Chi pensa bene degli altri avrà sempre un amico, chi pensa male del prossimo morirà abbandonato. Ti aspetterò finché non torni, comandante. E se ci metti troppo tempo chiamerò aiuto e verrò a prenderti.»

«Ti ringrazio.» Faccio per scendere, ma prima ho un'ultima domanda da fargli. «Questo non è il genere di posto che si fa pubblicità. Come ne sei venuto a conoscenza?»

«Come dice un altro proverbio: un segreto tra più di due persone non è un segreto.»

Sorrido, anche se la bocca ferita mi fa un male cane. «Sei una bella persona, Selim. Non hai paura di niente?»

«*Selim* nella nostra lingua significa "tranquillo". Ma naturalmente lo sai, comandante» mi fa, anche se il suo tono suggerisce esattamente il contrario.

«Pensavo che posti come questo fossero proibiti, sotto la legge del Profeta.»

«Ed è così» risponde. «È così. Ma Allah è misericordioso contro chi pecca.»

«Così è scritto» faccio. Suona decisamente meglio di *così si dice*.

«Porto spesso qui gente. Uomini importanti, che non vogliono farsi vedere nella loro auto. Qui si viene di notte, su un taxi anonimo. Sono amori bui, quelli che si consumano fra quelle pareti. E nondimeno sono amori, a volte. Chi sono io, per giudicare dove sta il confine tra amore e lussuria? Io che ho letto 'Umar Khayyām e Rûmî...»

«Sei un uomo saggio, Selim. Sono contento di averti incontrato.»

«Quando tornerai sano e salvo ti dirò lo stesso.»

51

Lo sportellino nella porta blindata si apre, ma dietro non vedo niente, a parte il bianco degli occhi che mi scrutano.

«Cosa vuoi?» fa una voce giovane e brusca. Poi vede la mia divisa e gli occhi si sgranano.

«Entrare, idiota» rispondo, tirando fuori di tasca il tesserino del tenente al Anwari e tenendolo davanti allo spioncino, stando bene attento a coprire la foto col pollice. Non che sia così importante, visto che ho la faccia nascosta dai bendaggi.

Silenzio, oltre la porta.

«Posso farlo con le buone o con le cattive» sussurro, in arabo.

Dopo almeno un minuto, il chiavistello scatta.

Entro, fermandomi sulla soglia.

Il ragazzo in smoking dietro la porta è bellissimo. Riccioli neri come l'ebano, occhi grandi dalle ciglia lunghissime.

«Abbiamo un accordo con...» sussurra, mordendosi le labbra.

Taglio corto. «Non m'interessa con chi l'avete, il vostro accordo. Non sono qui in veste ufficiale. Devo parlare con una persona che si trova qui dentro.»

«Ne è sicuro?»

«Sì.»

«Questo è un circolo riservato. Teniamo molto alla privacy dei nostri soci.»

«Ah sì? Non me ne fotte un cazzo. Cerco un uomo di nome Adham.»

«Non conosco nessun...»

«Come ti chiami?»

L'efebo deglutisce. «Rashid, signor tenente.»

«Allora, mio bel Rashid dagli occhi di cerbiatta, non sono qui per rompere i coglioni, e personalmente non mi interessa chi ficca il cazzo in posti e in modi che i mullah disapprovano...»

«Io non...»

«Zitto. Per favore. Sono venuto qui solo per parlare con Adham.»

Rashid deglutisce. «Camera ventidue. Non è solo.»

«Camera ventidue. Ottimo. Qual è la policy dell'azienda in tema di serrature?»

Il ragazzo capisce al volo. «Non ci si può chiudere dentro a chiave, per questioni di sicurezza. A qualche cliente la cosa piace, aumenta la tensione.»

«Perfetto. Grazie. Tu resta qui e non fare niente di cui potresti pentirti.»

Tra le cose di cui il tenente al Anwari mi ha inconsapevolmente omaggiato c'è una Smith & Wesson calibro 22 a canna corta.

Tolgo la sicura prima di salire le scale.

Lungo i corridoi non incontro anima viva. Da dietro le porte massicce si sente talvolta la flebile eco di una musica ovattata, di cui colgo quasi solo le percussioni. Altre volte sento il fantasma di un grido, ma le pareti insonorizzate fanno sembrare che quelle voci e quei suoni provengano dalle profondità di un lago.

Appoggio l'orecchio alla porta della camera ventidue. Sul momento non sento nulla. Poi però, tendendo l'orecchio, colgo dei colpi ritmici, fra brevi pause di silenzio.

Apro la porta con tutta la delicatezza possibile.

Sbircio oltre la fessura.

Un uomo peloso come uno scimmione sta montando Adham. Ha un cazzo enorme, che entra ed esce dal culo dello yazida facendo sbattere la testiera del letto contro il muro. Era quello, il rumore che sentivo da fuori.

Le mani di Adham sono legate alle sbarre della testiera.

Fatica risparmiata per me.

Entro a passi felpati, anche se immagino che per l'entusiasmo con cui i due uomini sono intenti a scopare potrei lasciar perdere questa precauzione.

Mi avvicino al letto.

Le natiche pelose appartengono a Mahmoud, l'autista che guidava la Toyota il giorno del mio arrivo qui, milioni di anni fa. A ogni spinta l'uomo si lascia sfuggire delle parole che dal tono sembrano imprecazioni, o insulti, in una lingua che non conosco.

Potrei lasciarlo finire. Dal ritmo sempre più accelerato credo che non gli manchi molto.

Ma io sono un uomo *molto* cattivo.

O almeno è questo che dicono di me.

Impugno la pistola per la canna e assesto un colpo dalla forza ben calibrata sulla nuca del gorilla.

Mahmoud si inarca, e a giudicare dal grido di Adham sembra che il suo amico abbia eiaculato nell'attimo esatto in cui il calcio della S&W impattava sul suo cranio. Mahmoud rotola di lato. Qualche goccia di sperma zampilla dal suo cazzo.

Adham si rilassa, gemendo di piacere.

«Ehi, stronzo» gli sibilo all'orecchio. «Ti ho lasciato finire, ma ora tu e io dobbiamo parlare.» Raccolgo da terra un paio di boxer, li appallottolo e li infilo in bocca allo yazida, che ha gli occhi sgranati dalla paura. «Sicché tutti i tuoi atteggiamenti da macho erano solo una posa. Bene. Sono cazzi tuoi. Nel vero senso della parola. Quello che mi disturba è che facevi anche finta di essere dalla mia parte, e invece...»

Negli occhi di Adham colgo un lampo di stupore. Scuote la testa più volte, agitato.

Trovo un altro paio di manette nel cassetto del comodino. Sono foderate di una finta pelliccia rosa. Le infilo ai polsi di Mahmoud, immobilizzandogli le mani dietro la schiena.

Poi mi siedo sulla sponda del letto.

Adham ha allungato le gambe, restando supino. La sua bocca pronuncia parole che annegano nel bavaglio. Implorazioni.

«Quello che non capisco è perché l'hai fatto. Perché hai ucciso quei due uomini.»

Ora scuote la testa così freneticamente che temo possa staccarsi dal collo. La sua bocca emette qualcosa che sembra un ululato di disperazione.

Gli tolgo dalla bocca i boxer, pesanti di saliva.

«*Chi ho ucciso?*» grida.

«Il medico della morgue. E il custode.»

«Non ho ucciso nessuno, io!»

«Non urlare. Eravamo già fuori dalla morgue, ma tu sei tornato indietro.»

«Non li ho uccisi. Ho solo cancellato le nostre impronte. Erano vivi, quando sono uscito. Il medico, cioè. Il custode non l'ho nemmeno visto. Ma se qualcuno l'ha ammazzato non sono stato io.»

«Balle.»

«È la verità! Te lo giuro!»

«E allora chi è stato?»

«Non lo so! Ti giuro che non sono stato io! *Non sono stato io!*»

«Smettila di giurare o ti rimetto le tue mutande sporche di merda in gola. Lasciami pensare.»

«Cosa ti hanno fatto? Chi ti ha conciato così?»

«Ti ho detto di stare zitto.»

«E la divisa. E la pistola. A chi le hai prese?»

Il gesto con cui gli ricaccio in bocca i boxer è quasi un pugno.

Lui ha il buonsenso di non osare nemmeno respirare. Invece il suo compagno di giochi, per terra, comincia a rialzarsi, ma un calcio in testa sistema la cosa.

Devo pensare.

Ma non è facile.

Ho interrogato un sacco di sospetti. Era il mio mestiere. Ero bravo.

C'è qualcosa, nel modo in cui Adham mi ha risposto, che mi convince su quello che ha detto. D'altra parte non posso trascurare che era un soldato della mafia russa. L'ha ammesso senza problemi. E quello non è il genere di persone di cui tendenzialmente mi fiderei.

Eppure...

La domanda a cui devo trovare la risposta è: se non ha ucciso lui quei due, allora chi è stato? E la seconda è ancora più concisa: perché?

E poi, di colpo, la risposta mi arriva, secca e micidiale come un pugno al plesso solare.

La domanda giusta, quella a cui devo rispondere, non è chi ha ucciso i due all'obitorio, ma: chi mi ha incastrato nascondendo tutte quelle prove contro di me in camera mia? chi ha avuto il modo e il tempo di farlo prima dell'alba, quando la polizia ha fatto irruzione?

Rivedo quello che è successo nella mia camera ieri notte, e la risposta è una sola.

Tolgo dalla bocca di Adham le mutande. Lui riprende fiato come se lo avessi appena tirato su dal fondo di un pozzo.

«Ascolta. Ascoltami bene. Anche ammesso che non sia stato tu a incastrarmi, devo capire qual è il tuo ruolo in tutta questa storia. Tu adesso lavori per la Komarov.»

«Sì.»

«Solo per loro?»

Leggo nei suoi occhi che con la mia domanda ho fatto centro.

52

Adham parla senza staccare gli occhi dalla strada, come se fossimo nel mezzo di un ingorgo anziché sulla tangenziale deserta che porta fuori da Fakhar, in direzione della costa.

La carreggiata è molto mal tenuta. Basse dune di sabbia la ricoprono per lunghi tratti. I guardrail sono arrugginiti.

«Così fai parte della rete di Grigorenko» faccio.

«Ne *facevo* parte. Ormai non esiste più nessuna rete, ma solo persone che ci hanno lavorato, e che adesso immagino si caghino sotto dalla paura augurandosi che questa parte del loro curriculum non emerga mai. Dico "immagino" perché nessuno di noi conosce più di un altro membro della rete. È per questo che alcuni di noi sono ancora vivi.»

«Sei un comunista, Adham?»

«Perché? I russi lo sono? O i cinesi? No. Adesso sono un imprenditore privato. Lo ero già quando facevo parte dell'*organizacija*, e lo sono ora che lavoro per la Komarov.»

«Sei un mercenario.»

«Come dite voi inglesi, *sticks and stones may break my bones, but words will never hurt me*.»

«Non sono inglese.»

«Vuol dire che puoi offendermi quanto vuoi, ma io...»

«Guarda che lo so cosa vuol dire. Adesso ti dispiace tornare all'argomento di prima? Chi sono i tuoi padroni?»

«Il lavoro per la rete di Grigorenko è stato solo uno dei tanti che ho fatto.»

«Scusami se non prendo per oro colato le tue cazzate. Quando entri in quella rete non ne esci più.»

«E tu che ne sai? Perché insisti su questa storia della rete?»

«Perché spero che esista. Un po' come quando ti muore un animale e speri che per lui ci sia qualcosa di buono dopo la morte.»

«Io non credo in niente.»

«Be', questi sono cazzi tuoi.»

«Perché, tu ci credi?»

Gli allungo una sberla sulla nuca. «Sono io che faccio le domande. O ancora non ti è chiaro?»

Siedo sul sedile posteriore della Mercedes, così è più facile tenerlo sotto tiro. Anche se sono convinto che non tenterà di giocarmi qualche scherzo.

«E adesso te ne faccio una, di domanda. Dov'è Viktor Suvarin? Lo sfigato su quel tavolo d'autopsia gli assomigliava come un canguro potrebbe assomigliare a George Clooney.»

«E perché lo chiedi a me?»

«Chiamalo istinto. Secondo me tu sai dove si nasconde.»

Lui sta zitto per un po'. Poi si mette a ridere. «Volevo farti una sorpresa.»

«Ah sì? E se io ti facessi un buco in testa, come sorpresa?»

«Non riesci mai a rilassarti, tu?»

«Dovrei?»

«Sì. Sei più vicino alla verità di quanto pensi. E anche gli altri l'hanno capito. Per questo hanno cercato d'incastrarti.»

«*Gli altri?* Chi sarebbero, questi *altri*?»

«Ogni cosa a suo tempo, *italiano*. Guarda, siamo quasi arrivati.»

Un cartello stradale sbiadito e crivellato di proiettili dice: EL GHAZI 20 KM.

Quando Adham mi ha convinto che non è stato lui a incastrarmi, ma soprattutto quando ho capito chi è stato in realtà, il problema principale da affrontare è diventato un altro.

«In questo momento devi essere diventato l'uomo più ricercato del paese. Fossi in te mi sbarazzerei di quella divisa. Per non parlare della pistola. Sai come li giustiziano i condannati, da queste parti?» aveva detto, quando eravamo ancora nella sua stanza del bordello, o dell'albergo a ore: insomma, quel cazzo che era.

«Sì, ne ho sentito parlare.»

«A volte la gru ci mette un'eternità a sollevarsi.»

Mahmoud, fissandomi con una faccia truce, si teneva una borsa di ghiaccio sulla nuca. Da vestito faceva meno impressione.

«Tranquillo. Non capisce una parola d'inglese, a parte *okay*. Vero, Mahmoud?»

«Okay.»

«Che ti avevo detto? Allora, la priorità per te in questo momento è nasconderti per un po'.»

«La mia priorità è trovare Viktor Suvarin e portarlo fuori da questo paese di merda.»

«Permettimi di non essere d'accordo. La tua priorità è *sopravvivere*. Credimi. Tanto per cominciare, togliti quelle bende.»

«Perché?»

«Toglile.»

Gli avevo obbedito.

«Non è niente di troppo grave» aveva concluso lui, una volta che io avevo finito il mio striptease da mummia. «Mahmoud» aveva detto poi, in arabo, «vammi a recuperare la scatola dei trucchi di Amina. Anzi, no: dille di venire qui.»

«Ehi...»

«Tranquillo, inglese. Tranquillo. Di lei ti puoi fidare ciecamente. Non dirà niente di quello che ha visto.»

Quando la ragazzina è arrivata ho capito perché Adham aveva detto così.

Era entrata nella camera orientandosi toccando le pareti, gli occhi fissi e spenti.

«Vieni, Amina. Vieni» aveva detto con gentilezza lo yazida. «Questo è un mio amico. Ha fatto a botte con il tizio sbagliato, c'è da sistemarlo un po'.»

La ragazza aveva annuito.

Si era messa in ginocchio di fronte a me, che stavo seduto sulla sponda del letto.

Mi aveva posato le mani sul viso, e quel tocco mi era sembrato quasi irreale. La sensazione era quella che si prova quando si viene sfiorati da una ragnatela: quelle dita sottili e leggere mi avevano percorso il volto, soffermandosi in più punti.

«*Safal kel ma boussai.*»

«Dice che farà quello che può.»

«Dille che parlo arabo» avevo detto, ripetendo poi la frase in quella lingua.

La ragazza aveva annuito.

Adham mi aveva guardato, nervoso. «Ah. Okay. Certo. Senti, Mahmoud potrebbe andarsene? Lo dico perché ha una moglie gelosa, ed è già stato via troppo tempo. Non vorrei che lei si allarmasse.»

«Se non serve più a te, a me serve ancora meno. Fa anche lui parte della vostra rete?»

«Mahmoud? Scherzi? Ma no, non lo vedi? È tutto cazzo e niente cervello.»

«In effetti il cazzo si è visto.»

Lui aveva alzato le spalle.

«Conosco un tassista che per ogni cosa ha un proverbio» avevo sorriso. «Immagino che ne abbia uno anche sul fatto che ogni tanto ci vuole un diversivo rispetto all'inculare capre o cammelli.»

«Niente cammelli, dalle mie parti.»

La ragazza cieca aveva aperto una cassetta che sembrava quella di un pittore. Dentro c'erano tre file di vasetti in vetro e una serie di pennelli e altri attrezzi di cui non avrei saputo dire né il nome né l'uso che se ne poteva fare. «Di che colore è la pelle del tuo amico?» aveva chiesto, con una voce che era il vento in un cespuglio.

Le avevo risposto io, nella sua lingua. «Come posso descriverti il colore della mia pelle? A cosa potrei compararla? Hai mai visto il colore della pelle di un uomo?»

«Sono cieca dalla nascita. Come potrei conoscere i colori? Ma ho avuto una buona maestra. Mi ha preparato questi ventiquattro contenitori, ognuno dei quali corrisponde a una sfumatura di colore della pelle, dalla più chiara alla più scura. Per scegliere quale applicare chiedo a chi ha occhi per vedere di indicarmi il colore più vicino alla pelle su cui devo lavorare.»

Studiando i vasetti, mi ero guardato allo specchio dietro la testiera del letto, lo stesso specchio in cui avevo visto il piacere sul viso di Adham mentre Mahmoud lo montava. «Questo» avevo detto infine, tirando fuori uno dalla scatola.

Le dita della ragazza avevano sfiorato il vetro, percorrendo una scritta in rilievo. «Dodici» aveva detto, in un sussurro.

Di mio sarei un quattro, in realtà, un bel rosa pallido, ma sull'isola il sole era gratis, ed era tanto. Oggi potrei passare per uno di questi fotticapre.

«Dodici è un bel colore» aveva annuito, seria, dopodiché aveva aperto il contenitore, scelto il pennello giusto, morbido come seta, e con quello si era messa a trafficare intorno al mio naso.

Era piacevole, quella sua cura dei dettagli, la precisione delle domande che mi rivolgeva di tanto in tanto, la delicatezza del tocco.

Quando ebbe finito, il volto che mi guardava dallo specchio non mostrava più le tracce degli ematomi. Il naso era ancora brutto, ma in fondo lo è da un sacco di tempo.

«Sei stata bravissima.»

«Non durerà a lungo. Ti lascio un po' di trucco e un pennello» aveva detto, sorridendo per il mio apprezzamento. Poi con una spatola aveva riempito mezza boccetta e me l'aveva posata in mano insieme a uno dei suoi pennelli.

«Quanto ti devo, Amina?»

«Nulla. Faccio parte dei servizi offerti dalla casa. Capita che un cliente... o un ragazzo... abbiano bisogno dei miei servigi. Non mi devi nulla.»

«Bene» aveva detto Adham. «Allora adesso puoi andare.»

L'avevo fermato con un gesto. «Aspetta, Amina. Posso farti una domanda?»

«Certo» aveva risposto, con voce sommessa.

«Come mai una ragazza con il tuo talento lavora in un posto come questo?»

Guardandola meglio avevo realizzato che non era così giovane come sembrava. Solo il trucco magistralmente applicato nascondeva ciò che da vicino appariva evidente: Amina aveva almeno trent'anni. Il suo volto aveva tratti eleganti, i folti e lunghi capelli neri una lucentezza quasi minerale. Il naso leggermente aquilino aggiungeva fascino alla sua bellezza, rendendola meno banale, più acuta, anche se il termine che mi veniva in mente era "rapace".

«Lavoro qui da quando avevo tredici anni. I miei genitori mi hanno venduta a questo... *posto*... perché mio padre aveva perso il lavoro e non avevano da mangiare. E io ero inutile. La mia verginità è stata venduta quando ne avevo quattordici. Parte dei soldi pagati dal cliente sono stati dati alla mia famiglia. Vado da loro ogni anno, per festeggiare l'*Id al-adha*, la festa del sacrificio. Qui guadagno bene. Di tanto in tanto qualche ospite chiede i miei servigi a letto. Non per possedermi, ma... per altre cose... Il fatto che io non veda, evidentemente, aggiunge qualcosa alle loro... *pratiche*.»

«Però non mi hai detto *perché* lavori ancora qui.»

Amina aveva scosso la testa.

«Ho una figlia. Ha diciannove anni. Studia in Inghilterra, medicina. Diventerà chirurgo. Guarirà la gente. È stata concepita quando la mia virtù è stata venduta al miglior offerente. Lo so per certo, perché è stata la prima e ultima volta in cui mi sono unita con un uomo. Ho detto alla padrona che avrei ucciso con le mie mani il prossimo cliente a cui mi avessero venduta. Mia figlia è tutto quello che ho. È bellissima e intelligente, anche se è nata dalla violenza e dall'umiliazione peggiori che potessi subire. Conosco ogni minuscola parte del suo volto, e solo lì posso trovare le tracce di suo padre. Ma non ha importanza. Vuoi sapere altro? Ti costerà, stavolta, perché stai comprando la mia carne e il mio dolore.»

«No. Non voglio sapere altro. Ti ringrazio. *Al-dhahab fe salam*. Va' in pace.»

Quando lei era uscita, avevo messo in mano a Adham un rotolo di banconote e gli avevo detto di raggiungerla e di costringerla ad accettarle.

Mezz'ora dopo io e lui eravamo scesi in strada. Io indossavo di nuovo i miei abiti, mentre quelli del tenente al Anwari erano stati infilati in un sacco della lavanderia del bordello. «Qui non si usa fare troppe domande» aveva detto Adham.

Ma in strada il taxi di Selim non c'era.

Non puoi fidarti di nessuno, mi ero detto.

Poi dal fondo della strada due fari rotondi avevano lampeggiato, e subito dopo la vecchia auto di Selim si era avvicinata, lasciandosi dietro una nube di gas di scarico.

«Lieto di rivederti, comandante. Vedo che hai scambiato la divisa con abiti più eleganti. *Kayf halik, ya sadiqi?*»

«Sto bene, *aljidu*. Questo è Adham. Un amico.»

«Mi fa piacere che tu abbia trovato amici, in quel luogo d'iniquità.»

«Ma come? Non ce l'hai un proverbio, per l'amicizia?»

«Ne ho molti, ma prima mostrami l'amicizia.»

«Che cazzo ha, questo vecchio?» era sbottato Adham. «Dai, sbrigati. Abbiamo un sacco di strada da fare. Vado a prendere l'auto.»

Quando eravamo rimasti soli, Selim mi aveva guardato a lungo, prima di parlare.

«Ho temuto per te, là dentro» aveva detto. «Quel posto grida vendetta agli occhi di Allah.»

«In effetti andrebbe raso al suolo. Adesso però avrei un favore da chiederti, nonnino.»

«Quello che vuoi. Hai pagato in anticipo per esaudire più di tre desideri.»

«Non ti ho pagato abbastanza per il favore che devo chiederti», e così dicendo avevo tirato fuori le ultime banconote che mi restavano, un rotolo dallo spessore ragguardevole, e le avevo messe nelle mani del vecchio tassista insieme allo smartphone datomi da quella stronza di Mei.

In quelle mani rugose e innocenti il cellulare sembrava un uovo nero dal quale sarebbe potuto nascere un serpente velenoso.

«Porta questo abominio il più lontano possibile da qui. Abbandonalo nel deserto, se puoi.»

«In quale deserto, *sadiqaa*?»

Io, senza pronunciare parola, avevo indicato verso sud. «Più lontano che puoi, va bene? Anzi, se vuoi farmi un favore più grande, infilalo di nascosto su un camion diretto ancora più lontano.»

Selim aveva annuito. «Lo farò.»

«Quello che ti ho dato basta?»

«È molto più che abbastanza» aveva risposto.

«Allora addio, Selim. Sono contento di averti incontrato.»

«Addio, amico di un giorno. Attento a chi ti accompagni. E ricordati, la ferita causata da un fratello fa più male di quella inferta da un nemico.»

«Non lo dimenticherò. Grazie di tutto.»

Anche prima della pandemia non ero un tipo da abbracci, ma la tentazione di stringere questo vecchio alto un metro e un cazzo c'era tutta, e ho dovuto forzarmi per resisterle.

«Ehi, sai che c'è?» fa adesso Adham, svegliandomi dal torpore.

«Che c'è?»

«C'è che siamo arrivati.»

Una sfinge di cemento alta quanto un palazzo di tre piani e colorata come un trip psichedelico sembra ingoiarci, mentre la Mercedes s'infila fra le sue zampe al suono di *Let There Be Rock* degli AC/DC che esce dall'autoradio.

Adham alza il volume a palla.

La scritta a caratteri cubitali sulla fronte della sfinge multicolore dice:

MAGNIFICENT EL GHAZI
LAND OF INFINITE PLEASURE.

53

«Allora? Che te ne pare, italiano?»

«Mi pare uno schifo col turbo.»

Il lungomare deserto sembra il set di un film postapocalittico.

Chi l'ha progettato si è limitato a copiare la promenade des Anglais di Nizza. Peccato però che le dune di sabbia abbiano coperto l'asfalto e le palme trapiantate siano morte. Gli eleganti lampioni sono piegati dal vento e rossastri di ruggine, come tanti paletti estratti dal cuore di un vampiro. Gli edifici della falsa promenade sono cadenti, l'intonaco delle facciate sabbiato dalle tempeste, tanto che mostrano i mattoni e il cemento sottostanti.

Il lungomare è dominato da una replica perfetta dell'Hotel Negresco, ma su scala gigante: è alto almeno il doppio dell'edificio originale.

«Quando i progetti russi di una base navale a Al Suqr sono stati abortiti, qualche genio al ministero del Turismo ha pensato bene di utilizzare i fondi già stanziati da Mosca per rivitalizzare quella che un tempo veniva chiamata la Costa Azzurra del Sidiq. E questo è il risultato.» Adham raccoglie da terra un frammento di cornicione e lo lancia verso le onde rabbiose che hanno ridotto la spiaggia di sabbia bianca e i moli del porto turistico a quello che potrebbe essere un set dello sbarco in Normandia: spezzoni di cemento e travi arrugginite piegate e puntate verso il cielo. «È così che si sprecano le risorse della Terra. È così che si arricchiscono solo le tasche dei potenti» è il suo commento, quasi in un ringhio. «I ricchi e i loro protetti andranno sulla Luna, o su Marte, e a noi lasceranno un mondo in rovina.»

«Non ti facevo un ardente ecologista.»

«Sì, prendimi pure per il culo.»

«Non ho i tuoi gusti.»

Mi fissa, chiaramente indignato da quello che ho appena detto. «Pensi di poter fare il moralista? Ho sentito parlare delle cose che hai fatto. Da te non accetto lezioni.»

«E infatti non voglio dartene. Anzi, volevo chiederti una cosa.»

Lui non risponde.

Chi tace acconsente.

«Cosa si prova? Insomma, facendoselo mettere...»

«In culo?»

«Sì.»

«È bello. Quando il cazzo tocca un certo punto dentro di te vedi il paradiso. Ma perché me lo chiedi?»

«Non sono affari tuoi.»

«Sei stato tu a cominciare il discorso.»

«Abbiamo cose più importanti da discutere. La prima delle quali è perché mi hai portato fin qui.»

Adham sorride, poi si volta verso i cavalloni bianchi di schiuma. Socchiude gli occhi per proteggerli dalle nuvole di sabbia sollevate da un vento freddo. «Ci sono due buoni motivi. Il primo è che era meglio se cambiavi aria. Fakhar a quest'ora sarà diventata una tagliola formato città, pronta a stringersi su di te. Invece questo posto, come vedi, non è molto frequentato, nella bassa stagione.»

«Perché? C'è anche un'alta stagione, qui?»

«Sì. Ma è finita più di trent'anni fa.»

«E il secondo motivo?»
«Seguimi e lo scoprirai.»
«E l'auto? La lasciamo qui?»
«Vedi qualcuno che possa rubarla, in questo posto?»

Le porte girevoli del finto Hotel Negresco sono bloccate da mucchi di sabbia alti mezzo metro. E le catene con lucchetto che le chiudono sono scoraggianti.

«Mi dispiace, ma dovremo entrare dalla porta di servizio» sogghigna Adham, facendomi strada oltre il fronte del gigantesco edificio, fino a un portone sulla destra. «Prima tu» fa, intrecciando le mani l'una all'altra per farmi da scaletta.

«L'ultima volta è andata a finire male.»

«Stavolta andrà meglio. E comunque non è che hai molte alternative.»

Infilo il piede nella staffa di carne e con la spinta dello yazida riesco ad arrivare in cima al cancello, per poi lasciarmi cadere dall'altra parte.

54

Atterro su una piccola duna. Dopo pochi secondi anche Adham mi è accanto. Lui però non si è buttato: si è calato lungo la colonna del cancello, come una scimmia dal tronco di una palma.

«Hai fatto l'acrobata?»

«Ho fatto tante cose» è la sua laconica risposta.

Si incammina attraverso quello che un tempo doveva essere un bel parco, mentre ora è solo una rovina semicoperta dalla sabbia. Un grande padiglione vetrato ha perso diversi pannelli, tanto che la facciata sembra una scacchiera: il bianco dei vetri sopravvissuti, il nero di quelli mancanti. Dentro giacciono i resti di una serra: monconi di piante, avvilenti mucchietti scuri negli enormi vasi. Solo un'agave sembra aver prosperato, per qualche motivo, raggiungendo le dimensioni di un'auto.

Attraversando la serra noto una cosa. Alle Zattere c'era un maestro di caccia slavo. «La carne costa» diceva, «e in giro ce n'è tanta che voi ricchi italiani non vi degnate di prendere. E allora ce la prendiamo noi.» Uscivano armati di arco e frecce, indossando mantelle mimetiche, i volti scuriti col nerofumo, e rientravano prima dell'alba. Mi aveva spiegato un po' di cose sulle impronte e sulle tecniche per nasconderle. Il ricordo di quelle conversazioni ritorna mentre noto che qualcuno dev'essere passato di qui di recente, spazzando poi via le sue impronte con una scopa.

Ignorando i consigli e le proteste di Adham non ho buttato la pistola del tenente al Anwari: la tengo nella sacca che porto sulla schiena. Percorrendo questa serra, una giungla tascabile immersa in una luce lattiginosa, tagliata a tratti da raggi di sole che sembrano spade, sento un brivido corrermi lungo la schiena, una paura atavica che risale a quando eravamo creature inermi e nude, prede anziché predatori. La tentazione di impugnare l'arma è forte.

La porticina in fondo alla serra è quasi invisibile, nascosta com'è dalla carcassa enorme di quello che sembra un baobab morto. Porta all'ingresso di servizio dell'albergo.

«Prego» fa Adham, inchinandosi.

«Dopo di te.»

Dentro, la sabbia viene sostituita dalla polvere, uno strato così alto da sembrare un tappeto. E qui nessuno si è curato di nascondere le proprie tracce. Sono piedi nudi, realizzo con un brivido, ricordando il romanzo di Defoe.

«Mamma, ma i cannibali chi sono?»

«Sono uomini che mangiano altri uomini.»

«E perché?»

«Perché non hanno altro da mangiare.»

«E perché non mangiano la frutta?»

«Si vede che non gli piace.»

«Ma i cannibali non mangeranno il signor Crusoe, vero, mamma?»

Sto per tirare fuori la pistola dalla sacca, ma Adham intuisce le mie intenzioni e mi blocca.

«Non c'è nessun pericolo. Lascia il ferro dov'è.»

«Come fai a...»

«Guarda che non sono nato ieri.»

«Hai davvero chiamato la pistola *il ferro*? Ma allora leggi i noir.»

«Ovvio. Conosci Dashiell Hammett? Raymond Chandler?»
«Non personalmente.»
«Stupido. Io li adoro.»
«Quand'ero piccolo e i miei mi portavano a vedere un western...» sussurro, ricordando. Avrei dovuto dire: quando i miei andavano a spacciare nell'uno o nell'altro di infiniti cinema di periferia condannati alla demolizione, e mi lasciavano seduto in penultima o terzultima fila (mai l'ultima, chissà poi perché). Invece ho detto: «Quando i miei mi portavano a vedere un western, uscendo dal cinema camminavo con le movenze di un pistolero.»
«Mai piaciuti, i western. Troppa polvere.»
«Era solo per dirti che quando leggevo una storia di Philip Marlowe o di Sam Spade per un po' mi immedesimavo in loro. Parlavo con un angolo della bocca, perché nell'altro avrebbe dovuto esserci una sigaretta. Anzi, *una paglia*.»
«E sei finito a fare il poliziotto. Li beccavi, i cattivi?»
«Sempre. Finché non ho capito che i cattivi veri erano altri. E che io ero come quei pesci del cazzo, sai, quelli che puliscono la pelle degli squali. Facevo pulizia di parassiti e pesci piccoli per gli squali, e chiudevo gli occhi quando sentivo sui miei padroni il puzzo di sangue.»
«I detective degli hard boiled a volte vengono incaricati di cercare un pesce piccolo, ma poi incastrano lo squalo.»
«Ecco, diciamo che nella vita reale questo non succede quasi mai. Da che parte?»
«A destra.»
Il salone da pranzo è qualcosa d'incredibile: se all'esterno gli architetti si sono ispirati al Negresco di Nizza, sembra che per questa sala avessero in mente le Galeries Lafayette di Parigi. Una grande vetrata policroma fa da soffitto: miracolosamente è ancora intatta, quattro piani più in alto, e sfoggia elaborate decorazioni floreali. Niente figure umane. Siamo pur sempre in un paese musul-

mano. Fra le palme verdi e marroni, sotto un cielo blu cobalto, si muovono gazzelle e agili leonesse dipinte.

«Il tetto non è davvero di vetro. Per questo è ancora intero. È tutta plastica» sogghigna Adham, battendo con le nocche su una colonna che sembra di marmo e invece suona a vuoto. «*Made in China.*»

«Grigorenko mi ha detto che quando erano qui a El Ghazi dormivano in tenda ma pranzavano e cenavano nel salone delle feste dell'Hilton...»

«Hai incontrato Grigorenko? Di persona? E come sta?»

«In forma, per la sua età. Mi ha dato l'impressione di uno che è meglio non farsi nemico.»

«Puoi scommetterci. È un tipo maledettamente in gamba, anche se ha quella fissa della religione.»

«Come mai ti ha ingaggiato? Voglio dire, nonostante...»

Adham ride. «Voleva convertirmi... Ti immagini?»

«Convertirti alla fede?»

«Macché. Alla figa. Ma è una lunga storia. Vai oltre quella porta, lì ci sono le scale.»

Attraverso il salone, muovendomi fra i tavoli imbanditi per un pranzo o una cena di gala che non ci sono mai stati. Mi fanno venire in mente che non mangio dalla cena al ristorante piemontese. Ma soprattutto *ho sete*. Lo dico a Adham.

«Fra poco mangerai e berrai. Promesso. Comunque l'Hilton è crollato. Due anni fa.»

Saliamo cinque rampe di scale e usciamo su un lungo corridoio.

Le porte delle stanze sono tutte chiuse. Il corridoio sembra in uno stato migliore rispetto al resto dell'hotel: le passatoie sono pulite, senza traccia di polvere o sabbia.

Lo yazida si ferma davanti alla porta della camera 609.

Batte sullo stipite sette colpi, con una sequenza ritmica particolare, che trenta secondi dopo ripete.

Da dietro la porta si sente uno scricchiolio metallico, che dura un bel po'.

Alla fine l'uscio si apre di una decina di centimetri, bloccato da una catenella dorata che mi suscita un riflesso pavloviano, riportandomi alla mente le mie irruzioni da poliziotto, quando vibrando il colpo col dorso dell'ascia sulla maniglia di una porta facevo la faccia di Jack Nicholson e gridavo: «Wendy, sono a casa!»

«Sono io» fa Adham.

La porta si apre del tutto e io rimango di sasso vedendo chi c'è in piedi sulla soglia.

55

Viktor Suvarin, nudo come un verme, mi fissa con una perplessità bovina quando entro nella stanza al seguito di Adham.

È una camera da letto. Sulla testiera del letto king size, così come sui due comodini, c'è una serie di grosse candele mezze consumate, come quelle che si usano in chiesa.

Le lenzuola sono aggrovigliate. Il tavolino sotto la televisione spenta è coperto da piatti e bicchieri sporchi. Per terra, un mucchio di lattine e scatolette vuote.

«Cazzo, Vic, ma non pulisci mai? Senti che tanfo» brontola lo yazida, tappandosi platealmente il naso.

«Magari il puzzo che senti è quello della donna delle pulizie. Non mi ricordo dove ho nascosto il cadavere. Di', il tuo amico chi è? Devo preoccuparmi?»

«Lui? È un amico di tuo padre. È venuto a cercarti.»

«Non sono esattamente un amico...» preciso.

Lui mi ignora. «C'è da fidarsi? È una brava persona?»

«Sì e no. Comunque non c'è molta scelta.»

«Mi avevi promesso una donna.»

«C'è chi promette la vita eterna.»

A questo punto mi incazzo di brutto. «Finitela con le vostre battute sceme. Mi volete spiegare che cazzo succede? Tu dovresti essere nelle mani dei rapitori. Anzi, dovresti essere morto.»

Il ragazzo finge di avere un brivido.

«Tuo padre l'ha incaricato di salvarti» sorride Adham, frugando nello zaino pesante che si è tirato dietro dall'auto.

«Mi ha già salvato Adham» fa Viktor, con un tono quasi rabbioso. «Non vedo perché dovresti essere pagato anche tu.»

Lo guardo. C'è poco di suo padre, su quel volto infantile, di una bellezza crudele, da giovane principe medievale. Mi dà fastidio la noncuranza con cui si mostra nudo.

«Potresti anche metterti addosso qualcosa» lo rimprovera Adham, quasi mi avesse letto nel pensiero.

«Pensavo che ti piacessero, i bei ragazzi.»

Lo yazida scuote la testa. «Stronzo.»

Comincio a chiedermi se mi sono fatto pagare abbastanza, per salvare questa merdina.

Viktor si abbassa a frugare tra i mucchi di vestiti ai piedi di un materasso gonfiabile da campeggio. Tira fuori un costume da bagno vecchio forse di vent'anni e se l'infila. «Cos'hai da fissarmi?» mi fa. «Credi che sia mio? L'ho trovato in un cassetto. Come tutto quello che vedi qui.»

A questo punto sarà il caso di fare appello alla mia nota professionalità lasciando da parte, almeno per il momento, l'istinto che mi porterebbe a battere come un tappeto questo ragazzo viziato.

Guardo Adham, che sembra non fare caso a me. Continuo a guardarlo.

Lo yazida alla fine se ne rende conto. Il suo disagio è tangibile. «Che c'è?» fa.

«C'è che tu e io dobbiamo parlare.»

«Spara.»

«Da soli.»

«Oh, fate come se non ci fossi» sbuffa il ragazzo.

«Tu sta' zitto» gli ordino, puntandogli addosso il dito, che vorrei fosse un raggio laser.

Adham apre le braccia in un gesto rassegnato. Scuotendo la testa mi fa strada nel corridoio.

Quando siamo sufficientemente lontani dalla camera 609, svoltato un angolo, mi giro e, afferrando lo yazida per il colletto della camicia, lo sbatto contro il muro. Con il braccio destro sul suo collo lo tengo bloccato, mentre la mia sinistra gli palpa le tasche della giacca, la cintura dietro la schiena.

«Sono pulito. Sei scemo?» protesta, con la voce soffocata dalla mia stretta. «Solo un coglione come te gira armato, qui. Lo sai qual è la pena, per chi gira armato?»

Allento un po' la presa sulla sua trachea. «Me l'hai già detto. Cominci a diventare monotono. Un giro all'alba sulla gru.»

«Esatto. Tranne per il fatto che qui le esecuzioni si svolgono nelle ore di punta, e non all'alba.»

«Vediamo se indovini cosa vorrei tanto chiederti.»

«Non ne ho la minima idea.»

«Ah no? Cerco di spiegartelo, allora. E se non capisci, dopo ti faccio un disegnino.»

«Meglio.»

«*Con le tue budella.*»

Lui non può trattenere un sorrisetto sprezzante.

«La prima domanda che voglio farti è a che gioco stai giocando. Tu lavori per Komarov, e quindi per Allenby. Ma Allenby non sa dov'è Viktor. Giusto?»

«Giusto.»

«Ma *tu lo sai*, dov'è Viktor. Allora perché non l'hai detto ad Allenby?»

Adham batte la mano sul mio braccio, che gli blocca il collo. «Ti dispiace toglierlo?»

«Non farai scherzi, vero?»

«Non ho il senso dell'umorismo.»

«Se vai dritto al punto senza perdere tempo in inutili divagazioni è meglio per tutti. Soprattutto per te.»

Quando tolgo il braccio lui fa un rutto, scuotendo la testa. «Sei veramente un *hooligan*. Ragioni coi muscoli.»

«Senza inutili divagazioni, ho detto.»

«Okay, okay. Tanto scommetto che l'hai già capito da solo. Comunque, se proprio vuoi sentirmelo dire, prendo soldi da Allenby, e lui è un uomo della Komarov. Ma ho annusato subito che faceva il doppio gioco. Non puoi vivere una vita come quella che ho vissuto io senza capire a naso chi te la racconta giusta e chi vuole fotterti.»

«Stai continuando a divagare.»

«No. Col cazzo. È solo che per arrivare al punto mi tocca per forza fare un giro lungo.»

«Ti do due minuti.»

«Sei proprio uno stronzo. Okay. Due minuti. Ci provo. Avevo ventidue anni, ed ero nell'*organizacija* da tre; facevo per loro dei lavoretti del cazzo, quando mi hanno preso in una retata a Piter. A San Pietroburgo, insomma. Dopo un mese in cella a prenderlo in culo da un ceceno di centoventi chili e dai suoi amici, mi vengono a prendere quattro agenti in borghese: mi bendano, mi caricano su un furgone e dopo avermi fatto scendere mi trascinano su e giù per tante di quelle scale e corridoi da farmi venire il mal di mare. Quando mi tolgono il cappuccio mi trovo davanti un vecchio con gli occhi buoni, che però in certi momenti mi ricordavano una nuvola di tempesta che passa davanti al sole, o l'acqua del fiume che fino a un attimo prima è dorata e poi d'un tratto si fa grigia come il ferro.»

«Stai ancora divagando.»

«No, cazzo! Ti sto raccontando la storia esattamente come va raccontata!»

Consulto l'orologio. «Un minuto e dieci.»

«Ma sei proprio stronzo, eh. Va bene. Quel vecchio era Grigorenko. Mi ha interrogato per ore, per giorni. Sembrava che volesse sapere tutto di me: dov'ero nato, cosa facevano i miei genitori. Un giorno mi ha fatto spogliare e mi ha chiesto il significato di tutti i miei tatuaggi. Anche se sono convinto che lo sapesse già, e che di certi di quei tatuaggi avrebbe potuto insegnare lui a me, cosa volevano dire. Mi ha chiesto quante lingue conoscevo, e quando gli ho detto che in casa, prima di scappare dall'Iraq, parlavamo in kurmanji, ha cominciato a parlarmi anche lui in quella lingua.»

«Cinquanta secondi.»

«Mi ha chiesto se sapevo qualcosa dell'Ard Alshams, e io gli ho detto che c'ero andato due volte per accompagnare là un *vor*, che sarebbe...»

«Lo so cos'è.» *Un capo della mafia russa*. Cominciavano a far base anche dalle mie parti, prima che il mondo andasse a puttane.

«Questo *vor* di San Pietroburgo era in affari con il maresciallo Adnani. Grigorenko ovviamente già lo sapeva, ma me l'ha chiesto lo stesso. Mi faceva paura, se proprio vuoi saperlo. Sembra un nonnino tranquillo, un pensionato del cazzo. Ma è pericoloso come un cobra.»

«Come lo sai?»

«L'ho visto coi miei occhi, di cosa è capace. E comunque in seguito ho fatto le mie ricerche.»

«Ti sei appena guadagnato trenta secondi extra.»

«Come sei generoso...»

«Vai avanti. Non giocarti tutto il bonus.»

«Il bonus... Va bene, va bene. Grigorenko mi fa quella che lui chiama "una proposta di lavoro". Ma non me la fa subito. Prima mi fa riportare in cella, e quel sudicione di ceceno e i suoi amici ricominciano a pomparmi. Di solito non mi tiro indietro, ma quelli erano violenti. Pensa che dopo uno dei loro festini a base del mio culo non riuscivo a sedermi per giorni.»

«Mi sanguina il cuore.»

«A me sanguinava il culo. Fatto sta che dopo una settimana di questo trattamento, Grigorenko mi manda di nuovo a prendere e mi fa portare in una dacia, in quel posto dove stavano tutti gli scrittori, ai vecchi tempi. In questa dacia siamo io e lui da soli: mi offre da bere, ci sediamo in terrazzo e mi parla. Era sera, era estate. C'erano un sacco di zanzare, perché la dacia dava su un laghetto, ma per fortuna c'erano degli apparecchi che mandavano una luce azzurra e, *zac!*, le zanzare che ci finivano sopra arrostivano. Bevevamo la nostra vodka, ed era vodka polacca, di quella sopraffina. Lui comincia a parlarmi della Grande guerra patriottica, di come il popolo russo l'abbia vinta, e di come adesso il mondo, anche se non ne è consapevole, si trovi nel pieno di una guerra mondiale per le risorse, che non possiamo permetterci di perdere. Io un po' l'ascolto e un po' no, e lui se ne accorge, così mi dice: "Vediamo di andare al sodo", e mi fa una proposta.»

«Che genere di proposta?»

«Se aspetti ci arrivo. Dice che vuole che io mi faccia assumere dalla Komarov. Gli dico che non vedo cosa posso avere, io, che interessi a Oleg Suvarin. E lui mi risponde che fabbricare reputazioni dal nulla fa parte del suo mestiere. Anzi, più che un mestiere è un'arte, mi fa. Per fartela breve, nel giro di due settimane lavoro per Allenby, che a sua volta lavora per Suvarin.»

«E Grigorenko?»

«In che senso?»

«Lui, secondo te, per chi lavora?»

Rimane zitto per un po', prima di rispondere.

Io allora mollo la presa.

Lui si appoggia al muro. Sorride. «Nel mestiere di Grigorenko puoi avere un solo padrone, per tutta la vita. Ma niente ti impedisce di avere un secondo impiego, soprattutto quando gli obiettivi del tuo primo datore di lavoro e quelli degli altri coincidono. Nel caso di Grigorenko, oltre allo stato ci pensava una grande compagnia petrolifera a pagargli uno stipendio da favola.»

«La Gazprom?»

«No. Ma quasi. La Gazprom non può permettersi di

giocare sporco. La compagnia per cui lavora Grigorenko è la...»

Mi dice il nome. Lo pronuncia come se evocasse un demone.

«Mai sentita nominare» faccio, perplesso.

«La sentirai sempre più spesso, in futuro.»

Ci guardiamo.

«E così hai cominciato a lavorare per la Komarov, ma al tempo stesso lavoravi per Grigorenko e per la...»

«Non nominarla.»

«Perché? Se la nomino i cavalli cominciano a nitrire?»

«Che cavalli?»

«Lascia perdere. Continua.»

«Non c'è molto da dire, su quel giorno alla dacia. Se non che al calare della notte, mentre stavamo in terrazza a bere vodka e ascoltare la musica sinfonica che usciva dalla finestra del salotto, si sono visti i fari di un'auto avvicinarsi sulla strada che costeggiava il lago. Grigorenko mi ha detto: "È ora di festeggiare il nostro accordo."»

Il sorriso di Adham sembra perdersi nel vuoto, come se rievocasse un momento di massima beatitudine. «Quella di cui avevo visto i fari non era un'auto, ma un furgone, con una scritta sulla fiancata che non riuscivo a leggere, perché la luce era ormai calata del tutto. Ho visto che tiravano giù dei sacchi. "Vieni" mi ha detto Grigorenko. "Scendiamo."»

Erano scesi fino alla riva del lago.

L'erba del prato era stata tagliata di fresco, racconta Adham. Aveva un buon odore.

«Ti sei mai accorto che l'odore del trifoglio tagliato è lo stesso dello sperma?» fa.

«No. Non mi annuso laggiù.»

«Chiedilo alla tua donna, allora.»

C'erano dei lampioni lungo il sentiero. Facevano luce

quanto bastava per non inciampare in un sasso, o in una radice. Lo stradello non era pavimentato: terra e sassi. C'erano quattro uomini in piedi, sulla riva.

«Sopra di noi brillavano tante di quelle stelle che sembravano un nastro bianco, o un fiume. Grigorenko mi ha fatto strada come se fosse il portiere di un ristorante.»

Avvicinandosi, Adham aveva visto che allineati sulla riva, in ginocchio, c'erano il ceceno e i suoi tre amici. Dietro ognuno di loro stazionava un uomo armato di pistola, la faccia coperta da una mascherina chirurgica nera con sopra disegnata la dentatura di uno squalo.

«Per poco non mi sono cagato sotto. Conoscevo quelle maschere. Li chiamano le Tigri Volanti. È una formazione nuova, assassini di stato. Chi finisce nelle loro mani non torna a casa. Si dice che abbiano un gulag tutto loro, dalle parti di Vorkuta. Si racconta che sia peggio di Auschwitz.»

Grigorenko si era scusato per non potergli presentare gli uomini mascherati.

«"Questi in ginocchio, invece, li conosci già" mi fa. "Mi dicono che sono diventati piuttosto... intimi, con te." E poi sorride. Normalmente mi sarei incazzato, ma lui alza la mano e mi blocca. "Oggi voglio farti un regalo" mi dice. "Un regalo di compleanno." Ma io gli dico non è il mio compleanno. Allora lui mi mette una mano sulla spalla. Sembra una cosa amichevole, però lui stringe. Mi fa male. Un sacco di male. "Oggi è il tuo compleanno" continua, sottovoce, "perché oggi tu nasci di nuovo. Potevi essere lì in ginocchio con questi sordidi individui, e invece per te comincia una nuova vita al servizio dello stato."»

Adham non aveva detto niente. Fare obiezioni o domande non gli sembrava un'opzione pratica.

«"Scegli tu il primo" ha detto Grigorenko. "Il primo cosa?" gli ho chiesto. E lui: "Il primo a morire. Anzi, vuoi farlo tu?" Il ceceno mi fissava con quei suoi occhi da porco. Solo che adesso sembravano gli occhi di un bue. Mi implorava, con quegli occhi. Ho risposto a Grigorenko che non volevo sporcarmi le mani, e che preferivo vedere la faccia dello stronzo quando la pallottola sarebbe entrata nel suo collo obeso.»

«E poi?»

«E poi cosa?»

«Poi cos'è successo?»

«È successo che ho avuto il mio regalo di compleanno.»

56

«Quindi sei entrato al servizio della Komarov ma anche di Grigorenko. Due lavori in uno.»

«Sì, però non farti strane idee.»

«Grigorenko ti pagava solo in visibilità, immagino.»

«Vorrai dire in *invisibilità*... Mi pagava tenendo nella sua cassaforte il mio dossier, con la promessa che se l'avessi servito impeccabilmente per dieci anni lui l'avrebbe bruciato.»

«Dieci anni. Mica poco.»

«Eh no. Considerato che Oleg Suvarin non è più tenero dell'*organizacija*, se lo tradisci e ti scopre. Ogni giorno può essere un incubo.»

«Ma io ho incontrato Grigorenko, a Mosca, e...»

«Lo so. Hai pensato che lavorasse per la Komarov. E in effetti è così. Non sono l'unico a giocare due partite in una. Anche se il fatto che il vecchio abbia deciso di scendere in campo di persona ha sorpreso pure me. Mi fa pensare che la posta in gioco sia parecchio più alta di quanto crediamo.»

«Non ci capisco più un cazzo» sbotto, tirando un pugno al muro. Il cartongesso si spacca come se l'avessi colpito con un maglio.

Adham ridacchia. «Questi palazzi sono tutta apparenza e niente sostanza.»

Lo so. Sono già stato in un albergo così, nella mia prima vita. Per lavoro.

Era uno di quei posti di cui senti pronunciare il nome nei telegiornali. Un paese a pochi chilometri da Napoli. Per arrivarci, il taxi dall'aeroporto aveva percorso una strada che sembrava uscita da un film neorealista degli anni Cinquanta. Edifici bassi e dalle facciate cadenti. Mucchi di immondizia ai due lati della strada malmessa, e un nero magro e scalzo che l'attraversava facendo roteare in aria un bastone come se conducesse un gregge invisibile: un profeta di locuste e di rovi selvatici.

L'albergo sembrava un'oasi azzurra in mezzo a quel deserto. C'era una fontana decorata coi dodici segni dello zodiaco. Un posto pulito, illuminato bene, in mezzo al caos del crepuscolo di quell'infinita periferia. «Dotto', siete sicuro, ma proprio sicuro, che vi devo lasciare qua?» mi aveva chiesto il tassista.

In camera, dai rubinetti usciva solo acqua calda. Il frigobar invece era pieno di bottigliette d'acqua congelate: metà acqua, metà ghiaccio.

A cena, quella sera, a un tavolo vicino al mio vidi i due imprenditori veneti che avevano preso il mio stesso volo da Treviso. Sedevano insieme ad altri due personaggi locali che parevano usciti da una commedia di Eduardo De Filippo. Discutevano sottovoce, e di tanto in tanto sollevavano lo sguardo come ad accertarsi che nessuno sentisse cosa stavano dicendo. Era comunque chiaro che trattassero di affari. Presumibilmente degli stessi affari di cui avevano parlato per tutto il volo, incuranti del fatto che lassù qualcuno potesse sentirli. Discariche, amianto, inerti... Quelle parole erano filtrate, assieme a cifre astronomiche e a certi nomi di politici illustri tirati giù come assi di briscola a ogni mano della conversazione.

Il tipo che mi aveva portato la spigola sembrava un pugile. Aveva forse cinquant'anni, forse sessanta. Una ragnatela di cicatrici gli segnava una guancia, come la mappa degli affluenti di un fiume. Il suo pollice schiacciava un angolo del filetto di pesce, mal spinato e appena tiepido. «Che c'è? Non le piace il pesce?» mi aveva chiesto, come se della mia risposta non gliene fregasse niente.

Uscito a prendere una boccata d'aria mi ero avvicinato alla fontana. Il gorgoglio dell'acqua era piacevole. La strada, oltre il cancello, era un sobbollire di luce arancione, palme moribonde e fumo sollevato da fuochi invisibili. Avevo toccato il marmo policromo della fontana, e si era rivelato plastica. Come nell'attrazione di un luna park. Plastica. Calda e sottile al tatto.

Di colpo ero precipitato nella sensazione per nulla astratta d'essere finito in qualche mio personale inferno.

Questo posto è fatto della stessa merda. Come tutto il mondo, ormai.

Un prodotto di traffici immondi. Il frutto marcio della corruzione e del degrado. Sette miliardi di persone, e mangiano tutti. Mangiano fango. Bevono fango. Ma sono sazi.

Chi ha progettato questo albergo assurdo sapeva che non ne sarebbe nato niente di buono. E così è stato.

«Ti ricordi i petrodollari?» fa Adham, interrompendo i miei pensieri.

«No.»

«Mi sembravi abbastanza vecchio per ricordartelo. Questo posto, come tutta questa città, è il frutto, prima ancora che dei finanziamenti russi, del surplus di denaro accumulato dai paesi produttori di petrolio a partire dalla crisi del '73. Qui quel denaro si è trasformato in una città fantasma, e da altre parti in una pista da sci nel deserto. Da altre parti ancora, molto più spesso, i petrodollari sono diventati ville con garage per una ventina fra Porsche e Jaguar, e i domestici che dormono in una sporca cantina. E dopo i petrodollari sono arrivati i narcodollari...»

«Vedo che Grigorenko...»

«Grigorenko non c'entra un cazzo» sbotta lui. «Credi che non sappia che il comunismo è morto? Mi prendi per scemo? Non c'è speranza, per le masse. Che ognuno pensi a salvarsi. Che ognuno salti sulla sua scialuppa di salvataggio.»

A questo punto dovrei rimettergli il braccio intorno alla gola, e magari stringere fino a liberarlo da tutto. Gli farei un regalo.

Ma mi serve ancora.

«Se non hai ucciso tu quei due sfigati all'obitorio, allora chi è stato?»

Mi fissa incredulo. «Ma sei stupido? Ancora non l'hai capito?»

Socchiudo gli occhi.

Certo che l'ho capito. Solo che dentro di me non volevo ammetterlo.

Se escludo Adham, resta una sola possibilità.

«*Mei...*» sussurro.

Adham annuisce. «Bravo. Esatto. *Mei.*»

57

Tutto diventa chiaro.

Tutto prende forma.

Le tessere del puzzle si spostano senza che nessuna mano le muova. Si dispongono da sole al loro posto, occupando spazi precisi.

«Quando siamo tornati all'auto, dopo la nostra visita alla morgue, Mei non c'era» sussurro.

«E ti ricordi cos'ha detto Allenby?»

«Che era rientrata all'albergo in taxi.»

«Già. A me quella cosa era subito suonata male. Non girano taxi dopo il tramonto e prima dell'alba, a Fakhar.»

Ripenso a quella notte, e di colpo arrossisco.

Mei era l'unica a potermi mettere in camera quelle prove compromettenti.

Mei che...

«Perché avrebbe dovuto farlo?» chiedo, a me stesso prima che a Adham. «Mei e Allenby lavorano per Suvarin. Per la Komarov.»

Lo yazida sorride. Un incisivo è più bianco degli altri denti, incapsulato. «Forse non sono l'unico a lavorare per più padroni» fa, e poi chiude la bocca come se avesse tirato giù una saracinesca.

Dovrò arrangiarmi da solo.

Provo a farlo, riepilogando a voce alta. «Il nazista... Il

dottor Lantz... stava redigendo una falsa autopsia, dicendo di aver esaminato il corpo di Viktor Suvarin, e attribuendo la sua morte a un incidente stradale. Tutto questo non aveva senso, dato che il cadavere che stava sezionando apparteneva chiaramente a un'altra persona, e oltretutto a uno morto in seguito a terribili torture. Allora la prima domanda da farsi penso sia questa: perché Lantz avrebbe dovuto mentire? Perché? Non capisco... Una volta scritto il referto dell'autopsia, e cremato il corpo, sarebbe rimasto agli atti che il morto era Viktor Suvarin, morto per un incidente stradale.»

Durante il mio monologo, Adham mi guarda senza dire nulla. Solo di tanto in tanto annuisce.

Io continuo a parlare a me stesso, o all'ascoltatore invisibile che devo aiutare a trovare la verità. «Qualcuno aveva fatto arrivare all'obitorio il corpo di un povero sfigato, e aveva chiesto al dottor Stranamore di certificare che: uno, il morto era Viktor, e due, non era stato torturato e poi assassinato.»

«Ti stai ripetendo.»

«Stai zitto. Lo so che mi ripeto. Lo so. È che qualcosa non quadra. Falsificare l'autopsia avrebbe avuto senso se il morto fosse stato *davvero* Viktor. Il che mi sembra da escludere, visto che Viktor è di là che cammina nudo come un verme.»

«A quest'ora si sarà rivestito. Senti, a proposito, non possiamo continuare a discutere qua fuori.»

«Ho quasi finito. Ci sto arrivando. Lasciami pensare.»

Adham sta per riaprire bocca, ma io alzo per un riflesso automatico il pugno verso di lui. Lo yazida si rintana addosso alla parete, sollevando le braccia per ripararsi la faccia.

«Lasciami pensare» ripeto, in tono più pacato.

E alla fine ci arrivo.

È come se i miei occhi, che per un minuto buono hanno

fissato una crepa nel muro, vi facessero breccia, passandovi attraverso.

«Ci sono. Qualcuno aveva bisogno di poter dimostrare che Viktor Suvarin era morto, e per un incidente stradale. Qualcuno che non aveva per le mani il corpo del ragazzo, ovviamente, visto che è vivo. Ma Lantz ha detto che lavorava per Adnani. Che interesse poteva...»

«Non l'ha *proprio* detto.»

«Ma l'ha lasciato intuire. No, anzi, credo di ricordare che a un certo punto l'ha proprio detto. Ma perché Adnani avrebbe dovuto inventarsi la morte di Viktor e poi attribuirla a un incidente stradale?»

«Non possiamo saperlo.»

«No. Non con quello che abbiamo in mano. E poi devo anche capire perché Mei avrebbe dovuto uccidere il medico. Dobbiamo scoprire come sono andate le cose dalla morte di Lantz in poi, cos'ha trovato la polizia sul luogo del delitto. E come sono arrivate sulla scena del delitto il passaporto e la patente del ragazzo. Ma non sarà facile.»

Lo yazida sorride. «Forse non sarà tanto difficile come credi. La rete di Grigorenko è stata smantellata, ma non del tutto. Fammi fare un paio di telefonate. Dovrò fare un giro un po' largo. Ci vorrà del tempo. Intanto perché non vai a fare conoscenza con il principino russo?»

Viktor Suvarin si è rivestito. Indossa una *djellabah* molto sporca. Gira scalzo per la camera, concentrato e curvo sullo schermo di un cellulare. Ha delle cuffie senza fili infilate nelle orecchie. Non si è accorto del mio ingresso: il frastuono della musica che ascolta passa attraverso gli auricolari.

Quando si volta e si accorge della mia presenza, la prima cosa che fa è nascondere lo smartphone dietro la schiena.

L'afferro per il braccio e lo sbatto sul letto. Lui spalanca gli occhi per la sorpresa.

Lo smartphone finisce per terra. Sullo schermo, un soldato rimane paralizzato, mentre tutt'intorno a lui scorre un'azione bellica concitata.

«Sei stupido? Mi stai facendo perdere!»

Lo tiro su di peso per la collottola. I suoi occhi, a pochi centimetri dai miei, mi fissano impauriti.

«Qualcuno mi ha detto che devo fare la tua conoscenza» sibilo. «Personalmente non ne avrei troppa voglia. Mi sembri decisamente una persona poco interessante. Ma visto che mi tocca farlo... parliamo un po', okay?»

Il ragazzo allunga una mano verso il cellulare a terra, arrossendo come una vergine a cui è caduto un vibratore dalla borsetta in chiesa.

Appoggio la punta della scarpa sullo schermo.

«No! Fermati!»

Il soldato viene falciato da un nemico armato con quello che ha tutta l'aria di essere un M4.

«Mi hai fatto uccidere!»

«Cose che capitano.» Raccolgo il telefono. Lo spengo.

«Sei scemo?»

La sberla parte da sola.

Il ragazzo scoppia a piangere.

«Era una cosa tanto importante?» gli faccio.

«Ero impegnato con la mia squadra.»

«Ma non mi dire.»

«Mi espelleranno, se salto il mio turno di gioco.»

«Ed è grave?»

«Cosa ti credi? In questo buco di culo l'unica cosa che funziona è il wi-fi. E l'unico divertimento che ci si può permettere è giocare online e guardare film.»

Registro l'informazione sul wi-fi e la archivio nel cassetto delle cose da chiarire con Adham. «Quando sono entrato qui hai detto una cosa.»

«Ah sì?»

«Hai protestato con Adham perché non ti aveva portato una donna.»

«E allora?»

«E allora perché un ricco maschio etero come te viene in un posto del cazzo come questo per fare una ricerca sui froci?»

Viktor si stringe nelle spalle. «Chiedilo a quel cazzone del mio professore.»

«Che professore?»

«Willoughby. Meno male che sei venuto a salvarmi, eh. Ma non sai proprio un cazzo, su di me?»

Resisto in qualche modo alla tentazione di sbatterlo di peso contro il muro. «So quello che mi ha raccontato tuo padre, un bel ritrattino grondante di orgoglio e amore paterno che mi ha convinto meno di una banconota da tre euro. E so quello che c'è scritto sul tuo dossier che mi hanno fatto leggere. E lì non si dice niente della tua tesi.»

Lui fa un gesto infastidito, come se la parola "tesi" fosse una mosca da scacciare. «Ma sì, è un'idea del cazzo che è venuta al mio professore di Sociologia. Lui l'ha buttata sul ridere. Faceva battute del cazzo tipo: "Un ragazzo interessato alla figa come te ha bisogno di espiare dedicando un po' del suo tempo alle minoranze sessuali." Cioè, no, è chiaro che lui non diceva "figa", ma il concetto era quello. In realtà uno non va mica più a Cambridge per imparare, cazzo. Ci vai per prendere la tua cazzo di laurea e quel bell'accento che fa miracoli ai colloqui di lavoro. Non che ne avrò bisogno, ovvio. Invece tu, con quell'accento del cazzo, tu da dove vieni?»

«Manchester. Passando per l'Italia.»

«Manchester. Bella merda. Giro lungo, passando per lo Spaghettiland.»

«Parliamo di te, se non ti dispiace. Torniamo alla tua laurea.»

«Ma sì, e che cazzo... Willoughby mi chiama nel suo studio e mi assegna questo bel tour, in un posto che ho sentito nominare un'infinità di volte in casa mia, ma che ancora adesso non saprei indicarti su un mappamondo. Mi carica un'infinità di dati sul Mac, e una serie di contatti telefonici, e mi dice che sarà una cosa liscia come l'olio. "Vai laggiù un paio di settimane, incontri un po' di gente, l'intervisti, metti insieme i dati e me li porti qui."»

«Aiutami a capire. Servivano alla tua tesi o a lui, i dati che dovevi raccogliere?»

«Ma dai, davvero non sai come vanno, queste cose? I professori sfruttano gli studenti per le loro ricerche accademiche, o come cazzo si chiamano. Lavori per te ma allo stesso tempo lavori anche per loro. Insomma, è uno sfruttamento del cazzo, ma è così che va il mondo. Sveglia.»

Sto per tirargli una sberla, ma ho bisogno di tutte le informazioni che può darmi.

«Questo Willoughby era il tuo professore?»

«Cazzo, ma te l'ho già detto. Era il relatore della mia tesi.»

Mi faccio dare il nome e quante più notizie possibili. Le memorizzo. O almeno ci provo.

La mia memoria era un colabrodo, dopo la cura a base di droghe e calci in testa che mi aveva fatto arrivare in fin di vita sulla porta della comunità delle Zattere. Ma ora sto meglio, decisamente meglio.

Impacchetto le informazioni e le metto nel cassetto di un classificatore immaginario nella mia testa. Anche questo me l'ha insegnato Hermann. Quasi quasi sono pentito di aver pisciato sulla sua tomba.

Anzi, no. Ripensandoci, non sono affatto pentito. Forse dovevo cagargli, sulla tomba.

«Mi ridai il telefono?»

«No. Smettila di piagnucolare. Dimmi invece come sei finito qui.»

«Dall'inizio?»

«Hai di meglio da fare?»

Lui alza le spalle. Ridacchia. È abbastanza evidente che

è fatto di qualcosa. «Mio padre era terrorizzato da quello che poteva succedermi quaggiù. Sai cos'è successo a quel ragazzo italiano in Egitto, qualche anno fa?»

Sì. Lo so bene.

«Così ha pagato Adnani perché si incaricasse della mia protezione.»

«Adnani?»

«Ci sei? Sei connesso? Sì, certo, *Adnani*. Ti stupisce? Solo il meglio, per i Suvarin. Così al mio arrivo, in quello che qui hanno la faccia tosta di chiamare aeroporto, c'era ad aspettarmi un'auto della polizia politica. Almeno così mi hanno detto. Erano in tre. Il loro capo, un ometto con dei baffi ridicoli, mi ha chiamato per nome, e mi ha mostrato un tesserino con la foto e delle scritte in quella loro lingua che sembra una sfilata di vermi. Sono salito in auto con loro e siamo partiti verso il nulla.» Mentre parla, il ragazzo sembra concentrarsi fino allo spasimo per far emergere le frasi dalle nebbie della droga. «Eravamo in mezzo al niente, su una strada che non finiva mai, quando ci siamo imbattuti nel posto di blocco. Il capo ha detto all'autista di rallentare. Erano due pick-up, sai, di quelli con le mitragliatrici sul pianale. Il capo ha abbassato il finestrino e ha cominciato a parlare con un sergente con un tono da cagami 'sto cazzo, sempre che i loro gradi siano uguali ai nostri, e penso che quello gli abbia chiesto di mostrare i documenti. Si sono presi il mio passaporto, la mia patente, le mie carte di credito, tutto. La discussione si è animata, il capo ha alzato il tono della voce, e io mi sono detto: adesso gli dà una bella strigliata. Ma il sergente ha ordinato ai suoi uomini di puntarci le mitragliatrici contro. Ci ha fatto scendere, con le mani sopra la testa. Il capo della polizia brontolava come una pentola di stufato. Ringhiava: minacce, penso. Ma il sergente rispondeva educatamente: poche parole, e poi senza preavviso ha tirato fuori dalla fondina una pistola e ha sparato in faccia al capo. Il suo cervello mi ha smerdato la camicia. Dopodiché non ho capito più niente. Le mitragliatrici sui pick-up non hanno fatto fuoco. In compenso i due uomini della mia scorta hanno estratto le pistole e hanno tirato giù dalle spese il sergente. Io mi sono buttato in un fosso, e ho sentito le pallottole fischiarmi sulla testa. E poi davvero non ho capito più un cazzo. Sono arrivate altre due auto, e ho sentito un rumore di spari diverso, un suono che ti spaccava le orecchie.»

«Eravamo io e Mahmoud» commenta Adham, sulla soglia. «Con i nostri *shotgun* Atchisson AA-12. Una versione ridotta del Settimo cavalleggeri.»

«Un'arma fighissima. Vorrei che ci fosse, in *Call of Duty Mobile*.»

«Per tua fortuna ce n'erano due nella realtà. E nelle mani giuste» sogghigna lo yazida, posando sul comò una bottiglia d'acqua minerale, dopo aver spazzato per terra un mucchio di incarti di barrette energetiche. «Li avevamo seguiti dall'aeroporto. Allenby mi aveva chiamato la sera prima da Londra per dirmi che sarebbe arrivato un personaggio importante, ma che per una volta non toccava a me occuparmene. La cosa mi era sembrata strana, così senza dir niente al mio capo sono andato lo stesso all'aeroporto, e mi sono portato dietro Mahmoud.»

Coglie il mio sorrisetto.

Mi mostra il medio.

«Ho riconosciuto Viktor dalle foto che avevo visto sui siti di gossip. E ho riconosciuto anche uno dei tre sull'auto: sapevo che era un ufficiale della polizia politica. Mi sono incuriosito, così ho deciso di seguirli per vedere dove portavano il ragazzo. La procedura era tutt'altro che normale. E poi, come ti ho detto, non mi convinceva il fatto che Allenby mi avesse dato un giorno di libertà. Ero curioso di vedere chi sarebbe arrivato all'aeroporto.»

«La curiosità uccide il gatto...» faccio, stappando la

bottiglia e bevendo a lunghe sorsate. L'acqua è tiepida, quasi calda, ma la mia sete non mi rende schizzinoso.

Adham scuote la testa. «Se ci fosse stato un gatto, sul luogo dell'agguato, non gli sarebbero bastate sette vite. È durata una manciata di secondi, ma è stata la sparatoria più cazzuta in cui mi sia mai trovato coinvolto. Comunque, alla fine, in piedi siamo rimasti solo io e Mahmoud. E il signorino Viktor. Ti ha detto che se l'era fatta addosso?»

«No. Non me l'aveva detto. E per la verità è un dettaglio che non m'interessa. Fammi capire: avete fatto fuori tutti, e poi?»

«Non tutti. Cioè, non subito, almeno. Uno dei cattivi aveva una brutta ferita al fianco, ma era ancora in condizioni di parlare. E con un minimo di persuasione l'ha fatto.»

«E che vi ha detto?»

«Indovina un po'? Che lavorava per i cinesi.»

«I *cinesi*?»

«Questa non te l'aspettavi, vero?»

«No. Mi aspettavo che ti avrebbe detto che lavorava...»

«Per Allenby?»

«Mi era venuto questo sospetto, sì. Considerato che non hai fatto parola di tutto questo al nostro amico avvocato. Ma i cinesi... Cosa c'entrano, i cinesi?»

«Adesso ti stupirò con gli effetti speciali. Vedi, una cosa non esclude l'altra. Ho chiesto allo sfigato di descrivermi i suoi padroni. Lui mi ha parlato di un cinese, sui sessant'anni, dal portamento militare. E poi dell'inglese che era con lui. Me l'ha descritto per bene, e indovina un po' chi è?»

«Allenby?»

«*Allenby*.»

58

Ci metto un po' ad assorbire la notizia.

E ancora non riesco a capire.

Allenby lavora per la Komarov.

Che senso ha che abbia cercato di far rapire il figlio del suo principale?

Adham alza le spalle. «Io a questo punto non capivo più un cazzo. Fatto sta che mi è sembrato più sicuro portare via il ragazzo e nasconderlo da qualche parte, in attesa di scoprire da che parte girava il vento.»

«E quindi hai taciuto tutto al tuo padrone.»

«A *uno* dei miei padroni. Ad Allenby, e quindi alla Komarov. All'altro invece ho raccontato tutto. È stato Grigorenko a suggerirmi questo nascondiglio. Quando ci siamo arrivati era già attrezzato con un piccolo generatore e provviste per due o tre settimane. Anche se questo disgraziato le ha consumate in pochi giorni.»

Qualcosa, nelle sue parole, mi stride: è come quando passi la lingua su un dente e senti che c'è qualcosa che non va, un'incrinatura sottile che potrebbe trasformarsi in una spaccatura dolorosa.

«Quindi Adnani lavora per la Komarov, mentre Allenby fa il doppio gioco a favore dei cinesi» faccio. «Chiunque siano, questi cinesi.»

«Quando si parla di cinesi si parla di *governo* cinese, almeno da queste parti.»

Scuoto la testa. «Continuo a non capire. Il medico nazista diceva di essere stato incaricato da Adnani di fare una falsa autopsia. Non interrompermi. Significa che Adnani era riuscito a nascondere la scomparsa di Viktor, voglio dire il fatto che gliel'avevano portato via da sotto il naso. Ma quando all'obitorio è arrivato un cadavere identificato da una telefonata come Viktor Suvarin non è riuscito a insabbiarlo, e allora ha cercato di far mettere a verbale che la sua morte era stata un incidente, per poi far sparire il cadavere cremandolo.»

Adham scuote la testa. «Quindi il cadavere recapitato all'obitorio è stato uno sgarbo che qualcuno ha fatto al maresciallo. Lantz mentiva, quando ha detto che era stato l'ufficio di al Adnani a mandargli il cadavere.»

«Mentiva, o forse era stato ingannato. Forse la telefonata non arrivava dagli uffici della polizia politica.»

«Ehi, di che cadavere state parlando?» fa il ragazzo, sollevando gli occhi per un attimo dallo smartphone su cui si è rimesso a giocare al suo sparatutto.

«Tu sta' zitto» fa Adham.

«Ma poi qualcuno ha portato sulla scena del delitto i documenti di questo idiota. Qualcuno a cui fa comodo che Viktor sia stato torturato e assassinato...»

«*Ehi...*»

«Ti ho detto di stare zitto!» grida lo yazida. E poi con un cenno mi invita a proseguire.

«E poi c'è un'altra... chiamiamola *fazione*, che ha interessi diversi. Anche se non mi è ancora chiaro quali possano essere.»

«L'Ard Alshams può sembrare un cesso, ma è un cesso d'oro massiccio. Anzi, di platino. Minerali, petrolio, metano, manodopera a buon mercato. Gli interessi non mancano, stanne sicuro.»

E tutto ruota intorno a questo coglione, concludo dentro di me, guardando il ragazzino concentrato sul suo cellulare.

Una granata *flashbang* fa esplodere di luce bianca lo schermo. E di colpo una luce altrettanto forte mi si accende nel cervello.

«Hai detto che la corrente qui è fornita da un generatore.»

Adham aggrotta la fronte prima di rispondere. «Sì.»

«Quindi non c'è un wi-fi fisso?»

«No. E nemmeno il servizio in camera. E la piscina è a secco.»

«Smettila con le stronzate. Se non c'è il wi-fi, come fa questo stronzetto a giocare online?»

La mascella dello yazida crolla. «Oh, merda...»

Afferro il cellulare dalle mani di Viktor. Lui apre la bocca per protestare, ma Adham lo afferra per il cappuccio della *djellabah* sollevandolo di peso.

«Come cazzo fai a collegarti?» gli urla in faccia.

Gocce di saliva spruzzano il volto del ragazzo, che si ritrae di scatto pulendosi la faccia con le mani.

Le paure ci mettono un po' a passare, vaccino o non vaccino. Ma più che dei virus, in questo momento dovrebbe avere paura di noi due.

«Rispondi!» urlo a mia volta.

Viktor sorride, sprezzante. «Te l'ho detto, italiano. Solo il meglio, per l'erede dell'impero Suvarin. Questo telefono non ha bisogno di wi-fi. Si collega alla rete satellitare della Komarov.»

«Quante volte l'hai usato?»

«Solo oggi. Adesso. Mi sto rompendo il cazzo in questo posto, e questo *niekul'turny* non mi ha portato la donna che mi aveva promesso.»

Guardo inorridito il suo smartphone nero sul palmo della mia mano.

Come se potesse mordermi.
In quel momento lo schermo s'illumina di colpo. Deformata dal grandangolo, la faccia di Allenby sorride.
L'avvocato fa *ciao ciao* con la mano. Poi la sua faccia si trasforma in quella del Joker.
Sullo schermo appare una scritta verde e viola, lampeggiante:

PEEKABOO
I SEE YOU

«Merda» impreca Adham.
«Fino al collo. Scappiamo.»
«Dove?»
«Non lo so. *Scappiamo!*»

59

Raccolgo la mia sacca e tiro fuori la pistola del tenente al Anwari.

Punto l'arma in basso e sparo.

Il telefono esplode in una nuvola di vetro, metallo e plastica.

Il frastuono del colpo ha assordato Viktor. Si preme le mani sulle orecchie con una smorfia di dolore.

«Non c'è tempo per fare i bagagli» urlo, vedendo che cerca di raccogliere una valigia da sotto il letto. «*Corri!*», e per rafforzare l'imperativo gli allungo uno scappellotto sulla nuca.

Ho il cuore che batte a mille, come se la corsa che ci aspetta, lungo i corridoi e giù per le scale fino alla nostra auto, l'avessi già fatta.

Adham è seriamente incazzato. Con Viktor, ma anche con se stesso. Continua a brontolare ripetendo una frase in quella sua lingua del cazzo. «Sono un idiota» fa in inglese scuotendo la testa, quando lo raggiungo sull'ennesimo pianerottolo e gli chiedo che cazzo sta dicendo.

«Questo è sicuro.»

«Se l'avessi visto prima...»

«Non credo faccia una grande differenza. Se davvero l'ha usato solo oggi, forse abbiamo un minimo di margine. Che mezzi di trasporto può avere Allenby? Elicotteri?»

«No. Non qui.»

«Bene.»

Entriamo nel garage sotterraneo con le pistole spianate. Osservo soddisfatto il modo professionale in cui Adham si muove, chino e a zig-zag.

Sta per salire al posto di guida, quando lo blocco.

Mi stendo a terra, controllo sotto la scocca. «Okay» faccio, anche se la mia ispezione è stata decisamente poco accurata.

Ma nella vita si deve pur correre qualche rischio.

Comunque per sicurezza mi tengo a distanza dietro una colonna mentre Adham mette in moto, e quando l'auto non esplode ci salgo anch'io, tirandomi dietro Viktor sul sedile posteriore.

«Dove andiamo?» piagnucola il ragazzo.

«Bella domanda» faccio a Adham.

«Be', mettiamola così: c'è una sola strada che arriva fin qui, e quella mi sa che è meglio evitarla.»

«Mi stai dicendo che siamo in trappola?»

«Si potrebbe anche dire così, sì.»

«Merda.»

La Mercedes accelera sull'ultima rampa in salita con l'ululato di un animale braccato. Adham prende la curva troppo stretta, il paraurti posteriore gratta contro il cemento sollevando una nuvola di polvere e scintille.

Con un ruggito l'auto balza all'aperto, nella luce farinosa del tardo pomeriggio.

Adham accelera ancora di più, spremendo tutta la potenza possibile dal motore. Guidare è un'impresa assurda, uno slalom continuo tra dune di sabbia e ostacoli arrugginiti che un tempo erano auto e guardrail e lampioni abbattuti.

«Dove andiamo?»

«Non lo so!» grida.

«Da qualche parte stai andando.»

«Mi muovo a cazzo!»

Gli edifici monumentali del lungomare hanno lasciato spazio a file di casette di un solo piano, ognuna con il suo giardino di palme morte sul davanti, e a qualche occasionale edificio commerciale.

«Cos'è quella collina?» faccio.

«Quella? Non è una collina.»

«E che cos'è, allora?»

«È il vecchio Palazzo d'Inverno di Wahid.»

60

«Una cosa va detta, di quel vecchio pazzo. Aveva un suo certo stile» commenta Adham, aprendo con una spallata una porta sul retro di quella che sembra davvero una collina, o un ciclopico termitaio, e che invece è un palazzo in procinto di disfarsi come un castello di sabbia. Le proporzioni dell'edificio sono impressionanti. Quand'era integro doveva essere alto almeno sessanta metri, e largo dieci volte tanto. «Wahid aveva sentito parlare di questo re dell'antichità, Erode il Grande, che aveva la smania dell'architettura e si era fatto costruire una serie di palazzi uno più grande e più bello dell'altro. E così ha pensato che una parte dei soldi che entravano a palate nelle casse dello stato poteva essere usata per il suo piacere. Li ha sprecati per costruire mostruosità come questa. Purtroppo si è servito di materiali sovietici e manodopera locale. E questo è il risultato. Hai presente i grattacieli staliniani a Mosca?»

«Quelli con le guglie, che sembrano un incrocio tra una cattedrale gotica e il castello di Dracula?»

«Esatto.»

«Che tu ci creda o no, ci ho dormito, in una di quelle mostruosità.»

«Questo palazzo doveva venire esattamente come uno di quelli. Solo che un ingegnere russo meno servile degli altri ha fatto presente agli architetti che per la situazione del terreno e i forti venti locali il palazzo sarebbe affondato nella sabbia, e gli ultimi piani avrebbero rollato come il ponte di una nave. L'ingegnere venne richiamato in patria e non si vide più, ma gli architetti ridimensionarono le ambizioni. Wahid non ne fu contento, ma dovette chinare la testa. Quando hai una sola cosa da vendere, un sacco di concorrenza e un solo compratore, non puoi metterti a discutere sul prezzo.»

«Come fai a conoscere così bene questo posto?» faccio, notando la destrezza con cui si muove nel dedalo di corridoi e di stanze.

«Non lo conosco. Ma conosco la mentalità di Wahid. Tutta la parte posteriore dell'edificio è così: stanze di servizio, bugigattoli, e un sacco di corridoi inutili. Con tutto questo spazio a disposizione a uno verrebbe da dire che poteva anche riservare alloggi più decenti alla servitù. Ma la sua frase preferita era che la sua fortuna era nata dalla miseria, e che era giusto che tutti i suoi sudditi avessero le sue stesse opportunità di crescita personale.»

«Un bello stronzo, insomma.»

«Puoi dirlo.»

I corridoi cominciano a farsi più larghi e più alti, finché sbuchiamo in una sala che mi lascia senza fiato.

Ha un soffitto alto almeno venti metri, ed è larga quasi come un campo da calcio.

«La sala da ballo» commenta Adham.

Il parquet intarsiato di legni pregiati riproduce la bandiera del paese e quello che immagino fosse il sigillo di Wahid, perché al centro si legge il suo nome, in lettere arabe dorate alte due metri. Alle pareti, murales in stile maoista declamano le grandi imprese del leader supremo ed eroe dell'indipendenza nazionale. Tutti i personaggi hanno la pelle scura ma gli occhi dal taglio asiatico.

«Spero che Wahid si sia fatto fare lo sconto» commento. «L'hanno dipinto come un cinese abbronzato.»

«Forse è quello che sognava di essere. Guarda lassù.

Che ne dici?» Mi indica l'enorme orologio, del diametro di almeno cinque metri, al centro della parete di fronte a noi. «Sembra l'orologio di quel museo, no?»

«Il Musée d'Orsay» annuisco. «Solo che quello, un tempo, era una stazione.»

«Già. Immagina il rumore che deve aver fatto questo mostro. *Toc. Toc. Toc.* E quando batteva le ore deve aver fatto tremare il palazzo come se fosse sotto un bombardamento.»

Le lancette sono ferme sulle nove e dieci. Dev'essere così da tempo, perché su quella delle ore hanno fatto il nido alcuni uccelli.

«Falchi» spiega Adham. «Ora sono fuori a caccia. Torneranno al calare del sole. Sono i discendenti di quelli che tenevano lontani altri uccelli indesiderati dalle finestre e dalle terrazze del palazzo.»

Ci stava.

Quando avevo portato Carla per un fine settimana a Dubai, per festeggiare un anniversario del nostro matrimonio, avevamo dormito al Burj al-Arab. La nostra suite di duecento metri quadrati era fra le più piccole dell'hotel, e nonostante questo una notte costava come un mese del mio stipendio. Okay, io l'avevo avuta gratis, quella vacanza, e mi era rimasto ancora qualcosa in tasca dopo che avevo fatto un piccolo favore a un onesto contribuente che se non fosse stato per me avrebbe potuto avere guai in casa per via di una scappatella con un'escort diciassettenne.

Fatto sta che mentre sorseggiavamo champagne in terrazza avevano bussato alla porta. Carla si era infilata in camera da letto, io mi ero drappeggiato un telo da doccia sui fianchi per nascondere agli occhi dei non addetti ai lavori la mia terza erezione del pomeriggio, ed ero andato ad aprire. Sulla porta c'era un cameriere dall'aria contrita, come se avesse avuto un lutto in casa: scusandosi mi aveva chiesto se potevamo far uscire un attimo nella nostra terrazza un falconiere, dato che un gabbiano aveva disturbato la quiete di un ospite dei piani alti.

L'avevo fatto entrare, restando in silenzio ad ammirare i gesti misurati con cui il falconiere, in abito tradizionale e *kefiah*, aveva liberato il rapace, che dopo un attimo di riflessione si era tuffato in picchiata per poi risalire su una corrente ascensionale a caccia di prede come un Messerschmitt Me 262.

«Un palazzo con tutti i comfort» commento.

«Solo il meglio, per il padre della patria» fa Adham, sputando sul parquet polveroso.

Ho visto diverse città antiche cadute in disgrazia. Ma tutte avevano una loro dignità. Samarcanda, Karakorum, Petra, Delfi: erano rovine grandiose, le cui pietre cadute e colonne spezzate parlavano al cuore, evocando un senso di perdita. Questo palazzo mi ricorda invece la delusione provata a Norimberga fra gli edifici dell'area dei raduni nazisti: rovine industriali. Non avevano nulla della grandezza che mi aspettavo. Parevano un enorme macello dei Morlock, o un termitaio scoperchiato. Me n'ero andato via subito deluso, senza fermarmi a guardare.

«Due piani più in basso c'è una piscina enorme. Merita di essere vista. È completamente asciutta, e sul fondo c'è lo scheletro della balenottera che il governo della Mongolia aveva regalato a Wahid per il suo sessantesimo compleanno.»

«Hanno balene, in Mongolia?»

«Penso di no. In effetti era un regalo bizzarro. Comunque, anche se era poco più di un cucciolo, lo scheletro di quella balenottera fa impressione. A un anno era già lungo più di dieci metri. Almeno così ho letto: che aveva un anno quando è morto, voglio dire. Possono vivere fino a ottant'anni, se nessuno gli rompe il cazzo.»

Mi accontento di immaginarla, la piscina sotterranea con lo scheletro di una balena: non credo che abbiamo molto tempo per fare i turisti.

«La rete di satelliti della Komarov che questo stronzetto ha menzionato» faccio. «Possono averci individuato? Seguiti?»

«Sicuramente. La risposta è sì a entrambe le domande.»

«Allora perché ci siamo rintanati in questa trappola?»

«Perché non avevamo alternative. Ti ho detto che c'è una sola strada che porta fuori da qui. Secondo te non la terranno d'occhio? Almeno questo posto un po' lo conosco.»

«Ma anche così... Sei armato?»

«Ho una pistola. Fanno due con la tua. Meglio di niente, no?»

«*Non molto* meglio di niente.»

«Per le armi comunque non preoccuparti.»

«In che senso?»

«Ti dico di non preoccuparti.»

Usciamo dal salone delle feste e passiamo attraverso una serie infinita di altre stanze desolatamente vuote. Cavi e canaline spezzate rivelano i punti in cui si trovavano i condizionatori.

«Un po' spoglio.»

«Il palazzo è stato saccheggiato dopo la caduta di Wahid. Si sarebbero portati via anche i muri, se avessero saputo come fare. C'è gente, in qualche villaggio, che dorme su una scrivania ministeriale. E diverse case hanno splitter di condizionatori appesi alla parete anche se non sono collegati alla corrente elettrica.»

«La gente a volte è davvero stupida.»

Adham alza le spalle. «La gente è gente. È così dappertutto. Vieni. Ora ti faccio vedere perché siamo venuti qui. C'è un po' di fatica da fare, ma vedrai che ne vale la pena.»

«Dobbiamo fare ancora molta strada?» si lamenta Viktor Suvarin.

«Zitto e cammina, tu» facciamo io e Adham, all'unisono.

«Dobbiamo salire per quanti altri piani?» chiedo.

«Lo scoprirai. Te l'ho detto: vedrai, ne vale la pena.»

61

«Adham, mi tocca proprio darti ragione, su Wahid. Aveva stile.»

Non si può dire niente di diverso, ammirando il panorama dall'alto del suo palazzo diroccato.

Adham sghignazza, scuotendo la testa. «Italiano, tu sei matto da legare. Questo lo chiami stile? Quando l'ho detto scherzavo.»

Ma io faccio un gesto a indicare la *Corniche* dodici piani sotto di noi, i grandi boulevard in stile parigino sommersi dalla sabbia e il mare che sembra una tavola d'oro fuso, e ribadisco: «Aveva stile.»

La terrazza su cui ci troviamo è grande come un campo da tennis. La stanza alle nostre spalle è crollata da tempo, a parte un tratto di muro con una porta dall'aria assurdamente solida.

Adham mi allunga un thermos pescato da una borsa frigo, e ne tira fuori un altro per sé. «Era una merda, te lo dico io. Ne ho conosciuti, di dittatori. È da quando ero bambino che mi rovinano la vita. Ma Wahid era *davvero* una merda. E non aveva stile. Copiava dagli altri dittatori. Questo palazzo se l'è fatto costruire perché aveva visto quello di Ceauşescu a Budapest.»

«A *Bucarest*.»

«Quello che è. Meno male che quando è andato in visita ufficiale al Cairo non l'hanno portato a vedere le piramidi.» Adham sputa. La sua saliva percorre un lungo arco e precipita giù. «È assurdo come le ricchezze del mondo vengono sprecate. La rovina di questo posto ti dimostra che il sangue della terra è l'acqua, non il petrolio. Il petrolio è una malattia, una ruggine che corrode.»

«Per questo sei diventato comunista?»

«*Comunista? Io?* No che non sono comunista. Sono solo uno che ha aperto gli occhi. E poi Grigorenko pagava bene. Scherzavo, quando ho detto che mi pagava solo con la mia invisibilità. C'erano anche i soldi. Non troppi, ma neanche pochi. Ha continuato a pagarmi per anni, anche quando la missione qui sembrava ormai terminata. Ha mantenuto in piedi la sua rete. Quello che ne è rimasto, almeno. Ha cercato di proteggerci. In molti modi. Ha fatto quello che ha potuto. È stato un padre, per me. Anzi, più di un padre, considerato che il mio ci ha piantati quando avevo tre anni. Sai come ci chiamava, Dmitrij Alekseyevič?»

«Chi?...»

«Grigorenko. Ci chiamava la banda degli orfani. Orfani di padre e di ideali.»

«Lo siamo un po' tutti, di questi tempi.»

«Vero.»

Allungo il thermos verso quello di Adham e brindo con l'acqua a questo scambio di verità sconfortanti.

Lo yazida sorride. «Quando mi dico che il mondo sta andando a puttane, dentro di me rifletto sul fatto che in fondo è sempre andata così. Il mondo è *sempre* andato a puttane. Non fa altro dai tempi delle caverne, e forse anche da prima, quando eravamo ancora delle scimmie del cazzo.»

«Sei un filosofo.»

«No. Sono solo uno che ne ha viste tante.» Ci pensa un po' su, prima di aggiungere: «Forse troppe.»

Sul mare cominciano ad apparire le stelle. Prima una

alla volta, e poi a grappoli, come tanti spettatori che a poco a poco cominciano a riempire la platea di un anfiteatro.

«Torniamo giù» faccio. «Non voglio lasciare troppo solo il principino ereditario.»

«Figurati. Senza il suo giochino, quello si starà sfondando di seghe.»

«È dura.»

«Cosa?»

«Pensare che stiamo rischiando la pelle per quella merdina.»

«La vita è così.»

Scuoto la testa. «Sai, sono d'accordo su quello che hai detto, sul fatto che siamo tutti orfani.»

«Lo diceva Grigorenko.»

«Quando siamo nati, il mondo era pieno di promesse. Non importa dove o da chi eri nato, se eri povero o ricco. Il mondo era comunque un posto meraviglioso. Era un po' come quando compri un pacchetto di figurine e ti batte il cuore pensando a cosa ci potrai trovare, poi invece viene il momento in cui apri la bustina e dentro ci sono solo dei doppioni. E diventando vecchio, in una di quelle bustine finisci per trovare il nulla: la morte.»

«Sei deprimente, italiano. Io cerco di non pensarci. Ho avuto una brutta mano di carte, nella vita. Ma a qualcuno è andata peggio. E con le carte puoi sempre imbrogliare. Con quelle tue figurine, come le hai chiamate, non so. Non ho idea di cosa siano.»

Restiamo per un bel po' in silenzio. Poi gli faccio una domanda che ho voglia di fargli da tempo.

«Credi che ci sia una vita, dopo questa? Voglio dire, so che sei uno yazida, e non ho nemmeno chiaro se questa sia una distinzione di religione o di razza... Ma quello che vorrei capire è se credi... se *credete*... che ci sia qualcosa, dopo la morte.»

«Che cazzo di domande che fai... Non me lo sono mai chiesto. Cioè, penso che la morte sia come un interruttore, se capisci cosa voglio dire. Un attimo prima sei lì e ti fai mille seghe mentali sulla vita e la morte, e un attimo dopo, *clic*, non c'è più niente. E allora perché cazzo dobbiamo preoccuparci del niente?»

«Avete una religione così?»

«Sei scemo? Ma no! La religione della mia gente è complicata. Un sacco di superstizioni, e quindi un sacco di regole. Cristiani e musulmani ci perseguitano da sempre. Abbiamo avuto settantadue persecuzioni. *Settantadue*. Più degli ebrei. E sicuramente più di voi cristiani. No, la mia gente adora il sole e i pianeti, e venera Melek Ṭā'ūs.»

«*Melek Ṭā'ūs?...*»

«L'Angelo Pavone. Lascia perdere. È una storia complicata sull'origine del mondo. E se vuoi sentirne un'altra, la mia gente – quelli che chiamate yazidi e che in realtà chissà che cazzo sono, visto che qualcuno dice che abbiamo inventato il dio Mitra – crede che dopo la morte noi yazidi torniamo a vivere. Reincarnandoci, insomma. In un altro uomo, o in una donna, o anche in un animale. Da queste parti donne e animali sono la stessa cosa... Per non dire di noi che stiamo un po' nel mezzo... Insomma, la mia gente pensa che dopo la vita ce ne sia un'altra, e un'altra ancora, e avanti così. Io però non ne sono troppo convinto. E comunque non m'interessa. Quando sarà il momento lo scoprirò. Fino ad allora mi tengo il mistero. E dormo bene lo stesso, la notte. L'unica cosa che mi rompe i coglioni è il fatto che uno yazida non possa mangiare lattuga e indossare cose blu. Questa è veramente una stronzata che non capisco, e mi fa dare di matto. Niente di blu. E i blue jeans, allora? Ti rendi conto di quanto sia penalizzato uno che a Brooklyn non può indossare un paio di blue jeans? Per fortuna possiamo portare i baffi. È dai tempi dei Village People che questo ci favorisce...»

Lo guardo. «E *tu* mi hai dato del matto?»

«E non hai ancora sentito la cosa più bella. La mia gente non crede nell'inferno. Anzi, crede che non ci sia nemmeno una distinzione tra il bene e il male. Nei suoi settemila anni d'esilio, Melek Ṭā'ūs ha spento le fiamme dell'inferno con le sue lacrime.»

«Okay, basta così.»

«Sei stato tu a chiedere. Vuoi saperne un'altra, sull'Angelo Pavone? In principio il mondo era liquido. Poi, come un uovo bollito, è diventato solido e incolore. Finché Melek Ṭā'ūs, l'Angelo Pavone, non gli ha prestato i colori delle sue penne, rendendo verdi le foreste e blu il mare.»

Sorrido, scuotendo la testa.

«Che c'è?» fa lui. «Lo vedo che stai sorridendo.»

«Ma niente... Ripensavo a una sera.»

«Che sera?»

«Stavamo su un tetto, un po' come quassù. Con amici. Parlavamo. E ci passavamo una canna. È consentito farsi una canna, nella tua religione?»

«Non ne ho idea. Penso di no. Sai com'è. Dalle mie parti i ragazzi dicono: "Basta che due persone si divertano e subito arriva un religioso a rompere i coglioni."»

«Ah, è proprio uguale dappertutto. Mi piace, la storia dei colori. Dell'Angelo Pavone, voglio dire.»

«Eh, sì. È una bella storia. Me la raccontava mia madre. Chissà dov'è, adesso.»

Di colpo Adham cambia espressione.

Lo vedo puntare gli occhi verso il cielo.

«Che c'è?»

«Vedi quella stella? A ore due? Quella più a sinistra?»

«Sì. Cos'è, stai per raccontarmi un'altra delle tue storie yazide?»

«*Quella non è una stella*. Andiamo! *Corri!* Cominciano le danze.»

«Andiamo *dove*?»

Adham si alza di scatto trascurando di raccogliere le sue cose da terra. Piegato in due si muove verso la porta, e scende le scale.

Guardo la stella, che nel frattempo si è spostata a sinistra.

Non è lontana anni luce.

È un drone, e vola a poche decine di metri da noi.

«*Corri!*» urla Adham.

62

Ci precipitiamo a rotta di collo giù per le scale di servizio, più pratiche dei giganteschi scaloni principali.

Al terzo piano, dove c'eravamo accampati lasciandoci il ragazzo, non si può correre: in diversi punti il pavimento è crollato, e bisogna fare lo slalom per non cadere al piano di sotto, cinque metri più in basso.

Recuperiamo al volo Viktor. Adham lo tira su per la collottola, ignorando le sue proteste.

«Dove andiamo?» faccio, ansimando.

«Scendiamo» risponde lo yazida, facendo scorrere il carrello della sua pistola per armarla.

«Scendiamo *dove*?»

«Non fare tante domande.»

I corridoi, nella scarsa luce che entra dalle finestre sfondate, sembrano più minacciosi: le ombre negli angoli non setacciati dai raggi delle nostre due torce elettriche assumono la forma di animali in agguato.

Mi ero dimenticato di come il buio cali presto, in Africa.

Come in un albergo, mi aspettavo che le scale di servizio fossero in un unico vano, e invece a ogni piano sono disposte apparentemente a caso, come se gli architetti avessero voluto sbizzarrirsi, o confondere i visitatori. Sbagliamo spesso direzione, e dobbiamo tornare indietro.

«Hai idea di dove stiamo andando?» faccio a Adham.

«Non rompermi il cazzo. So solo che dobbiamo scendere. Se sai dove dobbiamo andare, dimmelo. Altrimenti tieni chiusa la bocca e corri.»

«Perché non posso avere una torcia anch'io?» si lamenta Viktor. «Sono già inciampato due volte.»

«Chiudi la bocca anche tu. Comunque dobbiamo scendere fino al secondo piano sotterraneo.»

«Non sono in vena di guardare una balena morta» dico.

«E infatti non è lì che stiamo andando.»

«E dove, allora?» faccio, esasperato.

«Stai zitto e continua a correre.»

63

«Adesso hai capito cosa intendevo, dicendo che Grigorenko si prende cura della sua gente?»

La mia bocca emette un fischio ammirato, vedendo cosa c'è dentro la stanza al secondo piano sotterraneo.

L'entrata era mascherata così bene da sfuggire anche a un occhio esperto. Chiunque ci passasse davanti senza sapere cosa cercare ci avrebbe visto solo un muro.

«Incredibile. Li avete nascosti in culo al nemico. Come avete fatto a tenerlo segreto, un posto del genere?»

«Questo mostro di cemento marcio l'hanno tirato su i russi, te l'ho detto. Con manodopera loro, in certi punti. Non si fidavano di quella locale. Così hanno potuto prendersi qualche libertà architettonica.»

«E tanti auguri alla fratellanza tra i popoli.»

«La fratellanza ha i suoi limiti. Comunque, Dmitrij Alekseyevič ha avuto una bella pensata. Qual è il posto più sicuro per nascondere un deposito di armi? Nel cuore del quartier generale del futuro possibile nemico...»

«Grande. Grigorenko deve aver letto quel racconto di Poe sulla lettera nascosta.»

«Non so. Penso che i vecchi marxisti avessero il sogno proibito di un deposito del genere negli scantinati del Palazzo d'Inverno. Comunque eccoci qua. Il supermarket della rivoluzione.»

Alla luce della torcia elettrica, le polverose casse di legno avvolte dalle ragnatele sembrano bare accatastate in una tomba egizia abbandonata. Adham impugna il piede di porco che ha preso da un armadietto accanto alla porta. Io uso la penna di un martello, la parte posteriore, quella che normalmente serve per togliere un chiodo: lo so perché durante una delle sue lezioni ispirate dalla divina follia, la professoressa Rondolini ne aveva impugnato uno, e come una versione femminile di Thor l'aveva fatto mulinare sulle nostre teste spiegandoci il nome delle sue parti. "Se Omero dedica tutti quei versi al catalogo nelle navi, voi potete dedicare due neuroni in croce a ricordare le parti di un martello" aveva sibilato, sfilando minacciosa tra i nostri banchi. Perché una professoressa di greco e non una di applicazioni tecniche dovesse spiegarci com'è fatto un martello rimane per me un mistero, come molti dei comportamenti della Rondolini.

Nella mia cassa trovo dodici mitra nuovi di zecca. Sembrano degli StG 44 nazisti.

«AK-107» li chiama invece Viktor, chinandosi e prendendone su uno dalla cassa.

«Come fai a saperlo?»

«Li ho usati un sacco di volte.»

«Al poligono?»

Il ragazzo russo arrossisce. «No. In *CoD*.»

«In cosa?»

«*Call of Duty*. Sono giochi per computer. E anche per smartphone, se proprio non hai altra scelta. Sono un giocatore ai massimi livelli.»

«Ma dal vero li hai mai usati?»

Viktor non apre bocca.

«Rimettilo via, che è meglio» faccio.

«Posso imparare. Che ci vuole?»

«Non voglio che nessuno si spari su un piede. O peggio ancora che tu mi spari alla schiena. Rimettilo giù. Subito.»

Adham scuote la testa. «Avremo bisogno di un bel po' di potenza di fuoco, per trattare con chiunque si presenterà qui.»

«Un mitra contro Allenby mi sembra eccessivo.»

«Magari fosse solo Allenby... Purtroppo temo che verrà in buona compagnia. E comunque, tu ne hai mai usato uno, di questi?»

«No» devo ammettere.

«Allora temo che il ragazzo sia più qualificato di te. Riprenditi il fucile, stronzetto. Però fa' un po' di pratica, prima di sparare. Ecco, eccolo lì: quello è esattamente il genere di cose che non devi fare.»

«Cosa?»

«Togliere la sicura e puntarmelo addosso. Come stai facendo adesso. Per fortuna è scarico» scuote la testa Adham, indicando un'altra cassa più piccola. «I caricatori sono lì.» Lui impugna un'arma più lunga. «Questa la riconosci, ragazzino?»

«Certo. È una Rpk.»

«Bravo. Stessa grande famiglia dei kalashnikov. La sorella maggiore. Utile nel caso in cui dovessimo farci strada di brutto.»

Tiro su anch'io un mitra dalla cassa. Infilo il caricatore a banana.

Accatastati in un angolo ci sono una ventina di elmetti e delle casse dalle quali Adham estrae delle bombe a mano cilindriche. «Queste a te non le do» fa, deludendo visibilmente Viktor. Poi me ne passa sei, più una bandoliera nella quale infilarle. «Sai come funzionano?»

«Sì» rispondo, indossando l'elmetto. Faceva parte dell'addestramento in accademia. «Quel drone era armato?» faccio.

«No. Era un drone ricognitore. Ma i *bum bum* non si faranno attendere. Vedrai.»

Raccolgo altre due bombe e me le infilo in tasca insieme a una coppia di caricatori di riserva.

«Cosa pensi che vogliano?»

«Prenderci» risponde lui, tranquillo.

«Prendere tutti o...?»

«Prendere *lui*. Questo ragazzino viziato è l'articolo pregiato. Noi siamo solo il materiale d'imballaggio.»

«Non mi piace che parliate di me come se non ci fossi» si lagna Viktor.

«Mi sa che dovrai fartelo andar bene per forza» taglia corto lo yazida.

Usciamo dal deposito nascosto senza curarci di chiudere la porta dietro di noi.

«È per questo che siamo venuti qui?» domando.

Adham sorride, nel rispondere. «Per questo, ma anche perché questo palazzo è un labirinto. Hai mai scoperchiato un formicaio? Io l'ho fatto, da bambino, e a volte ho ancora gli incubi. Avevamo scavato per più di un metro, e in fondo c'era la formica regina. Un addome bianco lungo così. Qui non c'è nessuna regina, ma ci sono due scorpioni dalla coda velenosa.»

«Ehi, perché non tre? Ci sono anch'io!» brontola il ragazzino.

«Facciamo due e mezzo. Salvo riprova. Però non pensare di metterti a giocare al soldato. Tu te ne stai al riparo. Voleranno pallottole vere.»

«Non c'è una grande differenza tra un combattimento reale e uno simulato.»

«Sono d'accordo con te» faccio. «Anzi, per la verità ce n'è una sola: che quando muori nella realtà non torni in vita dieci secondi dopo.»

Questo argomento sembra zittirlo.

«Qual è il tuo piano?» faccio.

Adham sorride. «Non c'è nessun piano. Come ti ho già detto, da questa città morta non si scappa. Quindi dobbiamo regolare le cose qui e ora.»

«Non puoi chiedere aiuto alla tua rete? O a Grigorenko?»

Lui si gratta la testa. «Purtroppo...»

«Purtroppo *cosa*?»

«Qui in questo palazzo non c'è campo. Di nessun operatore. Avremmo potuto usare lo smartphone di questo ragazzino, che si collega ai satelliti della Komarov. Peccato che tu l'abbia disintegrato.»

«Merda.»

«Già. Quindi suoneremo a orecchio, cambiando spartito ogni volta che ci toccherà farlo.»

Lo guardo. «Sei sempre così tranquillo, davanti alla morte?»

Lui alza le spalle. «Non vedo nessuna morte. E non la vedrò nemmeno quando ci sarà per davvero. Te l'ho detto. Sarà come spegnere un interruttore.»

Esce dal deposito, e a me e Viktor non resta che seguirlo.

«Raccogli un po' di quella roba» ordina lo yazida al ragazzo, indicando uno scaffale pieno di scatolette e di attrezzatura da campeggio: tende, coperte, lampade e fornelli a gas. «Mai affrontare il nemico a stomaco vuoto. A meno che non siano furbi come me» sussurra poi, affacciandosi per qualche istante fuori dal corridoio al terzo piano e poi tirando subito dentro la testa, «penseranno che ovviamente ci aspettiamo che entrino dal retro.»

«Che è esattamente quello che abbiamo fatto noi.»

«Puoi lasciarmi finire? Se conosco Allenby, ragionerà così. E quindi entreranno dall'ingresso principale.» Sporge di nuovo la testa fuori. Poi si stende a terra, cominciando a strisciare come un serpente sul pavimento polveroso, e io lo seguo.

La luna è sorta, consentendo un minimo di visibilità, soprattutto ora che i nostri occhi si sono abituati al buio dei corridoi.

La balaustra in cui sbuchiamo si affaccia sul salone sottostante, una sala enorme con colonne doriche e grandi piante in vaso ridotte da tempo a scheletri vegetali. Le ciclopiche porte d'entrata sono semiaperte. Qualcuno deve aver forzato i lucchetti.

Adham mi batte sulla spalla. «Ho un regalo per te» sussurra, e mi passa qualcosa che al tatto sembra un paio di occhialoni da sci. Solo che sono maledettamente pesanti. «Mettiteli.»

Li indosso.

Lui fa lo stesso con un altro paio.

«Si attivano così» mi mostra, premendo un pulsante sul lato destro del visore a luce notturna.

Imito il suo gesto, e di colpo la sala sotto di noi s'illumina a giorno. Non è la luce grigia o verdolina che di solito associo a questi visori: i colori sono sbiaditi, ma realistici.

«Tecnologia postsovietica» sorride Adham.

«Mi sa che non li trovi su Amazon.»

«No, non ancora. Ehi, guarda un po' là. Che ti dicevo?»

Sono in cinque.

Si muovono circospetti come ladri, entrando nella hall.

Riconosco Allenby e Mei, subito alle spalle del terzetto che è entrato con le pistole spianate. Dal modo in cui si muovono non sembrano tre professionisti. E non hanno visori notturni.

Né io né Adham ci siamo portati dietro le armi pesanti, per questa ricognizione. Ed è un peccato, perché una sola sventagliata di mitra risolverebbe tutti i nostri problemi. O perlomeno quelli a breve termine.

Ma sono troppo curioso di sapere cosa c'è dietro il doppio gioco di Allenby. Chi lo manovra, e a che scopo. Tutte domande a cui i morti non possono rispondere.

Inoltre, nonostante la mia predilezione per le maniere forti, non sono un assassino.

Perciò, imitando Adham, striscio lentamente all'indietro. Mi chiedo se i ragazzi della Charlemagne si sentissero così, spiando dall'alto di un edificio distrutto i movimenti dei russi che avanzavano a migliaia fra le rovine di Berlino, dilagando come tante formiche su un sacchetto di zucchero rovesciato, dietro i loro giganteschi carri armati Is-2.

Come se fosse guidata da una propria volontà, la mia mano scivola nella tasca interna della giacca. Pollice e indice s'infilano nella tasca interna della giacca e trovano uno degli oggetti che ho portato via dall'ufficio del tenente al Anwari.

Lo tiro fuori dal taschino.

Lo infilo all'anulare.

Il simbolo della divisione SS francese Charlemagne – l'aquila germanica e i gigli di Francia uniti nei due campi dello scudo – è consumato dal tempo e dall'uso, ma l'anello di Hermann non ha perso il suo potere. Lo sento dal modo in cui infilarmelo al dito è diventato di colpo più importante, e più urgente, dell'elaborare strategie.

C'è magia, in questo cerchio d'argento leggero e pesante al tempo stesso. Sono cresciuto nel culto di eroi di cause perse, che fossero Leonida e i suoi compagni alle Termopili o Ettore che scende in campo contro Achille sapendo già di morire, o i quarantasette *rōnin*, o ancora gli ulani polacchi che caricarono con le sciabole i carri armati nazisti.

C'è una potenza latente in questo anello, e io la sento tutta, nel modo in cui il mio passo si fa più deciso e la mente più lucida, e nelle parole secche e precise con le quali descrivo a Adham il mio piano per aprirci una via di fuga fuori dal termitaio crollato di Wahid.

Lo yazida mi ascolta paziente, e alla fine mi fissa a lungo negli occhi. «Tu sei pazzo, italiano.»

«Me l'hai già detto.»

«Hai visto troppi film.»

«Hai un'idea migliore?»

Adham annuisce, sorridendo. «Sì. Io ho un'idea migliore.»

64

Ci vuole un po' per preparare l'accoglienza ai nostri ospiti.

Viktor Suvarin all'inizio ci sfotte, ma poi sembra divertirsi a darci una mano.

Lavoriamo in fretta, cercando di non far rumore.

Il ragazzo dimostra un certo talento. «Sembra tipo una trappola per la caccia grossa» ride.

«Sì, solo che i leoni non sono armati» scuote la testa Adham.

Il materiale per i nostri lavori non manca. Il palazzo aveva bisogno di manutenzioni continue, e gli attrezzi da lavoro non sembrano aver troppo interessato i saccheggiatori.

Prima di piantare i pochi chiodi che non possiamo fare a meno di usare avvolgiamo la testa dei nostri martelli nella tela perché facciano meno rumore.

«Come fate a sapere che verranno qui?» scuote la testa Viktor. «Questo palazzo ha migliaia di stanze.»

«Li attireremo.»

«Ma allora è proprio una trappola?»

«Certo che lo è.»

«E cosa userete come esca?»

Io e Adham ci guardiamo negli occhi e sorridiamo.

«Non mi piace per niente, quel vostro sorriso» fa il giovane russo.

«Vedrai che sarà divertente. Hai parlato di caccia grossa. Ne sai qualcosa, o anche quella l'hai fatta solo in realtà virtuale?»

«No. Ho sparato davvero. Un leone maschio in Kenya, e una tigre in Siberia.»

«E cos'avete usato, per attirare la tigre?»

«All'appostamento?»

«Sì.»

Il ragazzo aggrotta le sopracciglia. «Be'... Una capra legata a un palo...»

«Bene. Qui è più o meno lo stesso. Come te la cavi a belare?»

Ci vogliono quasi due ore, prima che la luce delle torce elettriche appaia in fondo al corridoio che porta a questo salone.

Il fatto che quelli che ci danno la caccia non siano dei professionisti è confermato dal rumore che fanno muovendosi. *Parlano*, persino: sottovoce, ma abbastanza forte da farsi sentire da lontano. Parlano in arabo.

Entrando nella stanza, alla luce flebile della lampada a gas vedono me e Adham addormentati nei sacchi a pelo sul pavimento, e Viktor seduto, intento ad ascoltare musica con le cuffiette, le spalle rivolte all'entrata. Di colpo i nostri visitatori si zittiscono. Spengono le torce. Quando la loro vista si è adattata, si muovono in silenzio verso di noi.

A tre passi da Viktor, i tre puntano le pistole sui nostri due sacchi a pelo e sparano a ripetizione, fino a svuotare i caricatori. Viktor sobbalza, mentre i proiettili squarciano fragorosamente la tela. Due degli uomini l'afferrano, tirandolo in piedi.

Solo allora io e Adham scattiamo all'unisono da dietro i nostri nascondigli nell'ombra. La mia pala colpisce alla tempia uno dei tre, spedendolo a terra. Avrei dovuto usare il taglio dell'attrezzo, anziché il piatto; in fondo questi non si sono fatti alcuno scrupolo sparando sui nostri sacchi a pelo: se dentro ci fossimo stati noi anziché dei sacchi di cemento, ora sarei nel Valhalla a bere gin tonic con Hermann, anziché qui a prendere allegramente a badilate i nostri aggressori.

Anche Adham ha liquidato il suo aggressore: dal sangue che intravedo sul corpo inanimato, mi rendo conto che lui non ha usato il piatto della vanga.

Viktor, liberato di colpo dalla presa alle braccia, cade a terra.

Vorrei avere in testa il visore notturno, per poter apprezzare la scena. Ma non li abbiamo indossati, per non rischiare che i lampi degli spari ci accecassero.

A disarmare il terzo uomo è Viktor, alzandosi di scatto e colpendogli con un calcio da karateka il braccio. La pistola dell'aggressore vola in aria. L'uomo scappa, ma uno sgambetto di Adham lo atterra, e un mio calcio violento alla nuca mette il punto finale al nostro agguato.

Non facciamo in tempo a sorridere per il nostro perfetto lavoro di squadra, che una voce sulla soglia ci gela.

«Mani in alto, signori!»

Allenby imbraccia un fucile a canne mozze dall'aria molto, molto cattiva. Mei, al suo fianco, impugna una pistola, e nel vedermi sorride.

Il generale prussiano Helmuth Karl Bernhard von Moltke aveva coniato una massima: nessun piano sopravvive al contatto col nemico.

In questo momento non posso che sottoscriverla.

«Posate a terra i vostri attrezzi, per favore.»

Se ora impugnassimo i kalashnikov anziché delle pale del cazzo, ci sarebbe ancora qualche margine di contrattazione, ma messi come siamo non ci resta che ubbidire.

La pistola di Mei è puntata alla testa del ragazzo.

Tutti e tre alziamo le mani sopra la testa, mentre mi torna in mente un'altra massima di von Moltke.

La strategia è un sistema di ripiegamenti.

Così faccio un cenno a Adham, e arretrando verso il muro come dei candidati alla fucilazione non possiamo trattenerci dal sorridere, attenti a non darlo troppo a vedere. Sorridiamo *dentro*.

Allenby e Mei si avvicinano lentamente, con un'aria di trionfo.

«Avete trattato male i miei uomini. Li avevo mandati avanti solo per chiedere la vostra disponibilità a condurre un colloquio tra gentiluomini.»

«Se abbassate le armi possiamo ancora farlo, questo colloquio» faccio.

«Oh, no, non credo proprio. Non è più necessario. Ci avete costretto a faticare un bel po', per poter fare due chiacchiere. Una mia squadra ha dovuto scendere fino a Derdera, in pieno deserto, e può immaginare la loro delusione nello scoprire che al posto del signor Sergio Stokar li aspettava un telefono infilato nella portiera di un camion. I miei complimenti per lo stratagemma, davvero. Peccato per voi che non sia servito a niente, grazie alla stupidità di questo moccioso viziato. A proposito, giochi da schifo a *Call of Duty*.» Scuote la testa. «Quanto a te, Adham, mi hai deluso. Quando hai deciso di passare dalla parte di questo perdente?»

«Devo darti un'altra delusione, avvocato. Non sono mai stato dalla tua parte.»

«Ah no? E per che padrone lavori, allora?»

«Lavoro per chi crede che non debbano più esistere padroni.»

«Ah. Qualche setta delle tue parti? Non mi risulta che ci sia più nessuno che crede a queste idiozie. Abbiamo tutti un padrone.»

«Io no.»

«È la stessa cosa che ha detto il tuo amico Mahmoud, prima di morire. Immagino che voi due aveste lo stesso padrone. O *datore di lavoro*, se il termine *padrone* non ti piace. Osso duro, il tuo amichetto. Non è stato per niente collaborativo.»

Solo perché gli sto vicino riesco a cogliere il dolore sul volto di Adham, lo sforzo che fa per mantenere il suo sorriso sfrontato.

Allenby strizza gli occhi, cercando di cogliere le nostre espressioni nella penombra. Sembra stupito dal nostro atteggiamento per nulla intimorito. Muove un altro passo verso di noi.

Mei lo segue, restando alla sua destra; si muove con una flessuosità da pantera.

Avevo dimenticato quanto è bella.

Ma non ho dimenticato quanto è pericolosa.

I due si avvicinano di altri due passi.

E di colpo, senza un grido, Mei precipita di sotto.

Allenby si volta verso di lei, colto di sorpresa. Adham scatta immediatamente in avanti saltando la voragine del diametro di due metri che si apre nel pavimento, e con una spinta butta a terra l'avvocato. Lo *shotgun* sfugge di mano all'inglese. Adham gli si siede sul petto e lo tempesta di pugni al volto, finché non riesco a fermarlo.

Viktor intanto ha raccolto un kalashnikov e lo punta verso il foro nel pavimento.

Guardo giù anch'io.

Non si vede molto, così inforco il visore notturno e l'accendo.

Mei giace in mezzo a un mucchio di calcinacci, in una posa scomposta. Sembra una bambola rotta. Poi di colpo spalanca gli occhi. Afferra la pistola accanto a sé e spara verso di noi. Faccio appena in tempo a tirare indietro Viktor con uno strattone. I colpi staccano schegge dal soffitto.

Imprecando, Adham punta lo *shotgun* di Allenby verso il basso, nel buio, ed esplode due colpi alla cieca. Il rumore delle esplosioni è devastante, come se il cielo si squarciasse.

Viktor punta a sua volta il kalashnikov sull'apertura nel pavimento e preme il grilletto a vuoto più volte, prima di rendersi conto che ha ancora la sicura inserita. Dopo averla tolta spara a raffica, crivellando di colpi il buio.

Quando, con le orecchie assordate, ci affacciamo oltre la voragine, mi aspetto di vedere qualcosa di tremendo.

Ma il corpo di Mei non c'è.

Ci sono solo mattoni sbriciolati, e polvere grigia che forma una danza di fantasmi nell'aria.

65

L'uomo steso da Adham non si rialzerà più. Dev'essere morto sul colpo. La pala gli ha squarciato la gola.

Gli altri due, legati e imbavagliati, fanno persino pena. Tremano come foglie. Sono giovani. Hanno fisici da palestrati, ma l'aria di due perfetti idioti.

«Non so se devo ritenermi offeso dai collaboratori che ti sei scelto, stavolta» sogghigna Adham, finendo di legare senza troppa grazia l'avvocato Jeremy J. Allenby. Poi alza la testa verso di me, con un'espressione interrogativa.

«Nessuna traccia di Mei. Non c'è nemmeno del sangue» dico, appoggiando al muro il mio kalashnikov.

Non c'è altro da dire, sull'esito della mia spedizione al piano di sotto.

«Hai qualche idea su cosa fare?» chiedo allo yazida.

«Per prima cosa cerchiamo di restare vivi» risponde Adham, scrollando fatalisticamente le spalle.

«Non mi sembra un gran piano.»

«Se hai un'idea migliore, sono tutt'orecchi.»

«Ammetto di non avere idee, al momento. Magari me ne verrà qualcuna dopo aver torchiato questo stronzo.»

Gli occhi di Allenby si sgranano. Gli occhiali gli pendono sghembi sul naso, la lente destra incrinata da una ragnatela di crepe.

«Devo farti i miei complimenti per la trappola che hai improvvisato» faccio a Adham.

Lo yazida sorride. «"Improvvisato" un cazzo. Quand'ero bambino, la mia insegnante, al campo profughi di Qahtaniya, mi ripeteva che una volpe ha sempre una via d'uscita alternativa dalla sua tana. Io mi chiedevo cosa fosse una volpe, e quella stupida ragazza dell'Onu mi ha risposto che è un animale simile al cane ma col pelo rosso, che viveva nella campagna inglese. Come Robin Hood nel cartone animato, diceva quella scema. Ma io non sapevo nemmeno cos'era, un cartone animato.» Raccoglie da terra un coltello militare e lo punta alla gola pallida dell'avvocato, continuando a parlarmi. «Questo posto non l'ho scelto a caso, italiano. Ce ne sono altri così, in giro per il paese. Li ho preparati con cura, nel caso in cui potessero servirmi in futuro. Il tempo non mi mancava. Il deposito nascosto è opera di Grigorenko, ma la preparazione di questa stanza è tutto merito mio. È una delle mie tane di volpe. La prossima volta mi ricorderò di metterci degli spuntoni appuntiti, al piano di sotto.»

«Uno che ho conosciuto, un veterano, mi diceva che i guerriglieri vietnamiti mettevano dei bambù acuminati in fondo alle loro trappole. E cospargevano le punte di merda, in modo che le ferite di chi cadeva nella buca s'infettassero.»

«Mi sembra un'ottima idea. Magari potrei infettare gli spuntoni facendoli passare per il culo di questa merda qui, che ne dici?»

Devo ammettere che il sangue freddo di Allenby mi sorprende.

Non si caga addosso. Ma la sua espressione è tutt'altro che rilassata.

La punta del coltello di Adham incide la pelle sul collo dell'avvocato, tracciando una riga su cui cominciano a formarsi piccole gocce di sangue.

La voce dello yazida è sommessa, quasi un sussurro. Ma fredda come la sua lama. «Quando avevi un fucile tra le mani e me lo puntavi addosso... Hai detto che Mahmoud è morto.»

Lo sfintere di Allenby si rilassa.

«Dio, che schifo» urla Viktor, turandosi il naso.

Adham si volta lentamente verso di lui. «Se non ci fosse quella tigre cinese ancora in giro ti direi di uscire, ragazzo. In questa stanza stanno per succedere cose da grandi. Se decidi di restare qui, vedi di chiudere le orecchie e gli occhi. Oltre che il naso.»

Il giovane Suvarin deglutisce e va a sedersi in un angolo.

«*Peekaboo... I see you...*» canticchia Adham, facendo un taglio verticale di due centimetri sulla guancia di Allenby. «*I see you...*» Intinge uno straccio nel sangue uscito dalla gola dell'aggressore morto, ne fa una palla e la caccia in bocca all'inglese.

«Pensavo che volessimo interrogarlo» provo a dire, ma Adham fa un gesto deciso con la mano.

«*Dopo*» sorride.

Ho visto cose molto brutte, nella mia vita.

Altre le ho fatte.

Pensavo non ci fosse più molto che potesse sorprendermi.

Scopro invece che non è così.

Quello che Adham fa al nostro prigioniero non dura a lungo. Forse cinque minuti. Dieci al massimo. Eppure sembra non finire mai.

Gli altri due prigionieri chiudono gli occhi mordendo i bavagli, terrorizzati dal fatto che dopo tocchi a loro. Viktor, invece, di sentinella accanto alla porta, sembra affascinato da quello che vede: dalla danza del coltello nelle mani di Adham, che prima l'ha scaldato su un fornelletto a gas, dai gesti precisi con cui lavora su Allenby come un abile cuoco giapponese che prepara il sushi, ma soprattutto dalle reazioni del torturato, i cui occhi sembrano voler uscire dalle orbite, le vene pulsanti grosse come rami. Se il ragazzo avesse un cellulare sono sicuro che in questo momento riprenderebbe la scena, troppo orrenda perché i miei occhi possano sopportarla: registrano solo singoli fotogrammi di dolore, sprazzi di una violenza istantanea come pennellate astratte.

«Concentrati, cazzo!» urlo con rabbia a Viktor. «Sei di guardia!»

Lui arrossisce, rimettendosi in una posa che vorrebbe essere marziale.

Allenby è nudo, legato nella posa dell'Uomo vitruviano di Leonardo, con quattro chiodi confitti nel pavimento. Il bavaglio che stringe fra i denti è sempre più rosso, perché in uno spasmo si è morso la lingua.

Dovrei provare orrore. O giustificarmi dicendo che ho visto di peggio. Ma non provo nulla, e al tempo stesso non ho mai visto niente del genere. Quello che ho fatto al medico nazi non è nulla rispetto alla perfidia con cui lo yazida sta torturando la sua vittima. Taglia, e poi cauterizza le ferite con la cera fusa, così che il rimedio è più doloroso della lesione.

A un certo punto devo dirgli *basta*. «Smettila. Sono cinque minuti che ti dice con gli occhi che è pronto a parlare.»

«Ma io non sono pronto ad ascoltarlo.»

«Se continui così l'ammazzi. Non puoi conoscere la sua soglia del dolore.»

«Vedo che te ne intendi, di queste cose. Del resto ti ho visto all'opera.»

Scuoto la testa. Punto la pistola alla tempia di Adham. «Non hai capito un cazzo. Quella era giustizia. *Questa* è vendetta. Metti giù il coltello.» Quando vedo che non si concentra su quello che gli dico, gli sussurro all'orecchio: «Tutto questo non ti ridarà il tuo amico.»

Di colpo, l'uomo sembra sgonfiarsi come un palloncino. Le braccia gli ricadono sui fianchi, la mascella si rilassa. Il ghigno cattivo diventa una smorfia stanca, quasi di dolore. E poi sul suo volto vedo passare un moto di repulsione; le narici annusano il tanfo di sangue e carne bruciata, il lezzo delle feci uscite da quel corpo violato.

Adham si rialza. Scuote la testa. «Hai detto che parlerà» sussurra.

«Sì.»

«Allora fallo parlare. Io sono stanco di lui.»

«Okay. Però tu esci.»

«Voglio sentire cos'ha da dire.»

«No, Adham. Tu adesso esci da questa stanza.»

Quando lo yazida è uscito, mi chino e sciolgo il bavaglio di Allenby.

«Jeremy...» faccio, mio malgrado quasi con dolcezza.

«Sergio...» La sua voce sembra uscire dal nastro di una cassetta audio usurata.

Una cassetta audio... Io so di cosa parlo, ma presto non resterà nessuno in grado di capire a cosa mi riferisca, a meno che non disponga di un vecchio dizionario.

Sto cercando di sviare la mente. Di non pensare.

Ma la realtà si impone.

Mi chino sul volto distorto dal dolore dell'avvocato Jeremy Allenby.

Jeremy *Jesus* Allenby.

E davvero il volto dell'inglese mi ricorda un quadro della via crucis.

«Vuoi parlare?» sussurro, togliendogli gli occhiali rotti, vergognandomi per il tono quasi complice di quelle parole.

Lui fa cenno di sì col capo. I suoi occhi sono azzurri, innocenti come quelli di un bambino.

«Per chi lavori, Jeremy? Chi sono i tuoi veri padroni?»

«Mei...»

«Cosa c'entra Mei?»

«Mei... Sono loro... i miei padroni.»

«*Loro* chi?»

«I cinesi...»

Lascio che quelle due parole si depositino nel mio cervello. Cerco di assorbire il vortice di complessità che hanno appena generato, come se avessero spalancato il portale di un mondo parallelo.

Allenby sorride. Quell'espressione sul suo volto distorto dal dolore mi dà i brividi, per quanto è maligna. «Non te l'aspettavi, vero?»

«No» ammetto. «Che c'entrano, i cinesi?»

«Scoprilo... da solo...»

Ecco. Questo è esattamente il tipo di cose che mi fanno incazzare.

«Non ne hai avuto abbastanza?» gli sussurro all'orecchio.

Il corpo di Allenby rabbrividisce. «Tanto per me è finita. Adham mi ucciderà.»

«No. Non ti ucciderà. Se parli non ti ucciderà.»

«Lo dici tu.»

«Sì. Lo dico io. Anzi: te lo *prometto* io.»

Per un istante passa nei suoi occhi uno sguardo calcolatore che non mi piace per niente. «Davvero non ti è chiaro cosa vogliono i cinesi, da questo posto?»

«No.»

«Vogliono *tutto*» ridacchia, prima che la sua risata si perda in un accesso di tosse. «Anche la vostra Eni vuole tutto... E la Gazprom... E la Komarov... E non solo loro... *Tutti* vogliono *tutto*. È questa, la fregatura. Che solo uno può avere tutto. Ma così non si arriva da nessuna parte. Nessuno è abbastanza forte da prendersi tutto il piatto...»

«E quindi?»

«E quindi il giovane Suvarin serviva per mettere tutti d'accordo. Perché chi doveva cedere qualcosa trattasse... I cinesi sono abili diplomatici... Si divertono, a trattare.»

«Continua.»

«Prima dammi da bere.»

«*Dopo*. Ti darò tutto quello che vuoi. *Dopo*.»
«Sei proprio... un fascista...»
Per un attimo il suo sguardo si vela.
Deglutisce. Poi riprende a parlare. «L'Eni pensa che le concessioni di gas al largo dell'Ard Alshams le siano dovute... E hanno anche ragione, perché li hanno trovati loro, quei giacimenti... Ma la Komarov è piazzata meglio, perché ha saputo ungere le ruote giuste, compresa la più grossa di tutte... La Gazprom apparentemente è fuori dai giochi, ma solo perché c'è un altro *competitor* russo, che si nasconde sotto le vesti della East Anglia Petroleum... Quelli sono i più arrabbiati di tutti, perché sono stati loro a insediare Tariq al potere. E adesso lo ritengono un ingrato...»
«Hai già nominato quattro contendenti. Tu per quale lavori?»
«Dritto al punto, eh...»
«Prima ci arriviamo, prima questa cosa sarà finita.»
«Non lavoro per la Komarov, questo è ovvio. Lo sai. Non lavoro nemmeno per l'Eni, naturalmente...»
«Senti, facciamo prima se mi dici per chi lavori. Che del resto era la mia domanda.»
«Lavoro per la Lingbao Conglomerated. È un cartello governativo cinese camuffato da società per azioni.»
«Mai sentita.»
«Non mi stupisce. Devono essere tante, le cose che non sai. I classici ti insegnano un sacco di cose, ma non sapevano niente del mondo di oggi. Dammi da bere, Stokar. Non posso più aspettare.»
Mi guardo attorno. C'è una borraccia termica, per terra. La prendo, la svito, annuso. Poi la porto alla bocca di Allenby, che beve a lungo. Quando ha finito sorride. «Con buona pace dell'igiene. Non è tua, vero? L'ho visto da come la guardavi.»
«È del morto» esclama Viktor. «È del tuo uomo morto.

Per colpa tua. Dovrebbe essere *lui* ad aver schifo di te, del fatto che *tu* bevi dalla sua borraccia.»

«Dovresti stare di guardia» faccio.

«La fa Adham, la guardia. Io voglio sentire cosa dice questa merda.» Si china sull'avvocato. «Mio padre ti farà scuoiare vivo. Hai capito? Appenderà la tua pelle alla parete della sua dacia. Hai fatto rapire suo figlio. Il figlio del tuo capo. Sei morto, uomo. *Morto*.»

«Vatti a sedere, Viktor» sussurro, calmo.

«Ti sei messo l'anello...» sorride Allenby.

«Visto che me l'hai fatto prendere» rispondo, duro. «Hai infilato le mani nude nel mio piscio, per recuperarlo?»

«Ho usato un rametto.»

«Sei stato rapido.»

«Grazie.»

«Non era un complimento. I *serpenti* sono rapidi. I coccodrilli. Bestie che non mi stanno per niente simpatiche. Fra l'altro, hai cercato di fottermi, con quell'anello.»

La faccia di Allenby si fa triste. «Non è stata un'idea mia. In questo gioco non detto io le regole.»

«Lo fanno i tuoi padroni.»

«Sì.»

«E Mei è la tua padrona?»

«Non in senso sessuale.»

«Non ho tempo da perdere.» Allontano la borraccia da lui. «Hai bevuto. Ora parla. Dimmi della Lingbao Conglomerated.»

«Sì. Certo. Ho bevuto. Grazie. Davvero generoso. Ecco, la Lingbao non ha niente a che fare con il petrolio o con il gas. Le varie industrie che ne fanno parte sono attive nel campo delle infrastrutture stradali, delle costruzioni e dell'ecologico.»

«Tre cose che non stanno molto bene insieme. Mi stai descrivendo Arlecchino servo di due padroni.»

«*No*... No... La Cina è impegnata nel campo... della transizione ecologica. Nonostante la battuta d'arresto della pandemia, la conversione alla *green economy* va avanti. È un progetto che non ammette ripensamenti o passi indietro. È già andato troppo avanti. La Lingbao vuole trasformare l'Ard Alshams nella prima nazione ecosostenibile al mondo. Ha in mente un vero... paradiso verde... energia dal sole, con campi sterminati di pannelli solari per la produzione di idrogeno per le auto elettriche, rendere potabile l'acqua del mare ed estrarne i minerali. Hanno idee grandiose per plasmare il futuro, e non solo di questo paese. Ma per farlo... deve togliere di mezzo chi ragiona ancora in termini *antichi*: chi crede ancora negli idrocarburi, in primo luogo. Per la Lingbao, società come la Komarov o l'Eni sono un nemico naturale. Non c'è margine di trattativa: o noi o loro. È un salto evolutivo, non una semplice disputa economica, per quanto la partita si giochi su una scala inimmaginabile. Sono due mondi che si scontrano. E l'Ard Alshams è il loro campo di battaglia.»

Allenby riprende fiato. È come se l'acqua che ha bevuto avesse avviato una pompa da cui sgorgano informazioni.

Medito su quanto ha appena detto.

Scrivo con l'indice sulla polvere del pavimento, tracciando segni: cerchi, quadrati. E parole. Sigle, più che altro. Ma anche qualche nome.

Poi guardo Allenby negli occhi. «Vuoi ancora da bere?»

«Sì. Grazie.»

Quando ha svuotato la borraccia sospira. «Non è facile, servire più padroni.»

«Se lo dici tu.»

«Non è facile...» ripete. Poi i suoi occhi sembrano perdersi nel vuoto, mentre ricomincia a parlare. «I miei padroni mi hanno chiesto... di fare in modo che Viktor finisse nelle loro mani. Con lui come ostaggio, Oleg Suvarin si sarebbe convinto a rinunciare all'Ard Alshams. E grazie ai suoi contatti tra le alte sfere avrebbe messo fuori gioco anche la Gazprom. L'Eni...»

«L'Eni?...»

«Avrebbe ottenuto... concessioni di un valore dieci volte superiore nel Sud-Est asiatico.»

«Rimangono l'East Anglia Petroleum e la società che sta dietro di lei nell'ombra.»

«Sì. Sono stati loro... a causare il problema.»

«In che modo?»

«Grigorenko... Avrei dovuto capire che faceva il doppio gioco... Quell'uomo è una serpe... E Adham...»

«Adham? Che c'entra Adham?»

Allenby sta per rispondere, quando lo yazida irrompe nella stanza, gli occhi allarmati. «Stanno arrivando. C'è un convoglio di mezzi che arriva da sud. Ho visto la colonna di polvere che lasciano dietro di loro. Dobbiamo andarcene. *Subito*. L'interrogatorio è finito.»

«Chi sono? Chi è che sta arrivando?»

«Sono mezzi militari.»

Piazzandosi a gambe larghe sopra Allenby, estrae la pistola automatica e fa scorrere il carrello portando il colpo in canna.

I due scagnozzi sopravvissuti fissano la scena con gli occhi sgranati.

«Spostati, Sergio, se non vuoi sporcarti.»

«Non sparargli! Ci serve vivo!»

«Non possiamo trascinarcelo dietro. E poi merita mille volte di morire.»

«Ci sta dicendo tutto. Pochi minuti e sapremo cosa sta succedendo. Chi sono i nostri nemici.»

«I nostri nemici *sono tutti*. E nessuno è nostro amico. Scansati.»

Io invece, senza distogliere lo sguardo da quello dello yazida, sciolgo a tentoni i nodi che stringono i polsi di Allenby, e poi quelli alle caviglie.

La pistola di Adham si sposta, puntando alternativamente me e Allenby. Il suo sguardo si fa freddo, e in quel momento capisco che la trattativa è finita. Di colpo la sua espressione muta in uno stupore assoluto.

«Abbassa la pistola» gli ordina Viktor. La canna del suo mitra è puntata alla schiena di Adham. «Ho tolto la sicura» aggiunge, sorridendo.

Io prendo la pistola dalla mano dello yazida e lo perquisisco. Faccio bene, perché ha un coltello nascosto in una fondina sotto la manica e uno più piccolo, affilatissimo, infilato nello scarpone destro. «Con amici come te, chi ha bisogno di nemici?» sorrido, aiutando Allenby a rialzarsi.

«Sei un idiota, italiano. Dobbiamo scappare e tu perdi tempo con questa merda.»

«Questa merda, come lo chiami tu, ha ancora un sacco di cose da raccontarci.»

«E io ho una gran voglia di sentirle» aggiunge Viktor. «Senza contare che potrebbe esserci utile come ostaggio. Ci avevi pensato, coglione? E se quelli che stanno arrivando sono i suoi? Eh? Ci avevi pensato?»

Aiuto Allenby a indossare in qualche modo i suoi vestiti. L'avvocato barcolla, ma alla fine ce la fa. Mi chino ad allacciargli le scarpe e lui sorride, sussurrando qualcosa che non capisco.

«Andiamo» taglia corto Adham, grugnendo. Allunga la mano.

Lo guardo dritto negli occhi.

«Ho la tua parola che non farai niente a quest'uomo?»

«Hai la mia parola» risponde, senza esitare.

Lo guardo fisso negli occhi. Poi gli rimetto in mano la sua pistola.

Lui si volta con un movimento incredibilmente veloce e spara in testa ai due scagnozzi di Allenby. I corpi ricadono a terra come sacchi di patate, il muro dietro di loro sboccia in fiori di sangue: un campo di papaveri sgocciolanti.

Viktor rimane a bocca aperta.

«Tranquillo» fa Adham, fissandomi negli occhi. «Ho finito. Puoi tenerti il tuo amico, se vuoi.» Prende tra le dita il mento dell'inglese, gli solleva la testa. «Apri gli occhi.»

Le palpebre di Allenby si sollevano a metà.

«Con quante auto siete arrivati qui?»

«Due...»

«Che tipo di auto?»

«Due fuoristrada...»

«Chi ha le chiavi?»

«Io e Mei. Una copia ciascuno.»

«Siete prudenti, eh? Pensate proprio a tutto.»

Un sorriso storto appare sul volto dell'avvocato. «Non a tutto... purtroppo...»

Adham toglie le dita dal suo mento. «Hai detto bene.» Poi si volta verso di me. «Andiamo. Non c'è tempo da perdere.»

66

Corriamo a rotta di collo, e io non posso far altro che cercare di star dietro a Adham. I visori a luce notturna trasformano in apparizioni sinistre cose banali come porte, piante defunte in vaso, bidoni usati dai vagabondi come bracieri improvvisati per difendersi dal freddo della notte. Un mucchio di stracci può sembrare un fantasma, e la balenottera scheletrica in fondo alla piscina un detrito in una discarica: il bianco delle ossa sembra neve.

Anche Viktor ha finalmente ottenuto il suo visore. Ride entusiasta, come se questo non fosse che un livello del suo videogioco di guerra. Io reggo Allenby per una spalla, Adham per l'altra, come una marionetta. La testa dell'inglese sobbalza a ogni scalino, a ogni passo, come se fosse già morto. E forse è davvero così. Forse il suo torturatore ha spremuto anche l'ultimo soffio vitale, e quello che ci trasciniamo dietro è solo un sacco vuoto a forma di uomo.

«Dove sono le vostre auto?» gli urla Adham nell'orecchio, fermando per un attimo la nostra corsa.

L'inglese sul momento non capisce. Poi dalle labbra lacerate esce un sussurro. «Vicino... alla tua Mercedes. Fuori dal palazzo.»

«Meno male che l'avevi nascosta bene» faccio.

Adham alza le spalle. «L'ho fatto.»

Allenby sorride. «L'hai fatto, sì. Ma nell'auto avevamo impiantato...»

«Un geolocalizzatore» conclude lo yazida al posto suo. «Merda.»

Corriamo ancora più veloci, perché ora nella luce spettrale dei visori la polvere della colonna di mezzi in avvicinamento è incredibilmente vicina.

«Hai detto che c'è una sola via d'accesso alla città» faccio, tirando fiato fra una parola e l'altra, perché il peso di Allenby comincia a farsi insopportabile.

«È così.»

«Quindi c'è una sola via d'uscita.»

«Ovvio.»

«*E allora come pensi di uscire da qui?*» urlo, indicando la scia di sabbia, ormai a pochi chilometri da qui.

«Te lo dico tra poco.»

Continuiamo a correre, io barcollando con Allenby sulla schiena, rischiando di cadere a ogni passo.

Poi finalmente siamo fuori.

Accanto alla nostra Mercedes c'è un enorme fuoristrada Nissan color sabbia.

Adham punta la pistola alla bocca di Allenby. «Solo uno?»

«Dovevano essere due...» Chiude gli occhi. «L'altro deve averlo preso il colonnello Wei.»

«Chi?»

«*Mei.*»

Adham guarda il cofano crivellato di colpi della sua Mercedes. I quattro pneumatici tagliati. Impreca fra i denti. «Dovevo ancora finire di pagarla.»

Poi guarda il fuoristrada. Prende Allenby per la spalla e me lo strappa via.

«Cosa fai?» grido. Ma poi capisco.

Adham solleva l'avvocato come se fosse un cucciolo

preso per la collottola e lo spinge verso il fuoristrada, sbattendolo contro la portiera. «Sali e metti in moto.»

«Non ce la faccio...»

Adham gli infila la canna della pistola in bocca. «Sì che ce la fai.»

Piangendo, Allenby infila le dita torturate in tasca. Prende la chiave, fa per azionare il telecomando.

«No!» grida lo yazida. «Fallo solo quando te lo dico io.» Poi ci fa segno di allontanarci.

Ci mettiamo dietro un muretto sormontato da enormi fioriere.

Puntando la pistola su Allenby, Adham gli ordina di salire al posto di guida.

L'inglese barcolla. Si sistema a fatica sul sedile, con una smorfia di dolore sul volto. Poi schiaccia il tasto del telecomando per avviare il motore.

Noi tre, istintivamente, ci rannicchiamo dietro il muro. Ma non succede niente.

Il fuoristrada si mette in moto.

Adham tira giù l'inglese e si siede al suo posto. Io salgo accanto a lui, dopo aver infilato Allenby dietro, accanto a Viktor.

«Hai visto... troppi film...» sussurra l'avvocato.

«Mi chiedo perché non hanno reso inutilizzabile anche questa macchina.»

«La tua Mercedes... l'abbiamo messa fuori uso... quando siamo arrivati.»

«Sì, ma...»

«Forse Mei non ha più un'arma» ipotizzo.

«Va bene, non c'è tempo per costruirci su un romanzo» taglia corto Adham, ingranando la retromarcia. Il rombo del motore è impressionante. Un ruggito preistorico. «Adesso vediamo se questo bestione vale i soldi che hai speso.» Inserisce la prima, dando gas due volte prima di rilasciare la frizione. «Signori e signori, allacciatevi le cinture» ride.

La Nissan Patrol sembra decollare. L'accelerazione mi schiaccia contro il sedile. L'urlo dello yazida mi assorda.

Non so se è una bestemmia o una preghiera quella che gli esce dalle labbra, mentre il fuoristrada si lancia sulla strada coperta di sabbia puntando dritto verso la colonna di mezzi in avvicinamento.

67

«Hai mai sparato da un'auto in corsa?» urla Adham, sovrastando il rombo del motore.

«No.»

«*Fino a oggi*» fa lui, imitando la risata idiota di Homer Simpson. Mi guarda. C'è un'allegria folle, nei suoi occhi. Un'allegria adrenalinica. «Quando miri il bersaglio cerca di immaginare dove sarà, e non badare a dove si trova in quel momento. Il bersaglio si sposta. Mira più avanti.»

«E come faccio a sapere *quanto* più avanti?»

Lui alza le spalle. «Ti aiuterà l'istinto.»

«Pensi che sia una cosa da fare?»

«Cosa?»

«Sparare a cazzo. Potrebbero essere poliziotti.»

«Questa è bella. L'hai visto cosa ti hanno fatto, i poliziotti di qui. Ce l'hai scritto sulla faccia. Si vede che è un po' che non ti guardi allo specchio. Il trucco è andato via. Dovrai sparare proprio *se sono* poliziotti, quelli là.»

Quelli là adesso cominciano a vedersi meglio, al ridursi della distanza.

Sono tre camionette militari dai vetri oscurati.

«Cazzo» faccio.

«Eh sì.»

«Non dovremmo scappare? Perché gli stiamo correndo

incontro?» pigola Viktor Suvarin, rannicchiato sul sedile posteriore.

Adham lo ignora completamente. «Almeno non sono pick-up» ringhia tra i denti, le mani strette al volante come se volessero strapparlo via.

«Perché?» fa il ragazzo.

«Perché non hanno mitragliatrici nel cassone» rispondo io al posto dello yazida, che si morde il labbro inferiore concentrandosi sulla guida.

La distanza tra noi e le tre camionette si riduce a vista d'occhio. La strada a quattro corsie è ampia, ma ci vorrebbe una precisione da pattuglia acrobatica per evitare quello che in realtà Adham sembra cercare.

«Stiamo per scontrarci» geme Viktor.

«Questo si vedrà» risponde l'autista.

Valuto a occhio la distanza: due chilometri al massimo. Il tempo che ci separa dall'impatto si misura ormai in secondi.

Una delle camionette comincia a suonare il clacson all'impazzata.

Adham allora preme a sua volta sul clacson. E *accelera*. «Preparati a sparare, italiano.»

Abbasso il finestrino. L'aria secca del deserto irrompe nell'abitacolo, e così il rumore della nostra corsa e delle auto che ci vengono incontro a una velocità che adesso sembra assurda.

«Rallenta!» farfuglia Viktor.

«*No*.»

Adham, al contrario, accelera ancora di più, forzando al massimo il motore del fuoristrada.

Io provo a prendere la mira, ma con questo vento è impossibile anche solo tenere la canna del fucile fuori dal finestrino, figuriamoci mirare a un bersaglio in movimento.

Quando le camionette sono così vicine che riuscirei a leggere le targhe, se le avessero, Adham sterza di colpo a sinistra.

Viktor urla, e anch'io. Urliamo *tutti*, mentre le tre camionette ci passano accanto sfiorandoci, e per puro miracolo riusciamo a infilarci in mezzo a loro. Adham controsterza bruscamente e rientra sulla strada, finalmente libera davanti a noi.

Le tre camionette frenano e invertono la loro direzione.

Ora ci inseguono.

«Chi è più veloce?» fa Viktor, voltandosi a guardare.

«Noi» risponde Adham.

Ma si sbaglia.

Sono più veloci le pallottole.

Il fuoristrada incassa una gragnola di colpi che risuonano nell'abitacolo come un tamburo metallico.

Due pneumatici esplodono.

L'auto vola in aria, sospinta dalla velocità. Rotola di lato, capottando e ribaltandosi tre volte. Mi sembra di stare nel cestello di una lavatrice.

Alla fine, con un ultimo squassante sussulto, la Nissan Patrol finisce fuori strada rovesciata, una tartaruga d'acciaio che emette lamenti e cigolii metallici, perdendo i suoi fluidi vitali.

Sono il primo a riprendere i sensi.

Fatico a capire come slacciare la cintura, appeso come sono a testa in giù.

Ho un velo rosa davanti all'occhio destro, ed è il mio sangue. Gocce rosse e dense che cadono a macchiare le meduse bianche degli airbag afflosciati.

Adham grugnisce. La prima cosa che fa è cercare la sua pistola. È finita addosso a Viktor. Il ragazzo è svenuto. Appesi a testa in giù, lui e Allenby sembrano carcasse di maiali in un mattatoio.

Adham si slaccia la cintura e atterra sul tetto del suv, che ora è il pavimento. La struttura del veicolo non si è deformata, ma i vetri sono letteralmente esplosi. Il braccio destro dello yazida è piegato in modo strano.

La prima cosa che fa è recuperare la pistola e inserire il colpo in canna. Poi striscia fuori dal finestrino, mettendosi al riparo della duna che ci ha fatto capottare. La duna è in realtà un guardrail sepolto dalla sabbia; il suv l'ha arato con la fiancata, portando alla luce il metallo arrugginito.

Mi sgancio anch'io la cintura di sicurezza.

La caduta non mi fa troppo male. Buon segno. Mi chino a guardarmi nello specchietto retrovisore. Il sangue che ho sugli occhi scende da un taglio sulla fronte. Forse una scheggia del parabrezza distrutto, che sembra una ragnatela di vetro.

Controllo con due dita un'arteria sul collo di Viktor, e poi su quello di Allenby. Sono vivi, anche se privi di sensi.

Recupero il mitra e striscio fuori, ignorando le proteste di dolore che arrivano da parecchie parti del mio corpo.

Le tre camionette si sono fermate a una ventina di metri da noi, i motori accesi.

Sagome chine dietro le portiere aperte ci scrutano. Volti dalla pelle scura, sotto i berretti militari.

«Merda» impreca Adham.

«Che c'è?»

«Le divise. Polizia politica. Sono le SS di Adnani.»

«Oh, cazzo.»

«Eh già» sospira Adham, scuotendo la testa. «Adnani da che parte sta, in questa storia?»

«Non ne ho idea» faccio.

Non ho altra risposta da dargli. Non ho capito niente di quello che mi ha detto Allenby. Cioè, ho capito che la partita ha diversi giocatori, di cui noi siamo le pedine più o meno inconsapevoli. Ma da che parte stia Adnani è una domanda al di fuori delle mie possibilità.

La storia di chi e perché ha piazzato quel cadavere all'obitorio è ancora un mistero per me. E ho paura che non vivrò abbastanza per vederlo svelato.

Uno degli uomini appostati dietro le portiere urla qualcosa in un inglese incomprensibile. Poi per fortuna lo ripete in arabo. Anche se in realtà non ci voleva troppa fantasia a capirlo subito, cosa ci sta ordinando.

Uscite fuori con le mani in alto.

Adham sogghigna. «Italiano...»

«Dimmi.»

«Hai mai visto *Butch Cassidy and the Sundance Kid*?»

«Tre volte. Non pensarci nemmeno. Ho visto per tre volte come va a finire.» Poso a terra il mitra, alzo le mani ed esco da dietro la duna.

«Vigliacco» urla lo yazida.

Non mi volto a guardare.

Anche se mi aspetto che da un momento all'altro una pallottola mi colpisca alla schiena.

Ma non succede.

Arrivo a tre metri dalle camionette e mi fermo, intrecciando le mani sopra la testa. Sento i passi di Adham dietro di me. Si ferma alla mia sinistra, anche lui con le braccia alzate.

«*Vigliacco*» ripete. Poi un graduato lo colpisce col calcio del fucile alla gamba, facendolo crollare a terra. Io vengo strattonato via, mentre quattro poliziotti, le armi puntate davanti a loro, vanno verso il nostro suv rovesciato.

Io e Adham veniamo perquisiti con cura maniacale.

Quando i poliziotti si allontanano, tenendoci sotto mira coi loro fucili, la portiera posteriore di una delle camionette si apre lentamente.

L'ufficiale che scende si muove a scatti. Un caporale gli porge una stampella.

Ha il volto fasciato per tre quarti da bende.

In altre circostanze farei lo spiritoso chiedendo se la polizia locale sia così mal messa da dover richiamare in servizio le mummie. Ma ogni battuta possibile mi rimane confinata in gola, quando realizzo che l'uomo bendato che ho davanti è il tenente al Anwari.

La mummia fa un sorriso che mi gela il sangue.

«*Oh, cazzo*» mormora Adham, sbiancando.

«Lo dici *tu*? Sono io che l'ho ridotto così...»

Ma lo yazida non sta guardando il tenente. Fissa a bocca aperta l'ufficiale che scende dall'altro lato della camionetta.

È un uomo alto, dalla faccia lunga e ascetica.

Lo riconosco dalle foto del dossier di Grigorenko.

È il comandante della polizia politica di Tariq.

Il maresciallo Omar al Adnani.

68

Le pale dei due elicotteri militari sollevano nuvole di sabbia alte come palazzi.

Adnani le osserva impassibile, sorseggiando fra le labbra socchiuse un bicchiere di tè preparatogli da un attendente, lo stesso che ha installato, con gesti rapidi e precisi, una seggiola da campo e un tavolino pieghevole sul quale l'ufficiale ha posato il suo bastone di comando e una valigetta ventiquattrore in pelle nera.

Gli elicotteri atterrano sulla strada, a cento passi da noi.

Le pale si fermano, la sabbia forma figure sempre più piccole nell'aria.

Nel silenzio e nell'immobilità della scena, l'unico rumore e l'unico movimento sembrano quelli delle labbra del maresciallo Adnani, intento a bere il suo tè.

Io, Adham e Viktor siamo in ginocchio, le mani intrecciate sopra la testa. Un soldato che si trascinava dietro una valigetta medica col simbolo della Mezzaluna Rossa ha curato una lacerazione alla fronte del ragazzo, che per il resto sembra a posto. Allenby invece è disteso supino, la testa fasciata, gli occhi che guardano il vuoto. La sabbia sollevata dagli elicotteri si è posata su di lui ricoprendolo di un velo biancastro, come se fosse diventato una statua di sale.

Adnani finisce di sorbire il suo tè. Si pulisce le labbra

con un tovagliolo bianco. Poi raccoglie il suo bastone e viene verso di noi, col passo cauto di una gru.

Guardo quel bastone rivestito di velluto rosso, con ricami di leoni dorati. L'estremità superiore ha un disegno in oro di san Giorgio che uccide il drago.

Adnani si ferma davanti a Adham. Col bastone gli solleva la testa. Poi passa a Viktor. Lo studia a lungo, con lo sguardo concentrato. Infine si ferma davanti a me. «Mister Stokar...» La sua voce è morbida come il fodero in seta di un pugnale. Il suo inglese è preciso e affilato. «Finalmente ci incontriamo. È da quando ha messo piede nel nostro paese che desidero incontrarla.»

Oh, be'. Ormai è finita. Tanto vale andarsene con stile. «Bastava fissare un appuntamento tramite la mia segretaria.»

Adham mi guarda incredulo. Leggo benissimo l'espressione nei suoi occhi sbarrati. Sei pazzo, a parlare così a quest'uomo?, sembra voler dire.

Ma Adnani sorride.

È un sorriso che nasce lentissimamente, ma alla fine attecchisce sulle sue labbra sottili.

Sorrido anch'io.

E Adnani mi colpisce col suo bastone al plesso solare.

Mi piego in due dal dolore, battendo la faccia per terra.

Lo sento impartire un ordine in arabo.

Quattro mani mi afferrano e mi sollevano. Poi mi rimettono in ginocchio.

Sputo fuori la sabbia che ho in bocca.

«La prossima volta che farà una delle sue dubbie battute di spirito non la colpirò col bastone. Le farò sparare.» Adnani ha pronunciato queste parole dandomi le spalle, a voce molto bassa. Quasi non le ho sentite, sovrastate com'erano dal rombo del sangue che mi pulsa nelle orecchie.

La belva nera rintanata dentro di me strattona le catene

ringhiando nel buio. Vorrebbe venir fuori e assalire questo mezzo negro di merda, ridurlo a pezzi.

Quasi mi leggesse nel pensiero, Adnani si volta e mi schiaffeggia con la mano guantata. «Caricateli a bordo. Lui viaggia con me» ordina ai suoi uomini.

Il tenente al Anwari spalanca la bocca in un'espressione idiota. «Ma... Ma, signor maresciallo... Con tutto il rispetto... Questo è un rischio eccessivo... Lei non crede che...»

«Decido io cosa è meglio per me. Ho parecchie domande per questo cane infedele, e voglio cominciare a fargliele da subito.» Poi si rivolge a me. «Ci tengo a occuparmi personalmente di lei, mister Stokar, arrogante stronzo inglese pieno di sé.»

Vorrei obiettare che non sono inglese, ma il mio amore per la conversazione si ferma di fronte alla vista del bastone rosso a tre centimetri dal mio viso.

Mi volta di nuovo le spalle.

Al Anwari scuote la testa di nascosto, ma non replica.

I due uomini che mi tengono per le braccia mi sollevano di colpo, come se volessero lanciarmi in aria. Invece mi trascinano verso l'elicottero più piccolo, a due posti. Mi volto a guardare gli altri, ancora inginocchiati a terra.

Tre soldati si posizionano dietro di loro, i mitra puntati.

Adham ha il volto fisso a terra. Mormora qualcosa, sottovoce.

Immagino che sia una preghiera. Il suo sguardo non si solleva a incrociare il mio.

Mi caricano di peso sul sedile del passeggero. Mi legano, le braccia strette fin quasi a bloccarmi la circolazione. Mi infilano in testa un casco da aviatore e stringono il sottogola. Poi, come per un ripensamento, mi allacciano la cintura di sicurezza.

Il maresciallo Adnani indossa anche lui un casco da pilota. Poi si siede al posto di pilotaggio. Tira giù il cupolino, l'aggancia. Il suo sorriso amichevole mi sorprende. «Scusi se le ho dato dell'arrogante inglese» fa.

«Veramente mi ha dato dell'arrogante *stronzo* inglese.»

«Dovevo darmi un contegno davanti ai miei sottoposti. E comunque forse lo pensavo, data la fatica che mi ha costretto a fare per trovare lei e quel ragazzino russo viziato.» Si aggiusta la chiusura del casco. «Non sarà un volo lungo» sorride. Poi mi colpisce al mento con un pugno micidiale, e io non vedo e non so più nulla.

69

Quando riprendo i sensi, stiamo sorvolando un mare di luce.

È impossibile guardare in basso: rischi di accecarti.

Il mare vero, alla nostra sinistra, è di un azzurro così uniforme che sembra steso su una tela da un pittore.

«Non guardi in basso» fa una voce negli auricolari del casco.

Mi volto a sinistra.

Il maresciallo Adnani, ai comandi dell'elicottero, sembra più giovane di vent'anni. Sprizza allegria.

Vorrei avere le mani libere per poterlo scaraventare giù, anche a costo di precipitare.

«Stiamo sorvolando gli impianti di produzione d'idrogeno della LightSaber. Una società del gruppo Liaobin, che fa a sua volta capo alla Lingbao. Le dicono qualcosa, questi nomi?»

Mi guarda.

Mi scruta.

Per lui è facile. Io non indosso i suoi Ray-Ban Aviator a specchio.

«Vedo dal suo sguardo che sa di cosa parlo.»

«Può darsi.»

«Il suo interesse per la conversazione potrebbe riaccendersi se le dicessi che i suoi amici sono vivi a bordo di quell'elicottero lassù?»

Stringo gli occhi a fessura e vedo un puntino nero, a qualche chilometro di distanza, alto davanti a noi. Con gli occhi della fede posso riconoscere l'elicottero che era atterrato insieme a questo.

«Sa che me lo sono costruito da me, questo gioiellino? Il presidente me l'ha regalato. Solo che non sapeva che sarebbe arrivato in una scatola di montaggio... Be', in realtà in *diverse* scatole... Si è infuriato parecchio col funzionario che non aveva letto bene il contratto. Allora io gli ho detto: "Senti, Tariq, ma che ci vorrà a montarlo? Non è mica un mobile Ikea." Il presidente ha riso per giorni, di quella battuta. Comunque con un piccolo aiuto qui e là sono riuscito a montarmelo da solo.»

«Anche per pilotarlo ha seguito un corso di autoformazione?»

A giudicare dallo sguardo che mi lancia ho l'impressione che Adnani non ami essere interrotto. «No. Per quello ho seguito un corso vero. A Panama.» Sorride, per chissà quale bel ricordo di quel corso. «Il mio istruttore era un americano dell'Alabama. Aveva più di settant'anni, un ex della Cia. Mi raccontò che aveva addestrato anche i piloti argentini che buttavano i sovversivi in mare dagli elicotteri durante il governo della Junta. Era un metodo che avremmo potuto usare anche qui, se quel coglione di Wahid non avesse avuto la fissa delle impiccagioni di gruppo con la gru.»

«Più scenografiche, immagino. Buttare la gente giù da un elicottero è uno spettacolo per pochi.»

«Non ha idea delle cose che mi ha raccontato, quel marine. Qualche *voletto sanitario*, come li chiamava, l'aveva fatto anche lui, dall'Escuela de Mecánica de la Armada.» Non aggiunge altro, ma immagino che dentro di sé rievochi con soddisfazione qualcuno di quei racconti. Dopo un po' scuote la testa, e cambia argomento. «Quell'immensa distesa di pannelli solari sotto di noi serve alla produzione di energia elettrica pulita. È il futuro dell'Ard Alshams. Qualcosa che ci proietterà in alto, fra le nazioni avanzate. Saremo il primo paese a impronta energetica zero. Si dice così, vero? Abbiamo i mezzi, e abbiamo la volontà per farlo. Qui non abbiamo le remore dei vostri governi democratici. Se decidiamo di fare qualcosa lo facciamo, punto e basta.» Annuisce due volte alle sue stesse parole. «Nei cinesi abbiamo trovato dei partner perfetti. I nostri obiettivi collimano al cento per cento. Guardi che meraviglia. Non avete niente del genere, nella vostra vecchia Europa.»

«C'è mai stato?»

«Che bisogno c'è di visitarla, per conoscerla?»

Adnani rimane zitto abbastanza a lungo perché io possa contare fino a trenta. Da bambino facevo così per calcolare quanto lontano sarebbe caduto un fulmine. Con Adnani non serve: il fulmine è seduto accanto a me, al posto di pilotaggio.

«Ho dovuto colpirla» fa, senza guardarmi. «In parte per rendere più credibile la messinscena...»

«Che messinscena?...»

«... E in parte perché ero davvero arrabbiato per tutta la fatica che mi ha fatto fare solo per poter scambiare quattro chiacchiere in pace con lei...»

«Non capisco di che messinscena parli...»

«... E infine perché voglio che lei capisca chi comanda, qui.» Solleva il bastone rosso con l'incisione di san Giorgio e il drago. «Questo apparteneva all'ultimo governatore coloniale del Sidiq. O meglio, del Protettorato inglese dell'OltreWada, come si chiamava allora.»

«Un altro regalo di Tariq?»

«No. Questo me lo sono preso da solo.»

«Mi sembra un po' troppo giovane per aver fatto la rivoluzione.»

«L'ho preso all'ex governatore, vent'anni fa. Lord Percy Trumbull si godeva la sua pensione pescando salmoni nelle

Lowlands scozzesi. La mia visita l'ha colto di sorpresa. È stato un modo per praticare un po' di tecniche apprese in un altro corso di studi a Panama.»

«Si sta vantando con me di un omicidio?»

«Ho mai parlato di omicidio? O di furto, se è per questo? Questo bastone magari potrebbe avermelo regalato, no?»

«Qualcosa mi dice che non è andata così. E poi ha appena detto che l'ha *preso*.»

Adnani sorride. «Lei è un tipo sveglio, signor Stokar. Questo faciliterà i nostri rapporti.»

«Non pensavo che avremmo avuto rapporti.»

«Oh, sì. E cominciamo da subito. Grazie per aver tolto di mezzo il dottor Lantz. Mi ha risolto un bel problema.»

Carla, la mia amata ex moglie, diceva sempre che ero «il tipo più faccia da poker» che avesse mai conosciuto; e in quanto avvocato specializzato nella difesa di danarosi farabutti, ne aveva conosciuti la sua parte. Decido di improvvisare e stare al gioco. Il *physique du rôle* dell'assassino, del resto, sempre stando a Carla, ce l'ho. «Non c'è di che.»

«Io avevo le mani legate. Mi è dispiaciuto che lei sia finito nelle grinfie del tenente al Anwari. So che se l'è passata brutta. Mi dispiace davvero. Se vuole che la faccia pagare a quel coglione, non ha che da chiedermelo.»

A questo punto non ci capisco più un cazzo.

La mia testa è più confusa di un formicaio colpito dal terremoto. I neuroni si agitano alla velocità del suono, eppure non riescono a muoversi di un millimetro in una direzione o nell'altra. Che cazzo sta dicendo Adnani?

«Quando i miei uomini sono entrati alla morgue e hanno trovato i due cadaveri che si era lasciato dietro hanno pensato bene di fare piazza pulita di qualsiasi possibile riferimento a Viktor Suvarin. Hanno cremato il corpo del morto, quello sfigato. Poi hanno pulito le impronte. Non che ce ne fossero tante. Lei è un professionista.»

«Grazie.»

«Se i suoi attuali committenti non avessero più bisogno di lei, sappia che un lavoro da me lo trova sempre.»

Non mi sembra il caso di esagerare coi ringraziamenti. Anche perché non so quanto sia sincera, la sua offerta di lavoro. Lascio che sia lui a parlare.

«Ho saputo del suo arresto e dei maltrattamenti che ha dovuto subire solo dopo la sua fuga. Direi che però al Anwari l'ha già pagata cara...» Scuote la testa, ridacchiando. Poi torna di colpo a farsi serio. «Se comunque vuole ancora prendersi una vendetta sul tenente, ripeto, basta che me lo chieda.»

«Va bene così, grazie.»

«Volevano mettere nei guai il presidente, quei vermi.»

«Così pare.»

«Oleg Suvarin è un uomo vendicativo. Se avesse saputo che suo figlio era morto qui nell'Ard Alshams, avrebbe rotto le trattative commerciali alle quali il nostro presidente tiene tanto. Tariq... *il presidente*... era sconvolto. Così ha avuto quell'idea terribile di ammettere che Viktor Suvarin era morto: sì, ma in un incidente. Lantz avrebbe dovuto truccare l'autopsia. Ma provvidenzialmente è arrivato lei, a sistemare le cose. Ora il povero Viktor Suvarin può tornare a casa, ritrovato dall'eroica polizia dell'Ard Alshams. Suo padre sarà felice di riprendere le trattative commerciali per lo sfruttamento dei giacimenti di gas off-shore. Quello e gli investimenti cinesi nel campo delle energie rinnovabili porteranno questo paese alle stelle. Oltre a risolvere... be', a risolvere qualche problema di dissenso interno.»

«Quindi Tariq... il presidente... era convinto che Viktor fosse morto.»

«Sì. Come me, del resto. Io mi ero incaricato di... prenderlo in custodia, per la sua sicurezza, al suo arrivo nel paese. Invece all'aeroporto è sparito. Rapito, a tutta evidenza. Sapendo già che il rapimento di uno straniero in questo paese si conclude sempre in un solo modo, quando il dottor Lantz mi ha telefonato per dirmi che gli avevano portato il corpo del ragazzo russo, non ci ho pensato due volte. Nell'interesse del paese. E del nostro presidente.»

«E così gli ha chiesto di taroccare i risultati dell'autopsia. Di scrivere che la morte di Viktor Suvarin era stata puramente accidentale. Scusi, ma ancora non capisco.»

«Come dice?»

Il rumore di fondo delle cuffie deve aver reso incomprensibili le mie parole.

«Ho detto che non capisco. Lei ha visto il corpo del presunto Viktor Suvarin?»

«No. Non quella volta, voglio dire. L'ho visto quando i miei uomini sono entrati nella morgue e mi hanno mandato le foto dei rilievi. Ho riconosciuto subito il cadavere. Era passato dalle nostre celle di piazza Taafar. Ma addosso aveva i documenti di Viktor Suvarin. È allora che ho capito che Lantz non giocava pulito. Era un coglione, ma era anche un buon medico. Era impossibile che potesse scambiare per un ragazzo russo quello straccione morto da giorni. Pensavo di fare un affare, quando Lantz mi aveva chiamato per riferirmi dello stato del corpo del ragazzo. Voglio dire, far passare un omicidio per un decesso dovuto a un incidente stradale metteva almeno una pezza al disastro. Suvarin si sarebbe arrabbiato, ma non come se l'autopsia avesse rivelato che suo figlio era morto per via delle torture. Non potevo sapere che Lantz faceva il doppio gioco, e che quello che aveva per le mani non era affatto il corpo del giovane erede della Komarov.»

«Dopo aver visto il padre, e soprattutto dopo aver visto il figlio, dubito fortemente che Viktor Suvarin erediterà mai qualcosa.»

«Sì. Ho studiato il suo dossier. Non vale nemmeno un'unghia di suo padre.»

«Lui ne parla come se fosse un santo. Forse vuole solo convincere se stesso.»

«Comunque ora è libero, e non è mai stato torturato. A parte i segni causati dall'incidente col vostro suv, il suo corpo è intatto. È perfetto.»

«Ma... Ma non potrà mai funzionare. Viktor *sa* come sono andate le cose. Racconterà a suo padre che...»

Di colpo capisco.

E il mio cuore salta un battito.

Il suo corpo è intatto. È perfetto.

Muovo le braccia. O meglio, *cerco* di muoverle. Ma sono legato al sedile.

«Vedo che comincia a capire» sorride Adnani. Muove la testa su e giù, annuendo più volte. Sembra un pupazzo comandato da fili invisibili. «La mia gratitudine nei suoi confronti è alta, anche se non fino al punto di poterla lasciare in vita, mister Stokar. Così come non posso lasciare in vita nessuno dei suoi amici. Soprattutto Viktor. Mi rincresce. È la politica, purtroppo. La salvezza del mio paese vale più della vita di alcuni individui. Oltretutto stranieri.»

«Ma aveva detto che l'avrebbe restituito vivo a suo padre.»

«No. Si sbaglia. Non l'ho mai detto. Le mie parole esatte erano che il povero ragazzo potrà a casa, ritrovato dalla nostra eroica polizia. Non ho mai detto che sarebbe tornato a casa vivo. A questo punto non sarebbe proprio il caso. La cosa comunque non ha alcuna rilevanza pratica.»

Merda. «Il suo presidente è a conoscenza di questa sua idea?»

«No. E non dovrà mai saperne nulla. È un grande uomo. È stato il salvatore di questa terra. Abbiamo rovesciato assieme il regime oppressivo dei fanatici islamici, così come prima, quando eravamo due giovani ufficiali, avevamo combattuto la dittatura di Wahid. Ma ora è venuto anche per lui il momento di tirare il fiato. Di riposarsi, lasciando che siano altri a occuparsi del bene del paese.»

«Come lei?»

«Come me. Niente di personale, signor Stokar, ma credo che sia stato uno di voi cristiani a dire che è opportuno che uno muoia per il bene di molti.»

«Mi pare che fosse ebreo.»

«Sì. È possibile. Razza maledetta, quella. Ne conviene, vero? Ma sì. Ho letto la sua scheda. Su certe cose la pensiamo allo stesso modo.»

Mi è difficile mantenere una conversazione normale, date le circostanze. Ma più cose vengo a sapere, più possibilità ho di cercare un modo di uscire vivo da questo casino.

È anche vero che più cose vengo a sapere e più mi spavento.

«Quindi la sua offerta di lavoro di poco fa non era sincera.»

«Ahimè, no.»

«Come pensa di far morire Viktor?»

«L'infermiere che l'ha visitato dice che il suo corpo è sano. Ha quel taglio sulla fronte, ma è assolutamente compatibile con il tipo di racconto che costruiremo intorno alla sua morte.» Inclina l'elicottero di lato, in modo da mostrarmi qualcosa. «Quella laggiù è Sirtis Magna. Costruita dai legionari romani di Settimio Severo. I suoi antenati.»

«I miei antenati erano carni. Una razza celtica. Combattevano *contro* i romani.»

«Ma mi risulta che alla fine i romani abbiano vinto. Siete tutti diventati romani, come ora state per diventare tutti cinesi.»

Non ho nessuna voglia di replicare.

Guardo le maestose rovine che si estendono per chilometri: le colonne del foro, un arco di trionfo, la curva superstite di un anfiteatro.

«Grandioso, vero?» fa Adnani. «Le città romane sono straordinarie. Ma anche incredibilmente noiose. Vista una, viste tutte. Stessa pianta, stessi edifici. Immagino che costruirle una uguale all'altra servisse affinché i centurioni non si perdessero, quando tornavano ubriachi dalla taverna. O dal bordello.»

«Lei cosa ci guadagna?» chiedo, interrompendo quel flusso di cazzate.

«Non le sembra una domanda indiscreta?»

«Sto per morire. Lo consideri il mio ultimo desiderio.»

Mi guarda. Sorride. «Desiderio accordato. Mettiamola così. La mia famiglia, a differenza di quella di Tariq, era molto povera. Diciamo che ho accumulato un appetito arretrato di generazioni...»

«E quindi?»

«E quindi, tra i cinque pretendenti alle risorse del mio paese...»

Solleva la mano sinistra chiusa a pugno, e mostra le dita a una a una.

Il pollice. «La Komarov di Oleg Suvarin ha corteggiato con successo Tariq. Non ha bisogno di comprare altre persone. Sarebbe una scelta molto buona, almeno sulla carta. Suvarin è un imprenditore di genio, alla stregua, o quasi, di Elon Musk.»

L'indice. «L'Eni, per quanto potente, è fuori dai giochi. E lo sanno. Per questo non pagheranno un dirham per comprare consensi.»

Il medio. «Lo stesso dicasi per la Gazprom. Ideologicamente Suvarin è un nemico di quella compagnia. Quindi un accordo di cartello è impossibile. Il che mette fuori gioco la Gazprom.»

L'anulare. «La Lingbao Conglomerated ha obiettivi a lungo termine nel campo delle energie rinnovabili: idrogeno, solare. Il grosso del guadagno però lo ricaverà grazie alla realizzazione delle infrastrutture: strade, ferrovie, industrie, edilizia. L'acqua desalinizzata prodotta dagli impianti per la produzione di idrogeno irrigherà campi i cui raccolti verranno inviati in Cina. La Lingbao ha dalla sua un'altra arma formidabile: i suoi tecnici pare che abbiano trovato il modo di trattare la salamoia ipersalina.»

«Che sarebbe?»

«Il residuo dell'acqua resa potabile. Deve pensare che l'attuale capacità produttiva di acqua desalinizzata a livello mondiale è di centoventi milioni di metri cubi al giorno. Sono centoventi miliardi di litri. Purtroppo per ogni litro d'acqua desalinizzato si produce un litro e mezzo di salamoia. Per darle un'idea del problema, la salamoia prodotta in un anno nel mondo sommergerebbe metà dell'Italia sotto uno strato di melma alto quaranta centimetri. Sono fanghi velenosi, che contengono metalli preziosi, come l'oro, ma anche molte componenti tossiche. La Lingbao sostiene di aver risolto il problema della salamoia. Utilizzerebbero fornaci solari. Non mi chieda come funzionerebbero, non sono un tecnico. Comunque, se fosse vero, è chiaro che l'opzione cinese sarebbe molto valida per il mio paese.»

«E immagino che il suo appoggio verrebbe adeguatamente ricompensato.»

«Diciamo che ho già avuto tangibili segni di riconoscenza. E che ne arriveranno altri. Rimane il quinto e ultimo contendente.» Sorride, alzando il mignolo. «Anche la proporzione rispetto alle altre dita è giusta: l'East Anglia Petroleum è una compagnia insignificante, paragonata alle altre. *Ma...*» Fa una pausa a effetto. «C'è un grosso *ma*. Dietro all'East Anglia Petroleum si nasconde il contendente più pericoloso per gli altri. In realtà si tratta di una dozzina di società, quasi tutte off-shore, registrate in luoghi come Panama o Andorra, o nel Liechtenstein. Nessuno sa chi ci sia dietro tutte queste sigle, ma i miei sospetti puntano nella direzione della mafia russa. Anzi, *delle* mafie russe. Il suo amico yazida ne faceva parte. Lo sapeva? Ho un dossier alto un centimetro su di lui, nel mio ufficio. Quelli non capiscono nulla di petrolio, energia pulita o salamoia ipersalina, che immagino butterebbero direttamente in mare. Ma sono gli unici ad avere le risorse e la determinazione necessarie per raggiungere uno scopo tanto ambizioso, battendo concorrenti ben più qualificati.»

«E immagino che una parte di queste risorse lei l'abbia, come dire, già assaggiata.»

Il sorriso delle labbra sottili di Adnani sembra quello del Joker. «Può dirlo forte.»

«E quindi tutte le storie su lei e Tariq, sulla rivoluzione fatta fianco a fianco, sulle nobili cause che avete abbracciato...»

«Non sono più giovane, mister Stokar. Devo pensare anch'io alla mia vecchiaia. E al benessere della mia famiglia.»

«E quindi *per l'interesse di uno solo è bene che molti muoiano*?»

«*Ah ah*. Lei è un uomo di spirito. È un vero peccato doverla uccidere. Così come l'avvocato Allenby. Ma non posso permettermi di lasciarlo in vita. Sapeva che è stato compagno di camera di Tariq, a Cambridge? Corrono certe voci, su quella loro convivenza... Sono rimasti, diciamo così, *intimi amici*. È grazie a lui che l'accordo tra la Komarov e Tariq stava per andare in porto.»

Preferisco tenere per me l'informazione che Allenby fa il doppio gioco a favore dei cinesi. E anche il fatto che a me ha raccontato di aver studiato a Oxford. Ora almeno comincio a capire perché l'ha fatto.

Devo mettere da parte ogni minima informazione che possa tornarmi utile come merce di scambio. E anche cercare di ottenerne di nuove.

Mi sento in barca. No: mi sento come quando un amico di Carla ci fece vedere un video che aveva girato in Nepal, su un lago glaciale. Mostrava quello che lui chiamava «il perfetto collasso delle nuvole». Le nubi bianche come la neve cadevano giù in un canalone tra due alte montagne, ed era davvero come vedere una valanga di nuvole, che precipitavano a valle.

Io mi sento così. Le cose che Adnani mi dice precipitano su di me a valanga.

«Come pensa di liberarsi di Viktor?»

«Ah, mi scusi, ma purtroppo stiamo per arrivare. Devo occuparmi delle procedure d'atterraggio.»

«Non vorrà lasciarmi con questa curiosità?»

Mi guarda. «È il suo ultimo desiderio? Ultimo ma proprio ultimo?»

«Sì.»

«Allora farò qualche giro in tondo, prima di scendere. Tanto non ho padroni. E la benzina non è un problema. E poi non ci metterò molto a esaudire il suo desiderio. La soluzione del problema Viktor Suvarin è l'avvocato Allenby. Il lavoro di Viktor nell'Ard Alshams doveva svolgersi nell'ambito della comunità omosessuale. Comunità la cui esistenza, per inciso, è sempre stata negata dal nostro governo. Da *qualsiasi* governo che si sia insediato nel nostro paese, compreso quello d'occupazione inglese. Era un incarico molto pericoloso, tanto che mi chiedo come mai un suo professore gliel'abbia assegnato. Può darsi che non sia stato un caso. Non mi stupirei se il tenore di vita di quel professore fosse notevolmente migliorato, da qualche tempo. Quanto a capire quale dei contendenti l'abbia pagato... Mah.»

Adnani alza le spalle.

Sotto il nostro velivolo appaiono le prime case della periferia di Fakhar. Sembrano casupole di fango, o di sabbia, costruite da un bambino.

L'altro elicottero ha già cominciato le manovre d'atterraggio.

«La versione ufficiale dirà che l'avvocato Allenby si era invaghito senza speranze del giovane figlio del suo capo. Con l'aiuto di un altro noto omosessuale, un profugo yazida, ha organizzato un rapimento finito male. Purtroppo la polizia è arrivata sul luogo del delitto troppo tardi. Anche se in tempo per fare giustizia sommaria degli assassini. Cala il sipario. Magari manderò le loro teste a Suvarin. Pensa che l'apprezzerebbe?»

Mi guarda.

Lo guardo.

È orgoglio, quell'espressione sulla sua faccia da culo?

«Se mi libera le mani l'applaudo. Giuro.»

«Lo farei volentieri. Purtroppo, come vede, anche le mie mani sono occupate. Se mi permette, ora stacco l'interfono e mi concentro sull'atterraggio.»

Ovviamente mentivo.

Se mi avesse liberato le mani non l'avrei applaudito, ma gli avrei dato una dimostrazione pratica di quello che il suo istruttore americano faceva ai ragazzi e alle ragazze argentine.

E in culo l'atterraggio.

Naturalmente, però, non mi libera.

Stacca l'interfono e preme alcuni interruttori in sequenza, portando il velivolo ultraleggero verso la pista dell'aeroporto, in fondo alla quale alcuni veicoli militari hanno appena circondato l'elicottero che trasporta i miei compagni di sventura, atterrato prima di noi.

70

Nei tre minuti che trascorrono tra la rivelazione dei piani del maresciallo e l'atterraggio provo quello che dicono succeda a chi sta per annegare.

Rivedo la mia vita come se fosse un film.

E non è esattamente un bel film.

È una vita disordinata, piena di cose e al tempo stesso piena di niente. Un mare di sensazioni vissute a pelle, emozioni violente, una febbre di vivere che scalciava come un impiccato, guizzando nell'aria della vita come uno squalo preso all'amo. Poche isole di luce brillano in quella strada fatta di tenebre. E poi ecco un'isola grande e vivace, illuminata come New York in una notte d'estate: i miei anni con Carla. Mia madre, che manifestava i primi segni dell'Alzheimer e mi parlava ormai solo in inglese, il giorno del mio matrimonio mi aveva preso da parte dicendomi sottovoce: «Hai trovato la pentola d'oro alla fine dell'arcobaleno.» Le luccicavano gli occhi, mentre guardava mia moglie volteggiare in mezzo al salone in un valzer con suo padre.

Io non ho mai imparato a ballare. So pogare, ma quel giorno non mi sembrava il caso. È curioso che il giorno delle mie nozze con Carla sia stato uno dei più sobri della mia vita.

Avevo trovato l'oro, ma non ho saputo custodirlo. L'ho

sprecato. Come sempre, ho rovinato tutto. Immagino di aver preso da mio padre, poveretto. Lo stesso talento per gli affari e gli incontri sbagliati. Lui è morto di overdose nel cesso di una stazione, a un'età in cui una cosa del genere non fa più notizia: seduto nel piscio degli altri, la bocca aperta. Uno stronzo mi aveva fatto trovare nell'armadietto una foto che lo mostrava così. Io, non sapendo chi dei miei colleghi l'avesse fatto, ho distrutto a pugni lo spogliatoio del commissariato. I miei capi riuscirono a dare la colpa a un rumeno che era stato arrestato quella sera. Mi hanno sempre protetto. Non capivano che così mi facevano solo un danno, aiutandomi a farmi sempre più male.

Ho vissuto nella ricerca del piacere a tutti i costi. E meno soddisfazione provavo, più quella vita si distillava in odio. Ogni piccolo torto subito da bambino, e poi da ragazzo, tornava nella mia vita d'adulto trasformato in un mostro dagli occhi iniettati di sangue, un lupo nero come la notte. A volte bastava uno sguardo, una parola, per scatenare l'animale che era in me. E a volte non serviva nemmeno quello.

Per anni non riuscivo a guardarmi allo specchio. Vedevo di me solo il riflesso negli occhi delle donne con cui scopavo e mi perdevo, finché Carla non mi ha sbattuto fuori di casa. E ha fatto bene. *Cazzo, se ha fatto bene.*

Le Zattere, il posto che sarebbe dovuto diventare la mia tomba, è stato il luogo in cui sono rinato. Mi ha ripulito il corpo e l'anima. Ha seminato dubbi nella roccia dei miei pregiudizi. Una volta, nella mia vita di prima, strafatto, in un parcheggio deserto, avevo guardato per ore un dente di leone che cresceva nella crepa di un muro di marmo. Mi sembrava che in quel fiore giallo ci fosse un messaggio, che avesse qualcosa da dirmi. L'avevo osservato per minuti lunghi come ore. Poi l'avevo strappato e mangiato. Ma nella crepa era rimasta una radice sottile come un capello e un po' di terra, finita lì chissà come, e mentre masticavo quella poltiglia amara immaginavo il fiore rinascere da quella radice, e il marmo spezzarsi e ridursi in polvere. Avevo allungato la mano, in fondo a un braccio che mi sembrava lungo chilometri e chilometri, e avevo accarezzato in quella radice le onde del futuro, ascoltando il loro suono che sapeva di nulla ed eternità.

Carla, una sera, durante uno dei nostri primi appuntamenti, mi aveva portato a teatro. Davano il *Macbeth* di Shakespeare. Gli attori erano bravi, il tempo scorreva veloce. E poi sono arrivate quelle parole.

Queste parole.

«*La vita è un'ombra che cammina, un povero attore che si agita e pavoneggia la sua ora sul palco e poi non se ne sa più niente. È un racconto narrato da un idiota, pieno di strepiti e furore, senza significato.*»

La mia vita prima delle Zattere stava tutta in quelle parole, che ho imparato a memoria.

Durante un volo, non ricordo per dove, avevo preso su dalla rastrelliera dei quotidiani omaggio un giornale inglese, e per combattere la noia di un viaggio senza droghe avevo letto un articolo sulla scoperta di un cimitero romano a York. C'erano un'ottantina di scheletri, tutti decapitati, ma sepolti con grande rispetto. Alcuni avevano accanto a loro delle offerte funebri. Dall'esame delle ossa gli archeologi avevano capito che si trattava di un cimitero di gladiatori. C'erano tracce di numerose ferite, e un cranio recava i segni del morso di un grande carnivoro: un leone, o una tigre. Ma, soprattutto, tutti gli scheletri appartenevano a uomini alti e robusti, e molti di loro avevano un braccio più forte dell'altro.

Mi aveva colpito, quell'articolo. Le foto mostravano gli scheletri nel fango della fossa, la testa fra le ginocchia o fra i piedi, le braccia raccolte sul petto. Ricordo che mi aveva causato una grande tristezza pensare all'intensità di quelle vite, e al poco che ne restava. Non ne sapevamo nulla, così come, con rare eccezioni, non sappiamo nulla dei miliardi di persone che sono vissute prima di noi.

Prima delle Zattere, io ero uno di quei gladiatori. Un corpo segnato da ferite, spesso invisibili; ed erano proprio loro, quelle invisibili, a fare più male. Un corpo destinato alla fossa e al silenzio.

Il tempo passato alle Zattere mi ha restituito dignità. Era come se fossi rinato, tanto che quando ho bussato alla porta di Carla mi sentivo Lazzaro resuscitato dalla tomba.

C'era stata bellezza, in quel passaggio attraverso il purgatorio delle Zattere.

E c'era stata salvezza.

L'uomo che morirà oggi è un uomo nuovo.

Per questo mi fa ancora più rabbia, dover morire.

L'elicottero si posa esattamente al centro di un cerchio dipinto sull'asfalto.

L'altro velivolo è fermo sulla pista cento metri più in là, circondato dai militari in assetto di guerra.

Il maresciallo Adnani si toglie il casco e aziona il comando di apertura del tettuccio, che si solleva lentamente. «È stato un piacere conversare con lei, signor Stokar. Mi rincresce doverla eliminare. Mi creda, in questo non c'è niente di personale.» Sorride. «Senza rancore.»

Ma il sorriso gli si gela sulle labbra quando la canna di un mitra gli viene puntata alla tempia.

«Omar al Adnani, metta le mani sulla testa e scenda dall'elicottero» tuona una voce da un megafono.

Lo stupore sul volto del maresciallo è assoluto.

Stupore, e poi sdegno.

Rifiuto.

«Che cos'è quest'idiozia?» tuona, cercando di allontanare da sé la canna del mitra.

Ma i soldati che gli puntano le armi addosso ora sono tre, non più uno solo.

Le divise perfettamente stirate che indossano sono diverse da quelle della polizia politica. Le mostrine sono rosse e dorate. Grazie a quanto ho letto sul dossier di Grigorenko, le riconosco come le insegne della guardia presidenziale.

Un ufficiale impettito avanza fin sotto lo sportello, con un passo preciso da parata. «Omar al Adnani, la dichiaro in arresto.»

«*In arresto?* Come osate?»

Il maresciallo fa per scendere, ma la canna di un kalashnikov lo rimette a sedere sul seggiolino.

«Se ha un'arma, me la consegni. Subito.»

Adnani scuote la testa, furioso. Poi sfila la pistola dalla fondina e la consegna a uno dei soldati. «La pagherete molto cara.»

L'ufficiale non gli risponde. Non lo degna nemmeno di uno sguardo. È molto giovane. Ha l'aria terribilmente efficiente. L'efficienza di un'arma. «Lui chi è?» tuona, in arabo.

Rispondo nella sua stessa lingua. «Mi chiamo Sergio Stokar. Sono un cittadino italiano. Quest'uomo mi sta trattenendo contro la mia volontà.»

L'ufficiale giovane ha un tic di fastidio. Come se una mosca gli avesse sfiorato la bocca. «Stia zitto. Faccio io le domande.»

«E infatti, la mia non era...»

L'ufficiale abbaia un ordine. Uno dei suoi sottoposti mi colpisce alla spalla col calcio del mitra.

Per fortuna mi sono ritratto d'istinto, altrimenti il colpo mi avrebbe spezzato l'osso.

«Lei è Sergio Stokar?»

«Gliel'ho appena detto.»

«Lei è in arresto per il duplice omicidio all'obitorio dell'ospedale centrale. Tiratelo giù.»

Due soldati appoggiano il mitra alla carlinga dell'elicottero e cominciano a slegarmi.

Senza darmi il tempo di replicare, intanto, il giovane ufficiale torna con il suo passo da parata verso il lato opposto del velivolo. «Omar al Adnani, lei è in arresto con l'accusa di alto tradimento.»

«Ve la farò pagare cara. Tradimento? Siete voi, i traditori! Quando il presidente saprà del mio arresto...»

«Il presidente lo sa già. L'ordine di arrestarla viene da lui.»

Al Adnani impallidisce. Con dita che tremano si slaccia la cintura di sicurezza. «Ci dev'essere un equivoco.»

Per la prima volta, il giovane ufficiale sorride. «Come capo della polizia politica lei dovrebbe saperlo.»

«Cosa?» ringhia il maresciallo, irritato.

«Che è quello che dicono sempre i colpevoli.»

71

Sotto la minaccia dei fucili della guardia presidenziale, gli uomini di Adnani vengono fatti scendere dall'altro elicottero, ammanettati e spinti senza troppi riguardi verso i furgoni in attesa.

Dopo di loro scende Adham. Si ripara gli occhi dalla luce, poi mi riconosce e scuote la testa. Viktor appare subito dietro di lui, frastornato. Entrambi hanno le mani legate e scendono la scaletta con cautela, per non cadere.

Infine, due infermieri tirano giù la barella su cui hanno adagiato Allenby. L'avvocato, privo di sensi, sembra più morto che vivo.

Due utilitarie bianche prive di targa si fermano accanto all'elicottero. La portiera di quella più vicina a me si apre e vengo scaraventato di peso sul sedile posteriore. Due guardie si siedono impettite accanto a me, una per lato, senza degnarmi di uno sguardo. Se proprio devo trovarci un difetto, il loro alito puzza un po' d'aglio, ma immagino che anch'io non odori esattamente di violette, dopo due giorni passati in giro per le attrazioni turistiche meno note e meno pulite dell'Ard Alshams; non mi ricordo nemmeno a quando risale l'ultima volta che mi sono lavato. Le loro divise in compenso sono impeccabili, come se fossero appena uscite stirate da un cassetto.

È evidente che tra loro e la polizia politica non c'è grande simpatia.

L'auto riparte sgommando, seguita dall'altra su cui hanno imbarcato di peso Adnani. Usciamo dai cancelli dell'eliporto e imbocchiamo, senza fermarci allo stop, un grande viale alberato, anche se le palme ai lati della strada sembrano cadaveri polverosi. Il traffico è quasi inesistente.

Mi aspetto che le due auto vadano verso il centro. Invece acceleriamo verso la periferia, attraversando chilometri e chilometri di quartieri fatiscenti, che però poi lasciano spazio a grandi ville recintate. È un quartiere attraverso il quale sono già passato, al mio arrivo a Fakhar. I giardini protetti da alte mura di cinta sembrano diamanti verdi nella polvere. Pare quasi di sentire il fresco delle piscine nascoste dietro quelle mura. La nebbiolina dell'irrigazione a pioggia sale dalle proprietà gelosamente nascoste, disperdendosi sotto l'alito rovente del sole. È come se il dio di questo posto avesse gettato in mezzo al nulla alcune tessere sparse del puzzle del paradiso. Vorrei chiedere ai miei guardiani come si chiama, il quartiere, ma non credo che apprezzerebbero il mio tentativo di fare conversazione.

Man mano che ci allontaniamo dal centro della città le ville sembrano farsi più grandi e i recinti più lunghi, finché non arriviamo in vista di una mostruosità architettonica che non stonerebbe in un film sull'antica Babilonia.

È una *ziqqurat* a terrazze, ognuna delle quali ospita un giardino pensile. Mi chiedo quanti litri di salamoia ipersalina vengano prodotti ogni giorno, per irrigare questa meraviglia.

Le mura della struttura di base sono alte almeno dodici metri, decorate con piastrelle azzurre che rappresentano scene di qualche episodio eroico, a giudicare dalle bandiere e dai petti snudati dei martiri in fila davanti al plotone d'esecuzione. Quando l'auto passa sotto quei mosaici, si vedono i danni che il vento e il sole hanno prodotto sulle piastrelle, erodendole e smangiandone i bordi. In certi tratti sono anche crivellate di colpi, come se i guerrieri che vi sono raffigurati sparassero colpi veri.

Intorno alle mura della *ziqqurat* corrono un recinto elettrificato e, alle sue spalle, un fossato sul cui fondo sono posati, a intervalli di pochi metri l'uno dall'altro, alti cavalli di Frisia arrugginiti.

Al confronto, il Vallo Atlantico di Hitler era un tappetino con la scritta WELCOME.

Tutt'intorno a quel mostruoso, ipertrofico palazzo, c'è il nulla.

Nessuna abitazione nel raggio di cento metri.

Le tracce del quartiere preesistente sono ancora visibili. Gli edifici sono stati rasi al suolo, ma hanno lasciato le impronte delle loro fondamenta, come se avessero perso la dimensione dell'altezza per trasformarsi in una mappa in scala uno a uno.

Il palazzo sembra non finire mai.

Continuiamo a percorrerne il perimetro, per arrivare infine davanti a una porta monumentale, un assurdo ibrido tra un monumento antico e la tecnologia bellica moderna.

Due carri armati stanno di guardia davanti ai battenti di acciaio di una porta alta più di cinque metri. In cima alle torri si intravedono postazioni di mitragliatrici e gli elmetti dei loro serventi.

L'auto si ferma.

Due artificieri con una tuta che li fa somigliare a degli Omini Michelin esaminano l'auto, spingendosi fino a ispezionare il sottoscocca con degli specchietti montati all'estremità di un'asta. Altri uomini della guardia presidenziale controllano i documenti. Alla fine, dopo altre verifiche estenuanti, ci lasciano passare. I due carri armati arretrano, e i portoni si muovono sui cardini facendoci accedere a un corridoio lungo trenta metri perimetrato da mura, oltre il quale si apre un'altra porta identica a quella che abbiamo appena superato.

Muovendosi a passo d'uomo, le due auto entrano finalmente in un enorme cortile pavimentato in marmo grigio. Qui veniamo fatti scendere e poi scortati verso un altro posto di guardia.

Adnani ha smesso la sua espressione sdegnata, sostituita da una molto meno aggressiva. Ha le mani legate sul davanti, e le due guardie che lo tengono per le braccia lo spostano senza troppi riguardi.

Di colpo il taglio sovietico delle loro uniformi mi dà i brividi. Ho letto troppe storie su cosa succedeva nei sotterranei della Lubjanka. Quando uno potente come il maresciallo Adnani cade in disgrazia, nel suo futuro spesso c'è solo una pallottola alla nuca. E la storia ricorda solo i potenti. Quelli come me, le pedine, sono destinati all'oblio di una fossa comune.

Entriamo in un atrio piccolo e buio che odora di carta e polvere.

«Il tuo nome» sbraita un caporale seduto dietro una scrivania.

Adnani è indignato. «Come osi? Non sai chi sono?»

«Il tuo nome» ripete il caporale.

«Maresciallo Omar al Adnani.»

La matita rossa scende sul foglio, tira una riga su un nome in caratteri arabi. Il caporale alza lentamente gli occhi. «Ti ho chiesto solo il tuo nome. Il grado non l'hai più.»

Adnani trattiene lo sdegno. Ha le mascelle contratte, le vene alle tempie che pulsano, le mani legate che si aprono e si stringono come artigli. «Quando questa farsa sarà finita verrò a trovarti, caporale.»

«Sì. Certo. Come no. Avanti un altro. Il tuo nome?»

«Sergio Stokar.»

«*Stokka?*»

«No. *Stokar.*»

Dobbiamo passare attraverso quel rituale altre due volte, prima di poter entrare nel palazzo presidenziale vero e proprio, che pare fatto solo di interminabili corridoi imponenti, rivestiti di marmo bianco persino sul soffitto. Sembra di entrare in un edificio fatto di ghiaccio, e anche la temperatura è bassa. Persino i raggi di sole che passano dalle enormi vetrate somigliano a lame gelide.

La nostra custodia viene rilevata da un drappello di sei guardie armate di fucili mitragliatori di un tipo che non ho mai visto prima: sotto la canna hanno uno strano caricatore a forma di thermos.

Veniamo scortati fino a un ascensore grande come quelli di un ospedale. Le porte si aprono, e io avverto un brivido alla nuca. Se il tenente che comanda il drappello premerà il pulsante della discesa, so già che il posto in cui andremo non mi piacerà. E che questo potrebbe essere l'ultimo istante in cui vedo la luce del sole, fredda o non fredda che sia.

Quando siamo entrati tutti, le porte si chiudono.

Il tenente preme un pulsante.

In salita.

Un piano, due. Tre. Dieci.

Nessuna musichetta tranquillizzante. Non si sente nemmeno un respiro, come se fossimo già morti.

Al dodicesimo piano l'ascensore si ferma.

Le porte si aprono con un sussurro.

C'è un uomo in piedi ad accoglierci. Ha un braccio bendato e sostenuto da una fascia al collo. «Chi non muore si rivede» sorride, con la voce di Mei Wei.

72

Hermann mi ripeteva spesso che quando le cose vanno talmente male che non puoi farci niente per rimediarle, «tanto vale che ti rilassi e ti goda lo spettacolo».

E così ho fatto. Ho inserito il pilota automatico e mi sono astratto dalla realtà e dai suoi pericoli mortali, come se stessi guardando un film.

In questo film, che ancora non ho capito se è un horror o un fantasy, Mei Wei non è più una donna ma un uomo: è vivo e mi guida attraverso altri interminabili corridoi, anche se sono più stretti e meno alti di quelli che si trovavano al piano terra.

Cammina alla mia destra, quindi può cogliere la domanda nel mio sguardo.

«Il palazzo, di fatto, è una piramide tronca. Una struttura assurda dal punto di vista energetico, soprattutto in questo clima. Ma quel pazzo di Wahid non lasciava che la realtà ponesse limiti alla sua fantasia. Ogni piano è più piccolo di quello sottostante. A ispirare questo edificio è stata la Cancelleria di Hitler progettata da Albert Speer.»

Mi pareva di averli già visti, quei corridoi monumentali, con le loro colonne squadrate. «Dovrebbero metterci dei tapis roulant. Come negli aeroporti.»

«Non serve. L'edificio verrà demolito entro il prossimo anno. Il presidente non ama questo palazzo. È un uomo moderno, di grandi vedute. La nuova residenza che il governo cinese gli offrirà in dono sarà più grande di questa, ma a impronta energetica zero. Anzi, produrrà energia elettrica che verrà convogliata nei quartieri meno fortunati della capitale.»

«Che generosità.»

«Sì. Il presidente al Khalid è un uomo illuminato.» Senza voltare la testa verso di me aggiunge sottovoce, passando dall'inglese al cinese: «*Ogni nostra parola viene registrata.*»

«Più che illuminato, direi *illuminante*.»

Mi guarda perplessa.

«Era solo una battuta. Tariq che illumina i quartieri poveri con l'energia che produce.»

«L'avevo capita. Non è divertente. E comunque preferiamo definirli *quartieri temporaneamente svantaggiati*. Ma la felicità sta arrivando per tutti, in questo paese. La povertà verrà abolita.»

«Sono contento per voi. Nel mio paese è stata abolita anni fa.»

«Ah sì? Non lo sapevo. E come avete fatto?»

«È bastato che un politico si affacciasse al balcone del palazzo del Governo annunciando che la povertà era stata abolita.»

«Siete davvero il paese della creatività al potere. Da questa parte, prego.»

«Esigo che mi si spieghi cosa sta accadendo» sbotta in quel momento Adnani, pestando il piede sul pavimento di marmo.

Mei lo guarda freddamente. «Lei non può esigere proprio nulla. Comunque sta per ricevere tutte le spiegazioni che le spettano. E ora stia zitto.» Dà un secco ordine in arabo alla guardia di Adnani, che trattiene il prigioniero per la spalla mentre io e Mei proseguiamo lungo il corridoio.

«L'ultima volta che ti ho visto eri una donna» faccio, quando mi sembra che la distanza dagli altri sia sufficiente perché non ci sentano.

«L'ultima volta che mi hai visto mi hai sparato» risponde, anche lei in un sussurro.

«Io per la verità sono l'unico che non ti ha sparato.»

«Allora scusa. Avevo troppo da fare schivando le vostre pallottole, per rendermi conto di chi di voi mi sparava addosso.»

«Va detto comunque che ti avrei sparato volentieri anch'io.»

«Viva la sincerità.»

«Allora, vuoi rispondere o no?»

«Qual era la domanda?»

«Sei un uomo?»

Mei alza gli occhi al cielo. Poi solleva la mano, facendo segno agli altri di fermarsi. Apre la porta di un salone di almeno cento metri quadrati, completamente spoglio. Gli specchi che occupano il novanta per cento delle pareti rimandano le nostre immagini in un gioco di riflessi, come in un caleidoscopio.

«A cosa serve questa stanza?» chiedo.

La voce che mi risponde è chiaramente femminile, e chiaramente stizzita. «Non hai niente di più serio a cui pensare? Non serve a nulla. Come tutto questo palazzo. E comunque *io sono quello che sono*.»

La guardo. «Non porti più un foulard» faccio.

«Ti pare che un foulard starebbe bene, con un completo Armani da uomo?»

«No, è che mi stavo chiedendo se lo mettevi per nascondere il pomo d'Adamo.»

Mi guarda schifata. «Ti sembra che abbia un pomo d'Adamo da nascondere? Metto i foulard solo perché mi piacciono. Sono una donna.»

«Ma...»

«Ovviamente non mi sottopongo a questa mascherata per Tariq. Lui è un uomo di mondo. Lo faccio per gli altri idioti in questo palazzo. L'Ard Alshams è un paese di maschi. Questi zotici non tollerano di *parlare* in pubblico con una donna. Figurati di prendere ordini.»

«Ah. Tutto qui?»

«No. Non è mai *tutto qui*. Ma sono cose mie.»

«A proposito di cose tue: hai cercato di ammazzarmi, in quel resort marino andato a male.»

«Niente di personale. Eri un nemico.»

«E adesso cosa sono?»

«Un prigioniero.»

«Anche Allenby? Anche Adham?»

«Certo. Sono due traditori.»

«Ma tu per chi lavori, Mei?»

«Non l'hai ancora capito? Sono un ufficiale dell'esercito popolare di liberazione.»

«Cazzo, sei una specie di Mulan.»

«Porta un po' di rispetto. La mia famiglia ha sempre servito nell'esercito. Mio padre è generale. Mio nonno era una staffetta della 115ª divisione dell'Ottava armata della strada. Ha combattuto contro i giapponesi agli ordini di Lín Biāo. Anche se sono nata donna, ho sangue di soldato nelle vene.»

«Sinora mi è sembrato più sangue di assassino.»

Lo schiaffo arriva come un fulmine, e fa male quanto una frustata. «Non permetterti mai più di offendere la mia famiglia» grida Mei, le guance paonazze.

«Ti ho visto uccidere un prigioniero a sangue freddo. E ormai so che sei stata tu a far fuori Lantz e il guardiano dell'obitorio.»

«E allora? Erano nemici. Bersagli legittimi.»

«Non siamo in guerra.»

«Questo lo dici tu. Siamo *sempre* in guerra. Per la nostra sopravvivenza.»

La guardo. È incredibile come la sua bellezza muti in un istante: gli occhi induriti fissi su di me, la bocca piegata in una smorfia. È ancora bella, ma bella come un'arma, una lama mortale.

«Hai problemi più urgenti a cui pensare» sibila. Poi va ad aprire la porta e mi spinge nel corridoio, dove ci aspettano Adnani e l'uomo che gli fa la guardia.

«Spero che tu conosca bene questo posto, compagna. Io mi sarei già perso» le dico.

«Non ci sono mai stata, ma so leggere una planimetria. Andiamo, tu e questo cane siete attesi.»

73

L'uomo che ci accoglie tendendo le braccia in avanti non assomiglia per niente a quello che appare nei suoi ritratti ufficiali. E nemmeno alla sua immagine in alta uniforme stampata sulle banconote di tutti i tagli e su ogni moneta metallica.

Sembra piuttosto un comico che ne fa la parodia.

Mi chiedo se il profilo affilato e gli occhi magnetici che spiccano sulle sue immagini pubbliche siano mai esistiti. Se è così, non ne è rimasta traccia nell'uomo che ho davanti.

Il presidente Tariq al Khalid è un ometto sovrappeso, con un riporto di capelli innaturalmente neri a tentare senza successo di nasconderne la calvizie. Ha la pelle di un color ocra che nessuna abbronzatura naturale può assicurare, frutto di un fondotinta applicato con una cazzuola da muratore. Indossa un doppiopetto grigio di ottimo taglio, ma tutta l'evidente abilità sartoriale messa in campo non è riuscita a nascondere la pancia prominente del dittatore.

Anche lo sguardo non è quello che mi attendevo. Il giovane ufficiale machiavellico che emergeva dal rapporto di Grigorenko si è trasformato in un banchiere geloso del suo potere.

«Mei, eccoti qui. Che piacere rivederti. E tu, Omar, non restare sulla porta. Non ti mangio mica. Venite, sedetevi.»

Mi passa accanto, per prendere Adnani per un braccio e

tirarlo cordialmente verso un divano in cuoio che deve valere una fortuna. Dopo aver fatto sedere il maresciallo, torna verso di me. «Lei è l'italiano di cui ho tanto sentito parlare. O è inglese? Un po' questo e un po' quello, mi dice Mei. Ma qui è meglio essere italiani che inglesi, vista la nostra storia. Venga, venga. Anche se non era sua intenzione, ha reso un grande servigio a questo paese, smascherando un odioso inganno che avrebbe potuto procurarci pericolose inimicizie. Grazie, signor Stokar. Grazie, a nome di tutti noi. Venga, si accomodi.»

Ecco chi mi ricorda, il presidente al Khalid: quel presentatore della televisione italiana grassoccio e coi baffi che aveva un salotto dove riceveva ospiti illustri e meno illustri, che per dieci minuti si sentivano protagonisti assoluti. Mentre mi scorta fino al divano monumentale, faccio fatica a non guardarmi intorno in cerca delle telecamere.

Il salotto è sorprendentemente piccolo, rispetto agli ambienti in cui sono stato catapultato ultimamente, e anche in confronto al resto del palazzo. Inoltre provo una strana sensazione di déjà-vu guardando la tappezzeria alle pareti e la congerie di ninnoli e oggetti kitsch che riempiono ogni ripiano della stanza.

Mei si siede accanto a me. «Ho visto cosa guardi» mi sussurra all'orecchio. «Non dire niente.»

Ma ovviamente non so resistere. «Bello, l'arredamento.»

«Le piace?»

«Molto» rispondo, meritandomi il primo posto nella classifica mondiale dei bugiardi.

«Se le raccontassi la storia di questa stanza...»

«Me la racconti. Sono tutt'orecchi.»

Al Khalid sorride felice. «A Londra, da studente, ho visitato il quartier generale sotterraneo di Churchill. Le *war rooms*. Era diventato una specie di museo, sa? Mi ha fatto un'impressione terribile. Era tutto così squallido. Invece quando ho visto le foto di questa stanza... Della stanza originale, voglio dire... Me ne sono innamorato subito.»

«E dov'era, la stanza originale?»

Al Khalid abbassa la voce fino a un sussurro. «Era il salotto di Adolf Hitler, al Nido dell'Aquila di Berchtesgaden.»

«Ma dai.»

«Ci ho messo anni per ritrovare tutti gli oggetti originali, o perlomeno delle repliche accettabili. Gli originali erano stati portati via dai soldati americani, e ho dovuto cercarli in giro per il mondo. Non le dico quanto mi è costato.» I suoi occhi si velano, per un attimo. «Il dottor Lantz e i suoi amici sono stati preziosi per aiutarmi a trovare quello che cercavo. Davvero preziosi.» Batte il palmo della mano sul bracciolo della sua poltrona. «I divani invece li ho scelti diversi. Quelli di Hitler erano brutti e scomodi.» Si sporge in avanti, verso di me. «Hitler, assieme a Gandhi, è stato il più grande avversario dell'impero britannico. Lo considero un mio precursore.»

«È bello avere dei riferimenti nella vita.»

«Già. È molto importante. Ma ora parliamo di cose più attuali.»

Si volta verso Adnani. Il maresciallo, ormai *ex* maresciallo, ha una guardia sull'attenti dietro la sua schiena. Dal riflesso sul vetro della pendola vedo che ne ho anch'io una, alle mie spalle.

Mei e il presidente, invece, no.

Chissà perché, la cosa non mi sorprende.

Come non mi sorprende il fatto che ai miei piedi e a quelli di Adnani, sul tappeto persiano, ci siano due teli di plastica spessa.

«Non sono presenti a questo incontro l'avvocato Allenby e il vostro amico yazida. Il primo non sta troppo bene, e il secondo in questo momento è soggetto a un interrogatorio. Vi dico solo che sono molto, molto deluso. Lei e Jeremy lavorate per la Komarov, e scopro che avete organizzato il rapimento di Viktor Suvarin per far fallire le trattative con quella società. Male, molto male. Sono veramente arrabbiato.»

«*Io non...*»

«Non si interrompe il presidente!» urla Mei, costringendomi all'obbedienza come un cucciolo indisciplinato.

«Sono veramente, *veramente* arrabbiato. Il mio paese ha un grande bisogno di aiuti esterni. La pandemia ci ha messo in ginocchio.»

Per la verità, il rapporto di Grigorenko diceva che questo paese era in ginocchio da molto prima. Ma forse è meglio se non glielo faccio notare. Non mi sembra proprio il momento.

«L'accordo con la Komarov era quanto di meglio potessimo aspettarci. Il rapimento del giovane Suvarin ci ha causato grandi problemi. *Grandi* problemi.» Al Khalid scuote la testa con un'espressione di rammarico. Poi la rialza, con un sorriso. «Per fortuna, nel momento della disperazione più nera, quando per il mio paese tutto sembrava perduto, mentre ci sentivamo traditi da tutti, qualcuno si è alzato in nostro aiuto e ci ha teso la sua grande mano generosa.» Indica Mei, seduta al suo fianco. «Il governo della Repubblica popolare cinese.»

Al Khalid sorride.

Ricordo il rapporto di Grigorenko, e il suo racconto del giorno risalente a venticinque anni fa, quando questo stesso uomo, molto più giovane, aveva esposto alla commissione istituita da Boris Yeltsin i suoi piani per il futuro di questo paese.

«La generosità del popolo cinese è tale che ci consentirà di raggiungere accordi secondari anche con altri preziosi partner commerciali. Ci saranno prosperità e felicità per tutti, nell'accordo che stiamo per siglare e che i nemici del mio paese hanno cercato di frenare. Solo i malvagi dovranno temere l'intesa dei giusti.»

Adnani, sdegnato, fa per alzarsi dal divano, ma la guardia alle sue spalle lo blocca.

Al Khalid lo guarda con un'espressione quasi tenera. Chiude gli occhi. «Un amico è colui al quale puoi rivelare i contenuti del tuo cuore, ogni grano e granello, sapendo che le mani più gentili li passeranno al setaccio, e che solo le cose di valore verranno conservate, mentre tutto il resto verrà scartato con un soffio gentile.»

Adnani fa una smorfia. «Come hai fatto a scoprirlo?»

Il presidente scuote la testa, guardando l'ex maresciallo con tristezza.

Ma è Mei Wei a rispondere. Toglie dalla tasca interna della giacca un apparecchio elettronico poco più grande di un pacchetto di sigarette. Preme un tasto.

Ne escono la mia voce e poi quella di Adnani, leggermente metalliche e distorte, ma comunque nitide.

«*Il suo presidente è a conoscenza di questa sua idea?*»

«*No. E non dovrà mai saperne nulla. È un grande uomo. È stato il salvatore di questa terra. Abbiamo rovesciato assieme il regime oppressivo dei fanatici islamici, così come prima, quando eravamo due giovani ufficiali, avevamo combattuto la dittatura di Wahid. Ma ora è venuto anche per lui il momento di tirare il fiato. Di riposarsi, lasciando che siano altri a occuparsi del bene del paese...*»

«La prossima volta che accetterà un elicottero in regalo, verifichi che fra gli apparati in dotazione non ci sia un registratore di volo» sorride Mei.

«Non c'era» protesta Adnani.

«*Quando gliel'hanno regalato* non c'era.»

«E comunque non ci sarà una prossima volta» fa Tariq.

Un suo cenno del capo. Leggero come una farfalla. Come le palpebre che si chiudono sui suoi occhi, per non costringerlo a vedere.

La guardia alle spalle di Adnani estrae la pistola dal fodero e gli spara un colpo alla nuca.

L'arma è silenziata. Quasi non fa rumore.

Il proiettile è di piccolo calibro: non produce un grande foro d'entrata, ma raggiunge il suo scopo. La vita del maresciallo Omar al Adnani si spegne come la fiamma di una candela. Il sangue – non molto – non deborda dal telo di plastica che giace ai suoi piedi.

Tariq sospira.

«Piango la sua morte. La morte di quello che credevo un amico. Mi aveva servito lealmente, sino a oggi. O almeno così credevo. Al popolo dev'essere risparmiato il suo tradimento. Che nessuna ombra cada sul suo passato e sul ricordo che questa nazione conserverà di lui. Dimentichiamoci il poco male di questi ultimi giorni, e ricordiamo il bene di una vita posta al servizio della nazione. E ora veniamo a lei, signor Stokar.»

Guardo negli occhi Tariq, e quello che vedo non promette nulla di buono. Non c'è odio, nel suo sguardo. Solo calcolo. Ed è la cosa che più mi fa paura.

«Cosa devo fare, di lei? Ha visto troppo. Sa troppe cose.»

«Faccia quel cazzo che vuole. Sono stanco di questa storia. Voglio solo farla finita, in un modo o nell'altro.»

«In questo posso aiutarla» annuisce Tariq, compassionevole. E fa un cenno con gli occhi alla guardia invisibile alle mie spalle.

«*Aspetti!*» lo blocca Mei.

Il suo grido è stato assolutamente femminile.

Di colpo ogni tratto virile sparisce dal suo corpo, dalla sua postura.

Tariq è sorpreso da quell'ordine inaspettato.

«Aspetti, presidente» ripete Mei, sottovoce.

L'uomo la guarda allibito.

«Il governo della Repubblica popolare cinese prende in custodia Sergio Stokar, per interrogarlo su quello che ha visto e sentito durante la sua permanenza nell'Ard Alshams.»

«Ma...»

«Al termine dell'interrogatorio verrà disposto della sua persona in conformità agli interessi della Repubblica popolare cinese, dell'Ard Alshams e dei buoni rapporti reciproci tra i nostri due grandi paesi.»

«Ma...»

«La presente richiesta ha carattere non negoziabile.»

Il presidente incassa la testa fra le spalle, come una tartaruga.

«Spero che si renda conto, colonnello Wei, che quest'uomo rappresenta una minaccia per gli interessi vitali dei nostri due paesi.»

Mei si raddrizza. Non cerca di dare alla sua voce un'impronta maschile. Il tono è autoritario, ma il timbro della voce è quello di una donna. Una splendida donna, fiera come una leonessa. «È *interesse vitale* dei nostri due paesi mantenere un rapporto di reciproca fiducia, basato su un sincero scambio d'informazioni e sulla cooperazione al fine di raggiungere armonia e prosperità. Proprio perché questo straniero rappresenta una minaccia per i nostri due paesi, va gestito nel modo più appropriato.»

«Sappiamo come gestire gente come lui, nell'Ard Alshams.»

«Non ho dubbi, signor presidente. Tuttavia è interesse della Repubblica popolare cinese che l'interrogatorio di Sergio Stokar si svolga a Beijing.»

Il modo in cui pronuncia il mio nome, con precisione ma anche come se si stesse impegnando a usare una lingua straniera, mi dà uno strano conforto. Mi fa capire quanto ci tiene a salvarmi, anche se ancora non ne capisco il perché.

Non ho proprio niente che possa interessare alla Repubblica popolare cinese: nemmeno i miei organi, ancora più malconci dopo questa escursione africana.

Pronunciate quelle parole come leggendo un copione, Mei s'inchina leggermente.

Al presidente non resta che chinare a sua volta la testa.

Io scruto la ragazza, incredulo.

Perché l'ha fatto?

Ma la sua espressione è indecifrabile, gli occhi privi di qualsiasi emozione.

E il giocatore di poker sarei io?...

Al Tariq è visibilmente turbato. Suda copiosamente, anche se l'aria condizionata dà al salotto una temperatura vicina a quella di un frigo. Rialza la testa con un sorriso viscido e maligno. «Mi dispiace, ma non posso accettare.»

Guardo Mei. La sua espressione è impassibile.

«Il signor Stokar è mio ospite e lo rimarrà fino a quando lo riterrò opportuno.»

Nel teatro inglese medievale c'erano delle rappresentazioni sacre in cui l'anima di un defunto veniva contesa tra il diavolo e un angelo. Al Tariq non ha il forcone e Mei non ha le ali, ma io li vedo e mi sento proprio così, in questo momento.

Sposto lo sguardo dall'uno all'altra, chiedendomi cosa mi aspetta. Non che faccia una grande differenza. Le mie opzioni non sono il paradiso o l'inferno, ma solo la cella – quella cinese o quella africana? – in cui passerò il resto della mia vita. Breve o lunga che sia.

Anche se temo che non sarà troppo lunga.

E poi Mei sorride.

«Forse lei non ha capito, signor presidente. Il governo del mio paese non le sta chiedendo nulla.»

«Ah no? Avevo capito...»

«No. Non lo chiediamo. Lo *pretendiamo*. La cosa non è negoziabile.»

«Ma questo è un affronto!»

«Lo è solo se lei ci costringe a imporglielo. Se invece ce lo concede, o meglio ancora ce lo propone, la sua dignità è salva e la nostra amicizia non potrà che uscirne ancora più salda.»

Tariq ha un'espressione astuta, calcolatrice. La cosa non mi stupisce. In fondo, questo è l'uomo che, stando a Grigorenko, ha sacrificato la moglie e i figli per il potere.

«Non cederò mai.» Il gesto che accompagna le sue parole è inequivocabile. Il pugno di Tariq cala sul tavolino facendo saltare via il portacazzate d'argento e i tre bicchierini di cristallo intarsiato: due finiscono sul tappeto, il terzo nella pozza di sangue che si è allargata intorno alla testa di Adnani.

«Come vuole, signor presidente.»

«Sa che le dico, Wei? Sono convinto che il suo governo non ne sappia nulla, di questa richiesta. Sono convinto che sia solo una sua iniziativa personale, per motivi che mi sono oscuri, ma che immagino possano avere una motivazione, come dire, *intima.*»

Guardo le minuscole gocce di saliva che escono dalla bocca di Tariq.

Vorrei poter colpire quella boccuccia grassoccia con un ferro da stiro.

Mei socchiude leggermente gli occhi. Ma solo per un attimo, ed è il suo unico cedimento alle emozioni. «Vuol dire *sessuale*, forse. Non ha motivo d'essere così inibito. Comunque no, niente del genere. Ma non distraiamoci parlando dei motivi per i quali le sto chiedendo di cedermi il signor Stokar. Focalizziamoci sul perché lei me lo darà...»

«Così come ci darà Allenby e il suo mercenario yazida» aggiungo io, sotto lo sguardo incredulo di Mei. Come si diceva nel vecchio West, se già t'impiccano per il furto di un cavallo, tanto vale che ti porti via l'intera mandria.

Tariq scoppia a ridere. «State scherzando!»

La risposta di Mei è gelida come una lama. E il suo sguardo è anche più freddo. «No.» Si alza in piedi. «Faccia uscire le sue guardie.»

«Sta scherzando.»

«Le faccia uscire. È nel suo interesse, mi creda. Devo dirle una cosa che è bene non venga sentita da troppe orecchie.»

Tariq è visibilmente combattuto. «A quest'ora il mercenario è già morto. Era uno yazida. Un adoratore di Satana. Ed era anche un pervertito. Ha fatto la fine che si meritano quelli come lui. Pende dalla gru di piazza Al Thawra, insieme ad altri due omosessuali come lui.»

Mei incassa la notizia con più freddezza di me.

«Rimane Allenby» dico, trattenendo la rabbia a stento.

«Oh, sì. Rimane Allenby. L'altro mio ospite. L'avvocato Jeremy *Giuda* Allenby» sogghigna Tariq.

«Già. Dobbiamo parlare del motivo per cui Allenby è così importante per lei» sussurra la cinese.

Il volto del presidente si scurisce. Sotto il fondotinta appare un rossore da infarto. Latra un ordine. Le due guardie vanno verso la porta.

Poi il dittatore ha un ripensamento. Il sorriso che gli appare sulle labbra non promette nulla di buono. «Fermatevi. Dammi la tua pistola» ordina alla guardia che ha ucciso Adnani. Quando l'arma è nella sua mano, Tariq annuisce. «Il signor Stokar è ammanettato. Lei invece no» fa, rivolgendosi a Mei.

«Mi dispiace. Non mi sono portata dietro un altro paio di manette. Non che accetterei di farmele mettere.»

«Potrebbe avere delle armi addosso.»

«Non ne ho.»

«Lo dimostri.»

Mei si toglie la giacca e la lascia cadere sulla spalliera del divano. Poi si gira, come se stesse partecipando a una sfilata di moda.

Tariq scuote la testa. «Si tolga i pantaloni.»

Mei resta interdetta. Ma solo per poco. Poi si sbottona i calzoni, che scivolano giù fino alle caviglie. Li raccoglie, dopo essersi sfilata le scarpe. Fa tutto con fatica, per via del braccio fasciato.

«La camicia.»

Mei obbedisce. Rimane in reggiseno e slip. «È contento?»

«Si tolga tutto.»

«Non mi sono rimasti molti posti in cui poter nascondere un'arma.»

«Si tolga tutto.»

Mei sussurra qualcosa fra le labbra. Poi si sgancia il reggiseno. Si sfila gli slip.

Io non riesco a guardarla.

Non riesco a sopportare le espressioni lascive delle sue guardie, e quella turpe di Tariq, estasiato dal potere che ha appena esercitato.

«Ora è soddisfatto?» chiede la ragazza, gli occhi chiusi.

Il presidente allontana finalmente con un gesto le guardie. La porta del salottino si chiude alle loro spalle.

«Posso rivestirmi?» fa Mei.

«No.»

«Posso almeno sedermi?»

«Sì, questo sì.»

Tariq tiene puntata la pistola sui piccoli seni di Mei. «Ora può parlare. Sentiamo cos'ha da dirmi.»

«Preferisco che sia un altro a farlo. Ma prima devo prendere una cosa dalla tasca della mia giacca.»

«Lo faccia molto lentamente.»

Mei recupera il registratore. Preme alcuni tasti.

La voce del maresciallo Adnani esce dall'apparecchio, invece che dal cadavere ai nostri piedi.

«*Lei è un uomo di spirito. È un vero peccato doverla uccidere. Così come l'avvocato Allenby. Ma non posso permettermi di lasciarlo in vita. Sapeva che è stato compagno di camera di Tariq, a Cambridge? Corrono certe voci, su quella loro convivenza... Sono rimasti, diciamo così, intimi amici.*»

Mei spegne il registratore.

Tariq alza le spalle. «Sono le farneticazioni di un traditore. Non c'è niente di vero. Non le basterà questo nastro, a gettare fango sulla mia persona.»

«Non è un nastro. È una memoria a stato solido. E comunque no, ha ragione: questa registrazione non è abbastanza.»

«Bene» sogghigna Tariq.

«Ma il dossier dei servizi segreti russi è ricco di molte altre cose interessanti. Altre registrazioni. Testimonianze di professori e vecchi compagni d'università.»

Tariq sbuffa con disprezzo.

Mei sorride. «*Foto*» aggiunge.

La faccia del dittatore si sfalda in una smorfia.

«*Filmati*. Un *sacco* di filmati. In bianco e nero, purtroppo. Le telecamere a infrarossi non erano evolute come adesso. Comunque sono filmati molto eloquenti.»

Vorrei capire come ha fatto a finire nelle mani dei cinesi un dossier dei servizi segreti russi. Ma al momento m'interessa di più la reazione di questa merda umana.

Tariq scuote la testa. Quando lo fa, anche la pappagorgia sotto il suo mento si sposta, ballonzolando di qua e di là. «Non credo che esistano, questi filmati di cui lei parla.»

«Vuole vederli? Lasci solo che io prenda il mio cellulare.»

Tariq continua a scuotere la testa.

«La gru ha ancora un sacco di spazio» fa Mei. È incredibile la naturalezza con cui riesce a gestire la conversazione senza i vestiti addosso. Si rivolge a me. «Vedi, Sergio, il presidente ha margini di consenso sempre meno ampi. I giovani non lo amano, gli anziani rimpiangono addirittura i tempi di Wahid. Il vero pericolo per lui non viene dal terrorismo integralista islamico, ma dai giovani. E dalla borghesia di questo paese, che pensa di meritarsi un leader più moderno. Ai suoi tempi quest'uomo lo è stato. È stata la soluzione ai mali dell'Ard Alshams. Per un po'. Ora invece è diventato un problema. E lui lo sa.»

«La smetta con queste idiozie!»

«Stia zitto. Non sto parlando con lei.»

Tariq abbassa la canna della pistola. I suoi occhi percorrono la stanza come se volesse trarre forza, o coraggio, dalla miriade di oggetti costosi e inutili che la riempiono. Ma lo sforzo è inutile. Il suo sguardo ricade sul corpo di Adnani: il sangue esce dal telo di plastica, ha già macchiato il tappeto.

Mei si rivolge di nuovo a me. «Per questo il supporto del governo del mio paese è necessario a questo fantoccio, ancora più dei nostri investimenti. Tariq è alla canna del gas. È talmente mal messo che sarebbe disposto a chiedere aiuto persino a quel pagliaccio del vostro ministro degli Esteri italiano.»

«Se è così, direi che è ben oltre la canna del gas. Ma voi perché lo appoggiate? Non vi conviene sostituirlo?»

Se fossi Tariq mi sentirei leggermente a disagio, nell'ascoltare due persone parlare di me come se io non esistessi. Ma il dittatore è sprofondato nei suoi pensieri. Il modo in cui guarda la pistola che impugna dovrebbe mettermi a disagio, e invece non mi fa nessun effetto. Di colpo realizzo che il centro del mondo, l'ago della bilancia della situazione, è questa ragazza che il padre avrebbe voluto maschio, questa ragazza nuda nel gelo dell'aria condizionata.

Mi alzo, d'istinto.

Tariq non fa nulla per fermarmi.

Con gesti resi goffi dalle manette raccolgo la giacca di Mei e gliela poso sulle spalle. Copro il suo grembo con i pantaloni.

Lei mi guarda stupita, poi annuisce. «Grazie. Vedi, Sergio, far cadere quest'uomo comporterebbe un grande disordine in questo paese.»

«Non è stato il vostro presidente Mao a dire che più grande era il disordine sotto il cielo, più la situazione era eccellente?»

«Non ha detto proprio così, ma apprezzo la citazione, da un lettore del *Mein Kampf*.»

«Non ho mai letto il *Mein Kampf*. Nessuno che conosco l'ha mai letto. Come Trump non ha mai letto la Bibbia su cui spergiurava.»

«Comunque sia, non possiamo scatenare una guerra civile che attirerebbe qui altri contendenti come avvoltoi. Dobbiamo tenerci Tariq e cercare di migliorare questo paese, affinché la situazione non esploda. Per citare un vostro politico capitalista: è un figlio di puttana, ma è il nostro figlio di puttana.»

«È un assassino.»

«Abbiamo visto di peggio. Certi assassini hanno preso il Nobel.»

«E quindi, dopo tutto questo casino, dopo tutti questi morti, tutto andrà avanti come prima?»

«Apparentemente sì. Ma il futuro è nel grembo del presente. Il rapimento di Viktor Suvarin poteva causare una vera e propria guerra. Grazie a te e al mercenario yazida il conflitto è stato evitato, e...»

«Aveva un nome...»

«Come dici?»

«Si chiamava Adham. Non so che cognome avesse, ma il suo nome era Adham. Era un uomo coraggioso. E una brava persona. Non voglio che penda da una forca.»

Mei mi guarda a lungo. Poi si rivolge a Tariq. «Dia ordine che sia rimosso dalla forca e che abbia una degna sepoltura.»

«No» faccio.

«Come dici?»

«Non voglio che resti in questo paese di merda.»

«In questo momento abbiamo cose più serie a cui pensare, Sergio.»

Mei si alza e comincia lentamente a rivestirsi. Io distolgo lo sguardo per rispetto, cosa che un tempo non avrei fatto.

«Guarda che non m'imbarazza. Durante l'addestramento militare facevamo le docce insieme, maschi e femmine.»

Quando si è rivestita, guarda Tariq dall'alto in basso. Gli sfila dalla mano la pistola, quasi con delicatezza.

«Ora io e il signor Stokar ce ne andiamo insieme. Lei ci firmerà un lasciapassare. E si dimenticherà di questa nostra conversazione. Firmerà anche un ordine di rilascio per Viktor Suvarin. E per Allenby.»

«Allenby sta morendo. Non ne ha per molto.»

«Lei firmi e basta.»

«E dica ai suoi scagnozzi di tirare giù Adham dalla gru e di portarlo subito all'obitorio» aggiungo io.

Tariq alza la testa. In pochi minuti sembra invecchiato di dieci anni.

Va verso una scrivania a muro.

Mei lo tiene sotto tiro con la pistola, ma lui tira fuori dal cassetto della scrivania solo dei fogli di carta intestata e un timbro a sigillo.

Distrattamente, si è passato la mano fra i capelli. Il riporto ha ceduto, e le sue dita sono tinte di nero.

Mei lo fissa con disprezzo. «Scriva gli ordini.»

Tariq obbedisce senza discutere.

«E ora chiami qualcuno per Adham.»

«Per chi?»

«Lo yazida. Lo faccia tirare giù dalla forca. Subito.»

Anche di fronte a questa richiesta, Tariq non muove obiezioni. E quando rimette giù il ricevitore, un silenzio pesante riempie la stanza.

Mei intasca le lettere firmate e sigillate.

Il presidente è rimasto seduto davanti alla sua scrivania. Ci dà la schiena. Il mobile è così piccolo e dimesso che sembra di vedere uno scolaro seduto al banco. Si volta a guardarci, e mi ricorda una foto storica. Galeazzo Ciano sulla sedia, che si gira a guardare il plotone d'esecuzione coi fucili puntati.

Mei fissa il dittatore con un'espressione di disprezzo totale.

Un disprezzo misto a indifferenza. Lo sguardo che si rivolge a un animale di poco conto.

«Faccia pulire subito il tappeto, presidente. Finché il sangue è fresco basterà dell'acqua fredda. Di macchie lei ne ha già troppe.»

74

Usciamo dal compound presidenziale su un furgone della Mezzaluna Rossa. Allenby è in una lettiga sul retro, la siringa di una flebo infilata al braccio. È messo davvero male. Gli uomini di Tariq non hanno usato troppi riguardi, nei suoi confronti: hanno finito alla grande il lavoro di Adham.

Lo sguardo dell'avvocato inglese, quello che si intravede attraverso le bende, è perso nel vuoto e nel torpore degli analgesici che Mei gli ha fatto somministrare.

Viktor Suvarin è seduto accanto a lui, infilato in un camice da infermiere, uno stetoscopio appeso al collo come in una recita scolastica.

Siamo un'allegra famiglia in gita.

Mei guida con perizia e un sangue freddo che le invidio. Io non riesco a impedirmi di pensare che da un momento all'altro una guardia potrebbe ricevere una telefonata dall'ufficio di Tariq e scaricarci addosso il suo mitragliatore, e quando passiamo fra i due carri armati al portone principale il mio cuore accelera.

Tuttavia superiamo indenni anche quell'ultimo posto di blocco, e dopo che siamo usciti sull'arteria deserta che collega il palazzo al centro della città lascio finalmente che il mio respiro si rilassi, e il cuore torna al suo battito normale.

Mei mi fissa. «È tanto che non ti guardi allo specchio, Sergio?»

«Perché?»

«Perché la gente che ci vede penserà che sei scappato dal retro dell'ambulanza.»

Abbasso lo specchietto di cortesia.

Ha ragione. Per quanto sia abituato a farmi ridurre male, questo soggiorno nel paradiso dell'Ard Alshams non ha giovato alla mia bellezza. Ci sarà un bel po' di lavoro per un chirurgo estetico, o anche due, quando torneremo nella civiltà. Se mai ci torneremo.

Sospiro.

Scuoto la testa. «Visto che abbiamo un po' di tempo per parlare senza essere ascoltati da orecchie sgradite» faccio, «avrei una cosa da chiederti, Mei.»

«Se posso.»

«È una cosa che mi ha detto Adnani, sull'elicottero. Ha detto che Lantz faceva il doppio gioco.»

«Ah sì?»

«Vedi, Mei, mi è venuta in testa un'idea strampalata. Che forse Lantz faceva il *triplo* gioco.»

La ragazza continua a guardare fissa la strada.

«Così mi sono fatto una specie di film mentale. Sai, come quando alla televisione ricostruiscono la scena di un crimine. Ho visto Allenby portare nell'obitorio di Lantz una busta con dentro i documenti di Viktor Suvarin. O forse non è stato lui a portarli all'obitorio. Magari è stato qualcun altro, un suo uomo o forse una sua donna di fiducia. Forse la stessa donna che ha fatto fuori Lantz e il custode. Comunque la sostanza non cambia. Quei documenti servivano a mandare a puttane le trattative commerciali con Oleg Suvarin.»

«E dove li avrebbe presi?»

«Li aveva avuti da quelli che avevano tentato di rapire il ragazzo al suo arrivo nell'Ard Alshams, sulla strada che partiva dall'aeroporto. Tentativo che giovava a una delle parti in gioco. La vostra. Dato che però non siete riusciti a rapirlo, avete ripiegato sul piano B: far credere a Oleg Suvarin che suo figlio era stato ucciso dalla polizia politica. Lantz ci ha messo il cadavere, che poi doveva sparire fra le fiamme, e la sua autopsia fasulla, voi i documenti del ragazzo.»

La guardo a lungo, ma il suo volto resta imperturbabile. «Ho fatto centro o no? È andata così?»

Un leggero sorriso le increspa leggermente le labbra, così rapido che potrei anche solo averlo immaginato. «Non tutto ha sempre una spiegazione. O meglio, a volte c'è più di una spiegazione.»

E non aggiunge altro.

«Tutto qui? Mi fai la cinese misteriosa?»

«Meno cose sai, più a lungo vivrai, Sergio. Più a lungo e più sereno. Sapere tutto su com'è andata, o chi ha fatto cosa, non è davvero importante. L'importante è che alla fine ne siamo usciti.»

«Non tutti.»

«No. Non tutti» sospira lei.

«Insomma non vuoi rispondermi.»

«Non posso, Sergio.»

Poi sorride. Un sorriso vero. «Tutto è bene quello che finisce bene, no? Viktor è vivo. E anche tu. Hai compiuto la tua missione, e ora potrai riscuotere il premio.»

«Già. Grazie.»

Lei sembra sorpresa.

«Mi hai salvato la vita» faccio, evidenziando l'ovvio. «E stai correndo un bel rischio. Non credo che tu abbia davvero il tuo governo, dietro di te. Ammettilo, è stata un'iniziativa esclusivamente tua.»

Mei alza le spalle. «Quando siamo sul campo, ci viene lasciato un discreto margine di manovra.»

«Quello che ti sei concessa mi sembra un po' più che *discreto*.»

«Non ci saranno conseguenze per me, se è questo che

vuoi sapere. Al di là delle apparenze... voglio dire, del fatto che sembro troppo giovane... il mio grado è alto e la mia reputazione solida. Se sei preoccupato per me non ne hai motivo.»

«Sicura?»

«Sicura.»

«Okay. Mi sento già meglio. C'è solo un problema, però. Come usciamo dall'Ard Alshams?»

Mei si morde il labbro. «A questo non ho ancora pensato bene. Nei dettagli, voglio dire. Purtroppo non posso ricorrere ai miei canali ufficiali. E non vi consiglio di uscire dal paese attraverso la rete di emigrazione clandestina. Rischiereste di finire in un carcere libico. O di essere venduti ai ribelli islamici.»

«Senza contare che Allenby non è in condizione di affrontare un viaggio del genere. Ma per te non ti preoccupi?»

«Ci penserò più tardi.»

«La tua versione dei fatti potrebbe prevedere che io ti abbia rapito. La butto lì a caso, eh? Che ne dici? Fai conto che ti stia raccontando la trama di un film.»

«Ti ascolto.»

«Certo, la cosa più semplice sarebbe far fuori Tariq.»

«Purtroppo non si può.»

«Peccato. Diciamo allora che io ti ho costretto con la forza a liberare Viktor e Allenby e a farci uscire dal palazzo presidenziale. Vedrai che il vecchio Tariq non smentirà la tua versione.»

«Va' avanti.»

«Con te come ostaggio siamo usciti dal palazzo. E poi ti ho scaricata nel bel mezzo del nulla e sono scappato.»

«Spero non proprio nel bel mezzo del nulla. Potrebbe essere pericoloso.»

«Diciamo *ai confini* del nulla. E quando tu sei riuscita a raggiungere un telefono, noi eravamo già in volo per un altro paese.»

«È un film molto bello, ma dove troverete il volo? E con che documenti pensate d'imbarcarvi? Quelli che avevate saranno già stati segnalati ai posti di frontiera.»

«Già. E pensa che fino all'altro giorno avevo solo l'imbarazzo della scelta. Ma di questo non preoccuparti. E comunque meno cose sai, meglio è. Adesso portami all'ospedale centrale, per favore. Dobbiamo prendere su un amico.»

75

È strano tornare sul luogo del delitto, specie quando il delitto non l'hai commesso tu, anche se tutti pensano il contrario.

Il senso di disagio che provo parcheggiando davanti alla morgue dell'ospedale è del tutto comprensibile. E mentre percorro i corridoi che puzzano di disinfettante fatico a tenere sotto controllo il nervosismo.

Il guardiano dell'obitorio, ovviamente, è diverso da quello dell'altra volta. Non ci chiede documenti, e non si incuriosisce per il fatto di trovarsi davanti un'autista cinese e uno che sembra uscito da un incidente stradale. «Il pervertito è appena arrivato. Fresco di giornata, appena colto dalla forca. Non è la procedura normale. Di solito li lasciano frollare al sole per qualche giorno. Chissà cos'aveva di speciale, questo qua. Ve lo porto subito, voi aspettatemi qui.»

Fischiettando un motivetto allegro, esce dal suo gabbiotto e si incammina lungo il corridoio che conosco già.

Lancio uno sguardo a Mei, che si limita ad alzare gli occhi al cielo. Poi, senza far rumore, seguo in silenzio il guardiano.

Quando torno nell'atrio, dieci minuti dopo, spingo davanti a me un carrello con sopra la bara zincata e sigillata.

«Il guardiano dov'è?» chiede Mei.

«Ha avuto un piccolo incidente sul lavoro.»

Mi guarda.

La guardo.

«Tranquilla, non è stato un incidente mortale. Diciamo che al suo risveglio si ritroverà con un bel mal di testa e parecchie ossa fuori posto. Andiamo, adesso.»

Mei scuote la testa. «Non ce n'era bisogno.»

«Mi andava di farlo. Mi hanno accusato di cose che non ho fatto, in questo posto. E indovina a causa di chi. Almeno adesso qualcosa ci ho fatto.»

Usciamo senza problemi dai cancelli dell'ospedale.

Mei si ferma, all'incrocio.

Guardo i cartelli stradali. «Gira verso l'aeroporto» faccio. «E prestami il tuo cellulare. Immagino che sia criptato.»

«Hai visto troppi film di James Bond.»

«Può darsi. È criptato?»

«Sì.»

76

Se una sonda come quelle che mandano su Marte dovesse atterrare in questo piazzale di sosta, le sue analisi del suolo escluderebbero la presenza di vita sul nostro pianeta.

C'è una colonnina con un telefono d'emergenza, ma dell'apparecchio sono rimasti solo i cavi tagliati, e tutt'intorno si estende un paesaggio che sembra la pubblicità del Nulla.

Una duna di sabbia ha reclamato per sé metà dello spiazzo. È su quella duna che vado a sedermi, guardando il deserto.

La prima telefonata è a un numero che ho imparato a memoria.

«Un numero solo per lei. Può chiamarmi a qualunque ora del giorno o della notte» mi ha detto l'uomo che me l'ha dato.

Sento uno strano rumore, anzi, una serie di rumori, dopo il segnale di linea libera. Scatti, sibili. Altri scatti. Poi la voce leggermente distorta, ma riconoscibile, di Dmitrij Alekseyevič Grigorenko. «Il dottor Livingstone, suppongo. Lieto di sentirla, Sergio.»

«Come fa a sapere che sono io?»

«Gliel'avevo detto. Questo numero è riservato solo a lei. Mi fa piacere che sia ancora vivo.»

«Sì. Anche a me. Ora mi stia bene a sentire, perché non ho molto tempo e ho un paio di richieste da farle.»

«Mi dica. Sono tutt'orecchi.»

«Come siete messi, per un'estrazione immediata dall'Ard Alshams?»

Dopo cinque secondi, la voce di Grigorenko chiede: «In linea puramente ipotetica, quante persone?»

«Quattro. Due vivi, un morto e uno piuttosto mal ridotto.»

«Spero che il morto non sia...»

«No. Non è lui» rispondo, infastidito.

«Bene. Se mi dà un paio di giorni...»

Scuoto la testa. «Non possiamo aspettare. Ora le dico cosa mi serve, una volta usciti di qui. Per l'estrazione vedrò di arrangiarmi.»

«È sicuro di farcela?»

«*With a little help from my friends*...»

La seconda telefonata è a un numero di cellulare che *spero* di essere riuscito a imparare a memoria.

«*Seymour Stoker*» faccio alla donna che mi risponde. Mentendole, spero, per l'ultima volta.

77

La pista della Raf di Soluch è rimasta com'era quando è stata abbandonata, più di settant'anni fa. Il clima secco del deserto ha conservato incredibilmente bene le strutture: la torre di controllo, gli hangar, i capanni Quonset del personale. In uno di essi ci sono ancora le brande e dei poster risalenti alla Seconda guerra mondiale appesi alle pareti. Viktor fa per staccarne uno.

«Per ricordo» si giustifica, cogliendo il mio sguardo di disapprovazione.

«Non pensarci nemmeno. Non provarci. Lasciali dove sono» gli ordino.

«Ma *perché*? Qui non servono a nessuno.»

Io ascolto il vento sibilare nei fori della lamiera. È come se sentissi la voce del tempo. La voce delle persone, eroi o individui normali, che hanno vissuto in questo posto, con sogni, paure, ambizioni che ora non sono più nulla.

«Lasciali dove sono» ripeto.

Il ragazzo si rimette a sedere. Mi guarda. «Perché ce l'hai con me? Cosa ti ho fatto?»

«Tu? Niente» mento, uscendo dalla baracca.

Mei è in piedi accanto a quel che resta della manica a vento.

Il sole al tramonto accende di rosso l'orizzonte. L'Occidente, per gli antichi egizi, era la terra dei morti.

«Hai freddo?» le chiedo.

«Un po'.»

Recupero dal retro del furgone una coperta col simbolo della mezzaluna rossa. Torno e gliela poso sulle spalle.

Mei fa un piccolo sorriso. «Grazie. Allenby come sta?»

«Meglio di Adham, ma non troppo. Dorme. Nello stato in cui si trova non ha grandi alternative. Se l'apparecchiatura dell'ambulanza funziona, da quello che posso capire tutti i valori sembrano stabili.»

«Ottimo. Non sono particolarmente affezionata a lui, ma ci ha servito bene. Se ce la fa non mi dispiace.» Mi guarda con un'espressione indecifrabile. «Proprio non vuoi dirmi come sei riuscito a organizzare l'estrazione?»

«Te l'ho detto. Ho fatto un paio di chiamate. E poi non è detto che funzioni.»

«È un po' generico.»

«Se ti aspetti da me dei nomi, resterai delusa. Mettiamola così. Ho chiamato un'amica, che conosce a sua volta un amico, che conosce uno che è nel ramo trasporti aerei e fa rotta da e per l'Ard Alshams. Pensa un po' che culo.»

«*Ramo trasporti*. Trasporti di cosa?»

«Mah, un po' di questo, un po' di quello.»

«Tipo?»

«Be', tipo un'erba che i locali coltivano a scopo terapeutico.»

«*Terapeutico?*»

«Terapeutico-ricreativo, diciamo. Forza, pigrona. È quasi il tramonto. Andiamo ad accendere i fuochi.»

«*Pigrona?...*»

«Muovi il culo» le dico, raccogliendo la mia tanica di cherosene e incamminandomi verso il fondo della pista.

Mezz'ora dopo, io e lei abbiamo acceso tutti i fuochi nei bidoni che delimitano i bordi della pista.

Viktor ci guarda a bocca aperta, dalla soglia del capanno Quonset. «Che cazzo state facendo?»

«Non hai mai visto un film sulla Seconda guerra mondiale?» gli rispondo.

«Non capisco.»

«Vedrai che tra un po' capirai.»

L'aereo scende a luci spente. Atterra controvento, così sentiamo il suo rumore solo quando si trova a poche miglia dalla pista.

Non si vede altro che una sagoma nera che oscura le stelle, e poi di colpo il rombo dei motori e il suono degli aerofreni che rallentano la velocità di discesa.

Il turboelica ci passa accanto a una velocità tale che temo non riesca a fermarsi in tempo.

Brucia metà della pista.

Tre quarti.

Quando sembra che l'atterraggio stia per finire in un disastro, il velivolo si arresta con uno stridore di freni al limitare delle dune.

Lo sportello si apre.

«Chi di voi fortunati bastardi è Sergio Stokar?» chiede un uomo, scendendo dalla scaletta. Indossa un giubbotto di cuoio e un berretto militare con le insegne strappate. Il suo inglese ha un accento russo che si taglia col coltello. «Avete un gran culo che non ho dovuto deviare troppo dalla mia rotta per venirvi a prendere.»

«Sono io» faccio, andandogli incontro. «E lei è?...»

«Sono cazzi miei. Che cos'è un nome? Quella che chiamiamo rosa, anche se avesse un altro nome, non avrebbe lo stesso profumo? Allora, cominciamo a caricare la merce?»

L'uomo dall'età indefinibile, magro e pieno di rughe come Keith Richards, guarda con aperta ammirazione Mei Wei.

«Le hanno detto di che merce si tratta?» gli chiedo.

Lui alza le spalle. «Non faccio mai troppe domande, io. Per me non fa nessuna differenza. Basta che siamo d'accordo sul prezzo.» Si guarda attorno. «Mai atterrato qui prima. Cos'è, un aeroporto militare?»

«Sì. Inglese. Seconda guerra mondiale. Che razza di aereo è, il suo?»

«È uno Yunshuji Y-7» risponde Mei per lui.

«Aria di casa, eh?» la canzona il pilota. «Sì, va bene, è prodotto in Cina. Ma è la versione aggiornata di un Antonov An-24. Tecnologia russa. Solida e affidabile. Può atterrare su un campo arato, o su un album di francobolli. Allora, dov'è la merce? Non voglio mica metterci le radici, in questo posto del cazzo!»

A suo merito va detto che non protesta né storce il naso, quando vede che il suo carico comprende una bara.

«Capirai che paura. Ne ho trasportate a centinaia, dall'Afghanistan. Sono i passeggeri migliori. I più tranquilli. Metà di quelle casse, però, non contenevano soldati morti.»

«Ah no?»

«No. Va bene, immagino che dovrò anche darvi una mano a caricarla.»

«Che cosa contenevano, le casse?» chiede curioso Viktor, afferrando la bara metallica di Adham per una delle maniglie.

«Secondo te cosa contenevano?» lo schernisce il pilota. «Qual è il prodotto tipico dell'Afghanistan?»

«Ah. *Ho capito.*»

«Sveglio, il ragazzo» commenta l'uomo, strizzando l'occhio a Mei. «Dove l'avete trovato? Attenti, adesso, al mio "via" sollevate questa cazzo di bara. Uno, due, tre, *via*!»

Quando anche Jeremy è stato caricato sull'aereo, e la sua lettiga e le apparecchiature diagnostiche sono state fissate alla meglio perché non si muovano durante il volo, mi volto a cercare Mei. La ragazza, però, non c'è.

Il pilota mi fa un fischio dalla porta della cabina. Mi indica la baracca più vicina. «Ti do cinque minuti» fa, aprendo le dita della mano destra. All'indice e al medio manca una falange.

«Cinque minuti. Capito» rispondo, scendendo la scaletta.

La trovo in piedi sulla porta della baracca. Il fuoco di un bidone lì vicino illumina il suo volto pallido e perfetto.

Devo costringermi a forza a ricordare che questa ragazza è mortale come una vipera.

«Ciao, Sergio» mi fa con una voce roca, come se avesse fumato.

«Ciao, Mei. Pensavi di lasciarmi partire senza salutarmi? Dopo tutto quello che hai fatto per me?»

«Avevi da fare. Siete riusciti a caricare Allenby?»

«Sì. Certo. Il volo non sarà lungo.»

«Dove atterrerete?»

«Se te lo dico non manderai un Mig cinese ad abbatterci, vero?»

«Potrei mandarlo per farvi da scorta. Ma no, stai tranquillo... Se non vuoi dirmelo non fa niente.»

«Il pilota è rimasto sul vago. La prima tappa è da qualche parte nel deserto della Sirte, la zona controllata dai francesi. Lì troveremo ad attenderci i nostri nuovi documenti e i biglietti per Mosca.»

«Mosca» sorride lei.

«Be', sì.»

Lei si stringe nella coperta.

«Mi dispiace lasciarti qui da sola.»

«Sono grande. So arrangiarmi. E poi verranno a prendermi all'alba. Non ho paura. Ho dormito in posti peggiori.»

«Ma sarai sola.»

«Sono sempre stata sola.»

Il pilota mi chiama dall'aereo. «*Ital'yanskij*, due minuti!»

«Due minuti per cosa?» fa Mei.

«Per salutarci.»

«Due minuti...»

«Sì.»

«Non è molto.»

«No» dico.

«Voglio dirti una cosa che forse ti farà sentire meno triste, Sergio. Fra le rovine di quel palazzo...»

«Sì?...»

«Ti avevo nel mirino. Avrei potuto ucciderti. Mi bastava tirare il grilletto.»

«Perché non l'hai fatto?»

Mei alza le spalle. «Non lo so.»

«Non lo sai, oppure lo sai e non vuoi dirmelo?»

«Forse entrambe le cose. Adesso vai, altrimenti quel pazzo di un russo se ne andrà senza di te.»

La luce rossastra dei fuochi le fa scintillare gli occhi umidi, la scia di una lacrima sulla guancia.

«Quando te ne sarai andato ci sarà un silenzio terribile, in questo posto» sussurra un attimo dopo. «E cosa posso fare, per far rumore e sentirmi meno sola? Scoreggiare?»

Quella parola mi spiazza, ma mi fa anche ridere. Ride anche lei. Ride e piange insieme. Come me.

«Puoi sempre sparare. Agli scorpioni, per dire. O ai topi. Scommetto che se spari un colpo a caso nel buio ne becchi uno.»

«Terrò per buono il tuo suggerimento» sorride.

Tendo le mani in avanti, a stringere le sue. Lei non le tira indietro.

«Cosa si dice, alla fine di un incontro come il nostro?» faccio.

«Non lo so. Non sono brava con le parole.»

«Ci provo io, allora. Grazie di tutto, Mei. Ti devo la vita. Sei una donna incredibile.»

Lei fa una smorfia. Sbuffa, alza le spalle.

«Dico sul serio. Non potrò mai dimenticarti. Ti auguro di riuscire a farcela, nel tuo mondo di maschi. E di essere felice. Di trovare qualcuno che sia degno di te, e di fare dei figli che ti assomiglino. Meglio ancora se saranno delle figlie. Ti auguro...»

«Quanti desideri. Troppi. Fermati qui.»

La guardo. «Tu non mi auguri niente?»

Mei si morde il labbro. Scuote la testa. «I miei auguri sono tutti nel mio cuore. Tu non li senti ma sono qui, e parlano tutti insieme. Fanno una gran confusione.» Stacca le mani dalle mie. «E adesso vai» fa, dandomi le spalle.

I motori dell'aereo si avviano con un rombo sordo.

Cammino senza voltarmi indietro, finché arrivo sotto la scaletta, dopodiché salgo a bordo, e il pilota mi batte una mano sulla spalla senza dirmi nulla, per poi chiudere il portellone.

Vado a sedermi al mio posto. «Spostati» faccio a Viktor, di malagrazia.

Lui si alza in silenzio e va a sedersi in fondo alla carlinga.

Guardo fuori dal finestrino, ma non c'è molto da vedere. Il vetro è così consumato da essere quasi opaco. Si vedono solo i fuochi che ardono nei bidoni, segnando la direzione per il cielo.

«*Avremo sempre Parigi*» sussurro.

A me stesso.

A lei.

A chiunque non possa sentirmi.

E poi i motori dell'aereo accelerano, i freni vengono rilasciati di colpo, e centottanta tonnellate di acciaio urlante si lanciano a incendiare il buio.

Epilogo

Mosca, 9 maggio

Il vecchio si muove verso la mia panchina con un passo cauto, come se camminasse sul ghiaccio anziché sull'erba giovane di primavera, un tappeto frusciante di vita.

«Non dovrebbe calpestare l'erba» faccio. «Vede? C'è scritto lì.»

«Lo so. Cosa crede? Sono capace di leggere. Mi stupisce invece che *lei* abbia imparato il russo.»

«Avevo tempo da perdere. E persone con cui parlarlo. Lei, piuttosto, come ha fatto a trovarmi?»

«Non è stato difficile. Viene qui ogni giorno, alla stessa ora. Da più di due settimane.»

«Quindi mi tiene d'occhio.»

Grigorenko alza le spalle. «Ho del tempo da perdere anch'io. Sono in pensione. È libero, quel posto?»

Faccio segno con la mano. «*Sadites, pozhalujsta.*»

Si accomodi, prego.

«Il suo accento è terribile.»

«Mi dia tempo.»

Restiamo un po' in silenzio.

L'aria del mattino è fresca. C'è come un senso d'attesa, nelle cose. Un silenzio sospeso.

«Oggi sono tutti alla parata» faccio, sottolineando l'ovvio. Nessun pullman turistico nel grande parcheggio, nessun passante in vista. L'entrata del complesso religioso di Novodevičij è completamente deserta.

«Già. Non verrà nessuno.»

«Non è detto. Magari è un giorno migliore degli altri. Meno gente, più facile vederla.»

«*Se* verrà.»

Alzo le spalle. «Se verrà, certo. Ma come le ho detto, ho tempo da perdere.»

«Buon per lei. Suvarin, poi, l'ha pagata?»

«Non mi vorrà far credere che non lo sa.»

«Solo l'Onnipotente sa tutto. Faccia conto che io non lo sappia.»

Chiudo gli occhi lasciando che siano il sole che mi scalda la faccia e il mio sorriso a parlare per me.

A occhi chiusi, i suoni non sembrano appartenere a una città, ma a un bosco tranquillo: lo stormire delle foglie, il verso di un uccello. Solo di tanto in tanto, portata dal vento, si sente l'eco di una musica militare che arriva dalla Piazza Rossa, cinque chilometri più a nord.

«Mi ha pagato, sì.»

«E la sua casa su un'isola greca?»

«C'è. Anzi, Suvarin è stato generoso. Mi ha regalato tutta un'isola. Una *piccola* isola.»

«Sì, Oleg sa davvero essere generoso. E come mai non è là?»

«Ne ho avuta la mia parte, di isole. La mia può aspettare. Stando ai geologi dovrebbe rimanere lì ancora per qualche milione di anni. C'è tutto il tempo. Mi dispiace solo che l'affare dell'Ard Alshams sia andato male, a Suvarin.»

«Be', lei doveva riportargli vivo suo figlio, e l'ha fatto.»

«Più o meno. Non ho avuto un gran merito. Quei soldi avrebbe dovuto riceverli Adham.»

«Già. Era un bravo ragazzo. Un vero credente, a modo suo. Sa che è sepolto qui a Mosca?»

Apro gli occhi. Lo guardo. Sulla guancia di Grigorenko,

in certi punti, c'è un velo di barba grigia, come se si fosse rasato male. Non è da lui, almeno da come lo conosco. C'è anche una grande tristezza, nei suoi occhi.

«Avrei voluto farlo inumare qui a Novodevičij, fra gli eroi dell'Unione Sovietica, ma non me l'hanno permesso. Così ho trovato un buon posto per lui al cimitero Vvedenskoe, nel quartiere Lefortovo. È un bel cimitero. Lo chiamavano "cimitero degli infedeli", o "dei tedeschi", perché un tempo ospitava i morti cattolici e luterani.»

«Ha un bel senso dell'umorismo, lei.»

«Aiuta a vivere. Adham non si sarebbe formalizzato. Gli yazidi non sono mai stati amati dalle altre religioni. Hanno culti un po' particolari.»

«Lo so.»

«Lo sa?»

«Adham me ne ha parlato. Del Dio Pavone...»

«L'*Angelo* Pavone.»

«Quello che è. Fra l'altro, Adham credeva nella reincarnazione. O almeno ci credeva la sua gente.»

«Buon per lui. Così magari un giorno o l'altro potrà venire a portarsi un fiore sulla propria tomba.»

«O a pisciarci sopra, se si reincarna in un cane. Credo che avesse una madre ancora viva. Anche se a quanto ho capito non la vedeva da anni.»

«Lo so. L'ho trovata. Ho fatto in modo che non le manchi niente, negli anni a venire.»

«Grazie. Era un ragazzo in gamba.»

«Può dirlo forte.»

Il vecchio sospira.

«Parlando dei vivi» faccio, «come sta il povero Allenby? Ve ne prendete cura?»

«Se la caverà. Ci vorrà il suo tempo, ma si riprenderà. Ho messo al lavoro su di lui i migliori medici che conosco. Hanno rovinato il cervello di così tante persone che in cambio, per riequilibrare il loro karma, possono darsi da fare per salvare quello di Jeremy.»

Rimaniamo in silenzio, per un po', io ricordando cose belle e meno belle delle due persone che abbiamo appena nominato.

«Sento che ha qualcosa da chiedermi» fa il vecchio, quando il silenzio è durato abbastanza.

«Lei ha poteri soprannaturali...»

«Per niente. Dica. Vediamo se riesco a risponderle.»

«Allenby lavorava per voi sin dall'inizio.»

«Messa così non è una domanda.»

«Allora la prenda come un'affermazione.»

«Quando l'ha capito?»

«Penso di averlo saputo da subito. Ma la conferma l'ho avuta quando l'ho chiamata per concordare la nostra estrazione dall'Ard Alshams.»

«Ah sì?»

«Già. Ricorda le prime parole che mi ha detto?»

Il vecchio alza le spalle.

«Ha detto: "Il dottor Livingstone, suppongo."»

«Può darsi. Non ricordo.»

«Le stesse parole che mi aveva detto Allenby venendo a prendermi sull'isola. Ricordo di aver pensato che stonavano, sulla bocca di quella persona. La chiami pure una sensazione, o l'istinto del poliziotto. La chiami come vuole, comunque mi era sembrata una battuta non sua, una cosa sentita da qualcun altro.»

Lo guardo. «E comunque, il fatto che lei menta dicendo di non ricordare di averlo detto mi conferma che avevo visto giusto. Lei non è il tipo che dimentica qualcosa. Su quanti tavoli ha giocato la sua partita, Dmitrij Alekseyevič?»

«Perché me lo chiede?»

«Perché all'aeroporto di Atlanta un investigatore privato voleva farmi credere che una coppia di italiani mi stesse pedinando. Mi mostrò un documento d'identità e una tessera che diceva di avergli rubato mentre erano intenti a fotografare me e Allenby. La tessera era della compagnia italiana concorrente della Komarov.»

«Ah.»

«Peccato che la sua storia non mi avesse convinto molto. E che a quell'investigatore privato abbiano tarpato le ali subito dopo.»

«*Tarpato le ali?* Cosa vuole dire?»

«Ucciso. In un cesso all'aeroporto di Atlanta. Una cosa che non fa bella figura, in un necrologio.»

«E lei pensa che quell'uomo fosse in qualche modo collegato a me?»

«No. Ma penso che lo fossero i due italiani, o finti italiani, che l'hanno fatto fuori.»

Grigorenko non risponde. Fa un gesto, indicando l'altro lato del viale. «Vedo che continua a guardare da quella parte, Sergio. Ma la sua amata potrebbe arrivare anche da quella. O da quella. Perché guarda soltanto lì?»

«Perché è da lì che la vedrò arrivare.»

Il vecchio accademico scuote la testa, ma non dice nulla.

«Un'ultima cosa» faccio. «Nell'Ard Alshams ho conosciuto un vecchio tassista che aveva la passione per i proverbi. Un vecchio che mi ha aiutato, contro ogni logica di buonsenso. Si chiama Selim.»

Il volto di Grigorenko non riesce a mascherare un sorriso. «L'agente Pettirosso. Ancora sulla breccia. Anche ora che la causa del comunismo è storia antica.»

«Avrei dovuto sospettare di lui quando ha rotto la fila dei taxi per prendermi su all'uscita dell'ospedale. Ma lì per lì ho pensato che avesse solo un gran bisogno di soldi.» Lo guardo. Lui non si volta verso di me. Fissa un punto dove non c'è nulla, a metà fra un'aiuola e il muro bianco del monastero. «Quanta brava gente ha conosciuto, Dmitrij Alekseyevič.»

Quanta brava gente ha tradito, aggiungo, dentro di me.

Un rombo sempre più forte cresce a nord, fino a diventare assordante.

Uno stormo di aerei sorvola a bassa quota il monastero, lasciandosi dietro tre scie di fumo colorate: bianco, blu e rosso.

Passano oltre, lacerando col loro ululato il silenzio della periferia di Mosca.

«Una volta la parata per il Primo maggio era una cosa seria» sospira Grigorenko. «Adesso è una specie di luna park. Ci sono persino le majorette.»

«Il mondo cambia, dicono.»

«Meno di quanto sembri. Meno di quanto sembri...Anche se le cose si stanno muovendo con troppa fretta... Dicono che i cani presagiscono l'arrivo di un terremoto. Forse è così anche per i vecchi.»

«Sente arrivare un terremoto, Dmitrij?»

«Sento scricchiolare il ghiaccio su cui il mondo pattina felice. All'inizio è qualcosa di impercepibile, finché non è troppo tardi.» Si toglie di tasca un fazzoletto immacolato e lo usa per asciugarsi la fronte. La giornata è davvero molto calda. «Lei pensa che Suvarin abbia perso la partita. Ma non è così. I vincitori apparenti sono i cinesi e la Vostochnaya Ikona.»

«Chi?»

«Non sa cos'è la Sacra duma dei boschi.»

«No.»

«È normale che non lo sappia. Chi sa cosa significa non ne parla a nessuno. È una storia che risale alla fine degli anni Settanta. Una storia che non troverà scritta in nessun libro. Alcuni deportati siberiani, tra cui Vadim Suvarin, il padre di Oleg, si riunirono in un bosco nei dintorni di Magadan, nella Siberia orientale. Erano tutti uomini di successo, nella comunità dei deportati. Avevano costruito in silenzio un impero invisibile, privo di segni esteriori, basato su alleanze e su un complesso sistema di debiti e crediti. Visti da fuori erano uomini comuni, male in arnese, dai denti marci, senza una *kopeka* in tasca. Ma ognuno di loro deteneva una ricchezza fatta di rispetto e di fedeltà. Erano feudatari senza un metro di terra, ma con migliaia di vassalli. Costituivano al tempo stesso un sistema di potere e un'economia alternativi a quelli dell'Unione Sovietica di cui avevano intuito e profetizzato il crollo. Proprio in vista della dissoluzione dell'ideologia comunista avevano cominciato a progettare e creare le basi del futuro. Come un macellaio guarda una mucca viva e ne vede i tagli da vendere sul bancone, così quegli uomini al margine della società immaginarono un futuro in cui l'Unione Sovietica sarebbe diventata una carcassa da spolpare e da vendere e comprare al dettaglio. Giurarono sull'Icona dell'Est... Lei conosce la leggenda delle quattro icone poste ai quattro punti cardinali della Russia? Le icone che proteggono la nostra patria dai nemici esterni?»

«No.»

«È una leggenda antica. Molto suggestiva, e con un fondo di verità. Un giorno magari gliela racconterò. Fatto sta che quella notte, nei gelidi boschi intorno a Magadan, all'estremo confine orientale di quella che allora era la potente e morente Unione Sovietica, dodici uomini che si definivano gli Indegni Apostoli si spartirono, a voce, le ricchezze del futuro. Giurarono sulla sacra icona dell'Est – è da lì che prende il nome la *Vostochnaya Ikona... L'icona dell'Est* – che la loro alleanza sarebbe durata sino alla fine dei tempi, fondata sul sudore e sul sangue. E così è stato. L'alleanza dura tuttora. Quando l'Unione Sovietica si dissolse, lei sa come andarono le cose? Fu stabilito che a ognuno dei suoi cittadini spettasse una quota di tutto: fabbriche, foreste, miniere, porti, compagnie aeree, licenze di pesca... Una ricchezza enorme, su cui quelli che ora chiamate oligarchi si buttarono come squali su una macchia di sangue... Una macchia grande come i nostri confini nazionali, rossa come la nostra bandiera...» Il vecchio si rimette in tasca il fazzoletto. Scuote la testa. «Il popolo svendette quelle ricchezze per poche *kopeki*. Erano briciole, per la povera gente. Ma milioni di briciole fanno una ricchezza enorme, che finì per concentrarsi nelle mani di pochi. È così che nasce la Russia di oggi. È così che abbiamo l'impero di Suvarin e quelle povere donne che chiedono la carità fuori dalle nostre chiese. Non c'è differenza tra la Komarov e la Vostochnaya Ikona. Sono solo due brand della stessa azienda: *la Sacra duma dei boschi*. Non è la mafia russa. È qualcosa di diverso. È un'unione quasi cristiana di ultimi che sono diventati i primi, di umili che oggi siedono alla destra del Signore. Solo che questo signore è il Capitale... Se penso a quanto abbiamo sofferto, come popolo russo, a quante battaglie abbiamo combattuto, a quanto sangue è stato versato, per arrivare a... a *questo*... mi viene il voltastomaco.»

«Mi sta dicendo che i cinesi *non* hanno vinto?»

«No. Le sto dicendo che hanno vinto *tutti*. I cinesi sono i contendenti saliti sul podio del vincitore. Ma ognuno avrà la sua fetta dell'Ard Alshams. Non ci saranno sconfitti, se non il popolo di quel paese. È solo questione di quote: qualcuno avrà un po' meno di quello che si aspettava, qualcuno un po' di più. Ma tutti avranno la loro parte di guadagno.»

«Ma era necessario che ci fossero tutti quei morti? Non bastava accordarsi?»

Grigorenko sorride. «Ha mai visto dei cani affamati che si litigano un pezzo di carne? Li ha mai visti azzannarsi? Ringhiare, abbaiare? Pensa che potrebbe dividerli dicendo loro di mettersi d'accordo? Ognuno vuole *tutto*. È solo alla fine della lotta, quando uno dei contendenti capisce che non può farcela, che gli esseri umani si siedono a un tavolo e negoziano la pace. È questo che ci differenzia dai cani. Non è molto, ma è pur sempre qualcosa. La prima lezione della vita è che un buon compromesso è meglio di una vittoria sanguinosa. È così per gli individui come per le nazioni. Ci abbiamo messo un po' per impararlo, ma forse l'abbiamo finalmente capito.»

Lo guardo. «Sa invece cosa non ho capito, Dmitrij Alekseyevič?»

Dal modo in cui mi fissa mi rendo conto che lo sa.

«Non ho capito da che parte stia lei.»

Grigorenko si alza. Si spolvera il dorso dell'impermeabile. «Ancora con questa domanda... Non ha grande importanza. Le faccio un esempio, per aiutarla a capire. Amavo mia moglie. Era una donna straordinaria. Ma questo non mi ha impedito di avere delle amanti, durante tutto il nostro matrimonio. E anche loro le ho amate. Credo di aver avuto un solo grande amore, in realtà: il comunismo. D'altra parte ero stato addestrato ad amarlo sin da bambino. Siamo in pochi a ricordarci cosa significava, amarlo. Comunque alla fine c'è un solo vincitore, e ci aspetta tutti oltre quei cancelli laggiù. C'è un solo vincitore, ed è la morte. Non è bene avere la risposta a tutte le domande, Sergio. La lascio al suo appostamento. Io ne ho fatti sin troppi, da giovane.»

«Appostamenti amorosi o professionali?»

«Di entrambi i generi, ma non ho mai confuso gli uni con gli altri. Le auguro buona fortuna.»

«Grazie. Posso dirle una cosa?»

«Prego.»

«Che schifo.»

Grigorenko sorride. «Ha ragione. Che schifo. Ma è così che la vita va avanti. Dalla notte dei tempi.»

«Può darsi. Ma la cosa non mi fa star meglio. Un tempo pensavamo di sapere chi erano i buoni e chi i cattivi.»

«Solo che per voi i cattivi eravamo noi russi, e i buoni gli americani.»

«Non per me. Io ho sempre tifato per i pellerossa.»

«Allora le sarebbero piaciuti gli Ostern. Erano i western che giravamo qui in Russia, e nei paesi satelliti. Lì i pellerossa erano i buoni, e i capitalisti americani i cattivi. Lei è un uomo d'altri tempi, Sergio.»

«Lo prendo come un complimento.»

«Lo è e non lo è. Dipende.»

Non mi resta che annuire. «Pensa che ci rivedremo?»

«No, non credo. Sono vecchio, e malato. Non ci rivedremo più, signor Stokar. E proprio per questo voglio farle un regalo d'addio, anche se non penso che le piacerà. È solo che non mi va di vederla sprecare il suo tempo così.» Mi guarda con occhi tristi. «Devo dirle che la sua Elena non verrà. Ha lasciato Mosca la settimana scorsa.» Coglie la tristezza nel mio sguardo. «Mi creda, Sergio. Non è più a Mosca. E non ci tornerà. Non sono neppure sicuro che lei l'abbia vista davvero, quel giorno. Stando alle mie informazioni non era nemmeno in città.»

«Capisco. Mi scusi la domanda, ma le sembra di avermi fatto un regalo?»

«Sì. In un certo senso. Le rendo la sua libertà.»

«La libertà da un sogno?»

Mi alzo anch'io dalla panchina. Sono più alto di tutta la testa del vecchio, ma in qualche modo è come se fosse lui a sovrastarmi.

«Lei è *schiavo* di quel sogno. La donna che amava non c'è più. Ora è la donna di un altro. Al momento sono a Dubai, ma li aspettano altri posti fantastici, in giro per il mondo. Posti che sarebbe un peccato negarle, non crede? Dopo questi ultimi anni così cupi e tristi. Renda anche a lei la sua libertà, Sergio. La lasci andare.»

Lo guardo.

Ha un'espressione di pietà, negli occhi. La pietà di un amico.

Colgo la sorpresa nel suo sguardo, quando mi vede sorridere.

«Sono contento di scoprire che anche lei non sa tutto, Dmitrij Alekseyevič.»

«In che senso?»

«Non è l'unico a operare nel ramo informazioni. Ne ho prese anch'io. So già tutto. Del ragazzo russo di Elena, della loro partenza per un viaggio di nozze senza nozze.»

«E sa già anche chi è, quel ragazzo?»

«Certo. Anche se avrei dovuto saperlo già da molto prima. Da quella volta sullo yacht, quando con Oleg Suvarin c'era anche Alemanno Ferrari.»

«Quindi lei *sapeva* che Viktor...»

«Lo sospettavo. Ora lo *so*. Ferrari è uno stronzo vendicativo. Farmi rischiare la vita per salvare l'amante della donna che amavo è nel suo carattere.»

«Ma allora...»

Sorrido. «Lasci che ora sia io a rivelarle un piccolo segreto. Non sono qui per vedere Elena. Venivo qui per incontrare *lei*, Dmitrij Alekseyevič. Non sapevo come contattarla, il numero di telefono che mi aveva dato era disattivo.»

«Le cose cambiano in fretta. Ai vecchi tempi, quelli del Partito, avrebbero detto che ero caduto in disgrazia.» Il vecchio sospira. Scuote leggermente la testa. «I nuovi padroni non sono troppo diversi dal Politburo.»

«Non è più nelle grazie di Suvarin?»

«Diciamo che Oleg pensa che abbia combinato più di un pasticcio, nell'Ard Alshams. Non è stato del tutto soddisfatto della mia performance.»

«Per questo la sua linea telefonica riservata...»

«Fra le altre cose.»

«Non lo sapevo.»

«Naturalmente. Come poteva saperlo?»

«Pensavo che si sarebbe messo in contatto con me. Che sapesse tutto di me.»

«No, Sergio. Non sapevo più nulla, di lei. Era tutto avvolto nella nebbia. Sapevo che era venuto a Mosca, ma ignoravo se fosse ancora qui o sulla sua isola.»

«Devo ancora metterci piede. Pensavo che lei fosse informato sui miei spostamenti. Per questo c'ero rimasto male. Volevo incontrarla. Per parlare. C'erano ancora cose che non mi erano chiare. Ma soprattutto volevo salutarla. Se sono vivo lo devo a lei. Così mi sono detto che se venivo qui ogni giorno, magari lei si sarebbe incuriosito. O impietosito. Volevo solo salutarla per l'ultima volta. Tutto qui. Lei prima mi ha chiesto perché continuavo a guardare laggiù, come se la mia amata potesse arrivare solo da quella parte.»

«Sì.»

«Be', ora posso dirglielo: è arrivata. È qui.»

Grigorenko si volta.

La Spring elettrica blu accosta al marciapiede e parcheggia.

Irina, la mia angelica hostess dell'Aeroflot, scende dall'auto, splendida nel suo spolverino leggero, un fazzoletto a coprirle i capelli, ma non del tutto, così che un ciuffo brilla come l'oro sotto il sole di maggio. Ogni suo movimento è quasi un inconsapevole passo di danza.

«Forse non sarà l'ultima donna, ma in questo momento, per quello che conta, lo è. Abbiamo entrambi bisogno di qualcuno per condividere questi giorni di guarigione. Dobbiamo ancora ritrovarci, nel mondo folle che abbiamo ereditato, ed è più facile farlo in due.»

Il vecchio annuisce. «Dentro di me è come se lei avesse strappato il suo dossier, Sergio. Mi ha definitivamente sorpreso. Tutto quello che di male c'è scritto su di lei, in quelle pagine, è solo una bugia.»

«Non lo è, purtroppo. Se dovessi raddrizzare tutti i torti che ho fatto, mi ci vorrebbero due vite, non una.»

Irina mi saluta, dall'altra parte della strada. Anche se non c'è nessun'altra auto sulle sei corsie, attende comunque disciplinatamente che il semaforo torni verde per i pedoni.

«Sembra una brava donna. Ed è molto bella. Lei è un uomo fortunato, Sergio.»

«Anch'io ho un regalo per lei, Dmitrij Alekseyevič.»

«Un regalo? Per *me*?»

Mi infilo la mano in tasca. Tiro fuori l'anello d'argento consumato di Hermann. Glielo porgo.

Lui lo prende. Lo esamina, perplesso. «Un anello nazista?»

«Lei che ha sicuramente i mezzi per farlo, lo porti in cima al Monte Fato e lo butti giù nel fondo del vulcano. Oppure lo tenga, come mio ricordo.»

Grigorenko l'infila nel taschino della giacca. «Come vuole. Penso che lo terrò. In suo ricordo. Grazie.»

Ci stringiamo la mano. La sua stretta è asciutta, forte. È la stretta di un uomo molto più giovane.

«*Do svidaniya*, Dmitrij Alekseyevič.»

«*Dobry den'*, Sergej?...»

«Il patronimico saltiamolo. Mio padre era uno il cui nome fu scritto sull'acqua» faccio, voltando le spalle con un sorriso a Grigorenko, e alle mura bianche del monastero. «D'altra parte, niente è per sempre» dico, rivolto al nulla alle mie spalle.

Il semaforo è diventato verde. Il ticchettio meccanico del suo display scandisce i secondi che mancano allo stop.

Irina attraversa la strada di corsa.

Trentuno.

Trenta.

Ventinove.

A venticinque secondi dal rosso siamo uno fra le braccia dell'altra, e il tempo non conta più niente. La sollevo e la faccio girare in tondo, i suoi piedi staccati da terra, la sua risata calda contro il mio orecchio.

Chiudo gli occhi.

Quando li riapro Irina, e la musica dalla piazza lontana, e il sole caldo di maggio, sono ancora qui.

Stampato da
Grafica Veneta S.p.A., Trebaseleghe (PD)
per conto di Marsilio Editori® in Venezia

«Farfalle Marsilio»
Periodico mensile n. 359/2022
Direttore responsabile Giuseppe Lupo
Registrazione n. 1334 del 15.06.1999
Tribunale di Venezia
Registro degli operatori di comunicazione-ROC n. 6388

EDIZIONE	ANNO
10 9 8 7 6 5 4 3 2 1	2022 2023 2024 2025 2026